KB215133

광골의 꿈

狂骨の夢
京極夏彦

광골의 꿈

Natsuhiko
Kyogoku

上

교고쿠 나쓰히코 지음
김소연 옮김

손안의책

次例

등장인물소개 ─────────────

미나카타 아케미 __ 집안 사정으로 가모타 주조에 고용살이를 나간 동안 화재로 가족을 잃음. 사타 노부요시와 결혼했지만 남편의 병역기피로 고초를 겪음.

무나카타 다미에 __ 아케미와 같은 곳에서 일했던 동료. 노부요시를 짝사랑하다가 그와 함께 도망침.

사타 노부요시 __ 아케미의 전남편. 결혼 일주일 만에 병역을 기피하고 도망침.

가모타 슈조 __ 아케미와 다미에를 고용했던 가모타 주조의 주인.

시라오카 료이치 __ 개신교 목사.

후루하타 히로무 __ 정신과 의사였다가 지금은 시라오카 목사의 신세를 지고 있음.

우다가와 다카시 __ 소설가. 강에 뛰어든 아케미를 구해준 인연으로 부부가 됨.

추젠지 아키히코 __ 고서점 교고쿠도의 주인. 통칭 교고쿠도. 해박한 지식과 현란한 말솜씨로 사건을 풀어나간다.

세키구치 다츠미 __ 교고쿠도의 친구. 툭하면 우울증이 되는 시원찮은 풍채의 환상소설가.

추젠지 아츠코 __ 교고쿠도의 누이. 희담월보의 편집자.

에노키즈 레이지로 __ 장미십자탐정사무소 소장. 즉 탐정. 남의 기억을 보는 특이한 재주를 가졌지만 사건 해결에는 별 재주가 없다.

기바 슈타로 __ 도쿄 경시청 형사부 소속의 형사. 에노키즈의 죽마고우이며 세키구치와는 전우 사이이기도 함.

이사마 가즈나리 __ 유료 낚시터 주인. 통칭 이사마야. 전시에 에노키즈의 부하였던 인연으로 교고쿠도들과 알게 됨.

나가토 이소지 __ 새로 기바의 파트너 겸 감시역이 된 노형사.

'수정 같은 혼돈의 바다, 에서 놀려면

필연의 부륜 (浮輪) 이 필요하며 ──

◎ 광골

광골은 우물 속의 백골이다.
세상 사람들이 몹시 심한 일을 가리켜
광골이라 일컫는 것도,
이 원한이 몹시 심한 데서 온 말이다.

—— 금석백귀습유(今昔百鬼拾遺) / 하권 · 비(雨)
다나카 나오히 소장 및 자료제공

1

해명(海鳴)이 싫다.

아득히 멀리, 정신까지 아득해질 정도로 멀리에서 차례차례 밀어 닥치는 한적하고 위협적인 굉음.

대체 어디에서 들려오는 걸까. 무슨 소리일까. 무엇이 울고 있는 걸까. 울고 있는 것은 물일까 ── 아니면 바람일까. 그도 아니면 또 다른 것일까. 끝없는 넓이나 무의미한 깊이만 느끼게 하고, 전혀 안심할 수가 없다.

애초에 바다가 싫다.

바다가 없는 곳에서 자란 나는 처음으로 그것을 보았을 때 어디에서 어디까지가 바다일까, 그런 생각밖에 들지 않았다.

바다의 주체는 물일까? 아니면 그 밑의 해저일까?

우선 그게 확실하지 않다. 물에 잠겨 있는 땅은 이미 바다인 걸까?

그렇다면 저 불길한 파도라는 것은 뭘까.

파도도, 생각하기도 싫어질 만큼 아득히 먼 곳에서 너울너울 밀려왔다가는 떠나간다. 그것이 지금도 끊임없이 온 세상 해안에 똑같이 밀려왔다가는 돌아가는 걸까 생각하면 미칠 것만 같다. 그렇다면 바다는 흐느적거리며 그 영토를 쉼 없이 넓혔다 좁혔다 하고 있다는 뜻이 되기 때문이다.

본래 해안이라는 것은 모래사장이든 자갈밭이든 틀림없이 육지다. 땅과 하나로 이어져 있고, '여기서부터가 바다의 영토입니다' 하는 경계는 없는 것이다.

그럼 바닷물은 어떤가 하면, 이건 어디까지나 투명한 물에 불과하다. 낮은 땅에 물이 고이는 것일 뿐, 본래 이상할 거라곤 아무것도 없다.

그런데도 투명하게 들여다보여야 할 그것은 어느새 푸르고 으스스한 바다색으로 그 모습을 바꾸고, 압도적인 자기주장을 시작한다.

생각건대 그것은 그 무식한 질량의 힘 탓이 클 것이다. 투명한, 존재조차 의심스러울 만치 허무한 것이라도, 이만큼 많이 모이면 어떤 주장을 하기 시작하는 것이다. 바다가 작으면 그건 바다가 아니다. 그냥 물이다. 그렇다면 그 엄청난 물의 양이 바로 바다를 바다로 만들고 있는 것일까.

이 무슨 바보 같은 주장이란 말인가.

나는 또, 내 발이 바닥에 닿지 않을 만큼 깊은 바다의 존재에 대해서도 상상할 수가 없었다.

아니 ——발이 닿지 않는 정도가 아니다. 내 키의 몇 배, 몇천 배나 깊은 바다가 있다는 것은, 실로 상식을 벗어난 실없는 이야기로 생각될 뿐이었다. 그러나 그건 사실이었다.

발밑에 아무것도 없는 상태. 끝없이 낙하해 가는 공포. 이보다 더 무서운 것이 있을까. 높은 곳에서 낙하하는 것과는 다르다. 아무리 높은 곳에서 떨어진다 해도, 반드시 마지막에는 땅바닥이 기다리고 있다. 그러나 바다는 다르다. 끝은, 어쩌면 없을지도 모른다.

심해에는 빛조차 닿지 않는다고 한다.

투명해야 할 물이, 왜 빛까지 가로막아 버리는 걸까. 이해하기 어렵다.

결국 여기에서도 압도적인 양이 의사표시를 하며 빛을 멀리하고 있는 것이다.

싫어진다.

맞은편 기슭도 없다. 게다가 바닥도 없다.

바다는 싫다. 무섭다.

바다 근처에 살게 된 지 벌써 몇 년이 지났을까. 이곳에 온 후로 1초도 마음이 편했던 적은 없다. 어쨌거나 해명은 어디에 있든, 무엇을 하든 아랑곳하지 않고 밀려온다. 게다가 멈추지도 않는다.

낮에는 그래도 이런저런 일을 하느라 신경이 분산되어 어떻게든 지내고 있다.

그러나 밤에는 곤란하다.

이부자리에 들어 눈을 감으면, 그것은 사정없이 찾아온다. 다른 소리는 전혀 없다. 설령 눈을 뜨고 있다 해도 어둠은 내게서 세상을 빼앗아 간다. 그래서 이불을 뒤집어쓰고 귀를 막아도 달라지는 건 없다. 밤이 올 때마다, 나는 심해에 몸을 던지는 듯한 불안 때문에 괴로워한다.

자려고, 자려고 애쓴다.

그리고 꿈을 꾼다.

※

나는 바다에 떠 있다.

방바닥도 이불도 어둠에 녹아 있다.

천천히, 천천히 가라앉아 간다.

숨을 쉬기가 몹시 힘들다. 공기가, 유기물이 섞인 짭짤한 액체로 바뀌어 있다. 물속에 있는데도 불구하고, 왠지 호흡을 할 수 없는 것도 아니다. 그저 액체가 코와 귀를 통해 침입해 와, 폐가 액체로 가득 찬다. 괴롭지는 않다. 불쾌할 뿐이다.

어디까지나, 언제까지나 계속 가라앉는다.

정체를 알 수 없는 해조나 미끈미끈한 부유물이 몸 여기저기에 닿는다. 그때마다 흠칫 놀라 경련한다. 그래도 하강은 멈출 줄 모르고, 나는 점점 가라앉는다.

빛 따윈 이제 영원히 닿지 않는다.

목소리를 내려고 해도 폐 구석구석까지 바닷물이 차 있어서 거품 하나 나오지 않는다. 목에 차 있는 물이 살짝 떨릴 뿐이다.

뭔가 있다.

물론 보이지는 않는다. 기척밖에 느낄 수 없는 공포.

뭐냐! 손을 내밀어 보고, 다리를 흔들어 봐도 허무하게 물을 휘저을 뿐 어떤 해답도 얻을 수 없다.

물은 공기보다 훨씬 끈적거려서 발버둥을 치면 발버둥을 칠수록 몸에 달라붙고, 그러다가 살이 벗겨져 나간다.

물에 잠겨 완전히 흐물흐물해진 살이 맥없이 떨어져 나가 바닷물에 녹아 간다.

흩어진 내 살점 때문에 주위의 물이 탁해진다. 탁한 물은 몽글거리며 형태를 바꾸어 위쪽으로 올라가 버린다. 나를 두고, 내 몸이었던 것이 멀어져 간다.

나는 곧 완전히 뼈만 남게 된다. 몸이 약간 가벼워진다. 그러나 떠오르지는 않고, 그래도 계속 가라앉는다.

바닷물에 씻겨 새하얀 뼈가 되어도, 왠지 나는 사방으로 흩어지지 않고 가라앉아 간다. 공포가 한계에 달해 큰 소리를 지르지만, 목뼈가 달그락달그락 떨릴 뿐이다.

그 때 잠이 깬다.

그러나 나는 움직일 수 없다. 아직 뼈만 남은 상태이기 때문이다. 머나먼 수면에 둥글고 희미한 빛이 보인다.

갑자기 떠오른다. 무한한 시간이 걸려 천천히 가라앉아 왔는데, 떠오를 때는 순식간이다. 너무 기세가 빨라서 마침내 뼈는 떨어져 나가고, 갈비뼈도 요골도 어딘가로 날아가 버린다. 등뼈가 작은 진동만 남긴 채 순서대로 떨어지고, 무서운 기세로 멀어져 간다. 머리뼈만 기세 좋게 수면으로 떠올라, 안구를 통해 공기가 침입하고 갑자기 시야가 트인다.

아아, 저것은 둥글게 잘린 밤하늘이다.

나는 우물 속에 있다.

몇 번이나 그 꿈을 꾸었는지, 아무래도 기억이 나지 않는다. 꿈을 하나둘 세는 것은 왜 이렇게도 어려운 것일까.

벌벌 떨며 벌떡 일어나도, 몇 분 지나지 않아 내가 도대체 무엇 때문에 겁먹고 있었는지 알 수 없게 돼 버린다. 대개는 이미 동녘이 하얗게 밝아 있는 시간이다.

──아아, 그 꿈을 꾸었다.

그렇게 생각하면 곧 약간 차분해진다. 따라서 사실은 전혀 다른 꿈을 꾼 건지도 모른다.

멀리서 파도 소리가 들린다.

조금만 더 이렇게 있자고 생각한다. 그리고 대개는 그대로 다시 잠이 든다.

남편은 늦게 일어난다. 점심때가 지나서 일어나, 늦은 아침 식사를 한다.

외출하면 돌아오지 않는 날도 많다.

그래서 나도 그렇게 일찍 일어나는 습관은 없다.

※

제가 태어난 곳은──보소 지방[1]에 있는, 구주쿠리[九十九里] 해변[2]

---

1) 현재의 지바 현 전체와 이바라키 현 남서부를 가리키는 지명.
2) 지바 현 동부에 펼쳐져 있는 약 60킬로미터의 모래사장 해안.

의 작은 어촌이었습니다.

히토츠마츠라는 이름의 해안이었던 것 같습니다.

이름대로, 모래를 막기 위한 숲이라고 할까요, 바닷가에 아주 아름다운 소나무 숲이 있었던 게 기억납니다.

어릴 때의 일은 똑똑히 기억나지 않습니다. 다만 그곳을 떠난 지 벌써 몇 년이나 되었는데도 갯벌의 냄새를 맡거나 파도 소리를 들으면 아직도 어딘지 모르게 그리운 기분이 드는 것은, 그 장소의 특징 때문일까요?

저희 아버지는, 아마 어부였을 겁니다.

아무래도 잘 기억이 나지 않습니다.

아버지의 얼굴도, 어머니의 얼굴도, 왠지 안개가 낀 것처럼 흐릿하고 전혀 분명하지가 않습니다.

하지만 나쁜 추억은 아닙니다.

오히려 몹시 그립고, 가슴이 죄어드는 듯한——그래요, 멋들어진 말로 표현하자면 향수라고나 할까요, 그런 감정에 휩싸여 있습니다. 그래서 애매한 것이겠지요.

아무래도 저는 막내였던 것 같습니다.

확실하지는 않지만, 오빠가 있었던 것 같은 기억이 있습니다.

아마 나이 차이가 많이 났겠지요. 오빠가 저와 놀아준 기억은 없습니다.

저는, 이것도 상당히 애매한 기억이긴 하지만, 늘 바닷가에서 혼자 놀곤 했던 것 같습니다.

야ー이야ー이ーー

야 — 이토야 ——

아랴 고레와이 ——

야 — 토세 아 — 야아토코세 ——

무슨 노래인지는 모릅니다. 하지만 자주 불렀던 것 같습니다. 아니면 듣기만 한 건지도 모르지요. 다른 부분의 가사가 전혀 기억나지 않는 걸 보면, 자주 들었을 뿐 부르지는 않았는지도 모릅니다.

마이와이[3]라고 하나요, 그 화려한 옷을 차려입은 선원들이 얼굴 가득 웃음을 담고 다 함께 노래하면서 걸어가는 모습을 —— 이건 왠지 아주 똑똑히 —— 기억하고 있습니다.

하지만 아무래도 추억이라고 말씀드리기에는 불확실한 것입니다.

옷의 무늬나 천장의 얼룩 같은 세세한 부분까지 선명하게 생각나는데, 막상 전체를 떠올리려고 하면 불가능합니다. 바닷속의 미역처럼 이리저리 흔들려서, 뭐가 뭔지 알 수 없습니다.

사람들의 얼굴도 마찬가지라, 아버지 얼굴의 주름이나 어머니 턱의 사마귀, 그런 부분은 아주 똑똑히 기억나지만, 막상 어떤 얼굴이냐고 물으시면 어디에서나 볼 수 있는 흔한 얼굴이라고 대답할 수밖에 없습니다.

열 살도 되기 전에 집을 떠났습니다. 팔린 거겠지요.

쓸쓸했을 것 같다고 하시면 쓸쓸했던 것 같기도 하고.

슬펐느냐고 물으시면 슬펐던 것 같기도 하고.

감정의 기복이 별로 없는 추억입니다.

---

3) 의외로 물고기가 많이 잡혔을 때, 선주가 선원·지인·관계자를 초대해 여는 축하연. 또는 그때 선주가 나눠주는 옷. 여기서는 후자를 가리킨다. 보통 남색 바탕에 '大漁'라는 글씨·도미·학·거북 등을 물들인 짧은 상의.

그 무렵에는 드물지 않은 일이었을까요. 낯선 남자에게 이끌려가는 저를 지켜보는 아버지나 어머니, 오빠 등이 울고 있었는지, 웃고 있었는지, 그것조차 생각나지 않습니다.

다만 쏴아 하고 해명이 들려오고 있었던 것만은 똑똑히 기억하고 있습니다.

쏴아아아, 쏴아아아, 쏴아아아, 쏴아, 쏴.

쏴.

※

그리고 그 불길한 해명 때문에 잠이 깬다.

자고 있을 때나 깨어 있을 때나 끊임없이 들려오는 저 소리를 어떻게 좀 할 수 없을까.

그건 그렇고 방금 꿈인지 현실인지 모를 그 환상은 무엇일까.

소나무 숲. 물이 얕은 해안의 모래사장. 대어(大魚)라고 쓰여 있는 깃발(일까?).

그런 건 본 적도 없다. 그런데 아무리 꿈이라지만 어째서 그렇게 명확한 상(像)을 맺는 걸까.

아무리 생각해도 납득이 가지 않았다. 바다에 대한 공포심이 심해에 쌓이는 미생물의 시체처럼 매일 조금씩 내 마음의 밑바닥에 퇴적되어, 우연히 그런 환영을 만들어낸 걸까?

분명히 지난 몇 달 동안, 내 정신 상태는 상당히 불안정했다. 불면증 증세도 있었고, 잠들지 못하는 밤에는 꼭 악몽을 꾸었다. 몇 번이나. 물론 내용은 똑똑히 기억나지 않지만, 언제나 똑같이 바닷속 깊이 가라앉아 가는——그리고 뼈가 되는——그 꿈이었을 거라고 생각하고 있었다.

그러나 그렇지 않았는지도 모른다. 기억은 나지 않지만 나는 그 구주쿠리의(지명까지 명확해졌다!) 어촌 풍경이나, 체험한 적 없는 기억을 꿈에서 되풀이해서 보고 있는 것이다.

그런 기분이 들었다.

내 고향은 신슈(信州)다.

물론 바다 따윈 없다. 산촌이다.

생가는 농가였지만 몹시 가난했다.

어릴 때의 일은——이건 정말로——잘 기억나지 않는다.

그렇게 괴로운 생활은 아니었던 것 같다. 그러나 좋은 추억도 없다.

아버지는 비뚤어진 고집쟁이로, 남의 의견을 전혀 들을 줄 모르는 사람이었다. 어머니는 그저 그런 아버지를 모시는 하녀 같은 여자였다. 아버지는 술을 좋아했고, 취하면 종종 난폭한 짓을 하곤 했다. 그러나 정도가 심하지는 않았고, 그런 의미로는 어디에나 있을 법한 흔한 가족이었다.

나는 장녀였기 때문에 자주 집안일을 도와야 했다.

남동생도, 여동생도 있어서 살림은 빠듯했다.

열세 살 때 막냇동생이 태어나고, 나는 근처에 있던 양조장에 일을 하러 다니기 시작했다. 힘들다면 힘들었지만 별로 아무렇지도 않았다. 좋은 생활, 편한 인생 따윈 몰랐으니 당연하다면 당연한 일이었다. 사실 그 무렵에는 어느 소녀나 비슷했고, 더 불행한 처지에 있는 소녀도 많이 있었던 것이다.

열일곱 살 때 생가에 불이 났다. 소식을 듣고 돌아왔을 때는 타다

남은 숯처럼 된 기둥이 세 개 서 있을 뿐이었다. 가족은 모두 불에 타서 죽었다.

아버지도 어머니도 완전히 뼈만 남아 있었다. 동생들은 뼈까지 완전히 불에 탔고, 어린 막냇동생은 흔적도 없었다.

원인은 알 수 없었다. 그러나 어떻게 할 수도 없었다. 전쟁이 시작되었으므로 세상은 그런 걸 따질 때가 아니었을 것이다.

그러나 양조장 주인은 정이 많은 사람이었기 때문에 그 후에도 신세를 많이 졌다. 이듬해에는 시집갈 곳까지 알아봐 주었다. 원래 찬밥 더운밥을 가릴 처지가 아니라 두말없이 승낙하고, 곧 시집을 갔다.

남편이 된 사람은 성실해 보이는 소작농가 청년으로, 병든 아버지와 둘이서 살고 있었다.

집은 작았고, 역시 가난했다. 남편은 말없이 열심히 아버지를 간병했다.

평생 이 집에서 이 사람들과 사는 것이다——그런 마음가짐이 내게 생겨나기도 전에, 그 생활은 아주 어이없이 끝나고 말았다.

결혼한 지 며칠 되지 않아 영장이 왔다.

그리고——.

문제는 그 후다. 나는 그때의 기억이 애매하다.

아니다. 기억이 사라진 것이다.

그 무렵——나는 한 번 죽었던 것이다.

그리고 돌아왔다.

소생한 후, 한때 모든 기억을 잃었다. 나는 내가 어디 사는 누구인지 완전히 잊고 있었던 모양이다. 나는 시간을 들여 서서히 기억을 되찾았다.

1년 이상 걸렸다.

어릴 때의 기억도, 내 경우에는 기억하고 있던 기억이 아니라 생각해 낸 기억이다. 따라서 기억나지 않는 부분은 정확하게 말하면 생각해 내지 못한 부분이라는 뜻이 된다.

어린아이가 글씨를 배우는 것처럼, 나는 매일매일 순서대로 내 역사를 학습했다. 어려운 일은 아니었다. 아무것도 없는 줄 알았던 두개골 속에는 많은 과거가 들어차 있었고, 나는 조금씩 그걸 들여다보기만 하면 되었던 것이다. 간단한 일이다. 그리고 어떤 시점을 경계로, 그것은 둑이 무너진 것처럼 눈 깜짝할 사이에 돌아왔다.

기억은 완전히 돌아왔다고 생각했다.

그러나.

그건 잘못된 생각이었다. 그렇다, 남편에게 영장이 도착한 후——거기서부터가 빠져 있었다.

남편이 어떻게 되었는지, 내가 왜 과거를 잃게 되었는지, 그 부분의 기억만은 아무리 해도 되찾을 수 없었던 것이다. 두개골 속에도 그것만은 없었다.

시아버지는 돌아가셨다. 물론 병사(病死)다. 시아버지를 돌보던 남편이 없어진 지 얼마 안 되어서였던 것 같으니, 내가 제대로 간병하지 못했던 탓일까 하는 생각도 들었다.

그러나——.

그건 아니었다.

남편도 죽었던 것이다. 그러나 전사한 것은 아니다. 결국 남편은 전쟁에 나가지 않았던 것이다.

남편은 입영 직전에 도망쳤다.

그리고 길에서 객사했다.

이 일에 대해서는 떠올렸다기보다 들어서 알게 되었다.

당연히, 경찰인지 군대인지 모르겠지만 엄격한 추궁이 끈질기게 있었던 모양이다. 적을 앞에 두고 도망쳤다는 비난을 받고 국민이 아니라고 매도되어, 남겨진 나와 시아버지는 마을에서 따돌림을 당했다고 한다. 결국 그 역경을 견디지 못했는지, 아니면 단순히 수명이 다한 것인지 불치병이었던 시아버지가 돌아가시고, 나도 중상과 비방을 견디다 못해 물에 몸을 던졌다──는 것이 진상인 모양이었다.

바보 같은 짓을 했다.

현재의 나와 당시의 나는 물론 같은 인간일 텐데, 아무래도 그 부분만은 납득이 가지 않는다. 내 성격으로 보아 자살 같은 짓을 하리라고는 도저히 생각할 수 없다. 지금의 나라면, 도망을 쳤으면 쳤지 죽지는 않는다.

그렇다면 가사 상태가 된 것을 계기로 인격이라도 달라진 것인가 하면──그렇지도 않은 것 같다. 서서히 되찾은 기억 속의 나는 사고방식도 그렇고 지금의 나와 완전히 동일인으로, 결혼하기 전인 과거의 나와 지금의 나 사이에는 아무런 차이도 찾아낼 수 없다. 양조장이나 생가의 기억은 실로 안정된 나의 성장 과정의 기억으로서 연속해서 재생된다. 생각나지 않는 시기의 나만이, 아무래도 내 행동원리에 어긋나는 인생을 살았던 것 같다.

하지만 사실이 그러하니 이건 어쩔 수 없다.

그때는 그런 정신 상태였다고 생각하고 이해할 수밖에 없을 것이다.

어쨌든 경멸당하고 박해받던 시기의 기억이 전혀 없기 때문에, 어차피 그 부분은 남의 일이나 마찬가지다. 나는 어떻게 자살을 꾀했는지, 어떻게 목숨을 건졌는지도 모른다.

그 때 나를 살려준 사람이 지금의 남편이다.

하지만——우리는 정식 부부는 아니다. 결혼식도 올리지 않았고 혼인신고도 하지 않았다. 그러나 남편에게 본처가 있는 것도 아니고 그렇다고 몸종 같은 것도 아니니, 나는 소위 말하는 내연의 처인 셈이다.

남편은 서른 살이나 연상이라, 그 당시 이미 쉰 줄에 접어들어 있었다. 전처라는 사람은 결핵으로 이미 죽었고, 홀아비로 혼자서 살고 있었다.

그 때 남편이 무슨 생각으로 나를 구해주고 그 후로도 돌봐주었는지, 지금에 와서는 알 방법도 없다. 어쩌면 처음부터 흑심이 있었던 게 아닌지 의심스러울 때도 있지만, 이제는 아무래도 상관없는 일이다.

나와 남편은 내가 회복된 후로도 계속 같이 살게 되었다. 가족이라곤 없는 천애 고아의 내게는 얽매일 과거도, 거리낄 체면도 없었던 것이다.

정신을 차려 보니 8년이라는 세월이 지나 있었다.

우리는 조금씩 부부 같은 모습을 갖추어 갔다. 그뿐이다.

남편은 나를 구출했을 때의 이야기를 하고 싶어 하지 않았다. 왠지 나도 별로 흥미가 생기지 않아서 굳이 묻지 않았다. 남편은 그저 물을 잔뜩 마셨더라고만 말했다.

그러면 내가 바다를 몹시 두려워하는 것도, 바닷속에 가라앉는 악몽을 되풀이해서 꾸는 것도, 나 자신이 익사할 뻔했기 때문인지도 모른다. 그 가라앉아 가는 악몽은 사선(死線)을 헤매던 때의 이미지가 기초가 된 것일까.

남편의 집——내가 처음 의식을 되찾은 곳——이 도대체 어디였는지, 그것도 전혀 모르겠다. 다만 내 처지를 아는 사람이 몇 번 찾아온 것으로 미루어보아, 나가노 현 내였으리라고 짐작하고 있다. 그러나 내가 그때까지 살던 마을——시집간 곳——이 아니라는 것만은 확실했다. 만일 같은 마을 안이었다면, 마을 사람들에게 따돌림을 당해 자살하려던 여자에게 구원의 손길을 내민 것만으로도 백안시당했을 것이다. 게다가 몰래 숨겨준 거라면 남편도 무사하지는 못했을 것이다.

그러던 중 전쟁이 끝났다. 그 무렵에는 나도 과거를 대충 되찾은 상태였던 것 같다. 그리고 세상이 그럭저럭 차분해지자, 남편은 마치 무언가를 찾는 사람처럼 이사를 되풀이하기 시작했다. 나는 이유도 모른 채 순순히 따랐다.

다섯 번 이사했다. 여섯 번이었나?

이 해명이 들리는 집으로 이사를 온 것은 아마 3년쯤 전이었을까. 아니면 벌써 4년이 넘었을까. 남편은 드디어 자리를 잡았는지, 더 이상 이사할 생각은 없는 것 같다.

뭔가를 찾아낸 것도 아닌 것 같지만.

남편과의 생활은 단조롭기 그지없었다. 유쾌한 사람은 아니었고, 굳이 말하자면 까다롭고 특이한 사람이었기 때문에 밝고 즐거운 생활은 바랄 수 없다. 그러나 비뚤어졌다고 할 정도도 아니었고, 고지식한 것치고는 방종한 데도 있어서 시중을 들기도 편하다면 편했다.

처음에 나는 남편이 대체 뭘 하는 사람인지 전혀 알 수가 없었다.

장사를 하는 것 같지도 않고, 그렇다고 회사에 다니는 것 같지도 않았다. 가끔 나가서 2, 3일 돌아오지 않을 때도 있고, 집에 있을 때는 대개 방에 틀어박혀 있었다. 지금 생각해 보면 그렇게 정체를 알 수 없는 남자에게 어떻게 불신감도 품지 않았나 싶다. 이상하게도 나는 (생명의 은인이라는 이유에서는 아니었지만) 남편을 전폭적으로 신뢰하고 있었다.

남편이 소설가 —— 그것도 꽤 이름 있는 유행작가 —— 라는 걸 안 것은 첫 번째로 이사했을 때였다. 이사를 도우러 온 수많은 편집자들에게, 남편은 나를 아내라고 소개했다.

남편은 우다가와 다카시라는 필명의 괴기 소설가였다.

어젯밤, 남편은 돌아오지 않았다.

남편은 야행성 인간이었다. 원래 그의 밤낮은 완전히 뒤바뀌어 있었다. 따라서 내가 자는 동안 남편은 대부분 일을 하곤 한다. 날이 밝을 무렵 잠들고, 오후가 되어서야 일어난다. 그래서 나의 아침은 아주 느긋하다.

처음에는 당혹스러웠지만 이제 익숙해졌다. 게다가 이 집에 살게 된 후로는 오히려 잘 된 일이었다고도 할 수 있다. 해명을 들으며 혼자 자는 것은 불안했지만, 남편이 깨어 있다는 걸 알기 때문에 공포감이 조금은 덜했다. 무엇보다 얕은 잠밖에 잘 수 없는 내게, 아침 일찍 일어나는 것은 힘든 일이었다.

그렇기 때문에 남편이 돌아오지 않는 날이 가장 힘들었다.

그건 그렇고 새벽녘에 꾼 그 꿈은 무엇이었을까.

구주쿠리의 히토츠마츠 해안──가 본 기억은 없다.

나는 침상에서 나와 몸단장을 하고 늦은 아침 식사를 했다.

아무래도 머리가 무겁다.

아무것도 손에 잡히지 않았다. 그러나 청소나 빨래를 하지 않아도 남편이 불평한 적은 전혀 없다. 게다가 어제 대충은 끝내 두어서 할 일은 거의 없었다.

손이 허전해서 빗자루를 꺼내다가 좀 쓸었다.

몸을 움직이자 가벼운 현기증이 나서, 나는 비틀거렸다.

※

제가.

제가 팔려간 곳은 산속의 마을이었습니다. 아무것도 모르는 저는 그곳의 지명이 무엇이고, 일본 어디쯤인지도 잘 몰랐기 때문에 매우 불안했던 기억이 있습니다.

시오타다이라는 지명을 배운 것은 시간이 한참 지난 후였습니다.

그곳은 술을 만드는 집이었습니다.

그곳에서 저는 하녀처럼 일을 해야 했습니다.

저는 나이가 어렸으니 그다지 도움이 되는 고용인은 아니었을 테지요. 하지만 시킨 일만은 열심히 하려고 했으니 그럭저럭 일은 해냈을 거라고 생각하고 있습니다.

　팔려갈 때 부지런히 일하면 반드시 대가가 있다, 괴로운 일도 있겠지만 그게 가족을 위한 것이다, 어쨌든 지금은 참아야 한다고 타이르듯이 말하는 걸 들었던 기억이 납니다.

　그 말대로 하자고, 그렇게 생각했던 거겠지요.

　큰 가게여서 고용인은 많이 있었던 걸로 기억합니다. 저 같은 하인이나 하녀 외에도 도지[杜氏]라고 하나요, 술을 빚는 직인도 몇 명이나 있었습니다.

　주인 나리는 몸집이 큰 사람으로, 온후한 분이었던 것 같습니다. 하지만 이분도 얼굴이 생각나지 않습니다. 이마에 사마귀가 있었던 것이나 눈가의 주름이 깊었던 것은 아주 똑똑히 생각나지만, 전체적인 모습이 아무래도 흐릿해서 밋밋한 인상밖에 없습니다. 마님도 마찬가지로 목소리는 똑똑히 기억나지만, 얼굴은 생각이 나지 않습니다. 아니요, 다른 고용인들의 얼굴도 모두 흐릿해서, 누가 어땠는지 전혀 모르겠습니다.

　그건 오래된 기억이라서 그런 게 아닙니다.

　아무래도 저는 그런 체질이었던 모양입니다.

　사람을 자주 착각해서 그때마다 심하게 야단을 맞거나 비웃음을 당하기도 했습니다. 그러다가 저는 머리가 좀 모자라는 아이로 여겨진 것 같았습니다. 모두들 저를 그렇게 취급하게 되었지요.

　무슨 말인가 하면, 그렇지, 제대로 상대할 수는 없지만 하는 말은 바보처럼 순순히 들으니까 편할 대로 부려 먹자는, 그런 취급을 받았던 것입니다. 처음에는 제일 나이가 어린 고용인이기도 했으니 그것도 당연하다고 생각하고 있었지만, 몇 년이 지나고 나중에 비슷한 나이의——저보다 어려 보이는——고용인이 들어와도 역시 똑같은 눈으로 저를 보아서, 조금 분한 기분도 들었습니다.

바보에 팔푼이.

그게 제게 내려진 평가였습니다. 하지만 절대로 일을 배우는 속도가 느린 것은 아니었습니다. 청소, 빨래, 뒷정리 모두 남들보다는 능숙했고, 거의 독학으로 읽고 쓰기도 익혔습니다. 게다가 도움이 되지 않는 사소한 일이라면 지금도 뭐든지 잘 기억하고 있습니다.

가령 잘 닦인 복도나 장부를 기재하는 마루방의 새까맣고 윤기 도는 나뭇결의 무늬나, 차양에 드리워져 있는 포렴(布簾)의 햇볕에 타서 생긴 갈색 얼룩이나, 주인님의 기모노 무늬나.

모두 지금 보고 온 것처럼 선명하게 떠올릴 수 있습니다.

그러니까 저는 바보가 아닙니다. 그래서 바보라는 욕을 들었을 때는 너무나도 슬퍼서, 고향의 그 바닷소리를 떠올리곤 했습니다.

쏴아아아, 쏴아아아, 쏴아아아, 쏴, 쏴아.

※

또 해명이다.

나는 객실 장지문에 기대어 정신을 잃고 있었다. 아니, 현기증이 나서 쓰러졌다면 장지문은 부서져 버렸을 것이다. 아마 순간적으로 비틀거리며 손을 짚었을 뿐이리라. 따라서 정신을 잃고 있었던 것은 아주 잠깐이고, 방금 그 환상은 그 한순간에 내 머릿속을 스친 백일몽일 것이다.

——아까 그 꿈과 이어지는 내용이다.

나는 몹시 당황했고, 동시에 기운이 쭉 빠졌다. 방금 그 기억은 뭘까. 가 본 적도 없는 그 히토츠마츠의 기억이 아닌가! 대체 어떻게 된 일이란 말인가. 내 머릿속에 타인의 추억이 들어오고 있다.

오싹오싹 오한이 들었다. 바다에서 불어오는 바람은 차갑다. 나는 급히 장지문을 닫고 침실로 돌아갔다. 상의를 걸치고 몸을 웅크린다. 오한은 사라지지 않았다. 감기라도 걸린 것일까.

진정해. 진정하고 천천히 떠올려 봐.

지금 의식에 떠오른 것은 수면 부족이나 신경쇠약에서 오는 망상은 아닐까. 아무리 생각해 봐도 타인의 기억이 의식을 점령하는 일은 있을 수 없다. 무엇보다 마지막의 술집에 관한 기억은 내 것이 아닌가. 내가 살던 마을은 신슈 시오타다이라였고, 일을 하러 간 곳은 시모노 고의 양조장이었던 것이다.

따라서 아까 그 풍경은 내가 일하던 양조장의 풍경이다.

아니, 과연 그럴까?

나는 정말로 그곳에서 살았을까?

불안해졌다. 그것은 기억하고 있었던 게 아니라 생각해 낸 기억이 아닌가. 나는 사실관계는 막힘없이 되찾았지만 경치나 건물의 모양 같은 것은 완전히 생각해 낸 것이 아니다. 오히려 백일몽이 더 선명하고 확실했다. '진정한 내'가 생각해내지 못하는 것을 내 안의 타인이 기억하고 있다.

잘 모르겠다. 혼란스럽다. 하기야 꿈이나 망상 같은 것은 본래 그렇게 논리로 정확하게 설명할 수 있는 것이 아닐 테니, 그럴 수 있을지도 모른다. 예를 들어 망상의 중간에 잊고 있던 진짜 기억이 재현되어 망상에 섞여 든 거라고 생각할 수는 없을까.

그건 있을 수 있는 일이리라. 망상이든 꿈이든, 모두 실제 기억에서 재구성되는 것임에는 차이가 없다. 본 적도 없는 것은 꿈에도 나오지 않는다. 그렇다면 꿈도 반드시 어디선가 보고 들은 것으로 이루어져 있을 것이다. 그것이 아무렇게나 되는 대로 섞여 있어서 새롭게 보일 뿐이다. 그러나——.

그런 것치고는 모순이 너무 적다. 이치에 딱 들어맞는다. 꿈이라면 좀 더 이치에 맞지 않게 전개되어도 이상하지 않을 것이다. 망상 속의 또 다른 나의 인생은 나름대로 시종 정합성을 유지하고 있고, 꿈이 갖는 괴상함이라고는 털끝만큼도 없다.

아니, 역시 이상하다. 잘못되었다.

내가 일을 하러 간 것은 열세 살 때다. 어리다면 어린 나이지만 열 살도 안 되었을 정도로 어리지는 않았다.

사실과는 맞지 않는다.

그러나 그 양조장의 기억은——.

그 차양에 드리워져 있는 포렴에 쓰여 있던 글씨는——.

가모타 주조.

그렇다. 그건 내가 일하던 양조장의 이름이다.

그렇다면 역시 풍경만은 내 기억인 것이다.

잠깐, 그렇다면 전반부의 바닷가 풍경은 어떻게 해석해야 할까?

아까 그 백일몽이 새벽에 꾼 꿈과 이어지는 것은 틀림없을 것이다. 그러나 그 해안이나 소나무 숲, 줄지어 있던 어부들의 모습은, 그리고 그 노래는 내 과거 중 어디에도 연결되지 않는다.

그런 건 본 적도, 들은 적도 없다.

그렇다면 꿈에서 볼 리도 없다. 이건 어떻게 설명할 수 있을까.

보고 들은 적이 없는 것이 뇌리에 떠오르다니, 그런 이치에 맞지 않는 일이 있을까?

전부 내 망상으로 만들어낸 허구의 산물이라도 된다는 걸까.

그럴지도 모른다. 그 바닷가의 풍경은 전부 만들어낸 기억이 틀림없다. 그래서 지나치게 잘 만들어져 있는 것이다. 모든 것은 나 자신이 무의식중에 보거나 들은 기억을, 역시 무의식중에 적당히 이어붙여서 만들어낸 가짜일 것이다. 무엇보다 히토츠마츠는,

—— 히토츠마츠?

그렇다 해도 지명까지 만들었을 리는 없다.

그렇다면 정말 그런 지명이 있을까? 보소의 구주쿠리라면 꽤 멀다. 물론 가 본 적도 없다. 나와는 인연도, 연고도 없는 곳이다.

이야기로 들어본 적도 없는 것 같다.

아니, 잊고 있을 뿐 어디선가 보고 들었던 걸까.

아니면 그것까지도 허구 —— 실존하지 않는 지명인 걸까.

—— 확인해 봐야겠다.

그렇게 생각하자 가슴이 두근거려서 가만히 있을 수가 없었다.

나는 남편의 서재로 향했다. 남편이 집을 비웠을 때는 청소도 금지되어 있을 정도이니, 차를 가져갈 때 말고는 서재에 들어간 적이 없었다. 하지만 방 안에 책이나 자료가 산처럼 쌓여 있으니 지도 정도는 있을 것이다.

먼지 냄새가 났다.

나는 남편이 늘 앉는 자리에 앉았다. 방석이 싸늘하니 차가웠다.

탁상 위에는 쓰다 만 원고가 펼쳐져 있다. 나는 남편을 흉내 내어 탁상에 양쪽 팔꿈치를 짚고, 손바닥에 턱을 올려놓고 눈을 감았다.

한동안 그대로 움직이지 않았다.

몹시 쓸쓸해졌다. 남편은 집에 들어올까?

나는 정말로 나일까?

지도는 곧 찾아냈다. 남편은 취재여행을 갈 때도 많아서 바로 손이 닿는 곳에 지도가 있었던 것이다. 급히 페이지를 넘긴다. 손끝이 약간 떨린다.

지바 현—— 구주쿠리 해변——.

가즈사[4] 이치미야——

—— 히토츠마츠.

있었다. 망상이 아니었다. 나는 넋을 잃었다.

하지만—— 낯설다. 분명히 처음 본다. 그 글자는 전혀 친숙하지 않다. 꿈에 글씨는 나오지 않기 때문이다. 내가 꿈에서 얻은 것은 히토츠마츠라는 어감뿐이다. 설령 무의식 속에서 알았다 하더라도, 최소한 책에서 얻은 정보는 아닌 것이다.

그렇다면 꿈이 알려주었다는 뜻일까. 그런 생각은 할 수 없다.

—— 우연인가?

우연의 일치라고 생각할 수밖에 없을까. 아무렇게나 만들어 낸 것이 맞았다는 걸까. 그런 우연이 있을까. 이 기분 나쁜 일치에 어떻게든 합리적인 설명을 할 수는 없을까.

오한이 더욱 강해진다. 감기에 걸린 것이다. 이명이 난다. 아니, 이건 해명이다.

내가 너무나도 싫어하는 해명이다.

---

4) 옛 지방명의 하나. 현재의 지바 현 중앙부.

※

쏴아아아, 쏴아아아, 쏴아아아.

파도 소리. 밀물 소리. 바다가 없는 이 근처에서는 그런 소리를 들을 수가 없습니다. 저는 제 머릿속에만 울리는 바다의 소리를 들으며 매일을 버텨나갔습니다.

아니요, 그래도 부모님이나 오빠를 원망한 적은 없었습니다. 특별히 남들보다 박복하다고 생각하지는 않았고, 무엇보다 원망이란 어엿한 사람이 하는 것인데 저 같은 게 남을 원망하는 것은 정말이지 분수를 몰라도 너무 모르는 일이 아니겠습니까. 세상에 대해서도 감사의 마음을 잊은 적은 없고, 하물며 고향의 가족들은 그리워하기는 했어도 원망 같은 것은 생각한 적도 없습니다.

팔려온 지 3년쯤 지났을 때의 일입니다.

갑자기 친절하게 대해 주는 친구가 생겼습니다.

비슷한 나이의 소녀로, 저와 마찬가지로 허드렛일을 하러 온 소녀였습니다.

그 소녀는 변함없이 모두의 경멸을 받는 제게도 격의 없이 대해 주어서 정말 기뻤습니다. 그 소녀의 이름은,

—— □□□□.

※

이름! 이름은 뭐였을까?

지금 떠오른 이름은 무엇이었을까!

벌떡 일어났다.

또 그런다. 또 백일몽을 꾸고 있었던 것이다. 아니, 이번에는 백일몽이 아니라 진짜 꿈이었나?

나는 서재의 남편 자리에서 그대로 지도에 엎드려 낮잠을 자고 있었던 모양이다. 창 위쪽에서는 이미 서녘 해가 비쳐들어 방을 붉게 물들이고 있다. 벌써 저녁이 된 것이다.

자면서 땀을 흠뻑 흘렸다. 몸이 싸늘하다.

상당히 심해졌다. 이렇게 꿈과 현실의 경계가 없는 상태가 계속된다면 정말 피곤한 일이다. 아니, 피곤해서 이런 상태인 걸까.

얼굴에 손을 대 본다. 열이 있는 것 같다. 나는 일어서다가 비틀거렸다. 책꽂이에 손을 짚는다. 털썩 소리를 내며 자료가 무너졌다.

──아아, 큰일이다.

어지럽다. 쓰러지듯이 몸을 굽히고, 흩어진 종이뭉치를 그러모은다.

뭔가 적어 넣은 광고. 아무렇게나 잘라 낸 잡지 조각. 누렇게 바랜 옛날 신문기사.

손끝의 감각이 둔하다. 얇은 종잇조각은 잘 집히지 않는다. 역시 열이 꽤 높은 것이다. 빨리 침상에 들어가 쉬어야겠다.

쏴아아아, 쏴아아아, 쏴아아아.

아아, 불길하다. 또 해명이,

※

저는 왜 선택받지 못한 걸까요.

그분이 그 여자를 선택하지만 않았다면,

너무 분해서 눈물이 났습니다.

어째서, 왜 그 여자를 선택한 걸까요.

이것도 운명이라는 걸까요? 그렇다면 너무 가혹합니다.

이건 어쩌면 뭔가 잘못된 게 아닐까요.

원망스럽습니다. 원망스럽습니다. 그 여자만은——.

※

해명이 들린다. 해명은 싫다.

——그 여자.

그 여자다. 그러니까, 그러니까 이름은.

의식이 혼탁해진 것 같다. 누구를 원망한다고? 그렇다, 이름은, 이름은 뭘까?

——이름은,

아아, 나는 나와 대화하고 있다.

나는 착란을 일으킨 모양이다. 열 때문에 그런 게 틀림없다.

빨리 치우고 자자. 그렇게 생각했다.

흩어진 종잇조각을 모으기만 하면 되는데, 겨우 그런 간단한 작업이 지금의 내게는 어렵다. 종이가 잘 집히지 않는다. 다다미를 스치는 종이 소리. 아무리 모아도 종이는 내 손에서 미끄러져 떨어질 뿐 전혀 정돈이 되지 않는다.

마음이 조급해진다. 더듬거리는 손가락 때문에 심장 박동이 빨라진다. 안 된다.

시야가 흐려지기 시작한다. 혈관이 팽창한다. 눈 안쪽이 아프다.

종잇조각에 쓰여 있는 활자가 두 겹, 세 겹이 되어 전혀 읽을 수가 없다. 그러다가 활자가 천천히 종잇조각에서 튀어나와 허공에 떠오르는 것처럼 보인다.

'병역'

'병역기피자, 머리 없는 시체로 발견'

'병역기피자 엽기살인, 아내의 범행인가'

'병역기피자 엽기살인, 정부를 지명수배'

병

병역기피?

머리 없는 시체?

오한이 오싹오싹하게 온몸을 꿰뚫었다.

——기억하고 있다. 이 기사.

읽어야 한다고 생각한다.

안 된다. 그다음은 어떻게 해도 읽을 수가 없다. 글자가 번진다. 눈이 흐려진다.

읽어야 한다, 읽어야 한다고 강하게 생각하면 생각할수록 표제의 큰 활자만이 머릿속을 빙글빙글 돈다.

※

무섭습니다. 무서워서, 무서워서 미칠 것 같습니다.

목을 ──.

그 사람의 목을 자르다니, 그런 무서운 짓을 제가 할 수 있을 리가 없습니다!

저건, 그 신주가, 아아, 생각만 해도 무서워!

저는 그저 그 여자를 원망하고 있었을 뿐입니다.

원망하고, 원망해서, 그 여자를 ──.

※

이름이다. 이름을 모르겠다. 아니, 얼굴도 어떤 얼굴이냐고 누군가가 묻는다면 어디에나 있는 흔한 얼굴이라고 대답할 수밖에 없다. 그게 내 천성이고 ──.

아아. 이건 내 기억이 아니다. 타인의 기억이다. 정신 똑바로 차려야지. 머리를 두세 번 흔든다. 목덜미 아랫부분이 심하게 아프다. 그 아픔 때문에 약간 정신이 돌아왔다.

어쨌든 나는 이 신문기사의 제목을 기억하고 있다.

떠올린 것과는 다르다. 기억하고 있다.

어떻게 다르냐고 물어도 제대로 대답할 수는 없다. 둘 다 똑같은 거라고 한다면 그럴지도 모른다.

다만 기억이 생생한 것이다.

내게도 이렇게 명료한 기억이 있었다니. 나에게 내 과거는 여기저기서 긁어모은 낡은 스크랩북 같은 것이었다. 전부 떠올렸다 해도, 그것은 안개가 낀 것처럼 조잡한 기억일 뿐이었지 않은가. 그에 비해 이 기사의 기억은 얼마나 생생한가. 이것은 틀림없이 내 기억이다.

어쩌면 나는 잃어버린 과거를 떠올렸다는 기분에 빠져 있었던 것뿐인 게 아닐까. 설령 그것이 진실로 내가 체험한 과거였다 해도, 본뜬 기억은 체험한 기억과는 다르다. 다를 것이다.

나는 그 빌려 온 물건 같은 과거 위에 7년이나 되는 세월을 쌓아온 것일까.

나는 그 종이뭉치를 쥔 채 서재를 나와, 비틀거리는 발걸음으로 침실로 향했다. 복도는 털이 긴 융단처럼 푹신푹신했고, 내가 앞으로 나아가고 있는 건지 주위 사물이 뒤로 물러나고 있는 건지 알 수가 없었다.

기억의 파편이 갑자기 돌아온다.

※

병역기피자. 사타 노부요시.

그것은 저의 ——.

※

그것은 내 첫 번째 남편의 이름이다. 병역을 피해 달아난 남편은 그대로 객사했다 ——.

아니다.

남편은 살해되었다.

게다가 남편의 시체에는 머리가 없었다.

살인사건이었던 것이다.

그렇다. 조금만 더 하면 생각날 것이다. 생각나지 않았던 그 무렵의 기억이 돌아올 것이다. 잃었던 부분이 메워지고, 드디어 내 과거와 현재는 이어질 것이다.

내가 —— 의심받고 있었나?

그렇다. 나는 의심을 받았다. 엄한 추궁을 받았다.

아마 이 기사를 읽으면 알 수 있을 것이다. 나는 모든 것을 떠올릴 것이다.

기억을 잃은 지 8년째가 되어서야 간신히 모든 것이 돌아온다. 심장이 두근두근 울린다. 해명이 쏴아아아 하고 호응한다. 자리를 깔고 그 위에 앉아 기사를 읽으려고 했지만, 아까보다 글자가 더욱더 번져서 벌레처럼 꿈틀거리는 바람에 전혀 읽을 수가 없었다.

빨리 이 감기에서 회복해야 한다. 이래서는 안 된다. 몽롱한 머리로는 아무것도 할 수 없다. 나는 땀으로 젖은 옷을 갈아입고 잠자리로 파고든다.

남편은 오늘도 돌아오지 않는다.

자려고 애쓴다.

해명이 들린다.

그건 그렇고 이 기사는 왜 그런 곳에,

남편은 숨겨서,

그 백일몽은 대체,

해명은 싫다.

나는 계속 가라앉는다.

히토츠마츠 해안.

만선을 알리는 깃발. 검은 바다의 나뭇결. 병든 시아버지.
타다 남은 기둥.
술 냄새. 바다 냄새.
남편은 살해당해,
성실한 남편. 영장. 아버지의 얼굴은 생각나지 않습니다.
동생은 불에 타서 죽었다. 오빠와는 나이 차이가 많이 났기 때문에.

야—이야—이, 야—이토야아

쏴아아아, 쏴아아아, 쏴아아아. 해명이 들린다.
원망스럽습니다, 원망스럽습니다, 원망스럽습니다.
그 여자. 이름은.
이름은.
저건 ——.
저건 금색 해골이다.

그대로 의식이 멀어졌다.

2

이사마 가즈나리에 대한 세상 사람들의 평가는 고작해야 곤란한 남자라는 것이다.

이 남자는 술을 잔뜩 퍼마신다거나 도박에 열중한다거나 여자 버릇이 나쁘다거나, 그런 건 전혀 없다.

그렇다고 해서 품행방정(品行方正), 판에 박은 듯한 소시민적 생활을 영위하고 있느냐 하면 그렇지도 않다.

평일 아침 일찍 인기척 없는 해안에서 낚싯줄을 드리우고 태공망인 체하는 걸 보아도, 그가 정상적인 사람이 아니라는 사실은 쉽게 알 수 있으리라.

그러나 그렇다고 해서 상식적인 사람은 이해할 수 없을 정도로 스케일이 큰 사람——소위 거물이라고도 생각할 수 없다. 우민(愚民)을 비웃는 듯한 대범한 거동도 하지 않고, 천재적인 번뜩임으로 위업을 달성하는 부류의 인물도 아닌 것이다. 물론 악당도 아니다.

사람은 아주 좋아서, 갓 서른 줄에 접어든 실제 나이에 어울리지 않게 호호할아버지 같은 인상을 준다.

종잡을 수 없는 사람이다.

옷차림도 정상은 아니다.

지금도, 터키 사람이나 쓸 것 같은 차양 없는 기묘한 모자를 쓰고, 러시아인이 입을 것 같은 모피 소매의 방한복을 걸치고 있다. 머리 양옆과 뒷덜미도 짧게 깎은 데다 수염을 기르고 있으니, 언뜻 보면 국적을 알 수가 없다. 그러나 얼굴 자체는 옛 일본의 상류계급을 방불케 하는, 속된 말로 벼슬아치 얼굴 그 자체다. 가늘고 긴 외까풀 눈에 곧은 콧날. 앞니 2개가 약간 크다. 터키모자 대신 에보시[5]라도 씌워 주면, 그대로 공차기 놀이[6]를 시작할 듯한 얼굴이다.

키는 크지만 약간 등이 굽어서 실제 키보다는 작아 보인다. 움직임도 딱딱해서 마른 가지 같다. 등을 펴고 당당하게 행동하면 필시 기품 있는 미장부가 될 테지만, 지금 모습으로는 고작해야 특이한 젊은 은거자 정도다.

그 행동거지만 고치면 틀림없이 인생도 바뀔 텐데, 하고 이사마를 아는 사람들은 하나같이 말한다. 그러나 공교롭게도 이사마에게는 그런 친구들의 친절한 충고를 귀담아들을 마음이 없다.

---

5) 관례(冠禮)를 치른 남자가 사용하던 모자. 헤이안 시대에 머리를 묶는 관습이 일반화되면서 서민들 사이에서도 널리 사용되었다. 귀족들은 평복을 입을 때 명주나 비단으로 만들어 검게 칠한 것을, 서민들은 마포(麻布)로 만든 것을 썼다. 근세에 이르기까지 귀족이나 무사들 사이에서 사용되었다.

6) 사슴 가죽으로 만든 공을 땅바닥에 떨어뜨리지 않도록 발로 차서 차례차례 넘겨주는 놀이. 네 귀퉁이에 벚나무·버드나무·소나무·단풍나무 등을 심은 곳, 또는 기쿠츠보[鞠壺]라고 불리는 전용 마당에서 이루어졌다. 중국에서 전래되어 헤이안 귀족 사이에서 크게 유행했음.

이사마의 집은 마치다에서 '여관 이사마야'라는 숙박업소를 운영하고 있다.

전쟁이 일어나기 전에는 활어조가 있는 요리여관으로 그럭저럭 번성했지만, 지금은 그 정도도 못 되는 모양이다.

전쟁이 시작되고 나서 곧바로 활어조는 그만둬 버렸다고 한다. 시국을 생각하면 당연한 일이었을 것이다. 장남인 이사마 가즈나리는 전쟁터에 나갔고, 전황도 수상해져서 이사마의 가족은 여관을 잠시 접고 피난을 떠났다.

피난을 가 있던 기간은 겨우 반년 정도였던 모양이다. 결국 이사마의 가족은 다행히 아무도 전화에 휩쓸리지 않고 종전을 맞았으나, 막상 마치다로 돌아와 보니 가장 중요한 건물이 없었다고 한다. 앞에서 말한 '이사마야'는 완전히 불에 타 버린 것이다. 타고 남은 자리에는 그저 탁한 물이 가득 담긴 거대한 활어조만이 놓여 있었다고 한다.

멍청한 광경이었다.

요리사는 물론 생선도 없어서 이제 어떻게 해야 할까 생각한 끝에, 활어조는 결국 유료 낚시터로 개조된 것이었다. 그 후 여관 건물은 1년 정도 만에 새로 지어졌지만, 유료 낚시터는 활어조로 돌아가지 않고 그대로 유료 낚시터로 남았다. 그리고 때마침 전쟁터에서 돌아온 후 빈둥거리던 장남 가즈나리가 그 유료 낚시터를 맡게 되었다.

그 후로 이사마는 유료 낚시터 주인 노릇을, 올해로 벌써 5년이나 해 오고 있다.

작년에 아버지가 돌아가시고, 여관은 실질적으로 누나 부부가 물려받았다.

이사마는 여관 쪽에는 별로 흥미가 없는 모양이다.

유료 낚시터의 관리는 적임이었는지도 모른다.

돈은 없지만 시간은 있고, 먹고살기 곤란하지도 않다. 이 생활이
맞는 걸 보면 노숙한 외모가 한층 더 연마될 만도 하다.

이사마는 원래 기술자가 되고 싶었다.

다만, 기술을 습득하기 위한 직인 수업은 고생스럽지 않았으나 일
이라는 것의 본질을 알 수 없었기 때문에 장사에는 맞지 않았다.

이사마는 손을 움직이고 머리를 써서 뭔가 하는 것 자체가 일이라
고 생각하고 있었던 것이다. 그러나 실제로는 그건 행위에 지나지
않고, 그 행위를 돈으로 바꾸는 것이야말로 일의 본질이었다.

경제관념이 없는 것도 아니고, 경제 원리를 이해하지 못했던 것도
아니다. 자본주의사회의 일원으로서의 자각이 부족했던 것도 아니
다. 어쨌거나 이사마는 그런 세계에 익숙해질 수 없었다. 정밀한 설계
를 하고, 정확한 부품을 만들고, 꼼꼼하게 조립하고, 보다 좋은 물건,
보다 좋은 기술을 만들어내는 것보다도, 쉬지 않고 같은 시간에 출근
하고 선배들에게 순종하고, 자금을 대는 사람을 모시며 애교 있는
웃음을 잊지 않는 것이 더 중시되는 세상이, 왠지 모르게 견디기 힘들
었다.

하려고 하면 할 수는 있었겠지만.

그래도 스무 살 무렵까지는 사회에 부적합한 자신의 성격을 정말로
고쳐야만 하는 걸까 하고, 이사마는 이사마 나름대로 번민했다.

전쟁이 끝나고 그 번민은 날아갔다. 전쟁이 그 후 이사마의 인생에
어떤 가르침을 준 것이다. 그렇다고 군대 생활이나 어두운 시대 자체

가 이사마에게 무슨 대단한 의미가 있는 것은 아니었다. 병역 중에는 쓸데없는 생각을 할 여유도 없었던 것이다. 이사마가 영향을 받았다면 그 대상은 전쟁이 가져다준 하나의 만남과, 하나의 체험으로 집약할 수 있을 것이다.

이사마는 전쟁 중에 에노키즈 레이지로라는 이름의 특이한 청년 장교와 알게 되었다. 알게 되었다 해도 에노키즈는 이사마가 있던 부대의 대장이었으니 그 표현은 약간 이상하겠지만, 다른 말로 표현할 수가 없다. 병역 중일 때라면 몰라도, 에노키즈는 유감스럽게도 상관이니 부하니 하는 관계를 지속하기가 어려운 남자인 것이다.

에노키즈는 옛 화족이라는 대단한 가문 출신으로, 학도병의 예비 사관이었던 모양이다. 모양이라고 한 것은 잘 모르기 때문인데, 에노키즈는 당시 제국대 법학부인지 뭔지에 재적하고 있었던 모양이지만 이사마는 아직도 본인의 입에서 출신 학교를 들은 적이 없다. 거기에 대해서는 지금 새삼 본인에게 물어본다 해도 알 수 없을 것이다. 그는 자신의 경력을 먼 옛날에 잊어버린 것 같다. 그러나 그 출신이 어떻든, 에노키즈가 우수한 군인이었던 것은 사실이다. 에노키즈 소위는 유연한 판단력과 적절한 지도력을 자랑하며, 기발한 착상과 전광석화 같은 행동력으로 과감하게 임무를 수행했기 때문에 상층부도 한 수 접어주고 있었다. 단정한 인형 같은 외모로는 상상하기 어려운, 면도 칼이라는 별명이 붙을 정도의 수완가였다.

이렇게 말하면 듣기는 좋지만, 그건 어디까지나 군무에 있어서의 얘기다. 에노키즈에 대한 이사마의 감상은 오직 괴상하다는 한 마디가 끝이다. 군무를 떠난 에노키즈의 언동은 실로 엉망진창 그 자체였다.

에노키즈는 이사마를 보자마자 갑자기,

—— 이게 웬 늙은이야!

하고 외쳤다.

당황했다. 당시 이사마는 스물한 살이나 두 살 정도였기 때문에 자신이 늙어 보인다고 생각한 적은 없었고, 하물며 그 말을 한 에노키즈보다 약간 연하였던 것이다. 하지만 막상 그런 단언을 듣고 보니 분명히 다른 젊은 군인들과 비교해서 이사마는 꽤 늙어 보였다. 옷차림을 말하는 게 아니다. 감성을 말하는 것이다. 이사마는 말문이 막혀서 저도 모르게,

—— 으음

하고 대답해 버렸다.

대답하고 나서, 이러다 얻어맞겠구나 하고 생각했다.

어떤 욕을 듣던, 상관의 물음에 으음이라고 대답해선 안 된다.

그런데 에노키즈는 때리기는커녕, 그 대답이 또 영감탱이 같다며 5분 동안이나 계속 웃어댔다.

아무래도 에노키즈는 이사마의 본성이 늙었다는 것을 간파한 게 엄청나게 기뻤던 모양이다. 그 후 에노키즈는 이사마가 마음에 들었는지, 퇴역하고 나서 현재에 이르기까지 계속 친구 관계는 이어지고 있다.

전쟁이 끝난 후, 에노키즈는 엄청난 신분이나 경력도 다 내던지고 부모에게서 받은 재산도 시궁창에 버리듯 내팽개친 채 실로 자유롭고 전례 없는 생활을 보내고 있었다.

성실하지 않은 것은 아니다. 본인은 항상 아주 진지하다. 뭐든지

하면 남들 이상으로 잘하면서, 아무 도움도 되지 않는 일에 심혈을 기울인다. 이건 뛰어난 재능을 낭비하는 거라는 의미에서, 과장되게 말하면 일종의 사회적 손실이라고도 할 수 있다.

덧붙여 말하자면 에노키즈의 현재 직업은 사립탐정이다.

유료 낚시터 아저씨가 차라리 착실한 직업이라고 할 수 있으리라.

따라서 뭔지 모르게 대단한 놈이긴 한데, 단순한 바보라고 할 수도 있다. 가치관이 다르다든가 천재와 뭐는 종이 한 장 차이라든가, 그런 평범한 비유로 에노키즈를 설명할 수는 없다. 곤란한 인간이라는 평을 듣고 있는 이사마가 봐도 상당히 곤란한 인간인 것이다. 그 곤란한 남자와 만난 덕분에, 이사마도 곤란한 길을 걷는 처지가 되었다고 생각하는 것은 적잖이 진실이다.

그리고 또 하나. 이사마의 인생을 좌우했다는 의미로는 잊을 수 없는 체험이 있다.

이사마는 다행히도 큰 부상 하나 입지 않고 사지 멀쩡하게 종전을 맞았다. 그런 주제에, 그 행운의 부대는 멍청하게도 돌아오는 배 안에서 죽을 뻔했던 것이다.

처음에는 빈혈인 줄 알았지만, 곧 열이 40도 가까이까지 오르고 오한이 났다. 말라리아에 걸린 것이다. 이제 괜찮다는 생각에 긴장이 풀리면서 병마가 몸 안으로 들어온 것일까. 아니면 나름대로 쇠약해져 있었던 건지도 모른다.

잠복기를 계산에 넣으면, 배에 타기 전이나 타고 나서 바로 감염된 것으로 생각된다. 고열이 계속되었다.

운송선의 선실은 방이라기보다 창고 같은 것이었다. 야전병원보다는 나았지만, 그렇다 해도 제대로 된 치료를 할 수 없다는 점에서는 차이가 없었다. 이사마는 점점 쇠약해졌다.

두 번째로 열이 올랐을 때, 엉덩이에 굵은 주사를 맞았다.

거기까지였다.

그 후 의식은 급격하게 멀어지고, 어지간한 이사마도 어렴풋이 죽음을 예감했다. 그러나 어쩐 일인지 공포감도 없이 평온했으며, 고향을 눈앞에 두고 죽는 데 대한 억울함도 전혀 느껴지지 않았다.

이사마는 그 후의 일을 똑똑히 기억하고 있다.

먹을 칠한 듯 매우 캄캄했다.

걷고 있는 건지 날고 있는 건지 확실하지 않다. 그 전에, 이동하고 있는지 정지해 있는지도 알 수 없었다. 그래서 떨어지는 것 같기도 하고, 떠오르는 것 같기도 했다.

그 감각은 제대로 표현하기가 어렵다. 그게 꽤 오랫동안 계속되었는지, 그렇게 오래도 아니었는지는 생각나지 않는다.

찰나였을까.

한 줄기 광명이 비쳤다.

저쪽으로 가야겠지 —— 이사마는 멍하니 그렇게 생각했다. 아니, 단순히 그쪽으로 움직이고 있어서 그렇게 느꼈을 뿐이었는지도 모른다. 이사마는 사람의 의지란 그리 명확한 것이 아니라고 생각한다.

자신이 이동하고 있는 건지, 주위가 이동하고 있는 건지 알 수가 없었던 것이다. 따라서 정말 자신의 의지로 이동하고 있는 건지도 의심스러웠다.

어쩌다 보니 어둠 속에서 쑥 빠져나왔다.

빠져나와 보니 작은 돌이 가득 깔려 있었다. 작은 돌이라기보다 자갈이라고 부르는 게 좋을지도 모른다. 그것만은 알 수 있었지만 밝은 건지 어두운 건지, 그걸 알 수가 없었다. 앞으로 나아가고는 있지만, 역시 걷고 있다는 감각은 없었다.

사당이 보였다. 들어가 본다. 특별히 뭐가 있는 것도 아니다. 이사마는 거기에서 잠시 쉬었다.

승합버스의 대합실 같은, 나무로 된 작은 사당이었다. 이사마는 마치 사당에 모셔진 지장보살처럼 거기 앉아 잠시 주위를 둘러보았다.

꽃이 피어 있었다.

불빛이 없어도 보였던 걸까, 아니면 밝았는지도 모른다.

어쨌든 꽃이 온통 흐드러지게 피어 있었다. 붉은 국화에 노란 국화, 들국화에 나리꽃. 구름떡쑥에 하얀 대국. 색깔은 가지가지지만 모두 국화꽃이다.

물소리가 났다. 강이 있는 건지도 모른다. 몸을 내밀어 보니 생각한 대로 강이었다.

사당을 나와 강 쪽으로 간다.

만일 자신이 죽었다면 이게 말로만 듣던 삼도천(三途川)[7]이라는 걸까.

그렇다면 이 강을 건너면 끝장이다.

그렇게 생각했다.

맞은편 강가는 지옥일까, 극락일까. 특정한 신앙을 갖지 않았던 이사마는 과연 자신이 어떤 곳으로 가게 될지 몹시 흥미가 생겼다. 이런 상황에 참 냉정하기도 하다. 냉정한 김에, 좀 더 숙연한 마음을

---

[7] 사람이 죽어서 저승으로 가는 도중에 있는 큰 내.

가질 수는 없는 거냐고 스스로를 타이르기까지 했다.

평소에 각오할 일이라곤 그리 많지 않은 자신이었지만, 지금은 각오가 필요할 거라는 생각도 들었다. 각오라는 한자는 깨달음(悟)을 배운다(覺)고 쓴다. 쓸데없이 고양되지도 않고, 그렇다고 침통하게 가라앉지도 않는다. 실로 각오하기에 어울리는 기분이었다.

그렇게 마음을 다잡자 이상하게도 좋은 기분이 들었다.

강 건너편에 왠지 모르게 그리운 사람들이 있었다.

돌아가신 할머니, 할아버지, 작은할아버지 ──.

과연 저세상답다.

그러나 거기 있는 것이 죽은 사람들뿐이었느냐고 묻는다면, 꼭 그렇지만도 않다. 부모님이나 누나, 친구, 이웃 사람들까지 있었던 것 같다. 그렇다면 살아 있는 사람들도 섞여 있는 셈이고, 그렇다면 건너편이 저세상이라고 생각하는 건 경솔한 짓이다.

그러나 환상치고는 선명해서, 모두 살아 있는 것과 전혀 다름없는 실재감을 갖고 있었다. 생각건대 과거라든가 미래라든가 현재라든가, 그런 감각이 없었던 것 같다. 없다 해도 시간 자체가 없을 리는 없고, 이렇게 체험하고 있는 이상 그건 모종의 시간 경과가 있었던 셈이니 모순이다. 물론 그건 나중에 그렇게 분석했을 뿐이고, 그때는 거기까지는 생각하지 않았다. 본시 나중에 가서 그때라고 표현하는 이상, 시간은 흐르고 있었던 것이리라.

어쨌거나 강 건너편은 추억과 현재, 희망과 회고가 뒤섞인 기묘한 도취감으로 덮여 있었다. 향수(鄕愁)와도 비슷했다.

친지들과 이웃들은 모두 손을 흔들고 있었다.

이쪽으로 오라는 뜻인지, 얼른 가라는 뜻인지 판단하기 어려운 동작이다.

모두 싱글벙글 웃고 있다.

엄청나게 밝아졌다.

이사마는 순식간에 섬광에 휩싸였다. 섬광이란 본래 한순간에 극적으로 빛나는 것이겠지만, 왠지 느릿하게 느껴졌다. 그래도 이사마는 그걸 섬광으로 인식했다.

그리고 이사마는 이 세상으로 돌아왔다.

혼수상태는 나흘 동안 계속되었다고 한다.

목욕을 하고 나온 후처럼 상쾌한 기분이었다.

일본으로 돌아온 후 한 달 정도 입원했지만 재발하지는 않았다.

그 경험을 계기로, 이사마는 사소한 일은 신경 쓰지 않게 되었다. 사람이 한층 더 커졌다거나, 모서리가 깎여 나가 둥그러졌다거나, 그런 것과는 다르다. 변함없이 종잡을 수 없는 사람이다. 오히려 전보다 더 표연해져 버렸다고 하는 게 옳을 것이다.

신심이 깊어진 건 아니다. 군이 말하자면 무교에서 다교로 옮아간 셈이 된다. 전쟁 전의 그는 하나님에도 부처님에도 정어리 대가리에도, 어쨌든 전부 무관심했다. [8] 그 무렵의 이사마였다면 설령 신이나 부처가 길에 떨어져 있어도 알아차리지 못하고 밟아 버렸을 것이다. 그러나 전쟁이 끝난 후로는 여행을 가서 사당이라도 발견하면 헌금을 하고, 정월에는 신사에 참배를 갔으며, 추석 때는 성묘를 빼먹지 않았다. 관불회(灌佛會) [9] 도 축하하는가 하면 크리스마스도 축하한다. 종교는 엉망진창이지만 마음가짐은 경건해서 아무런 모순도 느끼지 않는

---

8) 일본 속담 중 '정어리 대가리도 믿음이 있으면 존귀하게 느껴진다'는 말이 있음.
9) 초파일에 향수·감차·오색수 따위를 아기 부처상의 정수리에 뿌리는 법회.

―― 그런 사람이 되었다.

그 변모가 전부 그 체험에서 유래한다고 잘라 말할 수는 없다. 지금은 일본인의 대부분이 그럴 것이다. 따라서 이사마가 대중을 따라 한 거라고 생각할 수도 있다. 그러나 많은 사람들이 관습적으로 그런 행사를 처리해 나가는 데 비해 이사마는 약간 자발적 행위이며, 그 점을 고려하건대 관계가 없다고 하기는 어렵다.

이것은 종교 이외의 사상철학에 대한 태도에도 여실히 나타나 있다. 이해가 미치는 한 정도는 되지만 확고한 신념으로까지 높아지는 일은 없었고, 받아들였다 거부했다를 되풀이하니 자연스럽게 줏대 없는 남자처럼 보이는 것이다. 그러나 진짜 뜻이 없는 게 아니라, 이사마는 이사마라는 것일 뿐. 그런 점은 에노키즈의 영향도 있다.

이리하여 독도 약도 되지 않는―― 것처럼 보이는―― 종잡을 수 없는 남자는 완성되었다.

다만, 이사마는 이 신비로운 체험을 사람들에게 떠들고 다니지는 않는다. 이사마의 이성으로 판단하기에, 그게 사후 세계였다고 경솔하게 단언할 수는 없기 때문이다.

맞은편 기슭에 있던 친척이나 이웃들의 얼굴이 반드시 죽은 사람뿐이었던 것은 아니니까―― 그러니까 아니라고 단적으로 판단한 것은 아니다. 예를 들어 저 세상에 시간의 개념이 없다고 가정한다면 미래에 죽을 사람 또한 그곳에 있다고 생각하는 것도 가능할 것이다. 사람은 모두 반드시 죽는 법이니, 다시 말하자면 저 세상에 있는 것은 자신 외의 모든 사람이라는 뜻이 된다.

하지만 그런 생각은 이론에 지나지 않기 때문에 이사마는 특별히 그걸 주장하지도 않았고, 반론을 당한다 해서 대꾸할 생각도 없었다.

그것은 이사마가 본 게 저 세상의 광경이라고 단정할 수도 없는 대신, 부정할 증거도 될 수 없기 때문이다.

다시 말해 그런 이론은 아무래도 상관없는 것이다.

본래 이사마의 체험은——설령 그게 옛날이야기나 스님의 법화에 나오는 저 세상의 모습과 아무리 흡사하다 해도——이사마 혼자만의 개인적 체험임은 틀림이 없고, 그렇다면 그것은 아무리 생각을 거듭해 보아도 객관적 증명은 불가능하다는 뜻이다. 그렇기 때문에 더욱더 경솔하게 단정할 수는 없다고 생각하는 것이다. 죽음에 임하지 않더라도 같은 체험을 할 수 있을지도 모르고, 그렇다면 그건 자신의 뇌수 속에서 만들어냈을 뿐인 세계일지도 모르지 않는가.

다만 이사마가 체험한 것만은 엄연한 사실이고, 이사마는 스스로 자신을 의심할 생각은 털끝만큼도 없다. 그것 때문에 자신의 인생관이나 성격이 얼마쯤 변한 것은 의심할 여지가 없기 때문이다.

따라서 이사마는 그 체험을 좀처럼 이야기하지 않는다. 그 이야기를 들은 사람이 긍정하든 부정하든 무슨 어려운 이론을 내세워 설명하든, 하물며 포교의 재료로 삼든, 귀찮을 뿐이기 때문이다.

어쨌거나 그 체험은 뜻밖에 이사마의 표연한 인생을 부추기는 형태가 되긴 했다. 결국 이사마는 전쟁터에서 돌아온 후 취직은 하지 않고, 유료 낚시터 아저씨라는 한직을 선택했다.

이사마는 그 한직에 부담을 느낀 적은 전혀 없고, 타인과 비교하지도 않는다.

원래 유료 낚시터는 불로소득을 얻을 수 있는 장사가 아니다. '낚시터 이사마야'는 활어조로는 크지만, 낚시터로는 약간 자그마하여서 더더욱 돈벌이가 안 된다. 2년이나 가면 다행이라고 다들 생각하고 있었다. 낚시터를 하면서 그 김에 낚시 도구 판매를 시작하기도 했지만 한때 좋아졌을 뿐, 손님은 전혀 늘지 않았다. 그러나 단골손님이 있어서 망하지도 않았다. 이러지도 저러지도 못할 판이다.

게다가 이 장사는 시간이 많다.

낚시터다 보니 손님들은 처음부터 낚시를 하러 오는 셈이고, 그러다 보니 반나절 정도는 가만히 앉아 물고기를 낚는다. 그런 낚시터를 지키는 사람은 더더욱 가만히 앉아 있어야 하고, 게다가 손님의 발길까지 뜸해지면 낚시터를 지키는 사람은 죽도록 한가해지는 것이다.

그러나 이사마는 시간을 주체하지 못하는 아까운 짓은 하지 않는다. 취미가 많기 때문이다.

우선 피리다. 전쟁이 일어나기 전에는 듣기만 했지만, 지금은 퉁소를 비롯해 금속제 피리나 케나(quena) 종류까지 전부 불 수 있을 정도로 실력이 늘었다. 당연히 낚시터 손님들은 대부분 이 낚시터 주인이 연주하는 여러 가지 음색을 듣게 된다.

그리고 그 피리 소리가 들리지 않을 때는 주인이 창작의욕에 사로잡혀 있다는 증거다.

이사마는 어디에선가 폐자재 등을 조달해 와서 가공하거나 용접하는 등 아주 솜씨 좋게 세공해 이상한 물체(오브제)를 만들었다. 그런 작품들은 낚시터 구석이나 여관 부지에 전시되어——방치되어 있는 건지도 모르지만——일종의 이상한 공간을 형성하고 있다. 이게 또 상당히 예술의 영역에 도달해 있다. 다만 본인이 무슨 생각으로 만들고 있는 건지는 확실하지 않다.

피리 소리도 들리지 않고 용접 소리도 나지 않을 때, 낚시터는 거의 닫혀 있다고 볼 수 있다.

이 경우는 주인 자신이 낚시하러 나간 것이다.

이사마는 낚시터를 맡게 되면서 우선 낚시에 대해 알아야겠다고 생각했다. 그래서 바다낚시에서부터 계류낚시까지 한바탕 공부를 했다. 그것도 대낚시에 그치지 않고 찜낚시[10]에서부터 바늘낚시, 그물낚시, 줄낚시에 외줄낚시, 마지막에는 투망까지 배웠다. 일개 낚시터 주인이 그런 것들을 알아야 할 필요성은 전혀 없다. 그렇게 한가하면 경영 공부라도 하는 편이 본인을 위해서 좋을 거라는 생각도 들지만, 그런 생각은 하지 않은 모양이다.

그래서 결국 낚시에 **빠졌다**.

낚시터야 1주일을 닫든 한 달을 쉬든, 사회에는 아무런 폐도 끼치지 않는 장사다. 사흘 동안 영업하나 이틀 동안 영업하나 수익에 큰 차이는 없다. 그럼 문을 닫아두어도 들어오는 돈은 그리 변함이 없을 것 같다는 생각이 든다. 성실하게 영업해도 비슷비슷하니, 영업을 하지 않아도 손해는 없다. 물고기만 죽지 않으면 되는 것이다.

이사마는 지난달에도 한 달 가까이 낚시터를 닫고 산음 지방을 돌았다. 닥치는 대로 낚시를 하며 다닌 것이다. 거의 잡지는 못했지만 즐거웠다.

여행에서 돌아와 2주 정도는 피리를 불며 지냈지만, 아무래도 내키지 않아 다시 가까운 곳에 나가 보기로 했다. 숙소도 정하지 않고 마음대로 다니는 여행이었다.

---

10) 은어 낚시법의 하나. 성어가 된 은어는 강바닥에 영역을 만들고 다른 은어가 가까이 오면 공격을 하는데, 이 습성을 이용해 살아 있는 은어를 미끼로 사용해 은어를 낚는 방법이다.

어디로 갈지 잠시 망설였지만 결국은 즈시[逗子][11]로 정했다. 쇼난[湘南][12] 부근에서는 즈시 만, 이사마가 아직 가보지 못한 곳이었기 때문이다.

어제 가마쿠라로 들어가 역 앞 싸구려 여인숙에서 하룻밤을 묵었다. 그리고 특이하게도, 이사마는 가마쿠라에서 나고에 산을 깎아 만든 길을 넘어 즈시까지 걸어갔다.

그냥 변덕이었다고는 하지만, 이것은 꽤 험난한 길이었다.

우선 춥다. 마을이면 몰라도 가로등 하나 없는 산길은 험하고, 자세한 지도도 없으니 길도 잘 알 수 없다. 시간이 얼마나 걸릴지 짐작도 가지 않았다.

그래도 오전 3시에 숙소를 출발해 5시 전에는 해안에 도착했다.

그리고 찬바람이 불어닥치는 가운데, 오늘도 곤란한 남자는 낚싯줄을 드리우고 있었다. 6시가 넘었지만 아직도 어롱 속에 물고기 그림자라곤 찾아볼 수 없다.

동짓날은 새벽이 늦게 찾아온다. 날씨도 확실하지 않아서 맑은 건지 흐린 건지 알 수가 없다. 비라도 온다면 큰일이다. 설령 물고기는 잡힌다 해도, 감기라도 걸리면 큰일 아닌가.

줄이 팽팽해졌다. 작은 물고기의 감촉이다.

아니나 다를까 작은 복어였다. 그러나 복어는 쓸모가 없다. 이사마는 어린아이 같은 얼굴의 작은 물고기를 바늘에서 빼어 바다에 던졌

11) 가나가와 현, 미우라 반도 서쪽에 있는 시. 사가미 만에 면해 있으며 별장지 · 해수욕장으로 발전.

12) 가나가와 현, 사가미 만 연안 일대를 가리키는 명칭. 가마쿠라 · 즈시 · 하야마 · 오이소 등을 포함. 온난한 기후와 긴 해안선 덕분에 주택지 · 행락지로 발전했다.

다. 그리고 그 때.

"복어여, 잘 가거라."

하고 중얼거렸다. 그 말에 의미가 없다는 것은 거의 확실하다. 헤밍웨이의 소설과 현재의 우스꽝스러운 상황 사이에서 어떤 관련성을 찾아낸 것은 결코 아니다. 듣는 사람도 없으니 익살이나 농담 같은 것도 아니다. 말장난도 못 된다.

듣고 있는 것은 바다뿐이다.

——장소를 바꿀까?

낚시는 낚이지 않는 게 좋다고 말하는 사람도 있지만, 이사마는 그렇게 생각하지는 않는다. 낚지 못해도 전혀 상관은 없지만, 그래도 낚시를 하러 왔으니 낚는 것만큼 좋은 일은 없다.

바닷가를 따라 잠시 걸었다.

어차피 이 부근은 자산가의 사유지라서 낚시에는 적합하지 않은 곳일지도 모른다. 도구나 기술은 꽤 자세히 알게 되었지만, 이런 계절에 어디서 뭐가 잡히는지 이사마는 전혀 파악하지 못하고 있다.

모래사장이 끊임없이 이어져 있다. 즈시 만으로 들어서면 그다음부터는 해수욕장일 뿐이다.

해가 뜨기 시작했다.

산 구름에 붉은 기가 돌고 수면이 황금색으로 물든다.

일출은 일몰보다 과장되지 않은 만큼 더 극적이다.

저녁 해는 지는 데 시간이 너무 많이 걸린다. 아침 해는 한참 뜸을 들이지만, 뜨기 시작하면 눈 깜짝할 사이에 다 뜬다. 주위는 곧 밝아진다. 질질 끄는 황혼에 비해 날이 밝기 전의 어중간한 시간은 아주 짧은 것이다.

이사마는 그 맥 빠지는 상태를 좋아한다.

그리고 지금, 이사마는 귀중한 새벽 속에 있다.

저녁 해는 모든 것을 붉게 물들이지만, 아침 해는 빛바랜 세계에 붉은색을 쏟아붓는다.

흑백의 풍경이 순식간에 색채를 되찾아 간다.

해안 중간쯤에 사람이 있었다.

기묘한 광경이었다.

그 사람은 여자였다.

여자는 자잘한 무늬가 있는 연지색 비단옷과 검은 하오리를 걸치고 있다. 오른손에 손잡이가 달린 통과, 신고 있던 나막신을 들고 있는데 그 통에는 국화꽃이 꽂혀 있다.

왼손에는 국자를 들고 있다.

아무리 봐도 성묘하러 가는 모습이다.[13]

여자는 해안을 등진 채 고개만 돌려, 마치 해돋이를 올려다보듯이 눈을 가늘게 뜨고 파도가 밀려오는 바닷가에 서 있다. 넋을 놓고 있는 것처럼 보이기도, 기뻐하는 표정으로 보이기도 한다. 묶지 않은 검은 머리카락이 바닷바람을 맞아 살랑살랑 나부낀다.

발은 파도에 씻겨 복사뼈 언저리까지 흠뻑 젖어 있다. 파도가 밀려올 때마다 옷자락이 살짝 올라가 하얀 정강이가 불그스레하게 물들어 있는 게 엿보인다. 매우 추워 보인다.

그러나 화장기 없는 얼굴까지 붉게 보이는 것은 추위 탓이라기보다 아침 햇빛을 받아서 그런 것 같다.

---

13) 일본에서는 성묘를 갈 때 물통과 국자, 꽃을 들고 가서 비석 옆에 꽃을 꽂고, 물통에 물을 길어다가 비석 위에 국자로 물을 뿌린다.

약간 상기되어 있는 건지도 모른다.

아름다운 얼굴이었다.

여자는 이사마를 알아차리고 생긋 웃었다.

마성의 존재다.

이사마는 직감적으로 그렇게 느꼈다.

그러나 태양은 조마경(照魔鏡)처럼 모든 마를 파헤친다고 들었다.
해 질 무렵이나 한밤중이라면 몰라도, 밝은 햇빛을 받으면서도 정체
를 드러내지 않는 마물이 있을까?

게다가 이 마성은 웃고 있지 않은가.

이사마는 어느새 걸음을 멈추고 여자를 바라보고 있었다. 아니,
넋을 잃고 있었는지도 모른다.

여자가 말했다.

"낚시를 하시나요 ──?"

파도 소리에 잘 어우러지는 목소리다.

"── 이 추운 날씨에 참 엉뚱하시네요."

"당신이야말로 이런 계절에 성묘입니까? 그렇게 젖었으니 추울
텐데."

"별로 춥지는 않아요. 그쪽이야말로 콧등이 빨개졌네요. 억지로
참는 건 몸에 안 좋아요."

이사마는 당황해서 장갑을 벗고 콧등을 문질렀다.

얼음처럼 차갑다.

약간 오한이 들었다. 감기라도 걸렸나?

이사마는 말라리아에 걸린 이후로 열에 약하다. 미열만 있어도 신

중하게 대처할 정도다.

그런데 —— 오늘 아침부터 강행군을 했으니, 너무 무모했을까?

"음, 확실히 몸이 싸늘해진 것 같군요. 충고를 받아들이도록 하지요. 이 근처에 어디 쉴 만한 곳은 없을까요?"

여자는 깔깔 소리 내어 웃었다.

"정말 한심한 태공망이로군요. 쉴 곳이 있다 해도 이 시간에는 어디도 문을 열지 않았을 텐데요."

여자는 갑자기 이사마 쪽을 향해 몸을 돌렸다.

"그렇지, 성냥 있으세요?"

여자는 그렇게 물으면서 국자를 든 손으로 능숙하게 품에서 성냥갑을 꺼내더니,

"만일 있으면 좀 빌려주시겠어요? 이건 눅눅해져서 쓸 수가 없거든요."

하며 성냥갑을 바다에 던졌다.

이사마는 담배를 피우지 않지만, 이것저것 쓸모가 많아 성냥은 항상 갖고 다닌다.

이사마는 여자에게 다가가서 어색한 동작으로 안주머니에서 성냥을 꺼내 말없이 내밀었다.

"어머, 고마워요."

여자는 기쁜 얼굴로 그걸 받아들고는 통과 국자를 모래사장에 놓고 갑자기 쪼그려 앉았다.

파도가 들이치는 곳이라 여자의 하반신은 곧 바닷물에 잠겼다.

하지만 여자는 그런 건 전혀 아랑곳하지 않고 소매에서 향 묶음을 꺼내더니 성냥을 그었다. 아무리 그어도 바닷바람이 눈 깜짝할 사이

에 불을 꺼 버려, 좀처럼 불을 붙이지 못한다.

한 개. 두 개. 세 번째에 이사마는 보다 못해 손을 뻗었다. 여자의 손가락은 이사마의 코보다 훨씬 더 차가웠다. 이사마는 그 차가운 손가락에서 성냥과 향을 받아들고, 향에 불을 붙여 돌려주었다.

여자는 기쁜 얼굴로 그 모습을 바라보며 향을 받아들더니,

"고마워요."

라고 말했다.

여자는 벌떡 일어났다.

이사마의 차가운 코에 향냄새가 남았다.

바다 냄새와 뒤섞인, 실로 불가사의한 향기였다.

"자."

여자는 수평선을 향해 향을 멀리 던졌다.

이어서 국화꽃을 통에서 꺼내 던졌다. 던진다기보다 흩뿌린 듯한 국화꽃은, 곧 파도를 타고 여자의 발치로 돌아왔다.

"어머, 끈질기네."

여자는 몇 송이를 주워 다시 바다에 던졌다.

그러고 나서 통에 든 물을 국자로 퍼서 바다를 향해 뿌렸다.

"이건 담수예요. 바닷물은 짜서 안 되지요."

이사마는 몸을 굽힌 채 그 동작을 바라만 보고 있었다.

어느새 주위는 완전히 아침 풍경으로 바뀌었다. 여자가 물을 다 뿌렸을 무렵에는 새벽은 완전히 끝나고, 바닷가는 대낮과 다름없을 정도로 밝아졌다. 여자는 후련하다는 얼굴로 돌아보았다.

"왜 그렇게 요괴라도 보는 듯한 얼굴이세요?"

이사마는 반쯤 기가 차서 여자를 응시하고 있었던 것이다.

"아아, 오늘은 죽은 남편의 기일이랍니다. 친절하게 대해 주셔서 고마워요."

여자는 그렇게 말하며 이사마를 마주 보았다.

뚫어져라 바라보는 그 시선에 이사마는 더욱더 말을 잃었다. 젖은 듯이 검고 긴 속눈썹에 둘러싸인 요사스러운 눈동자. 자그마한 얼굴. 모양 좋은 입술. 가느다란 턱선이 아직 천진하다. 여자는 머리카락을 쓸어 올렸다. 그리고,

"고맙다는 인사를 드려야겠네요. 그쪽만 괜찮으시다면 저희 집에 들렀다 가세요. 뜨거운 차라도 대접할게요."

라고 말했다.

이사마는 어질어질했다. 열 때문이다.

여자의 집은 고지대에 있었다.

고지대라 해도 해안에서 그렇게 멀지는 않다. 이 주변에는 곳곳에 언덕이나 작은 동산이 있다. 따라서 길은 금세 막히게 된다. 직선거리로 가려면 그 언덕을 무너뜨려서 길을 내야 한다. 그게 산을 깎아 만든 길이다. 산을 깎아 만든 길은 평상시에는 단순한 수송로지만, 유사시에는 군사방어의 요충지가 된다. 길을 막는 것도 간단하고, 양쪽에서 공격하기도 쉽기 때문이다. 가마쿠라로 들어가는 그런 길은 일곱 개가 있고, 이사마가 오늘 아침에 지나온 나고에 길도 소위 말하는 가마쿠라의 일곱 입구 중 하나다.

나고에[名越]라는 이름의 유래는 넘기 힘들다[難越]는 말이었다고 한다. 산을 깎아 만든 길이 없었다면 이사마는 도저히 넘을 수 없었을 것이다.

여자의 집에 갈 때도 그 길을 지났다. 물론 이름도 없는 길이다. 응회암 바위가 좌우로 솟아 있다. 길은 나쁘고 경사도 상당히 심한 언덕이어서, 이사마는 꽤 숨이 찼다. 하기야 산을 깎아내 길을 내지 않았다면 더 심했을 것이다.

그러나 여자는 익숙한지 쉬지 않고 올라갔다. 거리는 순식간에 벌어졌다.

──이 여자는 역시 마성의 존재일지도 몰라.

이사마는 남몰래 생각했다.

길은 도중에 두 갈래로 갈라졌다.

발밑만 보며 올라온 이사마는 거기에서 여자의 모습을 놓친 걸 깨닫고 멈춰 섰다.

눈 안쪽이 약간 아프다. 역시 열이 난다.

"이쪽이에요. 길이 험해서 힘드시지요?"

여자의 목소리가 났다.

여자는 왼쪽 길에 서 있었다.

여자 뒤, 언덕 꼭대기에는 벌써 그녀의 집인 듯한 건물이 보였다. 낡은 일본식 가옥을 요새 풍으로 개축한 것일까. 입구는 약간 서양식으로 되어 있고, 벽도 회반죽으로 발라져 있다. 그러나 지붕은 아무리 봐도 일본식이라 전혀 조화롭지 못하다.

가까이 가 보니 그 건물은 생각보다 훨씬 더 낡은 것 같다는 사실을 알 수 있었다. 개축된 것도 잘 봐 줘야 다이쇼[大正][14] 시대쯤일지도 모른다. 조화롭지 못한 것은 틀림없지만, 잘 살펴보니 전혀 요새 풍이 아니었다.

---

14) 1912~1926년까지 사용된 연호.

문에 문패는 걸려 있지 않았다.

현관을 지났다.

예상대로 상당히 낡은 집이었다. 입구에 비해 안이 넓다. 산을 깎아 만든 길 사이에 끼어서 서 있는 듯한 인상이었다.

신발을 벗으려고 몸을 굽힌 이사마의 등줄기를 따라 감기 특유의 뭐라 말할 수 없는 권태감이 지나갔다.

본격적으로 감기에 걸린 모양이다.

인기척 없는 집에는 불기도 없는지, 집 전체가 싸늘하게 식어 있었다. 물론 이사마의 몸도 싸늘하게 식어 있다. 그리고 여자의 마음속도 싸늘하게 식어 있을 것이다.

이사마는 객실로 안내되었다. 화로는 있지만 언 발에 오줌 누기라, 방 전체를 덥힐 정도는 못 되었다.

여자가 부엌으로 가자, 이사마는 방한복을 입은 채 화로를 끌어안고 몸을 녹였다. 낯선 여자 집에 들어와서 화로를 다리 사이에 끼울 수는 없었다.

양 손바닥과 뺨이 따끔거리면서 따뜻해진다. 피부의 온도만 타는 듯이 올라가고, 몸속은 변함없이 차갑다.

오한이 더욱 심해졌다. 이사마는 얼굴을 들고 방을 둘러보았다. 4평짜리 방에, 가구는 고풍스러운 찬장이 하나 있을 뿐이다. 성긴 다다미는 햇볕에 그을려 바싹 말라 있다. 장지 중간쯤에 끼워 넣은 유리 너머로 안뜰 같은 풍경이 엿보인다.

"몸이 많이 안 좋으신 모양이군요."

머리 바로 뒤에서 목소리가 들렸다. 어느새 여자가 등 뒤에 와 있었던 모양이다.

"차라도 대접할까 했지만, 이게 더 따뜻해질 것 같아서요."

쟁반 위에는 큰 술잔이 놓여 있다. 술 냄새가 풍겨온다.

"아아, 친절하시군요. 하지만 술은."

이사마는 술을 별로 잘 못 마신다.

"천만에요. 아뇨, 이건 대단한 술이 아니랍니다. 그냥 계란술이에요. 푹 끓였으니 술 냄새는 날아갔을 거예요. 제가 보니까 왠지 열이 있으신 것 같아서요. 한기가 들어 몸에 병이 났을 때는 이게 잘 듣거든요."

여자는 그렇게 말하며 쟁반을 놓고 술잔을 스윽 내밀었다. 이사마는 술을 못하지는 않는다. 그럼 술을 싫어하느냐 하면, 그것도 아니다. 이사마는 금세 취기가 돌아 잠이 오는 체질인 것이다. 특히 데운 술은 더 빨리 돈다. 이 상태에서 실수라도 했다간 큰일이다.

다만——분명히 여자가 말하는 대로 차가워진 몸은 밖에서 따뜻하게 하는 것보다 안에서 데우는 게 좋을지도 모른다. 코를 스치는 달콤한 향기가 이사마를 유혹한다.

"그래도 마음에 들지 않으신다면, 그렇지, 뭔가 배가 부를 만한 거라도 준비할까요?"

"아뇨, 그러실 것까지는 없습니다. 주십시오."

술잔 가장자리는 손가락이 익어 버리는 게 아닐까 싶을 만큼 뜨거웠다. 이사마는 등을 웅크리고 고개를 빼서 그 뜨거운 액체를 조금씩 식혀 가며 목구멍 안으로 흘려 넣었다. 위 언저리가 뜨거워진다.

사실 몸은 따뜻해졌다. 빈속에는 약간의 알코올도 잘 들었다.

얼굴이 뜨겁다. 기분은 좋지만 진정이 안 된다. 심장 고동이 빨라진다.

"어머, 더 나빠지는 것 같네. 좀 누우세요. 저는 전혀 상관없으니까."

"아니, 아무리 그래도 그렇게 뻔뻔스럽게는."

"하지만 길에서 쓰러지시면 큰일이잖아요. 저도 찜찜하고요. 옆방에 이부자리를 준비할 테니, 모쪼록 쉬다 가세요."

딱해서 못 보겠다는 듯이 눈썹을 찌푸리며 여자는 일어섰다. 이사마는 이 상황에 순순히 그러겠다고 할 수는 없다고 생각했다. 보아하니 여자는 아무래도 혼자 사는 것 같고, 이대로 이불을 빌려 잠들어버린다면 ──아무리 태평한 이사마라도, 너무 뻔뻔스럽지 않은가. 그러나 한편으로 몸은 이미 완전히 휴식을 요구하고 있었다. 판단력도 현저하게 저하되어 있다.

그러고 있자니 술기운이 뇌수 쪽으로 올라온다.

"아아, 저어, 처음 뵌 분께 그렇게까지 신세를 질 수는 없으니 이만 실례를 ──."

"괜찮아요, 향에 불을 붙여 주셨으니 저쪽에 있는 남편 몫의 은혜도 있으니까요."

여자의 목소리만이 대답했다.

목이 너무 말라서 이사마는 잠에서 깨었다. 자면서 꽤 땀을 흘렸다. 베갯맡에는 아까의 그 쟁반에 물주전자와 컵이 놓여 있다.

이사마는 몸을 뒤척여 엎드린 후, 이불을 덮은 채 물을 한 잔 마셨다. 차갑고 맛있었다.

──이건 역시 상식에 어긋나는 일이었어.

이사마는 새삼 그렇게 생각했다.

몸이 아픈 데에는 도덕심도 이길 수 없었다고 할까. 이 경우, 누군가가 이상한 흑심이 있었던 게 아니냐고 한다 해도 99% 변명은 통하지 않을 것이다. 하지만 멋대가리 없는 이사마에게 처음부터 흑심이 없었던 것은 사실이다. 이사마를 아는 사람이라면 누구나 납득할 것이다. 그러나 모르는 사람은 전혀 납득할 수 없는 이야기다.

여자는 꼼꼼하게도 욕의까지 준비해 주었다.

사양하네 마네 하는 실랑이가 다소 있었던 것 같지만, 여자가 반대를 무릅쓰고 입혔는지 자기 쪽에서 꺾였는지, 이사마는 기억이 나지 않았다.

이사마가 누워 있는 방은 불단이 있는 방인 것 같았다. 고급 목재로 만든 낡은 불단이 놓여 있다. 꽤 훌륭한 불단이다. 만듦새도 튼튼하고 재질도 흑단인 것 같으니, 겉으로 보이는 대로라면 상당히 값이 나가는 물건일 것이다. 하지만 속은 텅 비어 있고 본존도 불경도 위패도 영정(影幀)도 없다. 촛대에 초는 없고, 꽃병에 꽃도 없다. 아무렇게나 놓여 있는, 경을 욀 때 치는 종과 종대가 천장과 상인방 사이에서 새어드는 저녁 해를 반사하며 빛나고 있다.

——오늘은 남편의 기일이라고 했는데.

이래서야 공양할 방법이 없다.

바다를 향해 그렇게 기묘한 공양을 하더니, 불단만 보자면 부처를 모시고 있다는 분위기는 조금도 느껴지지 않는다. 우선 공양할 대상이 없다. 그럼 이사마가 오늘 아침에 본 것은 환상이기라도 했다는 걸까?

그런 기분도 들었다.

발치에는 화로가 놓여 있고, 방의 실온은 나름대로 높았다. 이제 춥지는 않다. 머리를 두세 번 흔든다. 아직 목 부분이 아프다. 하지만 열은 내려간 것 같다.

"어머나, 정신이 드셨어요?"

또 알아차리지 못했다.

어느새 연 건지, 소리도 없이 장지문이 열려 있고 거기에 여자가 서 있었다.

냉기가 침입해 온다.

이사마는 급히 앞을 여미며 몸을 일으켰다.

"아아, 정말 신세 많이 졌습니다. 저는——."

"그대로 계세요. 아직 멀쩡한 얼굴은 아니신데요. 일어나시지 않는 게 좋겠어요."

"하지만."

"감기는 앓다가 일어났을 때가 제일 중요하잖아요. 갈아입을 욕의를 가져왔으니 이걸로 갈아입으세요. 지금 죽이라도 가져올게요."

여자는 새 욕의를 화로 옆에 놓고, 이사마가 대답을 하기도 전에 나갔다.

분명히 땀은 흘렸다. 눈앞에는 깨끗하게 빤, 청결해 보이는 욕의가 놓여 있다.

배도 고팠다.

아니, 고플 터였다.

기왕 독을 먹으려면 접시까지 핥으라는 말은, 이럴 때 딱 들어맞는 속담이 아닐까. 이사마는 불행하게도 자신의 심경을 잘 표현할 수 있는 말을 알지 못했다.

그리고 결국 이사마는 접시가 아니라 죽을 먹었다. 솜옷을 걸친 채 방바닥 위에서 밥상을 받는 모습은 반나절 전에는 상상도 할 수 없었던 것이다. 밥상 위에는 매실 장아찌와 톳을 조린 음식이 놓여 있다.

여자는 간드러진 목소리로,

"아무것도 없어서 그냥 있는 것만 차렸으니 이걸로 참아 주세요."

라고 말했다.

"솔직히 말씀드리자면 톳은 좋아한답니다. 하지만 그렇게 말할 때마다 노인네 같다며 모두들 비웃어서요."

이건 이사마의 입장에서는 진심에서 우러나온 자백이었지만 여자는 농담으로 이해했는지, 아니면 정말 이사마가 노인네 같다고 느꼈는지, 큰 소리로 웃었다. 이사마는 쓴웃음을 지으며 뒤늦게 통성명을 했다.

여자의 이름은 아케미라고 했다.

"붉은색의 주(朱) 자에 아름다울 미(美)라고 써요. 마음에 들지 않는 이름이지요."

"왜요. 좋은 이름인데요."

"어머나, 싫어라. 이름을 칭찬받은 건 처음이에요. 의외로 말씀을 잘하시는군요."

아케미는 애교 있게 말한 후,

"그래도 이 이름은 싫어요."

하고 목소리의 톤을 떨어뜨리며 그렇게 말을 이었다.

이사마는 민감하게 분위기를 눈치채고 화제를 바꾸었다.

"아무래도 이 근처는 귀문인가 보군요. 그렇게 버렸는데 한 마리도 못 잡았습니다. 거기다 이런 재난을 당하고, 당신에게까지 크게 폐를 끼쳐 버렸으니, 음, 마음가짐이 좋지 못했던 거겠지요. 얼른 돌아가야겠습니다."

"어머나, 이런 시간에 돌아가시게요? 이 근처에 사시는 분도 아닐 텐데, 돌아갈 방법은 아시나요? 아니면 마을에 숙소라도 잡아 두셨나요?"

"아니, 정해둔 건 아무것도 없습니다. 하지만 더 이상 폐를 끼칠 수는 없지요. 물고기가 잡혔다면 몰라도, 이래서야 사례를 할 방법도 없고요."

아케미는 쓸쓸한 얼굴을 했다.

이사마는——좀 놀랐다.

아케미는 더욱 간드러진 목소리로,

"제게 사례를 할 생각이 있으시다면 좀 더 느긋하게 쉬시다 가세요. 자고 가셔도 된답니다. 별로 대접은 못 해 드리지만요."

라고 말했다.

이사마는 더욱 놀랐다. 사실을 말하자면 이것은 쉽게 상상할 수 있는 전개이긴 했지만 그걸 눈치채여서야 너무 노골적이다. 이사마에게 그럴 마음은 없다.

이사마의 얼빠진 얼굴을 보고, 아케미는 웃었다.

"또 그렇게 요괴라도 보는 듯한 얼굴을 하시네요. 잡아먹지 않을 테니 걱정하지 마세요. 아니면 혹시 무슨 착각이라도 하신 건가요?"

"착각?"

약간 사이를 두고, 이사마는 곧 무슨 소린지 이해했다.

"음——그렇지요. 나는 당신이 생각하는 걸 잘 모르겠군요. 마찬가지로 당신도 저에 대해서 모르시겠지요. 제가 믿을 수 있는 사람인지 그렇지 않은지 모르시잖습니까."

"알고말고요!"

아케미는 더욱 유쾌한 듯이 웃는다.

"이래 봬도 사람 보는 눈은 있거든요. 당신이 위험한 분인지 그렇지 않은지, 저도 그 정도는 꿰뚫어보고 있어요."

이사마는 왠지 더욱 얼이 빠졌다.

"그럴 마음이 있는 남자는 여자를 보는 눈부터가 달라요. 처음부터 그런 눈빛이 돼 버리거든요. 그 점에서 당신——이사마 씨는 바닷가에서 만났을 때부터 색기가 전혀 없었지요. 색(色)의 길과는 무연한 분이세요. 그렇지 않았으면 저도 대뜸 말을 걸지는 않았을 거예요. 말을 걸었을 뿐인데 상대방은 이쪽에 그럴 마음이 있다고 생각하면 곤란하니까요."

"다 꿰뚫어보고 계셨습니까? 하지만 저도 남자인데요. 이거 얕보였군요."

이사마는 새삼 자신에 대한 세상의 평가를 재인식하게 되었다. 그렇게 메말라 보이는 걸까.

"하지만 설령 제가 고목 같은 남자라 해도 처음 만난 여성의, 그것도 혼자 사는 분의 집에 묵는 것은 내키지 않습니다."

"그러니 이렇게 부탁드리는 것입니다. 게다가 저는 혼자 사는 게 아니에요."

"가족이 있으십니까?"

"네, 남편이."

"그건 더욱 곤란하지요."

이사마는 당황했다. 그렇다면 언제 남편이 돌아올지 모르고, 남편이 돌아오는 날에는 정부라는 오명을 뒤집어쓸 게 확실하다.

잠깐.

—— 오늘은 죽은 남편의 기일입니다.

"남편이라니, 분명히 남편분은——."

오싹해졌다.

설마.

이 아케미라는 여자는 죽은 사람과 함께 살고 있기라도 하단 말인가?

그렇다면 이 집에는 망자가 돌아오기라도 한단 말인가?

아무래도 이 여자라면 그렇게 말하고도 남을 것 같다.

아케미는 눈을 가늘게 뜨며 미소를 지었다. 그리고,

"그것은 전남편입니다——."

라고 말했다.

"——아무리 저라도 죽은 사람과는 살지 않아요."

과연, 상당히 복잡한 사정이 있는 모양이다.

생각해 보니 여기가 여자 혼자 사는 집이라면 남자용 욕의가 이렇게 때맞춰 나오는 것도 이상하다.

다시 말해 이사마가 지금 입고 있는 것도 남편의 욕의라는 뜻이고, 그것은 정부라는 누명을 쓰는 것도 시간문제라는 소리다.

그건 그것대로 사양이다.

아케미는 그런 이사마의 심중을 꿰뚫어본 모양이다. 눈이 웃고 있다.

"하지만 남편은 잠시 집을 비우고 있어서, 오늘도 돌아오지 않을 거예요. 그러니 오늘 밤은 저 혼자랍니다. 요즘은 어디서 갓난아기가 살해되었다느니, 연속 토막살인사건이라느니 하면서 시끄럽잖아요. 이래 봬도 여자라서 마음이 불안하답니다. 이 주변은 밤이 되면 정말로 인기척이 없거든요. 게다가 바다가 가깝다 보니 바닷소리가 시끄러워서, 혼자서는 신경이 예민해져 버리지요."

"아아, 그런 시시한 사건은 요즘 정말 자주 들리지요. 이 세상의 이야기라고는 도저히 생각할 수 없어요. 하지만——그럼 저는 경호인입니까? 경호인."

이사마는 센스 있는 농담이라도 하려고 생각하고 있었지만, 미처 생각해내기 전에 여자가 웃음을 터뜨렸다.

"우후후, 그렇게 의지가 될 것 같지는 않고, 의지하고 있지도 않아요. 사실을 말하면 이야기 상대가 필요했어요. 2, 3일 동안 사람과 얘기를 하지 못해서, 솔직히 울적했거든요."

"글쎄요. 저야 전혀 상관이 없지만, 으음."

"정말 조심성 많은 분이시군요. 그쪽이야말로 제가 정체를 알 수 없는 여자라고 수상하게 생각하시는 거지요? 하지만 무슨 일이 생긴다 해도 당신은 남자니까 여차한 경우에는 어떻게든 되시겠지요. 지금은 몸을 소중히 생각하시는 게 좋아요."

아케미의 말대로 지금부터 마을로 나가 숙소를 찾는 것은 약간 고단한 일이다. 그렇다고 마치다까지 되돌아가는 것도 귀찮고, 물론 가마쿠라까지 걸어간다는 건 말도 안 된다.

"자, 포기하세요. 죽을 한 그릇 더 드시겠어요?"

아케미는 그릇에 죽을 부었다.

"하지만. 이사마 씨가 이상하게 여기는 것도 당연한 일이기는 하지요."

그리고 아케미는 진지한 얼굴을 했다.

"저는 사람을 죽인 적이 있답니다."

"호오."

무감동한 대답이다. 그러나 이사마는 놀라지 않아서 이렇게 대답한 게 아니다. 이사마도 충분히 동요했다. 이게 사실이라면 엄청난 고백이고, 농담이라면 나름대로 받아쳐야 한다. 아니면 무슨 비유일지도 모른다. 그러나 만일 진실이라면 이사마가 당황하거나 따져 묻는 것은 도리에 어긋나고, 슬픈 사정이 있다면 대답 여하에 따라서 상대방에게 상처를 주게 될 가능성도 있다. 단숨에 그런 생각들을 떠올리고 그 결과로 나온 호오, 인 것이다. 다만 그런 갈등이 내면에서 일어나고 있다는 것을 조금도 느끼게 하지 않는 점이 과연 종잡을 길 없는 이사마답다.

"저는 살인자예요. 이걸 숨기면 확실히 이사마 씨께 죄송스럽지요. 그래도 좋으시다면 주무시고 가세요. 강요는 하지 않겠어요."

"음."

세상이 시끄러워서 혼자 자는 게 무섭다고 해 놓고, 그 말을 한 입에서 침이 마르기도 전에 자신은 살인자라고 한다.

이사마는 이 기묘한 여자에게 흥미를 느꼈다.

"폐가 되겠지만, 하룻밤 신세를 지도록 하지요."

아케미는 자기가 마실 거라면서 술을 준비하고, 술안주 대신 자신이 살아온 이야기를 더듬더듬 말하기 시작했다.

아케미는 시나노[信濃][15]에서 태어났다고 한다.

시오타다이라라는 곳이라고 한다.

이사마가 모른다고 말하자, 아케미는 우에다와 마쓰모토 사이에 있는 곳이라고 대답했다. 그렇게 말해줘도 이사마는 모른다고 대답하자 벳쇼 온천 근처라고 말했다. 그 온천이라면 어렴풋이나마 들어서 알고 있었다.

실제로 태어난 곳은 그 시오타다이라가 아니라 돗코 산으로 불리는 산의 중턱에 있는 작은 집락이라고 하는데, 거기에서는 아케미가 철이 들기도 전에 이사를 나와 버렸다고 한다.

그 산속 마을은, 폐촌인지 합병인지는 모르겠지만 지금은 존재하지 않는 모양이다.

본가는 소작 농가였고 가족도 많아서 살기는 힘들었던 것 같다.

그런 사정도 있어서인지, 아케미는 열세 살 때 남의 집 고용살이로 내보내졌다고 한다.

그러나 일하러 가게 된 곳은 본가에서 가까웠고 3년쯤 지나자 신용도 생겨서 고향에 돌아가 자고 오는 것도 허락되었다고 하니, 팔려갔다거나 버려진 것은 아니었을 것이다.

"무슨 사극도 아니고, 그렇게 엄한 가게는 아니었습니다. 명절 때나, 그 외에도 가끔 집에 가곤 했지요. 그래서 그 날 바로 전날도 집에 돌아가서 하룻밤 자고 온 참이었습니다."

그 날이란 화재가 있었던 날을 말한다.

아케미의 이야기로는 열일곱 살 때 본가에 원인 불명의 화재가 일어나 일가족 전원이 타 죽고 말았다는 것이다. 고용살이를 나가

---

15) 현재의 나가노 현을 가리키는 옛 지명. 신슈라고도 함.

있었던 덕분에 아케미 혼자 살아남은 셈이다.

아케미는 인생 만사 새옹지마라며 웃고, '저도 같이 죽는 편이 나았을까요?'라고도 말했다.

혼자 살아남은 아케미는 친절한 고용주의 배려로 고용살이하던 집에서 시집을 가게 되었다고 한다. 열여덟 살 때라고 한다. 정말 흐뭇한 이야기다. 그대로 현재에 이른 것이라면, 화재로 함께 죽는 편이 나았다는 불온한 발언은 나오지 않았을 것이다.

그렇게 잘되지는 않았다는 뜻이다.

시집간 지 며칠 되기도 전에, 남편에게 소집영장이 도착했다고 한다.

"일주일 정도였을까요, 부부 생활은. 장행회(壯行會)라고 하나요, 그걸 이웃에서 했지요. 나라를 위해 훌륭하게 싸우다가 깨끗하게 죽으라고, 노인들이 위세 좋게 말하는 그거 말이에요. 저는 웃기지 말라고 생각했어요. 겨우 이런 일로 과부가 되다니 눈물도 나지 않을 일이지요. 아니, 입 밖에 낼 수도 없는 말이었지만요."

패전으로부터 7년이나 지나고 보면 그런 마음은 확실히 이해가 간다. 아주 자연스러운 감정이다. 그러나 반대로 겨우 7, 8년 전까지는 그런 생각을 가진 사람은 역적, 매국노로 여겨졌다는 뜻이 된다. 그 낙차는 얼마나 부조리한가.

"본시 제가 시집간 집에는 병든 시아버지가 있었지요. 불치의 병에 걸려 있었어요. 아니, 지금은 고칠 수 있을 테니 불치라고 해서는 안 되겠지만, 그 당시 돈도 없는데 그런 병을 고칠 수 있을 거라는 생각은 안 했으니까요. 남편이라는 사람은 정말 효심이 지극한 사람이었는데, 지금 생각해 보면 약간 병적이었어요. 이 사람이 아버지를 정말 정성껏 보살폈답니다. 그 덕에 간신히 살아 있었지요."

시아버지의 병은 나병, 요새 말하는 한센병이었던 모양이다.

이 병은 분명히 간병하기가 어렵다고 들었다. 물론 본인의 고통도 보통이 아니다. 이사마가 알기로는, 그 당시에는 완치율도 그리 높지 않았을 것이다.

"그 간병이 전부 제게 돌아오게 되는 거잖아요. 불평을 할 생각은 조금도 없었지만, 그렇다고 축하까지 할 건 없다고 생각했어요."

아케미는 거기까지 말하고 크게 숨을 내쉬더니 술잔을 단숨에 들이켰다.

이사마는 맞장구만 치며 톳을 먹는다.

바깥은 벌써 어두워져 있었다.

이제 와서 가겠다는 말은 할 수 없다.

이사마는 가경(佳境)에 들어가려 하는 아케미의 반생을 차분하게 듣기로 했다. 설령 유혹을 받더라도, 남편이 돌아와 미친 듯 화를 내더라도 그 때는 그 때다. 이사마의 호기심은 이미 이 이야기의 뒷부분을 듣지 않고서는 가라앉지 않게 되었다.

열도 내린 것 같다.

아케미는 말을 이었다.

"하지만 그 남편이라는 사람이, 실은 겉만 번지르르한 엉터리였던 거예요. 흥, 이마에 성실이라고 써 붙인 듯한 얼굴을 하고선 말이죠 ──."

아케미는 내뱉는 듯한 어조로 그렇게 말하고는 입술을 가볍게 깨물었다.

좀 취한 걸까. 아니, 취했다고 생각되지도 않는다.

"여자가 있었던 겁니다. 그것도 제가 고용살이하던 집에서 같이 일하던 아가씨였어요. 아니, 저와 결혼하기 훨씬 전부터 사귀고 있었어요. 어찌나 얄밉던지요."

그렇게 말하고 아케미는 살짝 몸을 기대며 살피듯이 이사마를 노려보았다.

"다미에라는, 약간 멍한 애였지요. 저랑 같은 나이였어요. 늦되고 수수한 아이였기 때문에, 설마 남자가 있을 거라고는 생각도 하지 않았고 그 남자가 제 혼담 상대인 줄은 까맣게 몰랐지요. 설사 알았다 해도 제 쪽에서 거절할 처지는 못 되었지만요. 하긴, 식을 올리기 전의 일은 제가 알 바 아니었어요. 용서하고 말고 할 것도 없지요."

"당신과 혼인한 후에도, 그."

"네. 끊지 않았어요. 아니, 남편은 절 버리고 그 여자를 선택했지요."

"선택했다고요?"

"도망친 거예요. 손에 손을 잡고."

"도망쳤다니, 무엇으로부터? 당신으로부터?"

"군대에 가는 게 무서웠겠지요."

"아아."

아무리 국가 총동원이다, 1억 국민이여 진격하라고 말해 봐야, 이런 사람들은 여기저기 있었던 것이다. 징병검사를 앞두고 병역기피 공작을 하는 사람이나, 소집영장을 받고 달아나는 사람도 1억 명 중에는 상당수 있었다는 뜻이다.

이사마도 다시 한 번 가라고 한다면 싫다고 할 것이다. 죽고 싶어 하는 사람은 아무도 없다. 그것은 사람으로서는 지극히 자연스러운 감정이지만, 아까 아케미가 토로한 것처럼 한때는 그렇게 생각하는 것조차 죄였던 것이다.

"장행회까지 끝내 놓고 말입니까?"

"그래요, 죽어서 오라는 말을 듣고 달아나 버린 거예요. 자존심도 없었던 거지요. 그 노부요시라는 사람은."

남편의 이름은 노부요시인가 보다.

"게다가 본처와 달아났다면 몰라도 정부랑 달아난 거예요. 결국 병든 아버지를 제게 떠넘기고 말이지요. 그렇게 효자인 척하더니. 혼자 달아나는 편이 그나마 귀여운 데가 있지 않았을까요?"

아케미는 화났다기보다는 비웃는 듯한 표정이었다. 그게 자조인지, 겁쟁이 남편에 대한 조롱인지, 이사마는 알 수 없었다.

"특고[16]인지 헌병인지, 저한텐 뭐든 다 똑같지만——."

조사를 받는 게 당연할 것이다. 도망친 단계에서는, 그 다미에인가 하는 여자의 존재는 판명되지 않았던 모양이다. 우선 가족이 의심받고 추궁을 당한다.

"그런 건 상관없어요. 그 사람들도 그게 일이니까 그런 거고, 도망친 남편이 나쁜 거니까요. 그보다 마을 사람들의 태도가 완전히 변하는데——."

따돌림의 무서움, 비참함, 슬픔 등을 이사마가 알 리도 없다. 숨막히는 세상, 부자연스러운 정의감, 죽음에 대한 공포, 반발해야 할 대상이 없는 반발. 그런 빈틈은 쉽게, 그런 채워지지 않는 욕구불만의 배출구가 될 수 있을 것이다. 그것은 단순한 집단 히스테리이며, 집단 괴롭힘이다. 대의명분의 깃발 아래 정정당당히 이루어지는 만큼 더

---

16) 특별고등경찰

욱 곤란하다.

──'쯧쯧, 저런'이라는 건 흔해 빠진 분석이겠지.

이사마는 거기까지 생각하고 기분이 나빠졌다. 그것은 그런 게 아닐지도 모르고, 설령 그랬다 하더라도 누구를 탓할 수도 없으며 또한 아케미의 마음이 위로받는 것도 아니다.

원망하려면 남편을 원망할 수밖에 없다.

시집간 지 얼마 안 되어 남편이 달아나고, 중병에 걸린 시아버지를 떠맡은 데다 거기에 세상 사람들의 집요한 추궁을 받았으니 아케미도 참을 수 없었을 것이다.

"정말 견딜 수가 없었어요."

이사마는 마음속을 들여다보인 듯한 기분이 들어서 약간 놀랐다.

"그래서 그 남편 ── 전남편은 그 후 어떻게 되었습니까?"

"네. 1주일 정도는 행방을 알 수 없었어요. 어떻게 된 거냐고 저한테 물어도 모르는 건 대답할 수 없잖아요. 덕분에 꽤나 괴롭힘을 당했지요. 그런데 7일째 되던 날 밤, 불쑥 돌아온 거예요."

"돌아왔다고요?"

"물론 몰래 말이지요. 깜짝 놀랐답니다."

"그래서요?"

"그게 ──."

아케미는 취조라는 명목으로 불려 나가 늦은 밤까지 실컷 괴롭힘을 당했다고 한다. 지칠 대로 지쳐 돌아와 보니, 놀랍게도 바로 그 노부요시가 뻔뻔스럽게 집에 있었다고 한다.

할 말이 없었던 모양이다. 원망의 말을 하려 해도 무슨 말을 어떤 순서로 하면 좋을지 전혀 알 수 없었다고 아케미는 말했다.

"부부로서 정이 들 만큼 살지도 않았으니 당연한 일이겠지만요
——."

반대로 남편은 아케미를 힐난했다고 한다.

병상에 누워 있는 아버지를 내팽개치고 밤늦게까지 외출해 있었기
때문이다. 변명할 새도 주지 않고 대뜸 화를 냈다고 한다. 부조리한
이야기다.

아케미는 내심 시아버지의 변호를 기대하기도 했다고 하지만, 그
것은 무리한 일이었다. 시아버지는 그저 살아 있을 뿐, 이미 말을
하기는 고사하고 판단하거나 생각할 수 있는 상태가 아니었던 것이
다.

달아나기 전에 노부요시는 노인과 끊임없이 친밀한 대화를 나누고
있었다고 한다. 그래서 아직 시아버지와는 의사소통이 가능하다——
아케미는 멋대로 그렇게 생각하고 있었다고 한다. 그러나 그 아버지
와의 대화는 노부요시의 일인극이었던 것이다. 실제로 시아버지의
병은 빼도 박도 못할 데까지 와 있었다.

아케미가 그 사실을 안 것은 물론 노부요시가 없어진 후의 일이다.

노부요시는 아무래도 아버지에게 약을 먹이기 위해 돌아온 것 같았
다. 아케미는 그 신경을 이해할 수가 없었다고 한다. 아케미는 더듬거
리며 변명과 상황 설명을 하고, 남편의 비상식적이기 짝이 없는 행동
의 속셈을 물었다. 처음에는 들을 가치도 없다는 태도였던 노부요시
는 아케미를 실컷 욕한 후에 갑자기 흥분에서 깨어나, 그제야 자신이
놓인 상황을 파악한 모양이다. 적어도 아케미에게는 그렇게 받아들
여졌다.

노부요시는 순순히 사과했다고 한다.

——미안해. 나 때문에 고생했군.

그러고 나서 다음과 같이 변명했다.

——내게는 병역보다 중요했어.

무슨 뜻인지 명확하지가 않다. 아케미도 이해가 잘 가지 않았던 모양이다.

"끊임없이 사과하긴 하는데, 모처럼 인연이 있었는데 이렇게 되어서 미안하다는 둥, 나는 이미 이 길을 선택하고 말았다는 둥, 무슨 소린지 통 알 수가 있어야지요. 게다가 갑자기 얌전해져서 그렇게 말하다니. 영장을 받았는데 도망쳤으니 무사할 리 없다는 것 정도는 세 살짜리 어린애라도 알겠지요. 설마 그렇게 일이 커질 줄 몰랐을 리도 없잖아요. 그렇다면 각오 정도는 되어 있겠지 싶어서 집요하게 물어봤어요."

아케미의 물음에 대한 노부요시의 대답은 한층 더 난해했던 모양이다.

——내가? 병역기피? 아니야. 믿어 줘.

——이렇게 시간이 걸릴 거라고는 생각하지 않았어!

——출정하면 돌아올 수 있을 것 같지 않았단 말이야.

——입영하기 전에 어떻게 해서라도 이것만은.

——아아, 당신한테 설명해 봐야 모르겠지.

——좀 더 일찍 알았더라면.

전혀 요령이 없다. 아케미가 모르는 것을 이사마가 알 리도 없다.

노부요시는 계속해서,

——이제부터 난 도망치겠어.

라고 말했다고 한다.

처음부터 도망쳤다는 생각밖에 없었던 아케미에게는 더욱 종잡을 수 없는 말이었을 것이다.

그리고 노부요시는 마지막에,

——아버지를 부탁해. 당신 말고는 부탁할 수 있는 사람이 없어.

라는 말을 남기고 다시 집을 나갔다고 한다.

뼛속까지 제멋대로인 남자다.

"그래서요? 또 놔주었나요?"

이사마는 자기 입으로 말해 놓고도, 잡은 물고기의 처우를 묻는 듯한 말투라고 생각했다.

"네, 놔주었어요. 죽을 수는 없다고 하기에. 하지만 나중에 후회했지요. 그 남자가 선택한 길이라는 것이 다미에와 함께 하는 것이었으니까요. 병역보다 정부가 소중했다는 뜻이잖아요? 시간이 걸렸다니, 무엇에 시간이 걸렸던 걸까요? 군대에 가는 것도 잊고 그쪽에 빠져 있었던 걸까요? 웃기지도 않는 얘기예요."

그렇게 말해 놓고 아케미는 깔깔 웃었다.

"나중에 알았어요. 남편은 계속 다미에와 함께 있었던 거예요. 다미에도 남편이 도망친 후 곧바로 고용살이하던 집에서 사라졌지요——."

"하지만 국가와 병든 아버지와 새색시를 거들떠보지도 않을 만큼, 그 다미에라는 사람이 매력적이었을까요? 아버지라면 모르겠지만 저 같으면 나라에는 거역하지 않았을 거고, 아내가 당신 같은 여성이었다면 그쪽도 버릴 수 없었을 겁니다."

이사마는 빈말인지 진심인지 알 수 없는 표표한 말투로 그렇게 말했다.

아케미는 '어머나, 상냥하기도 하셔라' 하며 미소를 띠었다.

"그 후에는 정말이지 힘들게 살았어요. 시아버지는 닷새도 지나지 않아 덜컥 돌아가셨지만요. 장례식도 치르지 못했어요. 친절한 신주가 있으셔서, 몰래 기도를 해 주셨지요."

"신주? 승려가 아니라요?"

"네."

이사마는 신도의 장례식은 본 적이 없다. 신주가 독경을 해 줄 거라는 생각도 들지 않았다. 그러나 이것은 이사마의 견식이 좁은 탓이리라. 신도식 장례도 있을 것이다.

아케미는 변함없이 이사마의 마음속을 꿰뚫어본 듯 말을 했다.

"그건 저도 잘 모르지만요. 맞다, 그보다 이사마 씨는 아시나요?"

아케미는 뭔가 생각난 듯 얼굴을 들고 이사마를 보았다. 이사마는 약간 부끄러워하며 뺨을 긁적였다.

"저기, 신사에——."

무슨 말을 하려는 것일까.

"—— 신사에 모셔져 있는 그, 신체라고 하나요, 그건 대체 무엇이 모셔져 있는 거죠?"

"호오."

이번의 호오는 심사숙고한 끝에 나온 호오가 아니라, 단순히 허를 찔려 나온 호오다. 그냥 옆에서 듣기에는 아까의 호오와 전혀 구별되지 않는다.

"그야 신사에 따라 여러 가지겠지요. 구슬이거나 거울이거나. 아니, 물론 모셔져 있는 물건 자체가 아니라 원래는 무슨무슨 미코토라거나 무슨무슨 오카미라는 이름이."

그 말을 하다가 이사마는 친구인 추젠지라는 남자를 떠올렸다. 추젠지는 고서점을 운영하는 한편 신직에도 종사하고 있어서——그 반대였을지도 모르지만——그런 이야기에 정통하다. 아케미는 '그런가요?' 하고 건성으로 대답하고 나서 한층 진지한 표정으로,

"제 생각에, 그건 아마 전부 해골이 아닐까 싶어요."

라고 말했다.

전혀 다음 이야기를 예측할 수 없는 여자다.

"해골이라니, 그 해골, 그 백골을 말씀하시는 겁니까?"

"네. 그 백골 말이에요."

아무래도 지리멸렬하다는 느낌은 부정할 수 없지만 아케미가 그렇게 생각하는 데에는 나름대로 이유가 있었다.

아케미네 집은 옛날에 도야[頭家]라고 불렸다고 한다.

물론 폐촌이 된 돗코 산 속 마을에서의 일이다.

"계속——저는 그게 성이라고 생각하고 있었을 정도였어요."

아케미는 그렇게 말했다. 아케미의 결혼 전 성은 그게 아니라고 한다.

그럼 가호(家号)[17] 같은 거냐고 물으니 그것도 아니라는 것이었다. 아케미의 친정은 아랫마을로 옮겨간 후 가호가 없다는 것 때문에 꽤 부끄러워해야 했다고 하니, 그 촌락은 서로 가호로 부르는 관습이 없었을 것이다.

아케미는 오랫동안 성도 가호도 아닌데 자신들이 그렇게 불린 이유를 몰랐다.

도야란 신을 맡아 모시고 있는 집안——이라는 뜻이었던 모양이

---

17) 농어촌 등에서 성 대신 사용하는 그 집의 이름.

다.

그 사실을 안 것이 언제였는지, 아케미도 명확하게는 모른다고 한다.

누군가 정식으로 알려준 것이 아니라 어느새 알게 되었다는 게 진실인 것 같다.

어쨌거나 아케미의 친정은 먼 옛날에는 격식 있는 가문이었다고 ——아케미의 아버지는 술에 취했을 때마다 중얼거리곤 했다고 한다.

"산속의 몇 집 안 되는 작은 마을에 대대로 눌러앉아 살면서, 격식이고 뭐고 어디 있었겠어요. 하지만——."

증거가 있었답니다——하고 아케미는 말했다.

그 증거란 비단에 싸인 거창한 오동나무 상자로, 가보처럼 소중히 모셔지고 있었다고 한다. 1년에 몇 번 등잔불을 켜고 신주(神酒)를 바치며 무슨 노리토[祝詞][18] 같은 것도 외곤 했다고 한다. 아케미나 아케미의 어머니는 그 상자 속을 보는 것은 물론이고 여는 것도, 만지는 것도, 그 이름을 부르는 것조차도 금지되어 있었다고 한다. 실수로 여인이 만지기라도 하면 엄청난 일이 일어난다고, 어릴 때부터 배워왔다고 한다.

그 오동나무 상자를 소지하고 있다는 것 자체가 격식 있는 가문의 증거이며 그 상자를 갖고 있는 집을 도야라고 부른다는 사실을 아케미가 알게 된 것은, 아무래도 열 살이 넘었을 무렵의 일이었던 것 같다.

---

[18] 신사의 제례 때에 신 앞에서 낭독하여 신에게 청하는 내용·형식의 문장. 오늘날에도 제례 때 낭독되며, 대구나 반복을 많이 이용한 장중한 문체이다.

"정말 멍청한 일이지만 연결지어서 생각해 본 적이 없었어요. 그 상자는——어느 집에나 있는 신이라고 생각하고 있었거든요. 아버지의 푸념이나 우리를 부르는 이상한 이름이나, 그런 것도 너무나 당연했고요."

습관이란 때로 그런 함정을 만드는 법이다.

일반적으로는 비상식적인 일을 당연한 일이라고 생각하고 자라는 것은 자주 있는 일이고, 그런 경우 그 사실을 깨닫기도 어려울 뿐더러 깨닫는다 해도 그 착각을 불식하는 것은 상당히 어려운 일일 거라고 이사마는 생각한다. 그리고 아케미의 집을 떡하니 차지하고 앉아 있던 상자의 내용물은 미나카타 님이라고 불렸다.

"님——사람입니까?"

존칭으로 불린다는 것은 내용물의 인격——아니, 신격을 인정한다는 뜻일까.

속에는 무엇이.

아케미는 꿰뚫어보는 듯한 눈으로 이사마를 바라보며 작은 소리로 말했다.

"고용살이를 하러 가기 전에 봤어요. 상자 속을."

"흐음, 그래서요?"

"그러니까, 해골이었어요."

"해골——."

아케미는 눈을 내리깔았다.

"——해골이 가보로."

"기분 나쁜 이야기지요. 해골이라면 뼈, 뼈라면 시체잖아요. 저희 집은 선조 대대로 사람의 잘린 머리를 모시고 있었던 거예요."

아케미는 그렇게 말했다.

"하지만 그건, 그야 그럴지도 모르지만."

그렇다고 해서. 이사마는 곤혹스러워졌다.

"그건 특수한 예겠지요. 특수."

아무리 뭐라 해도 그것을 일반적인 사례로 파악하는 데에는 무리가 있을 것이다.

"저도 물론 그렇게 생각했어요. 하지만 안을 본 건 비밀이라서 아버지께 물어볼 수도 없었지요. 하지만 뇌리에 박혀 버려서 사라지질 않더군요. 그 해골이. 엄청나게 커다란 해골이었는데 ——."

"후쿠스케[福助][19]의 해골 아닐까요? 그거라면 왠지 기쁠 것 같은데."

농담이었지만 아케미는 웃지 않았다. 이사마도 재미없는 농담이었다고 반성했다.

"고용살이를 하러 간 집에서도 생각날 때마다 물어봤어요. 아마 저희 집만 기분 나쁜 물건을 모시고 있다고 생각하고 싶지 않았던 거겠지요. 틀림없어요."

"알아내셨습니까?"

"아니요. 하지만 남편이, 그건 드문 일이 아니라고 말해 주더군요."

그렇지는 않을 것이다. 이사마의 상식을 기준으로 하자면 매우 드문 예이다.

"네. 그렇게 말해준 건 남편뿐이었지만요. 아, 맞다, 생각났어요. 다미에에게도 물어봤더랬지요 —— 그때는 그 애 —— 가 뭐라고 대답했더라?"

---

19) 행복을 부른다는 인형. 머리가 비정상적으로 크고 키가 작다.

아케미는 잠시 위쪽을 쳐다보고 있었다.

"하지만. 그러던 중에 그런 것은 잊고 있었어요. 집도 불에 타 버렸고요. 그것도 타 버렸겠지요."

될 대로 되라는 태도다. 하지만 그리워하는 것 같았다.

"하지만."

이사마는 말했다.

"——하지만 뼈라면 남을 텐데요."

"네에?"

순간 아케미는 몹시 불안한 얼굴을 했다.

"뼈라면——불에 타도 남을까요?"

"남을 겁니다."

"하지만 어린 동생의 뼈는 타서 없어진 것 같던데요."

"어린아이의 뼈는 약한 법이지요."

이사마는 왜 자신이 그렇게까지 뼈가 남아 있는지에 집착했는지 잘 모른다. 하지만 그건 틀림없이 남을 거라고 생각했던 것이다. 경찰서나 소방서에서 현장 검증을 했을 때 머리만 하나 많으면 곤란할 거라는, 바보 같은 발상이기는 했지만.

아케미는 눈썹을 찌푸리고 어깨를 움츠리며 겁먹은 듯이 이사마를 바라보았다.

이사마는 약간 가학적으로도 받아들일 수 있는 자신의 발언이 부끄러웠다.

"아니, 사실 그건 잘 모르지만요. 그렇게 오래된 신대(神代)의 뼈라면 건조해서 불에 잘 탈지도 모르지요."

그런 바보 같은 일은 없다. 멍청하기 짝이 없는 뒷수습이다.

어지간한 아케미도 웃었다.

"어쨌든, 어디로 갔는지는 모르지만 없었어요. 그건 그렇고 아까 하던 얘기로 다시 돌아가자면."

아까 하던 얘기란 대체 뭘까. 이사마의 그런 당혹을 그녀는 또다시 꿰뚫어보았다.

"아까라는 건 시아버지의 장례식 부분 말이에요. 그 신주님이 어디에서 듣고 왔는지 모르겠지만, 갑자기 찾아오셔서 생전에 시아버지의 신세를 졌다, 사정은 다 안다며 고마운 말씀을 하시더군요. 장례도 정성껏 치러 주시고요. 그리고, 그 후의 일이었습니다."

"후?"

"이 집에서 모시던 상자 같은 게 없느냐고 묻는 거예요. 저는 시집을 온 지 얼마 안 되어 잘 모른다고 했더니, 만일 있다면 그걸 내버려 둬서는 안 된다, 저주가 내린다고 하더군요. 찾아내서 제대로 잘 모셔야 한다면서요. 하지만 찾으려고 해도 어떤 건지 모르잖아요. 자세히 물어봤더니 ──."

"흠."

"아마 해골이 들어 있을 거라고 했어요."

"그──."

그렇군요 ── 이사마는 납득했다.

그래서 아케미의 마음속에서는 특수한 예가 일반적인 예로 단숨에 격상된 것이다.

만일 그 집 ── 시댁에도 해골이 있었다면 그건 그 집에서도 아케미의 친정과 다름없이 해골을 숭배하는 관습이 있었다는 무엇보다 큰 증거가 되지 않을까. 아케미의 친정과 인연도 없고 연고도 없는 시댁이나 그 신주가 해골을 숭배하고 있었다면, 그것은 아케미의 집에만 존재하는 기이한 관습이 아니라는 뜻이 되지 않을까——.

아니——.

그렇지는 않을 것이다. 그 정도로 아케미의 결론—— 신체해골설을 이끌어내는 것은 무리다. 그것은 너무나도 유치하고 성급한 생각일 뿐이다.

이사마는 그것에 대해서 이렇게 생각한다.

아케미는 시댁에 친정과 똑같은 기이한 관습이 전해지고 있다는 걸 그 신관이 말할 때까지는 전혀 알지 못했을 것이다. 그래도 집 어딘가에 진짜 해골이 있었다면, 시아버지나 남편은 그것에 대해서 일부러 아케미에게는 아무 말도 하지 않은 셈이 된다.

이사마는 그게 중요한 점이라고 생각했다.

즉 아케미는 이렇게 생각한 것이다. 해골 숭배가 표면적으로 알려지지 않은 것은 그게 드물기 때문이 아니라, 어쩌면 아무도 말하지 않기 때문이 아닐까——하고.

남편이 된 남자는 아내인 아케미에게 의도적으로 그것을 감추고 있었다. 그렇다, 그것은 분명히 가족이라 해도 공공연히 말해서는 안 되는 금기인 것이다. 본래 아케미의 친정에서도 그것은 감춰야 하는 일이었던 게 아닐까.

친정에 있는 신체의 정체가 해골이라는 걸 아케미가 알고 있었던 것은 그녀가 우연히 상자 속을 훔쳐보았기 때문이고, 원래는 아케미도 그것이 무엇인지는 몰랐을 것이다. 실제로 해골을 모시던 집에서 나고 자란 아케미조차도 그랬다. 세상 사람들에게 알려져 있을 리 없다.

그리고 아케미는 이렇게 생각했을 것이다.

그렇다면 오히려 그것은 세상에 흔히 있는 일이 아닐까——하고.

정말로 해골이 집 안에 있었다 해도 남편이 사전에, 우리 집안에는 이런 기이한 것이 전해져 온다고 아케미에게 말을 흘렸다면——그게 아무리 기이하다 해도, 아케미도 그걸 단순히 드문 우연으로 받아들였을 것이다. 그러나 그 정보는 가족에 의해 아케미에게 전해지지 않았고, 가족이 모두 사라진 후에 제삼자를 통해 얻은 것이다.

그 덕분에 신비한 우연은 은폐된 보편으로, 산촌의 진귀한 보물은 신사에 흔히 있는 신체로 변용된 것이다.

다만——이사마가 보기에는, 설령 아무리 해골을 모시는 사람들이 떼거리로 나타나더라도 그것은 특수한 예가 떼거리로 나타난 것에 지나지 않는다. 그러나 이사마는 아케미의 생각을 덮어놓고 일축할 생각도 없었다.

이사마는 그런 배려 때문에 결국,

"그래서요?"

하고 물었다.

아케미는 다시 될 대로 되라는 듯한 눈으로 먼 곳을 보았다.

"구석구석까지 다 찾아봤어요. 그 신주님이랑."

상중인 집 안에서 상주와 신주가 해골을 찾는다——참으로 묘한 정경이다.

"그래서, 있었습니까?"

"아뇨. 아무것도 없었어요."

아주 간단한 대답이다.

아케미는 그대로 이야기를 중단해 버렸다.

이사마는 허를 찔려 스모에 진 갓파 같은 엄청나게 멍청한 얼굴을 하고, 혼자 객실에 우두커니 남겨지고 말았다.

──이런, 이런.

좀 분해져서 술병에 남아 있던 아케미의 술을 몰래 한 모금 훔쳐 마셨다.

──정어리 대가리도 모시는데 해골을 못 모실 것도 없지.

그나마 그것은 인간의 머리인 것이다.

이사마는 술병을 쟁반에 도로 놓으면서 그렇게 생각했다.

아케미는 식사 준비를 하러 갔다.

전골이었다. 술과 된장을 넉넉히 넣어 졸인 바지락 전골이다.

이사마는 무슨 전골 요리인지 몰랐지만, 특별히 설명은 없었다.

"아무것도 준비하지 못해서 변변치 않아요. 입에 맞으셨으면 좋겠는데요."

아케미는 그렇게 말했지만 처음 만나는 낯선 남자를 대접하기에는 지나칠 정도로 충분한 대접으로 생각된다.

텅 빈 뱃속에 스며들어 퍼져 가는 것 같아서 몹시 맛있었다. 감기에도 효과가 있을 것 같다.

그러나 여전히 이사마의 감상은,

"음."

이라는 어미의 음계가 올라가는 무의미한 감탄부호와,

"된장."

이라는, 설명인지 감동인지 알 수 없는 대사로 집약되고 말았다.

다만 그 기분은 충분히 전해져 온다. 이사마가 아니면 할 수 없는 효율적인 화법이다.

아케미는 여전히 간드러진 말투로 무난한 잡담을 했다.

그것은 이사마에게는 빨리 그다음을 물어봐 달라는 태도로 보였다.

당연히 이사마의 착각이다.

"그래서 그, 남편은 그 후──."

결국 이사마는 그다음 얘기를 듣고 싶었던 것이다.

아케미의 술회는 아직 핵심 부분에 이르지 않았기 때문이다.

그녀의 고백이 진실이라면 그녀가 이야기하는 반생은 곧 거기에 도달하게 될까? 아니면 변죽을 울리며 이야기를 시작했지만, 그 부분만은 이야기하지 않을 셈인 걸까.

── 저는 사람을 죽인 적이 있답니다.

쉽게 이야기할 수 있을 만한 내용은 아닌가?

그러나 그 핵심을 건드릴 생각이 없다면 무엇 때문에 이사마를 붙들었으며, 무엇 때문에 그렇게 이야기했는지 이해할 수가 없다. 여전히 그 본심은 알 수 없지만 이사마도 이대로 잡담에 흥을 올릴 기분은 들지 않는다.

아케미는 일순 허무한 웃음을 띠었다.

"어머, 기쁘네요. 더 물어봐 주시는 건가요? 재미없는 얘기를 저 혼자만 떠들었나 싶어서, 왠지 부끄러워서 주눅이 들었는데."

"아니, 친절하게 대해 주셔서 주눅이 든 건 오히려 제 쪽입니다. 하지만 생판 모르는 제게 깊은 속사정을 이야기하는 게 꺼려지신다면──."

"당치도 않아요. 생판 모른다고 하시지만, 벌써 이렇게 아는 사이 잖아요."

아케미는 눈을 약간 가늘게 떴다.

"남편은 시아버지가 돌아가시고 나서 사흘쯤 후에, 시체로 돌아왔습니다."

"그건 ——."

"아뇨, 그건 제가 죽인 게 아니에요. 객사한 거지요."

"객사?"

"글쎄요, 들판에서 죽어 있었으니 객사겠지요. 발견은 늦었지만 실제로는 집에 돌아왔다가 다시 도망친 후 하루 이틀 만에 죽은 것 같더군요."

아버지보다 먼저 죽은 셈이다.

"그건? 쇠약해져서 죽은 건가요? 아사(餓死)라든가."

"살해당한 거예요. 아마 그 여자에게."

"외상이 있었습니까?"

아케미는 냄비를 바라보고 있던 시선을 들어 이사마를 보았다. 그리고 젖은 듯한 눈으로 이사마의 얼굴을 천천히 살펴보고 나서,

"외상이고 뭐고. 남편에게는 수급(首級)이 없었어요."

라고 말했다.

"머리 없는 시체."

"그래요. 참 처참한 최후지요. 자업자득이라면 자업자득이지만요."

이 얼마나 요란한 객사란 말인가. 이사마는 목이 없다거나 다리가

없다거나, 그런 부류의 잔인한 이야기에 약했다. 이사마의 캐릭터에는 맞지 않는 것이다.

"그건 —— 어째서 또 그렇게 되었나요?"

"글쎄요, 틀림없이 뭔가 목을 가져가고 싶은 이유가 있었던 거겠지요. 아아, 너무 무서워요."

"그럴 이유가 ——."

거기서 이사마는 생각해냈다.

그것은 애국자의 사적인 처벌이 아닐까. 어쨌든 피해자는 국가에 대한 의무를 저버린 매국노인 것이다. 그렇게 생각하는 사람들이 보기에는 그런 폭도는 극형에 처해도 부족할 것이다. 다시 말해 노부요시는 효수에 처해진 셈이다. 그런 이유라도 없으면 목을 자른다는 바보 같은 방식으로 죽일 리가 없다.

"그건 천벌이라고 해야 하지 않을까요? 괘씸한 탈주자를 심판한다, 하면서 이렇게 참수라도."

아케미는 재미있다고 말하며 웃었다.

"무슨 무용담이나 사극 영화도 아닌데, 그건 아니겠지요. 게다가 참수옥문(斬首獄門)[20]이라면 어딘가에 머리를 걸어두었겠지요."

"없었나요?"

"그야 당연하지요, 기분 나쁘게. 무엇보다 머리는 죽고 나서 자른 거라고 경찰이 그러던걸요."

사후절단이라면 참수는 아니다.

처벌을 위해 벤 거라면, 모처럼 잘라놓고 걸어두지 않는 것도 이상

---

20) 에도 시대의 형벌 중 하나. 참수한 후, 그 머리를 일정한 장소 또는 악한 짓을 한 곳에 전시하는 것. 옥문대에 올려놓고 옆에 죄상을 기록한 표찰을 세웠다.

하다.

그 외 사후에 목을 벨 이유라면, 신원을 감추기 위한 정도일까. 이사마는 그 정도밖에 생각나지 않았다.

"그 시체 말인데요, 그, 정말로——."

"남편이었냐고 말씀하시고 싶은 건가요?"

"그래요. 그렇습니다."

"틀림없이 남편의, 노부요시의 몸이었어요."

아케미는 딱 잘라 그렇게 말하고 묘하게 요염한 눈으로 이사마를 보았다. 이사마는 당황해서 냄비 속으로 시선을 옮겼다. 바지락은 이제 거의 없다.

"머리도 없는데 어떻게 아셨습니까?"

"그야 아무리 짧은 인연이라 해도 저는 아내였으니까 알지요."

그러나 부부라 해도 겨우 1주일. 그렇다면 타인이나 다름없지 않은가. 그래도 알 수 있는 걸까?

아케미는 작은 악마처럼 입 끝을 올리며 웃었다.

"후후후, 정말 알 수 있느냐는 얼굴이시군요. 알 수 있어요. 노부요시의 이, 허벅지 안쪽에——."

아케미는 희고 가느다란 손가락으로 자신의 허벅지를 가리켰다.

이사마의 손끝이 그 손가락의——오늘 아침 닿았을 때의——싸늘한 온도를 떠올렸다.

"——큰 흉터가 있었거든요. 이상한 모양의 흉터가. 그건 잊을 수도 없고, 잘못 볼 수도 없어요."

이사마는 왠지 생생한 고백을 들은 듯한 기분이 들어서 좀 부끄러워졌다. 부끄러움을 감추려고 조개껍데기를 버리는 접시에서 바지락

껍데기를 하나 집어 들고 양손으로 만지작거린다.

"으음, 모르겠군요. 당신은 아까 그 여자라고 했는데 —— 그것은 다미에 씨를 말하는 건가요?"

"네. 범인은 다미에였어요."

처음에는 역시 아케미가 용의자였다고 한다.

아케미의 몸을 덮친 불행은 전부 노부요시의 제멋대로인, 그 당시로써는 더없이 비상식적인 행동 때문이다. 그래서 아케미는 누구보다도 강력한 노부요시 살해 동기를 갖고 있을 것이다 —— 그것이 경찰을 포함한 세간 일반의 판단이었던 것 같다. 하기야 그 불행의 대부분은 —— 노부요시의 행동에 기인했다고는 해도 —— 실제로는 경찰을 포함한 세상 사람들이 아케미에게 가져다준 것이지만.

"또 —— 저를 심하게 몰아세우더군요. 남편이 도망쳤을 때는 매국노니 국적(國賊)이니 너도 같은 죄니 하면서 욕해 놓고, 남편이 죽으니 이번에는 네가 죽였다고 하잖아요. 만일 제가 죽였다 해도 죽은 사람은 국적이니 죽인 사람을 칭찬해 줘도 되는 거 아닌가요? 아뇨, 정말로 저는 모르는 일이었어요. 그런데 말이죠, 재미있지 않나요?"

아케미는 곧 석방되었다.

노부요시는 죽은 지 6일이 지나 있었다고 한다. 그리고 6일 전, 노부요시가 사망했다고 생각되는 날의 앞뒤로 3일 동안 아케미는 거의 연금 상태로 헌병대의 취조를 받고 있었다는 것이다. 노부요시가 한 번 귀가했을 때, 그것을 목격한 이웃 주민이 신고한 결과 구속된 것이었다. 얄궂게도 그때의 헌병 취조가 아케미의 결백을 증명하는 움직일 수 없는 증거가 된 셈이다. 실로 완벽한 알리바이라고 할 수 있을 것이다.

다만 덧붙이자면 그 취조가 시아버지의 죽음을 앞당기는 한 원인이 된 것 또한 사실인 모양이다.

그리고.

다음으로 수사 선상에 떠오른 자는 다미에였다.

"처음에는 노부요시와 다미에가 사귄다는 말을 듣고도 실감이 나지 않았지요. 그리고 한참 후에야 깨달았어요."

아케미의 혼인이 결정된 후로 다미에의 태도는 계속 이상했다고 한다. 온종일 울적해하고 말도 하지 않았다. 물론 축하한다는 말 한마디도 없었다. 그뿐만 아니라 아케미를 노려보는 듯한 눈빛으로 바라보곤 했다.

"질투가 났던 거겠지요. 그 애가 노부요시와 얼마만큼이나 깊은 사이였는지, 그건 모르지만요. 먼저 사귀고 있었다면 질투할 만도 하지요. 하지만 제가 이해할 수 없는 건 노부요시의 마음이에요. 결국 다미에를 선택할 거라면 어째서 저랑 결혼한 걸까요? 남자란 그런 걸까요?"

연애 문제에 대해서는 아는 게 하나도 없는 이사마는 대답하기가 곤란하다. 친구들의 소행에서 해답을 찾아보려고 다급히 한바탕 검색해 보았지만, 에노키즈를 비롯해 불행하게도 일반론에 들어맞는 일반적인 지인은 한 명도 생각나지 않았다.

"하긴, 규방 일에 일생을 거는 사람도 있으니까요. 죽을 때까지 한 명이라도 많은 부녀자와 잠자리를 함께하고 싶다는 염원 하에 밤낮으로 힘쓰는 남자도 있습니다."

그건 사실이다. 에노키즈의 친구 중에 그런 남자가 한 명 있다.

일반적이지는 않지만 하나의 예는 될 것이다.

"그런 예에서 생각해 보면 양다리나 세다리, 그 정도는 드문 일이 아니지요. 아니, 사실은 그 다미에 씨라는 사람, 그 사람한테 완전히 질려서 당신으로 갈아탄 건지도 몰라요."

아케미는 얄밉다는 듯이 이사마를 노려보았다.

"심술궂기도 하셔라. 그럼 결국 갈아탄 건 좋았는데 갈아탄 제가 재미없어서 도로 옛 애인에게 돌아갔다는 게 되잖아요."

확실히 그렇게 된다.

이사마가 허둥지둥 변명을 생각하고 있는 사이에, 아케미는 순식간에 어린애 같은 눈이 되어 말했다.

"사실은 그렇겠지요. 그 무렵 저는 마르고 볼품없는 계집애였지만 다미에는 저와 달리 어릴 때부터 살집도 좋고, 그렇지, 남자를 좋아하는 조숙한 아가씨였으니까요."

"아까는 늦되다고 하셨는데요."

"몸과 성격은 다르잖아요. 몸이 어른이라고 해서 성인이라고 할 수는 없지요. 이사마 씨도 얼굴만 보고는 나이가 어떻게 되시는지 전혀 모르겠는걸요."

알기 쉬운 비유다.

다시 말해 이사마가 그 외모에 어울리지 않게 의외로 젊은 것처럼 다미에라는 아가씨도 나이에 비해 육체는 성숙했고, 반대로 이사마의 성격이 실제 나이보다 노숙한 것에 비하면 다미에는 그 나이치고는 정신이 미성숙했다는 뜻이리라. 아니, 그렇게 보였을 뿐 실은 그렇지 않았던 셈이지만.

"노상 명해 있었지요. 도움이 되지 않는 애였어요. 어째서 해고되지 않았는지 의아했답니다. 하지만 같은 나이였고 왠지 애교 있는 애라, 저는 친하게 지냈어요. 그런데 나중에 생각해 보니, 그 애는 자주 밤중에 방을 빠져나가 어딘가 가곤 했어요. 저와 달리 생가도 먼 곳이라 휴가 때도 집에 돌아가지 않는 애였거든요. 그건 밀회였던 거지요."

"밀회."

"그러니까——그 길로는 숙련되어 있었는지도 모르겠습니다. 저야 그 당시에는 별 볼 일 없는 숫처녀였으니까요."

다미에는 노부요시의 실종과 전후해서 고용살이집에서 행방을 감추었다.

두 개의 실종을 연결 지어 생각한 것은 고용살이집의 주인이었다고 한다. 주인은 내심 수상하게 여기고 있었던 모양이다.

"수상하게 여기고 있었다니, 그 주인은 당신에게 남편을 소개해 준 인물 아닙니까?"

"그렇습니다."

"그건 너무하지 않습니까. 수상하다니요, 그, 혼담까지 주선해 놓고 그런."

"다미에가 수배되었을 때 몰래 사과하러 오셨더군요. 내가 사람을 잘못 봤다, 그런 남자인 줄 알았다면 널 시집보내지는 않았을 거다, 다미에도 오랫동안 보살펴 왔는데 꿈에도 그런 애인 줄은 몰랐다, 정말 미안하다——면서요."

다미에와 노부요시가 행동을 함께하고 있었던 것 같다는 증언은 다른 데서도 나왔던 모양이다. 전쟁 중의 일이라 어느 정도 수사가 이루어졌는지는 확실하지 않지만, 결과적으로 아케미가 석방되고 다미에가 살인 혐의로 지명수배 되었다.

그러나 살인 혐의가 풀렸다고는 해도 아케미의 처지에는 아무 변화도 없었던 모양이다. 확실히, 설령 본인이 죽었다 해도 그렇게 쉽게 국적의 가족이라는 오명이 사라지지는 않았을 것이다. 시아버지의 유해를 처리하는 것도 곤란했다고 하니, 상당히 어려운 처지였을 것이다.

시아버지의 유해는, 장례식 비슷한 것은 끝냈지만 매장도 할 수 없었다고 한다. 방치해 두면 날이 갈수록 부패가 진행될 테고, 그러면 도저히 생활을 해 나갈 수 없을 것이다. 아케미는 어쩔 수 없이 썩은 내가 풍기는 그 유해를 혼자서 마당에 가매장했다고 한다.

아케미는 기분이 나빴다고 솔직하게 말했다. 그 말에 이사마는 '곤란하셨지요' 하고 아주 평범한 질문을 했다. 달리 할 말도 없었다.

"그야 곤란했지요, 하지만 버리는 신이 있으면 줍는 신도 있다고, 그 고용살이집 나리가."

"아아."

"사실은 더 돌봐 주고 싶지만 시국이 이렇다 보니 그럴 수도 없다, 최소한의 사죄 표시로 뒤처리는 자신이 하겠다고 하더군요."

"호오."

"그러니 너는 어딘가 다른 마을로 가서 살라고요."

"다른?"

"예. 그렇게 말씀하시면서 돈을 좀 쥐여 주셨습니다. 하지만 그렇다고 좋은 생각이 떠오르는 것도 아니고 해서 저도 상당히 망설였고, 게다가, 좀, 그——."

아케미는 거기서 말을 끊고 이사마의 가슴 언저리를 바라보았다.

그리고,

"미련이 있었던 거겠지요."

라고 말했다.

무엇에 미련이 있었던 걸까. 정든 땅일까. 아니면 정든 집일까. 아니——아마 남편일 것이다. 부부로서 얼마 함께 살지 못한 남편과의 희미한 추억에 미련이 있었던 것이다.

그런 얼굴이었다.

"하지만 생각해 보면, 저 혼자 마을 사람들의 따돌림을 당하면서 그런 곳에 살 수도 없는 노릇이지요. 그러니까 뭐라고 하던가요, 그, 울고 싶은데."

"울고 싶은데 **뺨 때린 격**."

"맞아요. 그래서 그날 밤에 마을을 떠났지요."

"갈 곳은요?"

물론 천애 고아인 아케미에게 그런 게 있을 리가 없다.

아케미는 그저 몰래 마을을 떠나 무작정 나아갔다고 한다.

그러나——이사마의 생각에 아케미는 용의자는 아니게 되었지만, 피해자의 가족임에는 틀림없다. 과연 그 유일한 관계자가 사건 해결을 보지도 않은 채 뛰쳐나가도 되는 걸까. 게다가 그 친절한 고용살이집 주인은 어떻게 그 뒤처리라는 걸 한 것일까. 왠지 석연치 않았지만 그런 건 어떻게든 되는 일일지도 모른다는 생각도 들었다.

아케미는 우선 우에다로 가서 우스이 고개를 넘었다고 한다.

그것은 우연히도 가마쿠라 가도를 따라가는 형태의 도피행이 되었다고 한다. 물론 지리에 어두운 이사마는 그런 말을 들어도 전혀 알 수 없다.

"도중에 몇 번이나 죽으려고 했어요. 웃으셔도 돼요. 지금의 저를 보면 도저히 그렇게 약한 여자로는 보이지 않겠지요. 아뇨, 그때도 그렇게 연약한 여자는 아니었어요. 하지만 인간은 궁지에 몰리면 사람이 바뀌는 법이거든요. 너무나 슬프고 외로워서, 다른 사람들이 모두 귀신으로 보였어요. 게다가 시대도 시대였고요. 그 무렵에는 온 나라에 살기가 가득했으니, 열아홉이나 스무 살밖에 안 된 젊은 여자에게는 무서운 세상이었지요. 받은 노잣돈도 하루하루 줄어들고, 그렇다고 돈을 벌 방법도 없었습니다. 몸이라도 팔면 좋겠지만, 제 몸을 사 줄 남자들도 모두 군대에 끌려가 버렸고요."

아케미는 흘러흘러 혼조코다마까지 오게 되었다고 한다. 그게 집을 나온 지 며칠째 되던 날의 일이었는지, 지금은 확실하지 않은 모양이다.

그리고 그곳에서 마침내 더 이상은 어쩔 수 없게 되었다. 받은 돈도 바닥나고, 몸도 마음도 지칠 대로 지쳐 있었을 거라고 아케미는 말했다. 그리고 아케미는——.

그곳에서 세상을 비관하며 자살을 시도했다고 한다.

"가족이 불에 타 죽었을 때는 물론 슬펐어요. 남편 때문에 사람들의 괴롭힘을 받았을 때도 물론 힘들었지요. 하지만 아무리 슬프고 힘들어도 죽고 싶다는 생각은 하지 않았어요. 그런데 그때는, 무언가에 홀려 있었던 걸까요? 어떻게 된 영문인지 비틀거리며——."

도네가와 강에 몸을 던지려고 했던 모양이다.

그러나.

아케미는 그냥 죽을 수는 없게 되고 말았다.

그때가 되어서야 운명이라는 요괴가 우연이라는 형태로 그 추악한

모습을 드러냈던 것이다. 게다가 그 우연은 불행한 미망인의 인생을
그저 희롱하기만 했던 것 같다.

"있었어요."

"있었다."

"있었어요. 그 여자가. 다미에가."

"네?"

아케미는 거기에서 다미에와 만났다는 것이다.

남편을 가로채고, 결국은 죽이기까지 한 원수가 죽음을 각오한 순
간 나타났다는 것이다. 이사마에게는 정말로 형편 좋은 이야기로밖
에 여겨지지 않았지만, 진실이라면 어쩔 수 없다.

그런 일도 있을 수 있을까?

경찰에 신고하자는 생각은 하지 않았던 것 같다.

다미에는 수배 중임에도 불구하고 얼굴을 감추지도 않고 겁먹은
기색도 없이, 완전히 무방비하게 혼자서 강가를 터벅터벅 걷고 있었
다고 한다.

그때 다미에는 사람 머리 하나가 들어갈 정도의 꾸러미를 들고
있었다고 한다.

—— 저건 남편의, 노부요시의 머리다.

아케미는 직감적으로 그렇게 생각했다고 한다.

—— 저 여자는 그 사람과 계속 같이 있었던 거야.

자신은 혼자였는데.

그렇게 생각하니 몹시 화가 났다고 한다.

그리고 이사마는 상상했다. 가 본 적도 없는 도네가와 강변을.

참억새가 강가에 가득 살랑거리고 있다. 어두컴컴하다. 강 수면은

벌써 시커멓고, 물이 흐르고 있다는 것을 알려주는 희미한 반짝임만이 가끔 엿보일 뿐이다. 물소리만은 멈추지 않는다. 땅거미가 지고 있다. 불안한, 그리고 흔히 볼 수 있는 풍경이다.

그리고 —— 이사마는 제멋대로 상상한다.

아케미가 길을 가로막듯이 다미에의 정면에 버티고 서 있다.

다미에가 보따리를 들고 천천히 다가온다.

흐릿한 그림자의 윤곽이 서서히 뚜렷해지고, 그것이 다미에임을 확인할 수 있을 정도가 된다. 색깔이 바랜 셔츠에 작업복 바지 차림의 결전복. 그 차림은 기다리고 있는 아케미도 마찬가지다. 그 당시의 여성들은 모두 그런 복장을 했으니, 이것은 어쩔 수 없다.

다만 얼굴만은 흐릿해서 전혀 판별할 수가 없다.

당연하다. 이사마는 다미에의 얼굴을 모르니까.

그러나 밋밋한 것은 아니다. 상상 속의 다미에는 단순한 여자라는 몰개성한 얼굴이다. 눈도 입도 코도 제대로 붙어 있다. 붙어는 있지만, 누구의 얼굴도 아닌 것이다.

아케미와 다미에의 거리는 점점 좁아지고, 다미에는 대치하는 태세로 걸음을 멈추었다.

—— 다미에 씨.

또렷하게 보이는데 얼굴이 명확하지 않은 다미에는 누구의 것도 아니고, 또 동시에 누구의 것이기도 한 눈썹을 추켜세우며 대답했다.

—— 누구신가요?

"그때 다미에는 저를 알아보지 못했어요."

아케미는 그렇게 말했다.

"알아보지 못해요?"

"알아보지 못했어요."

"어둑어둑해서요?"

"아뇨."

"거리가 멀었나요?"

"바로 코앞이었어요."

"그럼 시치미를 뗀 건가요?"

"그런 게 아닙니다."

"그럼 당신이 잘못 본 건 아닐까요?"

"제가 잘못 볼 리 없지요."

"그렇다면 어째서?"

"다미에는 제 얼굴을 잊고 있었던 게 아닐까요, 그런 생각이 듭니다. 아니, 그게 아니겠지요. 저를 잊고 있었다기보다——그래요, 그 때 그 여자는 이미 제정신이 아니었던 건지도 몰라요."

분명히 지명수배가 되어 있는 몸으로 경계도 하지 않고 돌아다닌 걸 보면 이미 제정신이 아니다. 그리고 만일 꾸러미 속에 정말로 노부요시의 머리가 들어 있었다면, 그건 더 이상 논할 필요도 없다.

"그건, 그, 남편이 돌아가신 지 얼마나 지났을 때의 일입니까?"

아케미는 잠시 위를 올려다보며 꼽아 보고 나서,

"글쎄요, 시아버지가 돌아가시고, 노부요시의 시체가 나오고—— 결국 취조니 뭐니 해서 1주일 정도 걸렸으니까——네, 한 달 정도는 지났을 거예요."

라고 말했다.

"한 달."

다미에는 한 달 동안이나 사람 머리를 든 채 도망쳐 다니고 있었다는 걸까.

그건 이상하다.

시체 일부를, 무엇보다 큰 범죄의 증거를 처분도 하지 않고 갖고 다니다니 제정신으로 할 짓이 아니다.

범인이 아니라 해도 추궁을 받을 게 뻔하다. 더없이 위험한 행위다. 아니.

—— 처분한다면 목을 벤 의미가 없었겠지.

그렇군. 이사마는 생각한다.

다미에는 갖고 다니기 위해 벤 것이다.

시체의 목을 벤 이유는 처벌도, 신원을 감추기 위한 것도 아니고 같이 있고 싶었기 때문인 걸까.

시체를 통째로 갖고 다닐 수는 없으니까, 그래서 머리만 선택한 것이다.

천벌 같은 것과는 완전히 정반대가 아닌가.

이사마는 그제야 거기에 생각이 미쳤다.

그곳은 남자로서는 좀처럼 도달하기 어려운 영역일지도 모른다.

다미에는, 만일 시체를 짊어지고 계속 도망칠 수 있었다면 그렇게 했을지도 모른다. 범행을 은폐하려고 한다거나, 시체를 욕보이려고 한다거나, 아마 그런 레벨의 문제가 아니었을 것이다. 힘없는 여성이 사람의 목을 베어 떨어뜨릴 수 있을까 하는 생각도 들었지만 사실은 완전히 반대로, 결국은 힘이 없어서 더더욱 목을 베었다는 뜻이 되는 것이다.

계속 함께 있고 싶으니까 죽인다.

전부 데려갈 수는 없으니까 부분을 가져간다.

일견 역설적으로도 여겨지지만, 그건 또 그 나름대로 모순 없는 사고방식이긴 할 것이다. 다만, '함께 있고 싶다'의 있다는 말에서는 의미가 사라지게 된다. 아니, 폭주마저 하고 있다. 살아 있다는 것과 갖고 있다의 구별이 없어지는 것이다.

게다가 〈부분〉에 그 전체를, 혼을, 나아가서는 생전의 추억까지 가탁(假託)한다——또는 응축한다——아니, 상징한다——인가?

그래야만 비로소 〈부분〉을 잘라내어 갖고 다니는 것과 함께 있다는 게 같은 뜻이 된다.

거기서 이사마는 아베 사다[21]를 떠올렸다. 절단한 부분은 다르지만 그녀들의 논리는 똑같지 않은가. 각각 상대방을 상징하는 〈부분〉이 달랐을 뿐이다. 사다는 국부, 다미에는 머리——.

——그건 아니로군. 전혀 도달하지 못했어.

이사마는 생각을 멈추었다.

막연하지만, 그게 아니라는 생각이 들었기 때문이다. 어차피 자신이 같은 상황에 놓이지 않는 한 이해할 수는 없다. 아니, 설령 같은 상황에 놓였다 해도 이사마는 다미에가 아닌 것이다. 어쨌든 이사마가 다미에의 마음을 이해할 수는 없지 않을까.

——생각해 봐야 소용없어.

이 경우, 일어난 일만을 문제로 삼아야지, 왜 그런 일이 일어났는가 하는 것은 상관없는 일일지도 모른다.

---

21) 쇼와 11년(1936) 5월 18일, 도쿄 아라카와 구에서 아베 사다라는 여성이 성교 중에 상대방 남자의 목을 졸라 죽이고 국부를 잘라낸 사건이 있었다. 아베 사다는 범행 현장과 죽인 남성의 몸에 사다[定]라는 글씨를 남겨놓는 등 대담성을 보였으며, 잘라낸 성기를 품에 넣고 도주하였다가 한 여관에서 체포되었다. 사건의 엽기성 때문에 당시 서민들의 큰 관심을 끌었으며, 현재에도 많은 사람들이 아베 사다라는 이름을 들으면 이 사건을 떠올릴 만큼 지명도가 높다.

그냥 자르고 싶어서 자른 건지도 모르고.

갖고 있고 싶었기 때문에 갖고 있었을 테고.

다미에와 노부요시 사이에 어떤 갈등이 있었는지, 그것조차 모르는 것이다.

아케미는 말을 이었다.

"다미에는 무서워하지도 않고 놀라지도 않았어요. 도망치지도 않았지요. 저는 왠지 갑자기 맥이 빠져 버렸어요."

"다미에 씨는 그냥 멍하니 있었습니까?"

"아뇨. 어디 사시는 누구신지 모르겠지만 갈 길이 급하니 길을 비켜 달라고 하더군요."

"급하다니, 어디로 간다고 하던가요?"

"그게, 즈시까지 가야 한다고 했어요."

"즈시?"

거기는 이사마가 지금 있는 이곳이다.

—— 비켜 주세요.

—— 다미에, 너 뭘 갖고 있는 거지?

—— 말씀드릴 수 없습니다.

—— 잠깐 좀 보여 줘.

—— 낯선 분께는 보여 드릴 수 없어요.

—— 무슨 소리야! 그건 내 거잖아!

"처음엔 맥이 빠졌었는데 점점 화가 치밀어 올랐어요. 그게 제 거라고 말한 순간, 그 여자는 제가 누군지 생각이 났던 겁니다."

―― 너, 아케미?!

―― 다미에, 그 머리를 돌려줘!

―― 싫어! 너한테 돌려줄 수는 없어!

―― 뭐라고!

"그 태도에, 저는 역시 그게 그 사람의 머리라고 확신했지요. 확신한 순간 저도 완전히 흥분하고 말았습니다. 남편의 머리를 되찾으려고 다미에에게 덤벼들었어요. 지금 생각해도 어리석은 일이었습니다. 그런 걸 되찾아 봐야 돈 한 푼 나오지 않는데 말이에요. 하지만그때는 마음속이 완전히 아수라장이었어요. 뭐가 뭔지 알 수 없는상태로 서로 실랑이를 벌이다가, 둘 다 강에 떨어졌습니다."

"떨어졌다."

"그 뒤에는 어떻게 되었는지 모르겠어요. 저는 도중부터 이제 머리따위는 아무래도 상관없다는 생각이 들어서, 두 손으로 다미에의 목을 그저 힘껏 조르고 있었던 것 같아요."

뭐가 어떻게 된 건지, 구체적으로는 아무것도 모르겠다고 한다. 아케미는 무아지경으로 다미에의 목을 졸랐고, 다미에도 할퀴고 물어뜯으며 저항했다고 한다.

마을 사람들이나 국가가 품고 있던 커다란 불만의 배출구가 되어야했던 불운한 여자는, 쌓이고 쌓인 모든 불행을 눈앞의 여자를 향해단숨에 풀어놓았을 것이다. 남편을 빼앗겼다거나 살해당했다거나, 그런 건 이제 아무래도 상관없었던 것 같다.

"살의라고 하나요? 물론 있었지요. 충분히 차올라 있었습니다. 아니, 제 안에는 그것밖에 없었을 거예요. 죽어, 죽어, 하고요."

두 여자는 엎치락뒤치락하면서 물속으로 가라앉았다.

"저는 다미에를 죽였어요."

이사마는 할 말을 잃었다.

상상이나 해석은 여러 가지로 할 수 있을 것이다. 그러나 그런 말을 한다고 해도 아케미에게는 가치가 없다. 이사마의 그 체험에 대한 세상 사람들의 평가나 반응이 이사마에게는 귀찮을 뿐인 것과 하등 다를 게 없는 것이다.

방금 한 그 고백이 바로 모든 것이리라.

아케미는 자신의 양손을 보았다.

"그리고──."

그리고 처음으로 슬퍼 보이는 눈을 했다.

"저도 한 번 죽었지요."

이사마는 그제야 자신이 왜 이 여자에게 끌렸는지, 자기 멋대로 이해한 것 같은 기분이 들었다.

아케미도 그 광경을 본 걸까.

묻고 싶었다.

"저어."

"또 그런 얼굴을 하시다니, 싫어요."

아케미는 우는 듯 웃는 듯한 표정이 되어, 한층 더 공허하게 웃었다.

"저는 괴물이 아니라고요. 한 번 죽었다고 말씀드렸지만, 그건 말이 그렇다는 거예요. 정말 죽었다면 지금 이렇게 이사마 씨와 술잔을 나눌 수도 없겠지요."

아케미는 잔을 들어 올렸다.

"네에, 그건 그렇지요. 음, 실은."

"후후후, 여기서 제가 삼도천에서 귀신에게 쫓겨 이쪽으로 돌아왔다고 하면, 이야기는 참 재미있겠지만요."

"그건?"

"어머나, 그런 일이 있을 리 없잖아요. 옛날이야기도 아니고. 그저 너무 괴롭고 괴로워서 정신이 아득해졌을 뿐입니다. 밉고, 원망스러워서 죽여 버리려는 추한 마음으로 굳게 뭉친 채 물에 빠졌으니까요. 물론 지금 다시 생각해 보면 암담하지요. 친절한 사람의 도움을 받아 목숨을 건졌고, 그래서 씌었던 것이 떨어져 나간 겁니다."

이사마는 결국 그 체험을 말하지 못했다.

―― 뭐, 상관없겠지.

관련도 없는 이야기다. 이사마의 착각이다. 아케미와 자신의 접점을 억지로 거기서 찾으려고 했을 뿐이다. 제멋대로의 망상이다.

"그래서, 그."

"예. 살아난 후에는 그 일을 후회했습니다. 다미에에게는 정말 미안한 짓을 했다고 ―― 목숨을 건지고 나서 생각했지요. 그 애가 어떻게 됐는지 저는 전혀 알 수가 없었어요. 이미 일은 끝난 후였고, 알 도리도 없었지요. 하지만 살아 있을 거라는 생각은 들지 않았어요. 그래도 아무도 소란을 피우지 않았고, 몇 년이 지나도 시체가 나오지도 않았습니다. 패전의 혼란도 있었고요. 저는 죄 많은 여자지요.

이렇게 8년 동안이나 태평하게 살아왔으니까요. 잊고 있었어요. 계속."

이사마는 여전히 적절한 대답을 하지 못하고 말의 바다를 모색하고 있다. 결과적으로 고를 수 있는 말은 '음'이나 '아아' 같은 것인데.

역시 아케미도 취했다.

아케미는 아래를 향한 채 으음 하며 기지개를 켰다.

약간 벌어진 옷자락 사이로 하얗고 가느다란 목덜미가 길게 뻗는다.

말랐다. 목뼈를 셀 수 있을 정도다.

"목."

이사마는 저도 모르게 말했다.

"아아, 목은——."

아케미는 이번만은 이사마의 심중을 재지 못한 것 같다.

"흘러갔어요. 어째서일까요. 그것만은 똑똑히 기억이 납니다. 저는 필사적으로 다미에의 목을 조르고 있었으니 그런 게 보일 리 없는데요. 게다가 물속으로 떨어졌으니까 눈도 뜨고 있었는지 감고 있었는지 알 수 없는데——남편의 머리가 둥실둥실 먼 곳으로 흘러가는 모습은 묘하게 똑똑히 기억나요."

아케미는 마치 그 흘러가는 머리를 쫓듯이 먼 곳으로 시선을 보냈다.

아케미는, 남편의 머리는 도네가와 강을 흘러내려 가서 마지막에는 바다에 이르렀다고 생각하고 있는 건지도 모른다. 그렇기 때문에,

——바닷물은 짜서 안 되지요.

그 기묘한 행위는 어딘지도 모를 대해원(大海原)에 삼켜진 죽은 남편

——노부요시의 머리를 향한 것이었던 게 아닐까.

바다에서 재난을 당한 것도 아니고, 강으로 흘러갔다면 강줄기에 공양을 하면 될 텐데 하는 생각도 든다. 그러나 강물에 빠져 죽은 거라면 몰라도, 머리는 강으로 흘러간 것이다. 강줄기 중 어디를 공양하면 될지도 정확하지 않고, 그 결과 아케미는 바다까지 이르렀을 것이다. 이 경우, 그것 외에 바다를 향한 공양의 이유는 생각하기 어렵다.

아케미는 그 말을 끝으로 입을 다물어 버렸다.

그리고 크게 한숨을 쉬었다.

아케미의 피부는 하얗다. 아무리 술을 마셔도 조금도 붉은 기가 돌지 않는다. 아케미의 하얀 피부를 물들이려면 말술보다 차가운 물이 더 효과적일 것 같다. 이사마는 오늘 아침에 바닷가에서 본 붉게 물든 정강이의 빛깔을 똑똑히 기억하고 있다.

쿠웅, 쿠웅 하고 바닷소리가 들렸다.

"저기요."

아케미는 먼 곳을 본 채 말했다.

"이사마 씨, 아까 뼈는 태워도 남는다고 하셨지요."

파도 소리에 잘 어우러지는 목소리다.

"그게 정말인가요?"

"화장해도 뼈는 남으니까요. 전쟁터에서나 후방에서나, 지난 전쟁 때는 주위에 온통 두개골이 널려 있지 않았습니까."

아케미는 듣고 있는 건지 듣고 있지 않은 건지, 매우 건성으로 대답했다.

"아아, 그렇다고 하더군요. 하지만——그렇다면 물에 담가도, 흙에 묻어도 뼈는 영원히 없어지지 않는 걸까요?"

"책에 따르면 몇 천 년, 혹은 몇 만 년이나 된 뼈가 나올 때도 있다고 하니까요."

"바람을 맞아도, 비를 맞아도."

"그렇지요. 바람을 맞아도, 비를 맞아도."

"몇 년이고, 몇 백 년이고, 몇 천 년이고."

"그렇지요. 몇 만 년이고, 몇 백만 년이고."

"그럼 역시 그 사람의 머리도."

"머리?"

이사마가 눈을 돌려보니, 아케미의 달라붙는 듯한 요염한 시선이 기다리고 있었다.

마치 무언가를 호소하듯이, 애원하는 것처럼.

"사람의——."

"네?"

"사람의 가죽은 찢어지지요. 머리카락은 빠지고, 살도 내장도 썩어서 흘러가 버리겠지요."

"그럼요."

"그렇다면 사람은, 사람의 본성은 바로 뼈에 깃들어 있는 걸까요? 아니면 그것은 살이나 내장과 함께 썩어서 흘러가 버리는 걸까요."

"네?"

아케미는 울고 있다.

이사마는 남몰래 동요하고 있다.

"사람의 감정, 사람의 마음, 아니, 사람의 영혼은 죽으면 끝이라는 생각도 들지만, 만일 그것이 뼈에 깃들어 있다면, 그렇다면 그것은 뼈와 함께 영원히 남는 것일까요? 제 한심한 망념도 집념도, 영원히 남고 마는 것일까요?"

아케미는 갑자기 감정의 기복을 드러내며 이사마의 얼굴을 바라보았다.

"그렇다면 노부요시의 그 해골이 아직 있다면, 그 뼈에는 그 사람의 영혼이 조금은 남아 있을까요?"

이사마는 대답하지 않았다.

아케미는 자세를 완전히 허물어뜨리고, 이사마의 손 위에 그 하얀 손을 짚었다.

오싹할 정도로 차가웠다.

이렇게 술을 많이 마셨는데.

오늘 아침과 다를 게 전혀 없다. 얼음처럼 차갑다.

옷자락이 흐트러졌다. 이사마가 눈 둘 곳을 몰라 아래를 향하자, 아케미는 몸을 비틀어 쓰러지듯이 이사마에게 등을 기댔다.

이사마는 냄비를 뒤엎으면 안 된다는 생각에 당황해서 아케미를 받아 안았다. 책상다리를 하고 앉은 이사마의 왼쪽 다리에 오른손을 대고, 아케미는 등으로 이사마에게 기댄다.

술잔 한 개가 빙글빙글 두세 번 돌다가 쓰러졌다.

아케미의 머리카락에서는 바다 향기가 났다.

"아아, 인연이라는 것은 무서운 것이로군요."

파도 소리에 잘 어우러지는 아케미의 목소리가 공기의 진동이라기보다 몸의 진동으로 전해져 온다.

쿠웅, 쿠웅 하고 바닷소리가 난다.

"있었습니다. 그 여자."

"어."

"다미에가 있었어요."

쿠웅, 쿠웅.

"살아——— 있었던 겁니까?"

"글쎄요, 살아 있었던 건지 저 세상에서 돌아온 건지, 그건 모르겠어요."

"살아 있었다면 당신은 살인자가 아니지요."

"살인자예요. 잊고 있었다고는 하지만, 그날부터 저는 쭉 살인자였습니다. 죽이려고 손을 댔으니, 설령 살아 있든 죽었든, 그건 마찬가지예요."

아케미의 몸은 차가웠다.

이사마는 모처럼 따뜻해진 몸이 오싹하게 식어 가는 것을 느꼈다

"그 여자——."

부자연스럽게 굽어진 목덜미.

"아직 그 사람의 머리를 갖고 있을지도 몰라요."

약간 벌어진 옷깃 사이로 쇄골이 엿보인다.

"이제 완전히 해골이 되었겠지요."

뭐야, 아직도 원하고 있잖아.

집념이 깊다.

이사마는 불단으로 시선을 보냈다.

——그렇군. 어쩐지 비어 있다 했어.

저 불단을 비워둔 것은 그곳에 남편의 해골을 넣기 위해서가 아닐

119

까.

　분명히 그럴 것이다.

　이사마는 확신했다.

　"이사마 씨."

　어질어질하다. 또 열이 나나?

　"이사마 씨는——."

　간지러운 목소리다.

　"그 사람을 닮았어요."

　이사마는 다시 열이 나서, 불단 속에 있는 자기 머리의 환영을 보았
다.

　물론 그 매끄러운 표면에 자신의 낯선 얼굴이 비친 것을 한순간
엿보았을 뿐이지만——.

　해명이 들리고 있었다.

3

후루하타 히로무가 목사 흉내를 내고 있는 이유는, 근원을 따지자면 프로이트를 매우 싫어하기 때문이다.

수염이 빽빽이 자란 그 얼굴을 떠올릴 때마다 손을 쓸 수도 없을만큼 농밀한, 피어오르는 듯한 허무가 치밀어 올라 몹시 우울해지는것이다. 그럴 때 후루하타는——그 분노인지 환멸인지 모를 기분을진정시키거나 고양시키면서——통상의 인격으로 되돌아가는 데 아깝게도 반나절은 걸리고 만다.

후루하타는 목사보다 깔끔한 차림새를 하고 있고, 목사와 똑같은생활을 보내고 있어서 신자를 포함한 대부분의 사람들이 그를 목사라고 인식하고 있다. 그러나 후루하타는 정식 목사가 아닐뿐더러 찬송가 하나 제대로 부를 줄 모르고, 교의에 대해서 제대로 배운 적조차없다. 단순한 교회 더부살이라는 게 그의 진짜 신분이다.

본래 후루하타는 경건한 신앙심 따윈 갖고 있지 않은 인간이다.

다만, 어릴 때부터 기독교와는 친숙했다. 성서도 자주 읽었다. 어머니의 유품은 묵주다.

어머니는 가톨릭교도였던 것이다.

그러나 아버지는 신심이 없는 사람이었다. 어머니는 어머니대로 억지로 남편이나 아들에게 자신의 신앙을 강요하지 않았기 때문에, 후루하타는 교회에도 가지 않았고 기도도 한 적이 없었다.

다시 말해, 고작해야 친숙하다는 정도일 뿐 그 이상의 표현은 어렵다.

그것은 다른 가정의 아이들이 불교에 친숙한 것과 같은 정도의 관계였을 것이다. 후루하타는 그렇게 생각하고 있다. 즉 많은 사람들이 불교 신자임에도 불구하고 천태종과 정토종과 정토진종의 관계나 교의의 차이를 간결하게 설명하지 못하는 것처럼, 후루하타도 가톨릭과 프로테스탄트가 어떻게 다른지 오랫동안 명확하게 인식하고 있지는 못했기 때문이다.

기독교권 사회에서는 후루하타 같은 어중간한 자세는 도저히 용서받지 못할 일일 거라고 생각한다. 그리고 그 어중간함은 아직도 계속되고 있다.

후루하타가 현재 신세를 지고 있는 곳은 '이이지마 기독교회'라는 멋대가리 없는 이름의, 시라오카 료이치라는 목사가 한 명 있을 뿐인 작은 성당이다. 시라오카가 신부가 아니라 목사라는 사실에서도 알수 있듯이, 이 교회당은 구교가 아니라 신교 쪽이다.

시라오카는 마흔 살가량의 온후해 보이는 호인으로――그것은 목사니까 당연하다면 당연한 일이겠지만――다만, 특별한 일이라도 없는 한 목사 같은 옷차림을 하지 않기 때문에 평소에는 정체를 알 수 없는 남자로 보일 뿐이다.

게다가 조금 특이하다.

후루하타에게,

"아침에는 역시 기분이 좋아."

라는 그 한 마디를 들려주기 위해 이른 아침에 두들겨 깨울 때도 있다.

그럴 때 시라오카는 그 한 마디만을 할 뿐, 신앙에 관한 설교나 훈화는 일절 없다. 그걸로 끝이다. 이렇게 되면 차라리 선문답에 가깝다.

그러나 철두철미하게 영문을 알 수 없느냐 하면 그렇지도 않다.

후루하타는 시라오카에게서 많은 것을 배웠다. 시라오카라는 남자는 전도사라기보다는 종교역사학자에 가까운 면을 많이 갖고 있어서 설교보다 강의가 더 재미있었고, 또 훨씬 말발도 섰다. 특히 ── 랄까 당연하다고 할까 ── 기독교사에 대해서는 박람강기라, 그 해설은 상세하고도 알기 쉬웠다.

따라서 후루하타는 시라오카 덕분에 기독교라는 것을 몹시 상대적으로 이해할 수 있었다. 구교와 신교의 차이도 이해했고, 그뿐만 아니라 신교에도 원리주의적인 것부터 자유주의적인 것까지 여러 분파가 있다는 것, 그것들이 어떤 배경에서 성립했고 현재 어떤 관계에 있는지까지 대강 이해할 수 있었던 것이다.

여기에 온 지 얼마 안 되었을 무렵에는 칼비니즘(Calvinism)이 어떻다느니 메서디스트(Methodist)가 어떻다느니, 존 스미스니 루터니 하는 말을 들어도 전혀 알 수가 없었지만, 지금은 가벼운 토론이라면 나눌 수 있을 정도가 되었다.

가르침을 청한 것은 아니다. 억지로 배운 것도 아니다. 시라오카는 후루하타가 모른다는 것을 알면서도, 안다는 것을 전제해야만 나올 수 있는 전문적인 이야기를, 그것도 달변으로 말하는 것이었다. 기본적인 학습 능력만 있으면 배울 생각이 없어도 배우게 되는 셈이다.

게다가 시라오카는 네덜란드나 영국의 아르미니위스(Arminius) 주의자가 어떻게 유일신파에게 영향을 받았고, 그 결과 무엇을 문제로 삼았는지, 그것에 대해서 방법주의자나 영국 국교회 신도들은 어떤 해답을 준비했는지──그런 이야기라면 몇 시간이든 기꺼이 이야기하지만, 그럼 자신은 대체 어떤 교파인가, 신앙에 대해서 어떤 신념을 갖고 있는가──하는 것에 대해서는 거의 이야기하지 않는다.

성서의 해석에 대해서도 마찬가지여서, 이 회파에서는 이렇게 해석하고, 한편 이쪽은 이렇고, 하는 식으로 설명한다. 이것은 아마 나중에 직접 선택하라는 뜻이겠지만, 어쨌거나 설득력이 부족하다. 그래서 설교는 재미가 없다. 대부분의 신도들은 그의 설교에서 아무런 진리도 찾아내지 못하고, 하품을 참으며 돌아가게 된다.

후루하타는 그게 재미있었다.

후루하타의 생각에, 그는 결정을 내리지 못하고 있는 것이다.

시라오카는 물론 신교도이다. 말하자면 진리는 성서에서만 찾을 수 있고, 의인(義認)[22]을 얻는 데 필요한 것은 신앙뿐이다──그래야 하고, 사실 그는 그런 자세이기는 하다. 분명히 구교와는 다르다. 그건 틀림없을 것이다. 다만, 그의 스승은 확고한 신념을 지닌 성서주의자 즉, 칼비니스트였던 모양이지만, 그 자신은 거기에 약간 비판적

---

22) 기독교에서 말하는 구제의 중심적 개념. 현실에서 의롭지 못한 자를 그리스도의 속죄에 의해 하나님이 의(義)로 인정한다는 프로테스탄트의 해석과 하나님이 인간을 실제로 의롭게 만들어 간다는 가톨릭교회의 해석이 있다.

인 것 같다. 삼위일체에 대해서는 특히 부정적인 언동을 보일 때가 있다. 그런 의미로는 유일신교라고 할 수 있겠지만, 그는 아무래도 자신을 그 위치에 끼워 넣는 데에, 호칭과 역사적 배경에 따라 망설임을 갖고 있는 모양이다.

시라오카의 이야기만 듣자면 신앙자로서의 그의 궤적은 충실하게 기독교의 역사를 더듬고 있다고, 후루하타는 생각하고 있다.

후루하타가 추정하기에 시라오카의 신앙의 핵심을 이루고 있다고 여겨지는 사상은 신비주의다.

후루하타는 이것은 구교도 신교도 아닌, 오히려 정교에 가까운 것이라고 생각한다.

정교가 '지역·민족주의' 즉, 내셔널리즘을 중시하면서도 신비주의적 경향을 보이는 것처럼, 그의 신앙의 출발점 역시 개인적이면서도 신비적이지 않았을까. 그리고 그것을 보다 보편적·공도적(公道的)으로 하려는 의식이 신앙을 체계화한 결과로 구교가 완성된 것처럼, 그도 양식을 모색한 것이다. 그러나 양식이 완성되면 구도심은 타락한다. 거기에서 뼈대만 남은 양식을 배제하기 위해 신교가 탄생한 것처럼, 그의 안에서도 일종의 종교개혁이 이루어진 것이다.

그러나 더욱 순수한 신앙을 추구하고자 신교가 많은 교파를 낳아 버린 것처럼, 그도 많은 갈등을 품게 되어 버린 게 아닐까. 그 결과, 시라오카는 성서주의에 철저해지는 데에 의문을 갖게 된 것이다. 그리고 철학적 사유를 하면 할수록, 그 기분은 강해져 갔다——.

시라오카는 너무 많이 생각한 것이다.

그 결과 핵심을 이루는 신비주의가 약간 머리를 들었다.

종교개혁 때도 극단적인 신비주의적 일파가 나타난 것과 마찬가지로.

그리고 후루하타가 생각하기에, 현재의 시라오카를 그렇게까지 몰아간 것은 다름 아닌 태평양전쟁이다.

쇼와 16년(1941), 일본의 신교 교회는 모두 '일본기독교단'이라는 이름 아래 통합되었다. 이것은 물론 신앙상의 견해 일치나 사상적 합일의 결과가 아니라 국가 총동원이라는 국책의 일환이다. 약간의 저항은 있었지만, 결국 일본 기독교단의 대부분은 국체(国体)[23]에 전면 협력하지 않을 수 없었다.

시라오카는 이것을 권력에 대한 굴복이라고 생각하지는 않는다. 그렇게 강한 저항이 있었다고는 생각할 수 없었기 때문이다.

후루하타는 몰랐지만, 시라오카가 그렇게 생각하는 이유 중 하나로 '대동아 공영권 아래에 있는 기독교 신도들에게 보내는 서한'이라는 문서가 존재하는 듯하다. 이것은 놀랍게도 당시 대일본제국의 국책을 신학용어로 비유한 것이라고 한다.

박애를 설법해야 할 하나님의 말씀으로 군국주의를 긍정하고, 그뿐만 아니라 칭찬한다는 모순. 확실히 그것은 일종의 모독일 것이다. 물론 고뇌 끝에 어쩔 수 없이 내린 굴욕적인 선택이었을 것이다. 탄압을 피해 신앙을 후세에 전달하기 위한 궤변으로 파악해야 할지도 모른다.

그러나 그것은 그렇지 않을 수도 있다. 나중에 갖다 붙이는 변명이라면 어떤 말이든 할 수 있는 것이다.

어쨌든 그렇게까지 할 필요는 없었다고 —— 시라오카는 분명하게

---

23) 천황을 윤리적 · 정신적 · 정치적 중심으로 삼는 국가의 존재 방식. 제2차 세계대전 이전의 일본에서 많이 사용된 말.

말하지는 않지만, 확실히 그렇게 생각하고 있다.

전쟁이 끝나고 교회가 그 일로 뭔가 전쟁에 책임을 졌느냐 하면, 아무래도 그렇지는 않다.

없었던 일이 되어 버린 것이다.

시라오카의 고민은 이렇게 계속되고 있다. 길 잃은 어린 양을 이끌어야 할 목사가 계속 길을 잃고 헤매고 있는 셈이다. 달관한 것 같으면서도 항상 헤매고 있다. 후루하타는 그 점이 마음에 들었다.

그러나 후루하타는 이처럼 은인이자 친구이기도 한 시라오카를 그런 형태로밖에 이해하지 못하는 자기 자신에 대해서는 상당히 싫증이 나 있다.

아무래도——분석하고 만다.

분석을 하지 않더라도 시라오카는 거기에 있는데, 왜 자신은 그걸 그대로 받아들이지 못하는 걸까. 그것은 전직이 전직이다 보니 습관이 되어서 그렇다고만은 하기 어렵다. 그렇다고 성벽이라고 생각하자니 더욱 우울해진다.

이곳에 오기 전에, 후루하타는 신경정신과 의사였다.

그러나 그 일은 고작해야 반년도 가지 않았다.

후루하타가 그 최초의 직업을 선택한 동기는, 폼 나게 말하자면 〈자신을 이해하고 싶었기 때문〉이다. 그리고 지금 교회에서 더부살이 노릇을 하고 있는 것도 거의 같은 이유 때문이다.

후루하타는 고이시카와에서 치과의사의 아들로 자랐다.

연약하고 신경질적이고, 애교도 없는 아이였다.

스스로도 그렇게 생각하고, 물론 다른 사람들이 그런 말을 해도 납득한다. 약골은 아니었지만 저항을 하지 않아서 자주 괴롭힘을 당했다. 되바라지고 건방진 성격이었고, 괴롭힘을 당하는 게 당연하다고 그 무렵부터 생각하고 있었다.

그 당시 놀이라면 대개 군인 흉내였다.

아이들에게는 아이들의 사회가 있고, 거기에는 당연한 것처럼 계층이 있다. 위에는 대장이 있고 부장이 있고, 훨씬 내려가서 졸병이 있다. 아이들의 경우——아이들만 그런 것은 아닐지도 모르지만——그 대부분은 완력과 지력이 높은 순서, 말하자면 나이 순서다. 연소자는 왕왕 지위가 낮다. 그러나 계층 중 어디에도 속하지 않는 사람은 아무리 나이가 많아도 졸병 취급이다. 후루하타가 그랬다.

조직에서 일탈한 자는 어떤 사회에서나 따돌림을 받는다. 그것은 아무리 힘이 약해도, 조만간에는 권력자에게 위협적인 존재가 될 수 있다. 배제하거나 굴복시키는 것밖에 선택지는 없다. 그래서 후루하타는 걸핏하면 공격의 대상이 되었다. 아무리 공격을 당해도 복종하지 않는 후루하타는 나름대로 위협이 되어 갔다.

후루하타는 히스테릭하게 괴롭힘을 당했다.

그러나 후루하타는 누가 뭐래도 군대놀이가 너무 싫었다.

싸워서 이겼으니까 강하다거나, 강하니까 대단하다거나, 그런 식으로는 아무래도 생각할 수 없었다. 아무리 강해도 언젠가는 죽고, 죽으면 뼈가 된다. 뼈가 되면 강할 것도 약할 것도 없다. 후루하타가 그렇게 말하면, 진 게 분해서 그런 소리를 하는 거라며 때렸다. 아무 말도 하지 않으면 더 때렸다.

——너희들도 조만간 뼈가 될 거야.

후루하타는 그렇게 생각하며 견뎠다.

아버지는 그런 아들을 약골이라고 비난하며, 근성이 없다고 한탄했다. 아버지의 설교는 골목대장이 늘어놓는 유치한 말과 이론적으로 하등 다를 게 없었고, 즉 후루하타에게는 아버지도 일종의 대장일 뿐이었다. 따라서 똑같이 그저 견뎠고, 그 결과 똑같이 얻어맞기도 했다. 울지는 않았지만 인내의 한계를 넘으면 후루하타는 구토했다.

――그래도, 아버지도 뼈가 될 거야.

역시 그렇게 생각했다.

어머니는 신앙이 있어서 그랬는지, 몹시 상냥했다. 그러나 그런 어머니도 후루하타에게는 그저 조건 없는 보호자일 뿐이었고, 어떤 지침도, 안식처조차 되지 못했다. 게다가 언젠가 뼈가 될 사람은 어차피 절대자가 될 수도 없었을 것이다.

――어머니도 죽으면 뼈야.

아무래도 그런 생각이 들고 마는 것이다.

어쩐지 자신의 시시한 인생을 남몰래 좌우하고 있는 키워드는 뼈인 것 같다――.

상당히 이른 시기부터, 후루하타는 그렇게 인식하고 있었다. 열 살도 되지 않았을 무렵부터 그런 이상한 생각을 갖고 있었던 것 같다. 물론 막연하기는 했지만.

왜 뼈여야 하는 걸까 하고 끊임없이 사색하던 시기도 있었다. 그러나 따져 보면 그렇게 어려운 것도 아니었다. 자신이 뼈에 집착하는 이유는 아주 단순한 것이라는 사실에 생각이 미쳤다.

꿈이다.

후루하타는 어릴 때부터 똑같은 꿈을 몇 번이나 꾸었던 것이다. 서른다섯 살이 지난 지금도 꿀 때가 있다.

그것은 항상 밤이었다.

그래도 하늘이 밝은 것은 여기저기에서 홍련의 불꽃이 타오르고 있기 때문이다.

타닥타닥 숯이 튀는 소리가 난다. 검은 연기가 모락모락 피어오른다.

마치 그림에서 본 지옥 같다.

중앙에 뭔가가 수북하게 쌓여 있다.

남자들 몇 명이 앉아 있지만, 얼굴은 시커메서 알 수 없다.

──온마카캬라야소와카.

아마 그런 말을 하고 있다.

온마카캬라야소와카온마카캬라야소와카

온마카캬라야소와카온마카캬라야소와카

온마카캬라야소와카온마카캬라야소와카

그렇게 들린다. 의미는 전혀 알 수 없다. 끊임없이 되풀이한다. 그냥 되풀이할 뿐이다. 억양은 없다.

다가가 본다.

남자들에게는 뭔가 하얀 것이 얽혀 있다.

처음에는 그게 뭔지 몰랐다.

다만, 몹시 무서운 것으로 여겨졌다.

그것은 전라의 여자였다.

어릴 때는 남녀가 대체 무엇을 하고 있는 건지 몰랐기 때문에 왠지 기분 나빴을 뿐이고, 그저 무서웠다.

그리고 나이가 든 후에 알았다.

남자들은 앉은 채 여자와 교합하고 있는 것이다.

그것을 알았을 때의 충격은 대단한 것이었다.

어쨌거나 그 꿈은 그런 행위를 알기 훨씬 전부터 되풀이해서 꾸고 있었기 때문이다.

남녀는 묵묵히 행위를 계속한다.

온마카캬라야소와카온마카캬라야소와카

온마카캬라야소와카온마카캬라야소와카

온마카캬라야소와카온마카캬라야소와카

온마카캬라야소와카온마카캬라야소와카

율동과 주문은 동조하고 있다.

그리고 더욱 무서운 것이 인식된다.

중앙에 쌓여 있는 것은 해골이다.

그 수는 열 개나 스무 개 정도가 아니다. 두개골이 겹겹이 쌓아올려져 있는 것이다.

마치 해골의 피라미드 같다. 뼈, 뼈, 뼈, 뼈.

압도적인 양의 해골. 뼈, 뼈, 뼈, 뼈, 뼈, 뼈.

두려움은 절망에 이르고, 거기에서 잠이 깬다.

한 남자에게 질타를 받을 때도 있다.

여자가 자신을 발견할 때도 있다.

어쨌든 그즈음에서 꿈은 끝난다.

그것이 바로 뼈의 꿈이고, 후루하타가 뼈에 집착하는 이유다.

확실히 어린아이에게는 충격적인 내용이라고 생각한다.

왜 그런 꿈을 되풀이해서 꾸는 건지는 알 수 없다.

아무래도 이해하기가 어렵다.

현실에서 본 정경이라고는 생각할 수 없다. 그러나 상상의 산물이라고 생각하기도 어렵다. 평범한 사람이, 하물며 어린아이가 생각해 낼 수 있는 상황은 아니다. 그러나 실제로 유아 때부터 똑같은 꿈을 꾸고 있는 것은 틀림없다. 그럼 몇 살 때부터 꾸었느냐고 누군가 묻는다면 대답하기 곤란하긴 하지만.

다만 후루하타는 지금도 어릴 때의 기억을 어느 정도는 분명하게 갖고 있다.

태어난 지 얼마 되지 않은 젖먹이 시절의 추억도 있다.

그것은 대개 거짓, 또는 착각이라고들 하지만, 후루하타는 진짜 기억이라고 생각하고 있다. 유모의 기모노 무늬를 똑똑히 기억하고 있는 것이다. 나중에 어머니에게 확인해 보니 어머니도 그 무늬의 기모노는 기억하고 있었다. 유모가 있었던 것은 첫 돌을 맞은 생일날까지라고 하니, 그것은 한 살 이전의 기억이라는 뜻이 된다.

그렇다면 그 뼈의 꿈도 철이 들기 전에 실제로 본 것은 아닐까. 아니, 본 기억이 없는 것은 아니다. 어린아이가 이렇게 무섭고도 기이한 정경을 목격했다면, 어떤 트라우마를 형성해도 당연할 것이다――――그렇게 생각하다가 막힌다. 역시――――.

―― 그런 상황은 있을 수 없다.

불꽃 속에서, 산더미처럼 쌓인 해골 앞에서 교접하는 남녀.

광기의 사태다. 아무리 생각해도 그것은 현실에서 일어날 수 있는 광경이 아닌 것이다.

있을 수 없는 일이니 보았을 리는 없다고, 후루하타의 상식이 기억을 부정한다. 보지 않았다면 망상이라는 뜻이 된다. 하지만 성행위에 대해서 아무것도 모르는 어린아이가 그런 음탕한 망상을 품을 수 있을까. 하물며 그렇게 어린아이가 해골을, 그것도 산더미처럼 쌓인 해골을 떠올릴 수 있을까.

후루하타는 그것이 알고 싶었다.

그러나 아무에게도 상담은 할 수 없었다. 후루하타에게는 친구가 없었던 것이다.

아버지나 어머니에게도 도저히 물어볼 수가 없었다. 너무나도 방종한 내용이었기 때문이다.

── 아니, 그렇지 않다.

후루하타는 처음부터 부모님께 꿈의 내용을 이야기할 생각 따윈 없었다. 그 음란한 의미를 이해하기 훨씬 전부터, 이유는 모르지만 어린 마음에 배덕(背德)의 냄새를 민감하게 느끼고 있었을 것이다. 그 꿈을 꾸고 밤중에 떨면서 잠에서 깨어도, 어린 시절의 후루하타는 울지도 않고 그저 공포를 견디며 꼼짝 않고 있었다.

그러나 잠자코 있을 수 있는 일도 아니었다.

몇 번인가 ── 후루하타는 몇 안 되는 우호적인 타인에게 용기를 짜내어 그 꿈을 이야기했고, 그때마다 친구 후보를 잃었다. 우스갯소리라면 괜찮았을지도 모르지만 후루하타는 진지했다. 후루하타가 진지하게 이야기하면 이야기할수록 타인은 뒤로 물러났고, 마지막에는 더러운 것이라도 보는 듯한 눈으로 후루하타를 보았으며, 그걸로 끝이었다.

아무도 그런 실없는 이야기는 듣고 싶어 하지 않는다.

──아니,

들어준 녀석은 있었다.

후루하타는 최근에 자주 그 친구를 떠올린다.

한동안 잊고 있었다.

후루하타에게는 친구다운 친구는 한 명도 없다. 이 나이가 될 때까지 후루하타도 물론 많은 사람들과 관계를 맺어오긴 했지만, 친구라고 부를 수 있을 만한 관계를 쌓을 수 있었던 예는 한 번도 없다.

그러나 그런 가운데서도 친구라는 말을 들으면 생각나는 사람이 딱 두 명 있다. 그게 진짜 친구라고 부를 수 있는 관계인지 아닌지는 의심스럽다. 다만 후루하타가 기억하는 한, 35년의 생애에서 꿈 이야기를 제대로 들어준 사람은 시라오카를 제외하면 그 두 사람뿐이다.

연호가 쇼와[昭和][24]로 바뀐 지 아직 얼마 되지 않았을 무렵이었으니까 아홉 살이나 열 살. 그 정도였다.

후루하타가 속한 사회가 아직 군대놀이 사회였을 무렵, 즉 괴롭힘을 당하고 있었을 때의 일이다.

한 사람은 같은 동네에 사는 기바라는 석수의 아들로, 후루하타와는 같은 나이였다. 아이들 사이에서는 슈 씨라고 불렸다. 슈 씨는 아이들 사회에서는 부장격인 거물로, 몸집도 크고 어느 모로 보나 강해 보이는 아이였다고 기억하고 있다. 실제로 싸움이라면 대장보다 더 센 것 같다는 평판이 나 있었다고 생각한다.

슈 씨만은 후루하타를 괴롭히지 않았다.

슈 씨는 군대놀이도 했지만, 생긴 모습에 어울리지 않게 그림 그리

[24] 1926~1989년까지 사용된 연호.

는 것을 좋아하는 특이한 종자로, 후루하타의 집에 그림 도구 같은 게 있어서 자주 놀러 오곤 했다. 종이도 귀한 시대라서 그림을 그리기도 상당히 힘들었던 것이다.

조직의 간부가 아웃사이더와 친하게 지낸다는 것도 대단한 모순이지만 본인은 전혀 신경 쓰는 기색이 없었고, 실력자인 만큼 아무도 불평은 하지 않았다.

그리고 또 한 사람——그걸 잘 모르겠다. 근처에 사는 아이는 아니었던 것 같다. 그냥 그 근처에 자주 놀러 오곤 했던 것 같고, 군대조직에서는 항상 손님 취급의 특별대우를 받았으며, 슈 씨와는 사이가 좋았던 것 같다. 인형처럼 예쁜 얼굴을 한 아이로, 옷차림도 단정했다. 부잣집 아이였을지도 모른다. 영역을 뛰어넘은 방문자였을까.

어렴풋한 기억이지만, 아마 레이지로인가 하는 이름이었다고 후루하타는 기억하고 있다.

슈 씨는 군대놀이에 싫증이 나면 변덕스럽게 후루하타의 집을 찾아왔고, 가끔 레이지로를 데리고 왔다. 슈 씨도 레이지로도 밖에서는 딱딱하지만, 집 안에서는 아주 말이 많은 아이들이었다. 처음에는 당혹스러웠던 후루하타지만 결국은 아무렇지 않은 척하며 과묵하게 두 사람과 어울리곤 했다.

슈 씨는 장래에 군인이 될 거라고 했다. 대장이 되어 퇴역 때까지 일하고, 여생은 그림이라도 그리며 보낼 거라고 했다. 레이지로는 딱 한 마디, '왕이 될 거야'라고 했다.

후루하타는 아무 말도 하지 않았다.

후루하타의 집을 찾아온 아이는 그 전에도 후에도 이 두 사람뿐이다. 앞에서 말한 것처럼 나이가 들고 나서도 특별히 친한 친구는 생기지 않았기 때문에, 후루하타는 친구라고 하면 아직도 그 두 사람밖에 생각나지 않는 것이다.

후루하타는 두 사람에게 뼈의 꿈에 대해서 이야기했다.

어떤 경위로 그렇게 되었는지는 기억나지 않는다.

다만, 경험상 관계가 파탄 날 가능성은 높았고, 물론 그것을 알고 한 이야기였을 것 같기는 하다. 둘 다 평소에는 거의 입을 열지 않는 후루하타가 이야기를 시작했기 때문에 당황한 것 같았지만, 왠지 끝까지 들어주었다.

슈 씨는 말했다.

——이상한 놈이네. 203고지[25]의 꿈이라도 꿨나 보지.

레이지로는 말했다.

——재미있었겠다. 나도 보고 싶어. 너만 보고, 치사해.

203고지라는 말은 그때는 무슨 뜻인지 몰랐지만, 잘 생각해 보면 사람이 많이 죽었으니 해골도 많이 있을 거라는 발상인 것 같다.

슈 씨는 이런 말도 했다.

——그게 적군의 머리라면 대승리야.

——노부나가는 아사이 나가마사[26]의 해골로 술을 마셨어.

——호걸이지.

레이지로는 끊임없이 부러워했다. 그리고,

——어째서 뭐 하는 거냐고 물어보지 않았어?

---

25) 해발 203미터의 고지(高地)라는 뜻. 중국 요동반도 남단, 여순 서쪽에 있는 언덕으로 러일전쟁의 격전지.

26) (1545-1573) 전국시대의 무장. 오다 노부나가의 누이동생 오이치[お市]와 결혼해 세력을 늘렸으나, 후에 아사쿠라 요시카게[朝倉義景]와 손을 잡고 노부나가와 싸웠다. 1570년 아네가와 강 전투에서 대패하여 73년 오다니 성[小谷城]에서 자결.

하고 유감스럽다는 듯이 말했다.

이 얼마나 제멋대로의 감상인가. 호걸을 예로 들어도, 하물며 부러워한다 해도 후루하타에게는 부질없는 이야기다. 게다가 꿈속의 행동까지 비판하다니, 더 이상 대꾸할 말이 없다. 당사자인 후루하타의 존재를 무시한, 듣는 사람의 일방적인 사견일 뿐이다. 이 경우 감상에 대한 감상은 말할 수도 없다.

그러나.

"그게 좋았어."

후루하타는 소리 내 그렇게 말했다.

묘한 레테르를 붙이거나, 듣기도 전부터 귀를 막는 것보다는 훨씬 낫다. 후루하타는 그때까지도, 아니, 그 후로도 계속 그 꿈을 꾸는 것에 대해서 기분 나쁘다거나, 너는 머리가 이상하다는, 고작해야 그 정도의 평범한 생각밖에 얻을 수 없었던 것이다. 그것은 사실 꿈이 아니라 꿈을 꾸는 후루하타 자신에 대한 술회다. 꿈이 기분 나쁜 것은 인정하지만, 그 꿈을 꾸는 자신까지 기분 나쁘다고 여겨진다면 참을 수 없다. 그렇다면 진정한 의미로 꿈에 대한 감상을 말해준 사람은 그 두 사람뿐이었다고도 할 수 있다.

아마 슈 씨가 그 꿈을 꾸었다면 용맹 과감한 자신의 투지에 취했을 테고, 레이지로가 꾸었다면 천진하게 기뻐했을 것이다. 그것도 물론 후루하타의 상상에 지나지 않는 일이지만.

그때 빨리 깨달아야 했다고, 후루하타는 최근에 와서야 생각한다.

소리 내 혼잣말을 해 버릴 만큼 생각하고 있다.

정말로 거기까지가 좋았던 것이다.

그다음을 알고 싶어서,

그래서 후루하타는 정신분석을 배우고 말았다.

그리고 재기할 수 없을 만큼 타격을 받았다.

후루하타는 그 후에도 발랄하지 못한 청춘을 보내기는 했지만, 별반 사회생활에 지장을 초래할 정도로 굴절되지는 않았다. 어린 시절을 보낸 후에는 티가 나게 괴롭힘을 당하는 일도 없어졌고, 좋을 것도 나쁠 것도 없었으며, 약간 특이하고 얌전한 남자라는 평판 외에는 특별히 어떤 평가도 받지 않았다. 어중간한 소외감은 신경장애를 일으킬 정도의 타격으로 이어지지는 않았고, 그렇다고 해서 건전하게 살 만한 자신감으로 이어지지도 않았다. 늘 막연하게 불안했다.

그 불안을 없애고 싶다고 생각했다.

처음에는 철학을 기웃거렸다. 그리고 나서 종교를 어루만졌다. 불안은 사라지지 않았다.

사변적인 사고와 실험은 오히려 불안을 증대시켰고, 종교를 배우기에는 시대가 나빴다.

그리고 후루하타는 필연적으로 정신분석을──아니, 프로이트를 만난 것이었다.

처음에는 책을 읽었다. 그 당시에도──내용이야 어쨌건──심리학이나 신경정신의학 서적은 나름대로 많이 있었던 것이다. 프로이트의 저서도 이미 간행되어 있었다. 고등학교에서도 약간 비뚤어진 녀석들은 열심히 읽곤 했다. 후루하타가 그 책을 집어 드는 것은 쉬운 일이었다.

끌렸다.

몹시 끌렸다.

그러나 그 당시 그것은, 의학이라기보다 철학, 또는 문학에 가까운 것으로 받아들여진 구석이 있다. 주로 문화인을 중심으로 유행했던 것 같고, 그 탓인지 후루하타처럼 프로이트에 탐닉하는 사람과 대화를 해도 거의 맞지 않았다. 문학적인 논의는 하고 싶지 않았다.

후루하타는 그게 싫었다.

만일 문학이라면 해석은 있어도 해답은 없기 때문이다.

복수의 해답을 얻을 수 있는 분야에 진리는 없다고, 그 시절의 후루하타는 생각하고 있었다.

후루하타가 안심하기 위해서는 그것이 과학이라는, 절대불변의 진리라는 보증이 필요했다. 후루하타는 의학으로서의 정신분석을 진지하게 배우고 싶다고 생각했다. 거기에 자신의 불안을 떨쳐내 줄 진리가 있다고, 직감적으로 그렇게 생각했던 것이다.

그러나 그것은 간단한 일이 아니었다. 그렇게 인구에 회자되는 것치고, 국내에서 정신분석의 전문가라고 할 수 있는 사람은 전혀 없는 거나 마찬가지였다. 후루하타의 의문에 대답해 줄 만한 사람도 없었다. 프로이트의 정신분석은 있는 그대로 말하자면 역시 의학으로는 인지되지 않고 있었던 것이다. 신경정신의학은 신경증이나 정신병을 치료하기 위해서 있다. 정신분석의 경우는 설령 치료를 최종적인 목적으로 한다 하더라도 우선 분석하는 것에 본분이 있다. 그렇다면 학문이기는 하지만 의료는 아니라고, 그렇게 여겨졌을 것이다.

다시 말해 그것은 국내에서 제대로 배울 수는 없는 종류의, 신흥 학문이었던 것이다. 배우고 싶으면 유학을 갈 수밖에 없었다.

아무도 없다면 선구자가 되면 되지 —— 하는 생각도 들었다.

하지만 그렇게 생각해도, 행동으로 옮기기에는 너무나도 장해가 많았다. 그 단계에서 후루하타가 의학박사였다면 그나마 방법도 있었겠지만, 경험도 없고 학력도 없는 후루하타로서는 어쩔 수가 없었다. 시기상 해외로 건너가는 것조차 어려웠고, 무엇보다 후루하타는 무턱대고 돌진할 수 있을 만큼 기운이 넘치는 인간이 아니었던 것이다.

언제나 그렇다.

그러나 길이 없었던 것은 아니었다.

후루하타는, 결코 적극적이지는 않았지만 우선 정신분석에 대한 이해를 가진 교수, 의학부를 둔 대학으로 진학했다. 그리고 몇 개의 운명적인 만남을 거쳐──.

후루하타 히로무는 프로이트의 증손제자가 되었다.

프로이트의 손제자에 해당하는 인물을 사사할 수 있었던 것이다.

대학에서 만난 교수는 정신분석에 대해 반쯤 오해를 하고 있는 것 같았지만, 다행히도 전혀 이해하지 못하는 것은 아니었다. 후루하타는 대학에서 신경정신의학을 배우고, 대학 밖에서 정신분석을 배웠다.

그리고 우여곡절 끝에 후루하타는 일본에서도 몇 안 되는 정신분석을 배운 신경정신과 의사로서의 길을 걷기 시작했다. 그 우여곡절은 결과적으로 자기분석의 도정이 된 셈이지만.

후루하타의 스승이 된 사람은 프로이트를 신봉하고 있었다.

그것은 하나의 신앙에 가까운 것이었다고, 현재의 후루하타는 인식하고 있다.

지그문트 프로이트는 말할 필요도 없이 유명한 정신분석학의 창시자다.

그가 처음으로 정신분석이라는 용어를 사용한 시기는 서기 1896년경이라고 하니, 이것은 고작해야 50여 년 전이다. 그곳을 출발점으로 삼는다면, 학문으로서 정신분석의 역사는 매우 짧다. 그 짧은 역사 속에서 이미 많은 분파가 생겨나고, 그것들은 서로 비판하고 결별하며 현재도 치열한 분열항쟁을 계속하고 있다. 창시자인 프로이트의 학설조차, 부분적이긴 하지만 벌써부터 의문이 제기되고 부정되기까지 하고 있다.

아카데미즘이니 뭐니 하기 이전에, 학문으로서 미성숙한 것이기는 했던 것이다.

그러나 이것은 오히려 체질로서는 건전한 거라고——당시의 후루하타는 느끼고 있었다. 어떤 분야의 학문이라도 완성되는 일은 있을 수 없고, 그런 내부성찰적인 연찬(研鑽) 없이 학문은 발전하지 않는다. 그것은 지금도 맞는 말일 거라고 생각한다.

열심히 모색하기 때문에 이반(離反)하고, 많은 분파가 생겨나는 것이다. 만일 진리에 도달하기만 한다면 분파들은 조만간 통합될 것이다. 아니, 통합되어야 할 것이다. 길은 몇 개나 있겠지만, 학문인 이상 도달해야 할 진리는 하나밖에 없기 때문이다——.

그렇게 생각했다.

그래서 후루하타는 열심히 배웠다. 아마 노력한다는 의미로는 동문들 중 누구보다 노력했으리라 생각한다. 피폐한 낡은 학문과 달리 가능성을 감추고 있는 젊은 학문은, 후루하타에게 일종의 구도자적인 개척정신을 주었던 것이다. 그것만은 확실하다.

프로이트에 의한 정신분석의 정의는, 후루하타가 기억하는 한 다음과 같은 것이다.

1, 다른 방법으로는 접근할 수 없는 심적 과정을 탐구하는 방법.

2, 그 탐구에 기초해 신경증성 장애를 치료하는 방법.

3, 그에 따라 얻어지고, 축적되고, 새로운 과학적 학문을 형성해 가는 일련의 심리학적 지견.

다시 말해 정신분석이란 인간을 이해하는 방법이고, 신경증을 치료하는 방법이며, 그 두 가지의 집적(集積)에 의해 얻을 수 있는 학문 자체이기도 하다는 것이다.

정신분석에서는 치료하는 것 자체가 인간 탐구다. 그리고 임상적인 행위 자체가 학문으로서의 방법론적인 의미도 가진다. 거기까지는 좋다. 그러나 이것은 그에 따라 도출된 이론에 의해, 도출한 방법론——치료의 기술——도 변할 수 있다는 뜻이기도 하다. 당연하다면 당연한 이치다.

그러나 그렇게 되면 기댈 곳이라는 게 없어져 버린다. 확실한 발판은 어디에도 없는 것이다. 어디선가 잘못되어 버리면 모든 게 잘못되고 만다.

그리고 그래도 이론은 성립하고 만다.

갑자기 후루하타는 막막해졌다.

패러독스에 빠지고 만 것이다.

이유는 알고 있었다. 자못 대단한 고뇌처럼 들리지만, 거기에 빠진 애초의 계기는 바보 같을 정도로 개인적이고 사소한 이유였다.

자기 자신의 분석 결과를 믿고 싶지 않았다——그것뿐이다. 순수하게 학구적인 동기에서 오는 번뇌는 아니었던 셈이 된다.

후루하타가 배운 방법론으로 엿본 자기 자신은 눈을 돌리고 싶어질 정도로 추한 것이었다. 분석하면 할수록 참담한 결과가 기다리고 있었다. 억제된 성적 원망(願望). 도착(倒錯). 일그러진 부자 관계―― 생각하고 싶지도 않다. 그런 자신의 정체를 알기 위해, 후루하타는 많은 시간을 허비하고 만 것이다.

당연한 일이지만. 오히려 그게 당연하다는 것을 아는 것이야말로 정신분석의 결과라고 할 수 있다. 사람은 누구나―― 그런 것이라는 사실을.

스승은 달관해 있었지만, 후루하타는 그럴 수 없었다.

물론 다른 방법론에 의한 다른 해석도 성립했다.

아니, 다른 해석을 하기 위해 후루하타는 더 배웠다.

우선 프로이트를 부정해 보고 싶었던 것이다.

프로이트 이론의 핵심이 되는 리비도(libido)[27] 하나만 봐도, 프로이트에게 반항한 아들러와 융은 전혀 견해가 달랐고, 마찬가지로 반항조인 라이히니 페렌치니 하는 사람들의 견해도 하나같이 옳았다. 하지만 어느 것도 결정적으로 배척하는 데에는 이르지 못했고, 전면적으로 지지하는 데에도 이르지 못했다.

그리고 시선을 바꿀 때마다 서로 다른 자신이, 마치 마법처럼 눈앞에 나타났다.

자기현시욕이 왕성한 히스테리.

근친상간 원망을 품고 있는 성적 불능자.

나르시시스트(narcissist)[28]에 동성애자.

---

27) 프로이트 정신분석학의 기초 개념으로, 사람이 내재적으로 갖고 있는 성욕 또는 성적 충동.

네크로필리아(necrophilia).[29]

—— 지긋지긋하다.

틀렸기 때문이 아니다. 전부 옳았기 때문이다. 진정한 자신은 몇 명이나 있었던 것이다. 그 모든 것이 진짜다. 그러나 그 모든 것이 현실의 자신과 약간 거리를 두고 있는 것도 확실했다.

이 분야에 한해서는, 진리는 하나가 아닌 게 아닐까. 어쩌면 몇 줄기나 되는 길의 수만큼 진리가 있는 것은 아닐까—— 그렇게 생각했다. 그렇다면 그것은 과연 과학의 한 분야로서 성립하는 것일까. 역시 인문계의 학문으로 파악해야 하는 것이었을까. 후루하타는 당혹했다. 마치 현재의 시라오카처럼.

하지만 후루하타는 포기하지 않았다. 일본에서는 소개되지 않은 해외의 선진적인 논문을 고생해서 입수하거나 다른 철학에 손을 대 보기도 했다. 스승은 그런 후루하타를 비웃었다. 그렇다——.

그래도 결국, 아무래도 도달하는 곳은 프로이트였다.

기독교에는 성서가 있다. 그러나 그렇게 확고한 텍스트가 있음에도 불구하고 해석에 따라 교의는 180도 달라지고 만다. 정신분석학에는 그 성서조차 없는 것이다. 다만, 굳이 그것을 상정한다면 창시자인 프로이트가 남긴 업적이야말로 그에 상당하는 것처럼 여겨졌다. 그렇다면 많은 후발주자들은 그것을 멋대로 해석하며 발전시키고 있을 뿐이지 않은가. 요컨대 본질이 아니라 해석 문제라는 뜻이 된다. 문학과 다를 바가 없다. 각자가 멋대로 해석하고 있을 뿐이라면, 그것은 후루하타에게—— 꿈이 아닌 후루하타 자신을 기분 나빠하던 그

---

28) 정신분석학의 용어로, 자기 자신을 사랑하거나 훌륭하다고 여기는 사람.
29) 시체를 간음하는 성도착증의 한 증상. 이상성욕의 일종.

무책임한 타인들의 무책임한 술회와 완전히 동질의——무가치한 것이 되어 버리지 않을까.

그렇게 생각하고 싶지는 않았다. 후루하타는 자신이 배운 학문을 믿고 싶었다. 그러나 파고들면 파고들수록 거기에 떠오르는 진리는 현실에서 멀어져 가는 것처럼 생각되었다. 그래도 포기하지 않았다. 그렇지 않아도 풍파가 강한 소수학파 속에서도 후루하타는 고립되어 있었다. 고립되어 있어도, 그래도 후루하타는 기대주였다. 정신분석이라는 학문에 호의적인 대학은 후루하타가 다니는 곳을 빼면 몇 군데 없었고, 다시 말해 대학 의학부에 적을 두고 있으면서 정신분석을 배우는 사람은 후루하타 외에는 몇 명 없었다.

본의는 아니었지만——후루하타는 기대도 받고 있었던 것이다.

그리고 확실히 후루하타는 프로이트 다음을 보았다. 그것은 확신하고 있다.

그러나 거기까지였다. 보인 것은 새로운 지평도, 학문상의 진리도 아닌 단순한 프로이트 다음이었던 것이다. 부정하든 긍정하든, 아무도 프로이트의 속박에서 달아나지 못했다는 사실을, 후루하타는 동시에 깨달았다.

——저주 같은 것이다.

순간, 썩어 있던 게 떨어진 것처럼 후루하타는 의욕을 잃었다. 자신이 규명하려던 것은 조만간 누군가가 규명할 것이다. 그것은 자신의 일이 아니다.

그리고 문득 돌아보니, 은사는 아직도 이드(id)[30]니 리비도니 하고 있었다. 후루하타는 결코 학문으로서의 정신분석을 비방할 생각도 없고, 밤낮으로 향상심을 갖고 노력을 게을리하지 않는 동문들을 경멸할 생각도 없다. 정식 과목으로 다루는 의학부도 거의 없고, 은사조차 아카데미즘의 중앙에 있는 것은 아니다. 그런 가운데 얼마 안 되는 사람들만이 전쟁 당시와 전쟁 후의 역풍에도 굴하지 않고 열심히 정신분석의 미래를 모색하고 있는 것이다. 가치가 있는, 위대한 일이라고 생각한다. 하지만 자신은 완전히 의욕을 잃었다. 그것뿐이다.

그것도 학생 때라면 좋았겠지만, 그때 이미 후루하타는 의사로 일하고 있었다. 정신분석을 배워 버린 이상, 단순한 신경정신과 의사로 행동할 수도 없었다.

패배선언을 하고 떠났다.

요컨대 자신은 그 직업에 맞지 않았던 것이다. 지금은 그렇게 생각한다.

본가인 치과의원은 아버지가 돌아가셨을 때 처분해 버려서, 후루하타는 완전한 방랑객이 되고 말았다. 12개월쯤 방랑하다가 시라오카와 알게 되었다.

선인처럼 굴던 시라오카는 말이 없는 후루하타가 그 방랑에 이르게 된 경위를 이야기하게 만들기에 충분한 인덕을 갖고 있었던 것 같다. 후루하타는 약 사흘 밤낮에 걸쳐 자신에 대해서 이야기했고, 시라오카는 끊임없이 미소를 지으며 그것을 들어주었다.

후루하타가 이야기를 마쳤을 때 시라오카는 이렇게 말했다.

──자네는 생각이 너무 많군.

---

30) 프로이트의 정신분석학 용어로, 인간 정신의 밑바닥에 있는 원시적·동물적·본능적 요소.

그리고 양파는 아무리 껍질을 벗겨도 양파다, 벗기지 않으면 양파라는 걸 알 수 없는 건 아니라는 말을 했다. 후루하타가 보기에는 평범한 대답이었다. 그러나 그 범용한 대답을 아무렇지도 않게 말하는 시라오카가 조금 마음에 들었고, 범용한 대답조차 범용하게 받아들이지 못하는 자신도 깨달았다. 썩어 있던 것은 조금도 떨어져 나가지 않았다.

그대로 교회에 눌러앉은 지 이제 곧 반년 가까이 될까.

잡일을 돕는 것을 조건으로, 시라오카는 후루하타에게 교회의 방 하나를 제공해 주었다. 이것은 소위 말하는 완전한 더부살이 ——일 터였다.

그러나 후루하타에게는 어떤 역할이 주어졌다.

그것은 신자의 참회를 듣는 역할이었다.

이건 이상한 일이다.

우선 여기에 참회하러 오는 사람이 있다는 게 잘못되었다.

참회란 물론 죄를 고백하고 회개하는 것이지만, 보통 교회에서의 참회는 그 이상의 의미를 갖는다고 생각해야 한다. 신자가 교회에서 참회한다는 것은 죄에 대한 보속(補贖)[31]의 명령과 그에 의한 용서를 구하는 행위이다. 이것은 세례 후의 죄를 사면하는 〈고해〉라는 의식의 하나다. 이곳이 가톨릭교회라면 그걸로 좋다. 가톨릭은 의식을 인정하고 있기 때문이다.

그러나 프로테스탄트에서는 〈세례〉와 〈성찬〉 외의 의식을 —— 기

---

[31] 가톨릭에서, 지은 죄를 적절한 방법으로 보상하거나 대가를 치르는 것을 가리키는 말. 고해 사제에 의해 부과된 기도나 선행으로 구성되어 있는데, 전통적으로 기도, 금식, 자선이 보속 행위의 세 가지 유형이다.

본적으로는—— 인정하지 않는다. 그것을 후루하타는 시라오카 본인에게서 배웠다.

그뿐만이 아니다. 쉽게 말하자면 고해야말로 구교와 신교의 분열을 재촉했다고도 생각할 수 있다. 고해의 형식화가 사욕을 낳았고 그 남용이 악명 높은 면죄부를 낳아, 그것이 루터에게 '95개조 논제'를 쓰게 했으며 그 결과 종교개혁이 발흥한 것은 유명한 이야기다.

다시 말해 신교 교회에 참회하러 오는 것은 잘못된 일이다. 시라오카의 신자가 진실로 교의를 이해하고 있다면 이것은 본래 있을 수 없는 일이다. 따라서 고해를 청하는 신자도 신자지만, 받아들이는 목사도 목사인 셈이다.

그래도 한 달에 한 명은 찾아온다. 시라오카는 거절하지 않는다.

—— 이건 고해가 아닐세.

라고 시라오카는 말했다.

—— 굳이 말하자면 대답을 주지 않는 일신 상담이지.

신앙과는 분리해서 파악하고 있는 모양이다. 그래서 후루하타를 기용했다는 것일까.

상당히 저항감이 있었던 것은 분명하다. 당연하지만 신직에 종사하지 않는 후루하타는 사면을 말할 수도, 보속을 요구할 수도 없다. 후루하타가 그렇게 말하자 시라오카는 결론 같은 것은 물론이고 감상조차 말할 필요가 없다, 그냥 철저하게 듣기만 하다가 끝에 참회하라고 말하기만 하면 된다고 했다.

결국, 거절할 수 없었다.

그러나 실제로 들어보니, 확실히 시시한 고백이 많았다. 자신은 아무래도 화를 잘 내서 곤란하다거나, 필요 이상으로 질투심이 강하다거나, 그 정도다. 그리고 대개 멋대로 실컷 이야기하고는 만족해서 돌아간다. 참회라는 과장된 것이 아니라 불평이다.

그들은 이야기를 함으로써 치유되었다.

그리고 그 이야기를 듣는 역할을 계속해 나가면서, 후루하타는 절실하게 깨달았던 것이다.

후루하타가 정신분석의로서 좌절한 것은 프로이트 때문이 아니라, 결국은 자기 자신 때문이었다. 문제는 후루하타에게 있다. 그것을 충분히 인식했다. 분석하는 것이 싫은 게 아니라, 분석해 버리는 자신이 싫은 것이다. 프로이트에게 반발한 것이 아니다.

자신이 싫을 뿐이다.

후루하타라는 남자는 그것이 설령 시시한 불평이나 농담이라 하더라도, 분석하지 않고 그대로 받아들이지를 못하는 성격인 것이다. 후루하타에게, 그냥 받아들인다는 것은 상세한 분석을 가하는 것보다 훨씬 어려운 일이었다. 그냥 듣고만 있으려고 해도, 자기도 모르는 사이에 분석하고 있다. 이것은 이미 성벽이고, 요컨대 병 같은 것이다.

그리고 고민하는 사람의 고백 뒤에 그 유대인의 수염 난 얼굴이 떠오른다.

그렇게 되면 더 이상은 어쩔 수 없게 된다.

그게 바로 신경증이다.

후루하타가 번지수가 틀렸음을 알면서도 프로이트를 싫어하는 것은 그 때문이다. 아무리 논리로 이해하고 있어도 어쩔 수가 없다. 정말로 저주받은 것 같다.

만일 프로이트가 살아 있다면 어떻게 해서라도 치료를 받고 싶은 심정이다.

──그것도 신통치 않으려나.

따라서 후루하타의 현재 생활은 재활 훈련에 가까운 것이라고도 할 수 있다.

──슈 씨는 어떻게 지내고 있을까.

요즘 들어 부쩍 생각난다. 들리는 소문으로는 슈 씨는 전쟁터에서 돌아온 후 경찰관이 되었다고 했다. 대장은 되지 못한 모양이다.

후루하타는 어젯밤에도 그 뼈의 꿈을 꾸었다. 요즘은 해골 앞에서 교접하고 있는 남자의 얼굴이 후루하타 자신이 되어 있을 때도 많다. 몹시 우울해진다.

꿈을 꾼 것은 그저께 프로이트의 환영이 덮쳐온 탓이다.

최근 그 두 가지는 세트로 찾아올 때가 많다.

이제 프로이트가 해골의 꿈을 환기하게 된 것 같다. 본말전도란 바로 이런 것을 말하는 것이다. 그 부분만 꺼내서 음미하면서, 후루하타는 남의 일처럼 실소하고 만다.

목사가 엉터리라서 신자도 그렇게 많지 않고, 교회의 생활 자체는 느긋한 것이었다. 그래도 시라오카는 규칙적으로 생활하는 모양이지만, 후루하타 쪽은 상당히 방종하다. 후루하타가 자는 방에는 창문이 없다. 그래서 아침도 낮도 없다. 시계도 없어서 잠에서 깨어도 몇 시인지 알 수가 없다.

오늘 잠에서 깨었을 때는 기분이 최악이었다.

이런 각성이라면 찾아오지 않는 편이 낫다고, 진심으로 그렇게 생각했을 정도다.

바깥세상은 왠지 노랗고 눈부셨다. 게다가 꽤 추웠다. 등을 웅크리고 손을 주머니에 넣은 채 음울한 표정으로 간신히 앞뜰로 나가자, 그것을 기다렸다는 듯이 시라오카가 다가왔다.

"또 해골인가?"

특이한 목사는 몹시 상쾌하게 그렇게 말했다.

"해골입니다."

후루하타는 그렇게 대답하며 졸린 눈을 비볐다.

시라오카는 하얀 스웨터를 입고 작업복 같은 바지를 입고 있었다. 손에는 미장이용 흙손까지 들고 있어서, 오늘은 절대 목사로는 보이지 않는다. 진녹색 안경이 둔하게 빛을 반사하고 있어서 눈의 표정은 읽을 수 없다. 성기게 우거져 있는 구레나룻이 더욱 무표정을 응원하고 있다. 후루하타는 한껏 나른하게 말했다.

"료 씨. 어때요, 이런 날은 아침 댓바람부터 럼주라도 실컷 퍼마시고, 주님에 대한 폭언을 있는 대로 퍼부으며 인사불성이 되어 보는 건."

후루하타는 시라오카를 료 씨라고 부른다.

시라오카는 웃지도 않고, 화내지도 않고 대답했다.

"그렇다면 차라리 내가 후루하타 군에게 인사불성이 될 정도로, 성수를 있는 대로 뿌려 준다는 건 어떨까——."

시라오카의 경우, 농담이 아닐 때가 있기 때문에 주의가 필요하다.

"—— 게다가 이 시간을 아침이라고 부르는 사람은 없으니, 아침 댓바람부터 술을 마실 계획이라면 자네는 적어도 네 시간은 일찍 일어나야 할 걸세."

부드러운 목소리다.

"저는 대낮부터로 계획을 변경해도 별로 상관없는데요."

후루하타 역시 웃지도 않고 대답했다. 료 씨는 그제야 미소를 띠었다. 다만 그것이 후루하타의 말에 반응한 웃음이 아니라는 것은 곧 알 수 있었다.

"그건 안 되지. 오늘은 후루하타 군이 나설 차례거든."

참회하러 오는 사람이 있는 것이다.

"위대한 사제님. 미안하지만 오늘은 봐 주시면 안 될까요. 제가 사면을 청하고 싶을 정도인데요. 게다가 오늘의 저는 심경이나 외견이 모두 루시퍼인데."

"아니, 자네가 악마인 것은 잘 알고 있네. 그렇기 때문에 부탁하는 것 아닌가."

자신에게 그 역할을 부과한 시라오카의 생각을, 후루하타는 아직도 명확하게 이해하지 못하고 있다. 후루하타야 어찌 됐건 신자의 입장에서는 일종의 사기인 것 같다는 생각도 든다.

"료 씨. 지금 그 말은 모독입니다."

"무슨 모독이란 말인가? 게다가 오늘 올 사람은 신자가 아니야. 세례를 받지 않은 것은 물론 신앙도 갖고 있지 않지."

"그건 뭡니까? 왜 그런 사람이 교회에 오는 겁니까?"

"상관없잖나. 구원을 청하고 있다는 사실에는 변함이 없으니까. 나는 구해 달라는 부탁을 받으면 금붕어라도 건질 걸세. 파계목사거든. 기독교계의 잇큐[一休][32]라고 불러 주게."

---

32) 1394-1481. 무로마치 중기의 선승(禪僧). 고코마츠[後小松] 천황의 사생아라는 설이 있다. 교토 대덕사(大德寺) 주지가 되지만 그와 동시에 퇴산. 선종의 부패를 신랄하게 비판하며 자유로운 선의 존재를 주장했다. 시와 서화에 뛰어났으며, 수많은 기행으로도 유

후루하타는 저도 모르게 쓴웃음을 지었다.

확실히 시라오카는 스님 쪽이 더 어울린다. 그도 후루하타처럼 길을 잘못 든 것 같다. 그러니 얼른 종교를 바꾸는 게 그를 위한 길이다. 기독교 전체를 위해서도 그렇게 하는 편이 좋을 거라고 생각한다.

"나도 대충만 들었네만, 아무래도 이건 자네 분야인 것 같아."

"지금의 제게 분야는 없습니다."

"분야는 없어도 자네는 있지 않은가. 그녀에게는 나보다 자네 쪽이 나을 거라는 생각이 드네. 심술궂은 말 하지 말고 얘기를 들어 주게."

후루하타는 복잡한 생각에 사로잡혔다. 후루하타는 일본에 몇 명 안 되는 정신분석의로 지낸 반년 동안, 결국 단 한 사람도 구할 수가 없었던 것이다. 당연하다. 자신조차 구하지 못했으니까.

그러나 아이러니하게도 후루하타는 정신분석의를 그만둔 후에 구제 흉내를 내고 있다. 아무 말도 하지 않고 그저 이야기를 듣고, 마지막에 한마디 하는 것만으로도 이미 몇 명이나 되는 신자들이 —— 멋대로 —— 구원을 받은 것이다.

정확하게는 후루하타가 구한 것이 아니다.

복잡한 심경은 어두운 목소리가 되었다.

"저는 남을 구할 수 없습니다."

시라오카는 크게 웃으며 후루하타의 어깨를 두세 번 두드렸다. 그가 어깨를 두드릴 때마다 너덜너덜한 폐가 따끔따끔 아팠다. 부패한 공기만 마시고 있다. 마음이 —— 병들어 있다.

"어쨌든 후루하타 군. 이것은 주님이 자네에게 주신 일일세. 여하튼 그녀는 뼈가 되는 꿈을 꾼다는군."

명.

시라오카는 어디까지나 상쾌하게 그렇게 말했다.

기모노를 입은 여자는 역시 교회당에는 어울리지 않는다.

마치 세밀한 배경의 동판화에 화려한 다색 판화의 기녀 그림이라도 끼워 넣은 것 같다.

신자 중에도 기모노를 입는 사람은 많이 있지만, 후루하타는 그쪽에는 이렇게까지 위화감을 느끼지 않는다. 역시 눈앞의 여자가 동떨어져 보이는 것은 사전에 그녀가 이교도라는 말을 들은 탓일까.

오밀조밀한 미인이다. 20대 중반쯤 되었을까.

여자는 후루하타가 앞에 서도 얼굴도 들지 않고, 눈을 내리깐 채 목례했다.

"우다가와 아케미라고 합니다."

후루하타가 묻기 전에 여자는 이름을 말했다.

"후루하타라고 합니다. 미리 말씀드리겠는데 저는 목사가 아닙니다."

일단 그렇게 양해를 구하고 있다.

아케미라고 자신을 소개한 그 여자는 그 말을 듣고도 별다른 생각이 없는 듯, 알아듣지 못할 정도의 작은 목소리로 '네에' 하고 말했다. 신자도 아니라고 하니, 그녀에게는 아무래도 상관없는 일일 것이다.

그러나 그녀뿐만 아니라, 지난 반년 동안 참회하러 온 신자들은 후루하타가 신분을 밝혀도 전혀 당혹스러워하지 않았다. 어쩌면 신자들은 모두 사전에 시라오카로부터 후루하타의 신분에 대해서 뭔가 들었을지도 모른다. 지금에 와서야 그렇게 생각했다.

"저는 사람을 죽였습니다."

갑자기 고백이 시작되었다.

후루하타는 딱딱하고 차가운 의자에 걸터앉았다. 교회당 안은 춥다.

아케미는 상당히 초췌한 것 같다.

"저는 살인자입니다. 그 사실을 계속 잊고 있었고, 아무런 대가도 치르지 않은 채 8년이나 살아왔습니다."

후루하타는 아무 대답도 하지 않았다. 그 정도의 정보만으로는 판단할 수가 없다.

"그래서——."

경찰에 출두해서 죗값을 치르고 싶다거나, 신 앞에 무릎을 꿇고 회개하고 싶다거나, 아케미는 그런 말을 하고 싶은 것은 아니다—— 그런 것 같았다.

"——당신이 정말로 살인을 범하고 나서 이곳에 왔다면, 저는 선량한 시민으로서 경찰에 신고할 의무가 있어요. 당신도 잘못 온 셈이 되는데요."

"네에."

아케미는 들리는지 안 들리는지, 뭔가 쇳덩어리라도 삼킨 듯한 얼굴을 했다. 그리고 죽인 것은 오늘이 아니라고 말했다.

"그럼 옛날이야기입니까?"

아케미는 잠시 침묵했다. 그리고 이렇게 말을 이었다.

"죽은 사람이 —— 돌아옵니다."

"죽은 사람? 시체 말입니까?"

"시체——라고 할까요, 벌써 옛날에 죽은 사람——망자라고 할까요."

"그렇다면 유령이라거나."

"글쎄요, 유령——일까요. 저는 유령이 어떤 것인지 모르니까요."

"환각처럼 그, 흐릿하게."

"아뇨, 확실하고, 살아 있는 것과 다름이 없습니다."

"실체가 있는 거로군요."

"글쎄요."

확실히 이것은 신경정신과의 영역일지도 모른다.

시라오카가 컬트계 교파라면 그나마 나았을지도 모르지만, 공교롭게도 그는 프로테스탄트다.

가톨릭에 엑소시스트가 있다는 이야기는 들은 적이 있지만, 신교에도 그런 게 있는지 없는지 후루하타는 몰랐다. 그렇다 해도 쫓아내는 것은 악마지 유령이 아니다. 게다가 흔히들 말하는 다리 없는 흐릿한 유령이 아니라 실체가 있다면 완전히 두 손 들 수밖에 없다. 아이티(Haiti) 주변에 좀비인가 하는 살아 있는 시체가 있다는 얘기도 들었지만, 자세히는 몰랐다.

어쨌든 상식의 범위 내에서 과학적 사유로 이해하자면, 이것은 망상이다. 신경이 보여주는 환각이다. 즉, 일종의 병으로 받아들여야 할 것이다.

"좀 자세히 들려주시겠습니까?"

——관둬, 관둬.

후루하타 안에서 목소리가 들린다. 이야기를 들으면 분석을 가하

게 된다. 이 아케미라는 여자의 마음속을 들여다본다고 해서 무슨
소용이 있는가. 어차피 거기에는 프로이트의 그 수염 난 얼굴이 심각
한 표정을 띠고 있을 뿐이지 않은가.

　　—— 뼈의 꿈을 꾼다는군.

　어떻게 연관되는 걸까. 살아서 돌아오는 시체에, 뼈가 되는 꿈.

　"어디서부터 말씀드리면 좋을지 모르겠군요. 이야기가 지루하게
길어져 버릴 것 같습니다."

　"전혀 상관없어요. 그 친구는 한가하거든요."

　어느새 시라오카가 교회당 안에 들어와 있었다.

　아케미는 이야기를 시작했다.

　우선 행복하다고는 말하기 어려운 반생일 것이다. 가난 때문에 어
린 나이에 고용살이를 나가, 원인불명의 화재로 가족 모두를 잃고,
결혼한 순간 남편에게 소집영장이 나온다. 그리고 남편은 중병을 앓
고 있는 시아버지를 남겨둔 채, 병역을 거부하고 도주한다.

　드물지는 않을지도 모르지만, 축복받은 인생은 아닐 것이다. 그러
나 후루하타가 보기에 아케미의 정신은 그 처지에 비해 건전한 성장
을 이룬 것처럼 여겨졌다. 아케미는 격앙하지도, 눈물에 목이 메지도
않았다. 말투는 시종일관 담담했고, 듣기에 과잉된 윤색이나 연출도
없는 것 같았다. 잘 간추려져 있어서 몹시 알기 쉽다.

　만일 후루하타가 자신의 반생을 이야기한다면 이렇게 요령 있게
엮을 수 있을까. 말을 골라 이야기한다 해도 조금은 혼란스러울 거라
고 생각한다. 특별한 감정이 있는 부분은 반복해 버릴 테고, 마음이
급해져서 설명이 부족해지는 부분도 있을 것이다. 전후 관계가 뒤바

꾸기도 할 테니 모순도 발생할 것이다. 아니, 시라오카에게 이야기했을 때도 사실 그랬다. 시라오카는 몇 번이나 후루하타에게 되물었다. 후루하타의 굴곡 없고 시원찮은 인생조차, 막상 이야기하려니 그렇게 되었던 것이다. 아케미의 이야기에는 그게 없다. 명석하다.

—— 너무 냉정하다.

지어낸 이야기 같다. 사람을 죽이고 착란을 일으킨 여자의 태도가 아니다. 아니——.

지어낸 이야기일 가능성도 있을 것이다. 게다가 사람은 정신에 병이 생겼을 때 단순히 착란만 일으키는 것은 아니다. 가령 과대망상증 같은 사람은 있지도 않은 일을 청산유수로 늘어놓을 때가 있다. 하지만——.

아케미의 이야기의 맥락은 모두 어긋나는 데 없이 들어맞고, 어색한 부분도 없다.

즉.

—— 안 돼. 의미를 찾아서는 안 돼.

후루하타는 스스로를 다잡았다. 해석을 가할 필요는 없다. 아케미는 이야기를 계속한다. 교회당 안에 여자의 목소리는 잘 울린다.

"마을 전체에서, 물론 나라에서도 저는 심한 징계를 받았던 것 같습니다. 그 부분은 아무래도 애매하지만요. 그러다가 시아버지가 돌아가시고, 저는 집을 나왔습니다. 그리고 저는 자살을 시도했습니다."

기독교에서 자살은 엄연한 죄다. 하지만 후루하타가 훔쳐본 시라오카의 얼굴은 여전히 무표정했다.

"물에 뛰어들었던 것입니다. 그 탓에 저는 모든 기억을 잃었습니다. 지금 말씀드린 과거의 기억도 시간을 들여 생각해내거나, 남에게 들은 것입니다."

"기억장애 —— 입니까?"

"기억상실과는 다른 건가?"

후루하타의 어깨 뒤에서 시라오카가 작은 소리로 물었다.

"기억은, 잃어버리는 일이란 없습니다. 다만 뭔가 이유가 있어서 —— 병리적인 장애라거나 심리적인 억제라거나 —— 떠올릴 수 없게 될 뿐입니다. 자신이 누군지 모르게 된다는 것은 자신의 생활 역사를 잊어버렸을 뿐인 겁니다. 따라서 상실이라는 것은 없어요. 건망이라고 해야지요. 처음부터 인식하지 못하는 경우는 모르겠지만요."

"그런가?"

시라오카는 이해를 한 건지 못한 건지 입술을 조금 내밀고, 이야기를 계속해 보라고 아케미를 재촉했다.

"네에, 그래서 그, 제일 중요한 부분 —— 자살을 시도하기 전후의 기억은 계속 돌아오지 않은 채, 지금까지 살아왔습니다."

"그, 다행하게도 당신의 자살이 미수로 끝났다는 것은 누군가가 ——."

아무래도 물어보기 어렵다.

"아아, 구조를 받았습니다. 그때 구해준 사람이 현재의 남편입니다."

아케미는 시종 눈을 내리깔고 한 번도 얼굴을 들지 않는다.

"그 후로는 아무 일도 없이 지냈습니다. 원래 있던 마을로는 돌아가지 않고, 주소를 계속 바꾸며 —— 그건 남편의 배려였겠지요. 따돌림을 당하던 마을로는 돌아갈 수 없고, 조금이라도 멀리 가는 편이 살기 쉬울 거라는 —— 그리고 한 3, 4년쯤 전에 이 근처로 이사를 왔습니다."

"지금 사시는 곳은 어디입니까?"

"즈시 만(灣)의, 하야마 쪽 끝입니다. 그곳으로 이사하고 나서, 저는 조금씩 이상해졌습니다."

아케미는 해명이 싫다고 했다.

이 경우의 해명은 폭풍의 전조인 그것이 아니라, 아무래도 파도 소리 —— 바다의 소리 전반 —— 이라는 뜻인 모양이다. 아케미는 파도 소리가 몹시 무섭다는 것이다.

아케미의 집은 곶의 돌출한 끝 부분 같은 곳에 있다고 한다. 그렇다면 바닷소리는 끊임없이 들릴 것이다. 그 결과, 아케미는 신경쇠약 비슷하게 되어 버린 것 같다.

—— 해명이라.

무슨 은유일까? 그것은 아케미의,

—— 안 돼. 그게 안 되는 거야.

후루하타는 지금 아슬아슬한 선에서 자신을 지키고 있다. 이 상황은 놀랄 만큼 치료와 비슷한 것이다.

아니, 치료라기보다 —— 분석이다. 정신분석의 임상훈련과 완전히 똑같은 상황이다.

감정전이. 저항. 환자 자신에 의한 자기의 진실에 대한 통찰. 자기 인식과 자기지배의 증대 ——.

싫다. 그런 말은 지금의 후루하타에게는 필요 없다. 무의미하다. 아케미는 환자가 아니고, 신자조차 아니다.

해명은 해명일 뿐, 은유 같은 게 아니다.

"저는 점점 잘 수 없게 되었고, 쇠약해져 갔습니다. 억지로 자면 꿈을 꾸었습니다."

——꿈. 뼈가 되는 꿈인가?

기분 나쁜 꿈이었다. 우선 주위의 공기가 바닷물로 바뀐다. 그리고 가라앉기 시작한다. 빛도 닿지 않는 끝없는 심해로 천천히 가라앉는다. 살은 녹고 뼈만 남아, 계속해서 천천히 가라앉는다. 그리고 한 번 유사적 각성이 있은 후, 두개골만 갑자기 부상한다. 그 시간감각의 낙차가 싫다.

듣기만 해도 강한 압박감이나 폐쇄감이 느껴진다. 그러면서도 몹시 불안정하고 매우 유기적이라, 아무래도 견딜 수 없다.

물. 암흑. 호흡곤란. 뼈. 느린 낙하. 빠른 부상. 해골. 둥글게 보이는 하늘.

후루하타는 이미 판단하기 시작했다. 그 꿈에는 틀림없이 감추어진 의미가 있다.

——내가 꾸는 뼈의 꿈처럼.

뼈의 꿈. 뼈. 뼈. 뼈. 뼈. 음란한,

압축. 치환. 왜곡된 소망의 충족.

"무서운——꿈이로군요."

후루하타는 그렇게만 말하고 녹초가 되었다.

아케미는 후루하타를 보지도 않고, 아까와 똑같이 패기 없는 목소리로 대답했다.

"너무 무서워서 잠에서 깹니다. 깨고 나서 얼마 동안은 무서워서

견딜 수가 없습니다. 하지만 무서운 꿈이 늘 그것과 똑같은 꿈인지는
──모르겠습니다."

"꿈은 깨어나면 대개 잊어버리니까요."

시라오카가 느긋한 말을 했다. 후루하타는 물었다.

"그 꿈은 당신에게──."

──불안꿈의 의미는 자아에게,

"저는, 그건 제가 자살했을 때의 기억이 아닐까 생각합니다."

아케미는 단순명쾌한 결론을 말했다.

후루하타의 쓸데없는 탐색은 중단되었다.

그렇다. 그거면 된다. 그 이상의 의미는 없다.

고통이나 공포감이 상기되었을 뿐이다. 왜곡은 없다.

그렇다면 해명은 단순한 계기다.

그게 틀림없다.

"당신은 자살을 시도한 전후의 기억은 돌아오지 않았다고 하셨는
데──그건 말하자면 그 파도 소리를 계기로, 돌아오지 않았던 부분
의 기억이 돌아왔다는 뜻인가요?"

생활사(生活史) 건망증의 경우는 그런 사소한 것을 계기로 일거에
회복되는 법이다.

아케미는 잠시 생각하고 나서 대답했다.

"글쎄요, 그 꿈이 저의 잃어버린 기억일지도 모른다고 생각한 것은
훨씬 나중의 일, 겨우 몇 달 전의 일입니다. 9월인가 10월인가──
그때까지의 몇 년 동안은 그저 무서워서 미칠 것 같았습니다. 하지만
만일 정말로 그게 그렇다면, 말씀하시는 대로 해명의 소리가 서서히
그──무의식이라고 하나요, 그 무의식에 기억을 불러일으켰다는

뜻이 되는 걸까요."

아케미는 어떻게 무의식이라는 용어를 알고 있는 걸까. 아무래도 용모와 하는 말이 어울리지 않는다. 생각 외로 학문이 깊은 건지도 모른다. 후루하타가 묻자, 아케미는 책에서 읽었다고 말했다. 어쨌거나 아케미의 남편은 글쟁이고, 그런 쪽 책이 집에는 많이 있다고 한다. 있을 법한 이야기지만, 그렇다 해도 어떤 책을 읽은 걸까.

"하지만 당신이 지금 사는 집으로 이사를 오신 것은 3, 4년은 된 일이지 않습니까? 그렇다면 그 꿈도 몇 년 전부터 꾸고 있었겠지요. 하지만 몇 년 동안이나 그런 생각은 하지 않았어요. 그런데 ── 두 달 전인가요, 그렇게 시간이 지나고 나서 왜 갑자기 그렇게 생각하신 겁니까?"

시라오카가 물었다. 후루하타도 똑같은 생각을 하고 있었다.

"마침 그 무렵 ── 신문기사를 발견했습니다."

아케미는 남편의 서재에서 우연히 잘라낸 신문기사와 메모를 발견했다고 말했다. 그것은 자신의 잃어버린 과거에 관련된 기사와 기록이었다는 것이다.

병역을 피해 달아난 아케미의 전남편은 놀랍게도 살해되었다고 한다. 게다가 그 시체는 발견되었을 때 머리가 잘려 있었던 모양이다.

시라오카가 작게 기도의 말을 했다.

"그 기사에 대해서 ── 는 기억하고 있었습니다. 아니, 전남편이 어떻게 되었는지, 그건 잊고 있었지만 기사는 기억하고 있었어요. 모순 ── 되어 있지만요."

"아니, 말씀하고 싶은 것은 대충 알겠습니다. 예를 들어 제목의 글자라든가 문장이라든가, 그건 기억하고 있었고 내용도 읽으면 대충 기억난다. 하지만 자신의 과거와 직결해서 생각하지는 않았다——
——는, 음, 확실히 표현하기 어렵군요."

후루하타는 알았다고 생각했지만, 아무래도 말로는 표현하기 어려운 것 같다. 아케미는 슬픈 것 같기도 하고 그렇지 않은 것 같기도 한, 미묘한 표정이 되었다.

"거기에 따르면, 처음에는 제가 남편을 죽인 범인으로 의심받고 있다가 그 후에 다른 여자——남편의 정부인 것 같은데——그 여자가 범인으로 단정되었다는 정보가 나와 있었습니다. 그걸 읽고 전율했습니다."

"왜지요?"

"그러니까 기사를 읽어 나가면서 점점 그 비슷한 단편이 생각나는 거예요."

"예를 들면?"

시라오카가 물었다.

"경찰에 쫓겨 숨어 있는 장면이라거나——머리가 없는 남편 시체의 모습이라거나——연속되지 않는 장면입니다."

"뭐, 신문에 나와 있었던 걸 보면 그건 사실일 테고, 당신이 그 당사자라면 기억하고 있는 게 당연하니까요. 그런 떠올리고 싶지 않은 추억이란 은폐되기 쉬운 법입니다."

후루하타는 아는 척하며 말했다.

아케미는 여전히 아래를 향한 채 네에, 하고 말했다.

"그 조각난 단편 중에 익사하는 것 같은 기억이 있었어요. 그래서 문득 깨달은 겁니다. 제가 꾸는 그 꿈은 저세상의 광경이 아닐까 하고."

"저세상?"

후루하타와 시라오카는 이구동성으로 말했다.

"네. 뭐—— 저세상이라 해도 저는 이렇게 살아 있습니다. 하지만 저세상의 입구까지는 갔던 것입니다. 그때의 기억을 꿈에서 보는 건 아닐까요?"

사후세계관은 사람에 따라 다르다. 시라오카는 기독교의 사후세계를 떠올릴 테고, 후루하타는 굳이 말하자면 불교적인, 거기다 진부하기까지 한 삼도천이니 바늘산이니 피의 연못이니—— 사후세계라기보다 지옥에 가까운 것——를 상상한다. 아케미의 꿈은 그 지옥에 가깝다.

—— 그렇군.

어쨌거나 그런 해석도 있는 셈이다.

은유 같은 게 아니라 그대로 받아들인다면, 그렇게라도 생각하지 않으면 설명은 되지 않을지도 모른다.

후루하타는 아까 아케미가 한 말의 의미를 착각하고 있었던 것이다.

꿈이 자살미수 당시의 기억—— 즉 물에 빠졌을 때의 고통이나 공포감을 상징적으로 나타내고 있다——이라는 뜻이 아니었던 것이다. 아케미는 꿈의 내용을 그대로의 형태로 체험으로서 파악하고 있었던 모양이다. 물에 빠진 후 피안(彼岸)[33]을 실제로 체험했다는 기억으로서 말이다.

후루하타는 될 수 있는 한 정신분석학적 꿈 해석—— 이 얼마나 싫은 말인가!——을 하지 않고 이해하려고 했지만, 전혀 그러지 못

---

33) 불교 용어로 사바세계 저쪽에 있는 깨달음의 세계.

한 셈이 된다. 후루하타는 자신의 범용한 이해력의 한계를 부끄러워하며 침묵했다.

"어쨌거나 당신의 과거는 그걸로 메워진 거로군요. 미싱 링크가 연결된 거예요."

대신 시라오카가 말했다. 아케미는 긍정인지 부정인지 모를, 왠지 납득이 가지 않는 듯 건성으로 네에, 라고 대답했다. 그리고 잠시 사이를 두고 나서 한층 더 이상한 말을 했다.

"그런데 —— 그뿐만이 아니었습니다. 생각난 것은 제 기억만이 아니었어요."

"그건 대체 무슨 말씀입니까?"

"제 기억 속에 타인의 기억이 섞이게 되었습니다."

아케미의 고백은 항상 후루하타의 예상을 뛰어넘는 것 같다.

아케미의 기억에 섞인다는 타인의 기억이란 다음과 같은 것이었다.

우선 태어난 곳은 가즈사 이치미야 근처의 히토츠마츠라는 해안 마을이라고 한다. 부모님과 나이 차이가 많이 나는 오빠가 있고, 열 살이 되기 전에 팔려갔다. 시대는 확실하지 않다. 팔려간 곳은 신슈 시오타다이라의 양조장으로, 그곳에서 괴롭힘을 당한다. 요령 없는 일꾼이었던 모양이다.

그 부분부터 기억이 얽히기 시작한다고 한다.

아케미가 실제로 일하던 곳도 양조장으로, 풍경이나 그 외의 것들로 판단해 보건대 그것은 아무래도 같은 가게인 모양이다.

―― 사고흡입인가?

자신 외 인간의 사고가 직접 흡입되는 병례가 있긴 하다. 그러나 그렇게 되면 그것은 이미 정신괴리증, 소위 말하는 정신분열증이 된다. 타인에게 조종당하고 있는 듯한 기분이 든다, 누군가가 감시하고 있다고 생각한다, 자신의 생각을 누군가가 빼내 가는 것처럼 느껴진다 ―― 분열증에는 성가신 증상이 많이 있다. 하지만.

―― 아니야.

후루하타는 그렇게 생각했다. 증거도 없으면서, 왠지 모르게 후루하타는 확신했다.

분열증 환자는 많이 보았다. 중증인 경우에는 전문가가 아니더라도 금세 알 수 있는 증상이 나타나지만, 경증인 경우에는 구별이 되지 않는다. 특히 망상형 분열증의 경우에는 알아보기 어렵다. 본래 사람은 다소 그런 흔들림을 갖고 있기 때문에, 그것은 어쩔 수 없는 일이긴 할 것이다. 그러나 어쨌든 질환으로 파악할 수 있는 증상의 경우에는, 다소 인격의 자율성이 손상되고 주위와 자연스럽게 교류할 수 없게 된다는 점이 공통적이다.

아케미의 경우, 우선 커뮤니케이션은 정상적으로 할 수 있다.

이야기하는 내용은 잘 이해가 되고, 이쪽의 이야기도 통한다. 지금까지의 대화로 미루어보면 정상이라고 판단할 수밖에 없다. 물론 이런 약간의 접촉으로 판정을 내릴 수 없다는 것은, 후루하타가 누구보다도 잘 알고 있다. 정확한 진단을 내리기 위해서는 긴 시간을 들여 면접을 반복하고, 상세하게 데이터를 모으고 ――.

―― 아니야, 아니야.

이것은 진찰도 치료도 아니다.

이 여자는 분열증이 아니다.

그 수염 난 얼굴이——그렇게 말하고 있다.

"그건."

후루하타는 고개를 흔들었다. 이대로 가다가는——.

"그건 꿈에서 보시는 겁니까?"

그렇게 물었다.

"꿈이지요?"

"꿈인 경우도 있을 것 같지만——네, 분명히 꿈에서도 보았을 거예요. 꿈에서 본 것을 잠에서 깬 후에도 기억하고 있어서——구별이 되지 않게 되는 건지도 모르겠습니다."

꿈인 것이다.

타인의 기억이 아니다. 꿈이다.

악몽이 어떤 이유에선지 체험한 기억에 섞여 든 것은 아닐까.

현실과는 다른 기억이란, 왜곡된 무의식이 의식화된 것이 아닐까.

"실례지만——."

뼈의 꿈과 함께 생각하면 뭔가 알 수 있을지도 모른다——후루하타는 생각하기 시작했다.

"그 또 하나의 인생은 당신의 진짜 인생과 별로 다르지 않은 것 같기도 한데요."

출신지가 다른 정도라고 받아들일 수도 있다.

"저는 신슈의 산에서 자랐기 때문에 바다는 모릅니다. 고용살이를 나간 건 열세 살 때가 확실하고, 남동생이나 여동생은 몇 있었지만 오빠는 없어요. 이것들은——전부 망상으로 설명이 되는 걸까요?"

설명이 되는 경우도 있다. 하지만.

아니, 아니다. 병이니까, 미쳤으니까, 단순한 망상이니까. 그런 것들은 설명이 되지 못한다. 그런 진단이라면 하지 않는 편이 낫다. 정신분열증의 원인은 아직 규명되지 않았다. 그래서 고칠 수 없는 것이다. 그런데 그렇게 단정하는 것은, 당신에게는 여우가 씌어 있다고 말하는 거나 마찬가지가 아닌가. 이유를. 의미를. 진리를. 반드시 대답은 있다.

후루하타 안에서 뭔가가 폭주하기 시작한다.

그리고 후루하타는 아케미의 얼굴을 정면에서 바라보았다.

"그 히토츠마츠인가 하는 지명은 진짜 보소 지방에 있었습니까?"

"지도에서 찾아보았어요. 분명히 있었습니다."

"시대는 어떻습니까? 그 〈당신 안의 타인〉은 팔려갔다고 하셨지요?"

"그런 것 같아요."

"이건 제 인상이지만, 인신매매가 통하던 시대는 꽤 옛날이지 않을까요? 저는 사람을 팔았다는 말을 들으면 막부 시대가 생각나는데 ── 하긴 제 인식 부족일지도 모르지만요. 그 기억의 무대는 현대입니까?"

"글쎄요, 모르겠어요."

"예를 들어 나오는 사람이 옛날식으로 머리를 묶고 있었다거나."

"그렇지는 않습니다."

"그 고용살이집의 주인이나 동료들은 어떻습니까? 머리를 묶지 않았다면 메이지유신 이후의, 말하자면 현대인이겠지요. 그렇다면 그것도 풍경과 마찬가지로, 당신이 고용살이를 하던 때와 같은 얼굴들은 아닙니까?"

"그건——."

아케미는 진지하게 생각하는 것 같았다.

"그건 기억하고 있지만 비교할 수가 없습니다."

그렇다면 역시 시대를 특정할 수는 없을까?

예를 들어——그 해변 마을을 무대로 한 소설이나 영화를 아케미가 읽거나 보거나 해서, 그 시추에이션만이 기억에 남았다고 생각할 수는 없을까? 등장인물은 그 설정만 달라졌을 뿐, 사실은 실존하는 인물의 투영인 것이다. 그럴 수는 있을 것이다. 그러나 아무래도 석연치 않은 기분도 든다. 이건 역시 어떤,

——안 돼. 분석할 필요는 없어.

이것은 진찰이 아니다. 치료도 아니다. 후루하타는 거기에서 생각을 멈췄다.

아케미를 위해서가 아니다. 자신을 위해서다. 이미 그 불쾌한 수염 난 얼굴은 아케미의 고백 틈으로 몇 번이나 그 그림자를 어른거리고 있다. 그런 건 간단히 분석할 수 있다고 말하며.

후루하타가 입을 다물었기 때문에 아케미는 말을 이었다.

"이상한 건, 본 적이 없는 풍경과 본 적이 있는 풍경이 똑같이 선명하게 되살아난다는 것과 그걸 떠올리고 있을 때의 저는 평소의 저와는 성격이 달라진다는 겁니다."

"성격이? 어떻게 다릅니까?"

"몹시 비굴합니다. 똑같은 것을 보고 있어도 전혀 다르게 보인다고

할까, 세상이 달라 보이는 듯한 기분이 들어요. 예를 들어 고용살이집에서 하는 일은 실제로 제가 하던 일과 거의 다르지 않은데 제대로 하지 못해서 초조해지고, 그렇다고 결국 누군가에게 분풀이를 하거나 하지도 않고, 우둔하다는 욕을 들어도 꾹 참고 맙니다."

"실제의 당신은?"

"그렇게 요령이 없지는 않아요. 일은 남들 이상으로 했으니까 그렇게 울분이 쌓이지는 않았을 테고, 고용살이집에서는 꽤 잘하고 있었다고 들었고요."

그것은 역시 아케미 자신이 아닐까 하고 후루하타는 생각했다.

──꿈은 왜곡된 소망의 충족이다.

일상생활을 정상적으로 보내기 위해, 사람은 유아기 때부터 많은 스트레스를 끌어안게 된다. 무의식의 깊숙한 곳에 억압된 그런 체험들, 특히 본능적 욕구에 관한 것에는 〈프로이트에 의해〉 잠재사고라는 이름이 붙여졌다. 잠재사고는 각성해 있을 때는 자아의 방어기제에 의해 제어된다. 따라서 평소에는 의식되지 않는다.

그러나 그것은 잠들어 있을 때는 각성해 있을 때의 틀을 뛰어넘어 발로한다. 〈프로이트에 의하면〉 자아의 억압이 저하되는 수면 시에는, 잠재사고는 전의식(前意識)[34]에 존재하는 과거의 경험과 연결되어 의식화하려고 활동하는 것이다.

그러나 그것도 보통은 의식화할 때 자아의 재억압을 받아 왜곡되고 만다.

그것이 〈프로이트가 말하는〉 꿈의 검열이다. 억압된 무의식적 욕

---

34) 정신분석학 용어로, 억압된 잠재의식(무의식)의 내용이 다소라도 기억이나 의식에 나타날 때, 이를 무의식과 구별하여 전의식이라고 한다.

구――잠재사고는 의식화할 때 압축, 치환, 시각화, 그리고 상징에
의해 왜곡되고 마는 것이다. 이 작업이 〈프로이트가 말하는〉 꿈의
기능이다. 그렇게 해서 비로소 잠재사고는 꿈으로서 의식된다. 그것
이 〈프로이트가 말하는〉 현재몽(顯在夢)이고, 그 꿈이 하는 일을 반대
로 더듬어 가는 것이 〈프로이트가 주장하는〉 꿈의 분석이다.

따라서 〈프로이트의 편을 든다면〉 현재몽은 잠재사고와 꿈의 기능
이 타협해서 나온 산물――이라고 할 수 있다. 그러나 잠재사고의
억압도가 높은 경우에는, 무의식적 욕구는 자아의 검열을 튕겨내고
노골적인 상태로 의식되고 만다. 그럴 때, 자아는 강한 불안과 공포에
노출되어 두려워하며 떨게 되는 것이다.

따라서 자아에 있어서 불안꿈은 잠재사고에 있어서는 소원꿈이다.

――그러니까 내가 꾸는 뼈 꿈은, 아니,

따라서 아케미의 뼈가 되는 꿈은 표면상의 아케미에게는 터무니없
는 공포일 뿐이지만, 아케미의 잠재사고에 있어서는 더없는 소원인
것이다.

마찬가지로 아케미 속의 또 다른 아케미는 평소의 아케미에게는
인정하고 싶지 않은 싫은 인격이지만, 아케미의 잠재사고에 있어서
는,

해골.

그것은――.

"후루하타 군, 후루하타 군."

시라오카가 부르고 있다.

후루하타는 생각을 중단했다.

――프로이트가 웃고 있다.

아케미는 여전히 아래를 보고 있었다.

후루하타는 흥분해 있었다. 이것이야말로,

—— 이거야말로 내 불치병이야.

후루하타는 입을 누르고 눈을 감고, 가까스로 스스로를 진정시켰다. 심장이 격렬하게 뛰고 있다. 아케미 뒤에 해골이, **뼈**가, 프로이트가 고뇌의 표정을 띠고 있다.

—— 난 뭘 하고 있는 거지!

꿈 해석은 이제 다방면에 걸쳐 발전하고 있다. 굳이 프로이트에 얽매일 필요는 없다. 해외에는 융도, 에릭슨(Erik Homburger Erikson)[35]도, 보스(Medard Boss)[36]도 있다. 가령 융의 집합적 무의식을 전제로 파악한다면, 꿈은 소원 충족에 그치지 않고 의식적 태도의 편향을 보충하는 보상적 기능이나 예견, 계시까지,

—— 프로이트가 웃고 있다.

안 된다. 틀렸다. 처음부터 분석이나 해석을 가할 필요는 없는 것이다. 후루하타는 초조해하고 있다.

듣기만 하면 된다.

"후루하타 군. 왜 그러나? 갑자기 입을 꾹 다물고. 자네는 설마 그——."

"아니, 괜찮습니다. 죄송합니다."

후루하타는 제정신으로 돌아왔다.

---

35) 1902-1994. 독일에서 출생한 정신분석학자. 후에 미국으로 귀화. 프로이트의 정신분석을 계승. 자아의 발달이나 아이덴티티 문제를 연구하여 자아심리학을 발전시켰다.

36) 1903-1990. 스위스의 정신과 의사. 하이데거의 현존재분석론을 정신의학에 도입하여 기계론적 인간관을 극복하려고 했다.

듣기만 하면 된다.

아케미는 말을 이었다.

"다른 과거는 매일 조금씩 생각났습니다. 그건 정말 싫은 기억이었습니다."

"서툴고 우둔하고 소극적이라서 —— 입니까?"

"물론 그것도 있지만, 간혹 이상하게 뭔가를 원망하고 있는 듯한 암담한 기분이 들 때가 있어서 —— 더욱 싫었어요."

"원망한다고요? 누구를? 고용살이집에서 당신을 괴롭히던 사람들을? 아니면 자신을 팔아넘긴 부모를?"

"아뇨. 그렇지는 않은 것 같아요. 원망하는 대상은 아무래도 분명하지가 않지만, 가끔 격렬하게 원망하는 듯한 기억이 생각나고 몹시 슬퍼집니다. 본래 저는 별로 집착이 없는 성격이라고 생각하고 있었으니까요 ——."

후루하타는 원망과 탄식이라는 설명하기 어려운 마음의 형태에 대해서 당혹을 갖고 있다. 후루하타 자신이 원망하는 성격이 아니기 때문일 것이다. 대상이 확실하지 않은 원망이란 어떤 것인지 상상할 수가 없었다. 시라오카가 멍청한 감상을 말했다.

"서툴고 우둔하고 소극적이고, 원망스러워하는 —— 확실히 곤란한 성격이군요. 뵙기에는 도저히 그렇게 보이지는 않는데."

"그뿐이라면 그나마 나았을 거예요."

아케미의 표정이 미묘하게 일그러졌다.

"그게, 그러다가 —— 믿을 수 없을 만큼 —— 그."

아케미는 말을 흐리며 주위를 둘러보았다. 특히 십자가에 신경을 쓰며, 그 지친 표정을 더욱 흐렸다. 시라오카가 재빠르게 그것을 알아차리고 말했다.

"괜찮습니다. 어떤 것이든 말씀해 보세요. 주님은 용서해 주실 겁니다."

이제 와서 목사 같은 말을 해도 어울리지 않는다. 후루하타는 얼굴에 드러내지 않고 쓴웃음을 지었다. 그러나 아케미는 순순히 받아들인 모양이다.

"네에, 이런 곳에서, 그것도 목사님께 드릴 말씀은 아니라고 생각하지만 ──."

아직 망설임이 있다. 후루하타는 상상할 수 있다.

"차례차례 ── 음란한 기억이 되살아납니다."

아케미는 아래를 향해 알아듣기 힘든 목소리로 그렇게 말했다.

── 얼마나 음란한지가 문제다.

후루하타는 캐물으려다가 그만두었다.

"그, 누군지도 모르는 남자와의 ── 부끄러운 광경이."

아케미는 또 말을 흐렸다. 살인 고백보다도 말하기 어려운 것 같다. 후루하타는 그 마음을 잘 알 수 있었다. 그것은 쉽게 말할 수 있는 게 아니다.

"그런 기억은 없으신 거군요."

"물론입니다."

아케미는 처음으로 얼굴을 들었다. 어딘가 내버려둘 수 없는, 불안한 듯한 표정이다. 단정한 옷차림에 어울리지 않게 머리를 풀어헤친 모습이, 모던하다기보다 에로틱하다. 후루하타는 약간 달콤하고도 씁쓸한 기분이 들었다.

"제 인생에 그런 체험이 끼어들 틈은 없습니다. 그런데 ──."

그,

"그, 음란한 꿈은──."

얼마나 현실감을 동반하고 있느냐고, 후루하타는 물을 생각이었다.

"그건, 꿈에서 보는 게 아닙니다."

"예?"

후루하타는 갑자기 배신당한 기분이 들었다.

"하지만 당신은 아까 꿈이라고."

"그──제 설명이 부족했어요. 처음에는 갑자기 의식이 멀어지고 ── 꿈이라기보다 백일몽이라고 할까요, 그런 느낌이었습니다. 그래서 아마 똑같은 것을 전부터 꿈에서 본 것 같은 생각도 들었기 때문에──이건 꿈에서 본 것을 기억하고 있다가 떠올린 걸 거라고, 그렇게 생각하고 있었습니다."

"그럼──꿈이 아닐 가능성이 있단 말입니까?"

후루하타가 묻자 아케미는 부정했다.

"아뇨, 실제로 꿈에서 본 적도 있었을 거라고 생각해요. 생각하지만, 하지만 꿈과 현실, 과연 어느 쪽이 먼저인지, 저는 더 이상 모르겠습니다. 그러니까 그건 꿈에서도 본 것 같은 기분이 든다는 것뿐입니다. 그렇게 생각하지 않으면──어쨌든 제 머리의 구조로는 이해할 수 없는 일이었으니까요."

"무슨 뜻입니까?"

음란한 기억은 꿈에 나오는 게 아닙니다 ── 라고 아케미는 말했다.

"무슨 말씀이신지 잘 모르겠는데요."

"그러니까 자거나 의식을 잃고 있을 때 보는 게 아닙니다. 그것은 대부분이 깨어 있을 때, 갑자기 기억만 뒤바뀐다고 하는 게 정확할 거예요."

뒤바뀐다?

다중인격증 —— 인가?

아케미라는 여자의 병근(病根)은 더욱 깊은 걸까.

"잘 모르겠군요."

시라오카가 끼어들었다.

시라오카는 모를 것이다.

뒤바뀐다는 것은 그 다른 인격 —— 우둔하고 소극적이고 원망이 많은 음란한 여자 —— 가 아케미의 의식을 빼앗는다는 뜻일까?

어떤 장애에 의해 자아의 동일성을 잃는 것이 다중인격이다. 다중인격에는 연속성인 것과 동시성인 것이 있고, 연속성의 경우에는 제1인격과 제2인격이 서로 인식하는 일은 없다. 동시성의 경우에는 제1인격이 주가 되고, 그 속에 제2의 인격이 싹트는 형태로 인식된다. 이 경우는 대부분 자아의 능동성도 잃게 되고, 제1인격은 제2인격의 조정을 받는 듯한 상태가 된다.

소위 빙의 —— 그야말로 여우에 홀린 듯한 상태다.

후루하타가 생각하는 것은 후자 쪽이다. 그러나 전자일 가능성도 있다.

—— 그렇다면. 아니.

후루하타는 물었다. 묻지 않을 수 없었다.

"당신의 의식은 그 〈다른 여자〉의 기억이 재현되는 동안에는 끊어 져 있습니까? 아니면 당신의 의식도 병행해서 남아 있습니까?"

"그사이의 일을 모르게 되는 건 아니니까 의식은 연속되어 있는 거겠지요. 기억만이 어느새 뒤바뀌었다가 다시 돌아오는 것 같습니다."

"당신의 의식은 끊어지지 않는다는 겁니까?"

"처음에 그 백일몽이었을 때는 끊어진다고 할까, 완전히 바뀌었다가 갑자기 돌아오는 것 같았지만, 최근에는 완전히 혼연일체가 된 것 같아요. 몽롱하고, 연속되어 있어요."

"매끄럽게 바뀝니까?"

"바뀐다고 할까——아뇨, 별로 바뀌지는 않습니다. 뒤바뀌는 것은 과거뿐입니다."

"지금의 당신과 〈또 다른 당신〉은 다른 인격인데도 의식이 분열되지 않는단 말입니까?"

"글쎄요. 인격이니 의식이니 분리니 하는 것은 어떤 건지 모르겠지만, 저는 늘 저예요. 그저 체험한 적이 없는 기억이 떠오를 뿐이지요."

"다——."

——다중인격증도 아닌 건가!

후루하타는 당황했다. 후루하타는 그런 증상을 몰랐다.

아케미의 자아는 동일성을 유지하고 있는 것일까?

"어떻게 된 건가?"

시라오카는 이해하지 못하고 있다.

후루하타도 서둘러 생각을 정리한다.

"즉, 당신은 항상 당신인 채, 그러면서도 당신과 전혀 다른 사고방식이나 행동을 취하는 있을 수 없는 과거의 당신이나, 그 역사를 떠올릴 때가 있다——는 겁니까?"

아케미는 가볍게 고개를 갸웃거리고, 그렇다고 말했다.

뭔가 엉망진창의 이야기다. 후루하타는 분석할 여유가 없어졌다. 오히려 당혹해하고 있다.

──내 이성은 이 여자에게는 통하지 않는 건가?

이것은 어쩌면 초심리학의 분야일지도 모른다.

그렇다면 이미 후루하타의 지식이 미치는 범위가 아니다.

시라오카는 갑자기 표정을 굳히고 생각에 잠겨 버렸다.

──뭔가 실마리가 있을 거야.

생각이 지나친 것이다. 그 불쾌한 수염 난 얼굴을 피하려다가, 후루하타는 어이없이 길을 잃고 막다른 길만 찾아 들어가고 있지 않은가. 정신분열증이다, 다중인격증이다, 아니 초심리학이다 ── 그런 말은 이 자리에 어울리지 않는다. 이곳은 교회다. 따라서 후루하타는 좀 더 평범한 말로 생각하고, 평범한 말로 이야기해야 한다.

──하지만.

시라오카가 함구해 버리고, 아케미도 말을 잃어버려서 후루하타는 약간 책임감을 느끼고 발언했다.

생각하기보다는 우선 질문을 해야 할 거라고 생각한 것이다.

"당신은 그것에 대해서 현재의 남편분에게는 ── 말씀하셨습니까?"

아케미는 고개를 끄덕이고,

"아무래도 혼자서는 어쩔 수가 없어서, 한 달쯤 전에 상의했습니다. 본래는 남편의 서재에서 발견한 스크랩이나 그런 게 원인이기도 하고, 그 일도 물어보고 싶었거든요."

라고 말했다.

"그래서, 거기에 대해서 남편분은 뭐라고 하시던가요?"

"남편은 물에 빠진 저를 구해주었지만, 구해낸 제가 기억을 잃고 있었기 때문에 여러 가지로 조사했던 모양입니다. 그 덕분에 저는 많은 과거를 되찾을 수 있었지만——다만 자살의 원인으로 생각되는 것에 대해서는——감추고 있었던 거지요. 제가 상처를 받을 거라고 생각한 걸까요. 전남편이 도망친 것은 가르쳐주었지만——머리 없는 시체로 발견된 사실이나, 제가 범인으로 의심받고 있었던 사실 등은 쇼크가 너무 강할 거라고 생각한 것 같아요."

아케미의 초췌한 표정이 조금 누그러졌다.

"좋은 뜻으로 감추고 있었다고요?"

"예. 그 일에 대해서는——지금은 감사하고 있어요. 제가 그 말을 했더니, 언젠가는 떠올릴 거라고 생각했다면서——."

"남편분은 같이 살고 계신대도 불구하고 당신 쪽에서 고백할 때까지 그, 아내의 이변은 눈치채지 못한 걸까요?"

"상태가 이상하다고는 생각하고 있었던 모양입니다. 하지만 남편은 자주 집을 비우고 집에 오지 않는 날도 많은 데다, 제가 이상해지는 건 혼자 있을 때가 많았기 때문에——불안했기 때문일까요——하지만 지난달부터는——남편이 있는지 없는지는 고사하고 밤낮의 경계도 없이 이상해지기 시작했거든요."

"견딜 수 없게 되었단 말인가요?"

"예."

시라오카는 여전히 입을 다물고 있다.

"그래서 그 〈또 다른 여자〉에 대해서는 뭐라고 하시던가요?"

아케미는 여전히 누구의 얼굴도 보지 않은 채 반쯤 미안하다는 듯이 말했다.

"그건, 남편의 말에 따르면 전생의 기억이 아니겠느냐고——."

"전생이라."

시라오카가 짧게 중얼거렸다.

"네에, 남편이 그렇게——하지만, 예, 이건 그냥 떠오른 생각 같은 거라고 생각하지만요."

아케미는 나쁜 말을 해 버렸다고 생각했는지 한층 더 고개를 떨어뜨리고, 더욱더 눈을 내리깔았다.

환생이라면, 그것은 역시 후루하타의 허용범위를 가볍게 뛰어넘는다.

아무래도 평범한 레벨로는 수습이 안 된다.

후루하타는 시라오카에게 시선을 옮겼다.

"당신은 환생을 했다는 건가요?"

시라오카는 그렇게 말했다.

그 어조에서 큰 동요는 엿볼 수 없다. 하지만 왠지 목사는 비통한 얼굴을 하고 있었다.

"료 씨는——환생을 믿으십니까?"

후루하타는 굳이 물어보았다.

"바, 바보 같은. 나는 유대교 신자가 아닐세. 아니, 유대교라기보다 카발라(Kabbalah)[37]인가? 그 랍비들은 모두 부활이나 환생을 믿네만."

"당신은 어때요?"

시라오카는 대답하지 않았다.

여전히 역사적 사실이나 타 종교, 다른 파의 교의는 말해도 자신의

---

37) 유대교에서의 신비주의적 교파.

생각은 말하지 않을 생각인가 보다.

환생 —— 시라오카의 중심에 있는 신비주의의 정체는 아마 그런 게 아닐까 하고, 후루하타는 짐작하고 있다. 다만 입장 상 그것을 가볍게 입에 담을 수 없다는 사실도 알고 있다.

아케미가 혼잣말처럼 말했다.

"그런 지어낸 이야기 같은 걸 믿는 건 아니지만, 하지만 이 사태를 이해하려고 하면 그렇게라도 생각하지 않고서는 —— 아뇨, 너무나 영문을 알 수가 없어서, 정말 미칠 것만 같았습니다. 전생이라고 생각 하고 조금 진정이 되었지요 —— 그런 느낌입니다."

후루하타는 지극히 정상적인 감정이라고 생각했다.

설령 합리적이고 과학적인 해석이 아니라 해도, 어떠한 논리만 붙일 수 있다면 사람은 납득할 수 있는 법이다. 그렇다면 후루하타가 배운 것도 오십보백보일지도 모른다. 아니, 미신이나 망신(妄信) 종류 가 그나마 나을까.

"그래서, 조금 진정이 되셨습니까 ——?"

아케미는 다시 얼굴을 들었다. 속눈썹에 맺힌 눈물이 눈동자로 내려와 당장에라도 흘러넘칠 것 같다.

불안한 걸까. 아니다. 공포다.

그렇다.

아케미는 아직 본론에 들어가지 않은 것이다.

후루하타는 그 사실에 생각이 미치자 전율에 가까운 것을 느꼈다. 지금도 충분히 이해할 수 없는 일이다. 그러나 지금까지 한 이야기는 진정한 공포, 진정한 수수께끼에 이르는 서곡일 뿐인 것이다.

아케미는 공포가 서려 있는 얼굴로 더욱 억양 없이 이야기하기 시작했다.

"이것도 남편이 집에 없는 날이었습니다. 추운 날이었어요. 오니시
(大西)가 몹시 불어오고, 역시 해명이 울리고 있었습니다."

"오니시라니요?"

"아아, 동지섣달에 부는 바람을 말하는 것입니다. 저는 잠이 오지
않아서, 무서운 꿈과 낯선 과거가 오가는 것에 그저 떨고만 있었습니
다. 그리고 그래요, 한밤중이었습니다. 그 사람은 갑자기 찾아왔습니
다."

"그 사람?"

"죽은 전남편이요."

"그건, 무슨——."

"머리 없는 시체로 발견된 전남편이, 제게 돌아온 것입니다."

"죽은 자의——부활인가?"

후루하타는 거의 감동 없이 그냥 그렇게만 말했다.

"후루하타 군. 적어도 교회에서 그런 말은 가볍게 입에 담지 않는
게 좋네."

계속 입을 다물고 있던 시라오카가 그렇게 타일렀다. 부활은 기독
교 신자에게 특별한 의미를 갖는다는 것도, 그리고 지금 있는 이곳이
기독교의 교회당 안이라는 것도, 그 순간의 후루하타는 완전히 잊고
있었다.

"미안하지만——."

후루하타는 시라오카를 무시한 꼴이 되었다. 그런 언어상의 시비

(是非)는 이제 후루하타에게는 아무래도 좋았다.

"미안하지만 아케미 씨. 저는 믿을 수 없어요. 정말로 그 인물은 돌아가신 전남편이었습니까? 설마 머리가 없는 채로——."

"아뇨. 머리는 붙어 있었습니다."

"그렇다면."

"아뇨. 그건 그 사람이었습니다."

"어째서!"

"그게——."

아케미는 띄엄띄엄 이야기했다.

그 날 밤, 아케미는 혼자였다.

겨울바람이 산길을 따라 불어오는 밤.

해명이 시끄럽게 울리고 있었다고 한다.

문을 마구 두드리는 소리가 났다고 한다.

현관을 열어보니 거기에는 남자가 서 있었다.

남자의 어깨 너머로 산길 맞은편의 밤하늘에 별이 깜박거리고 있었던 것도, 바람에 마른 가지 두 개가 춤추고 있었던 것도, 아케미는 똑똑히 기억한다고 했다.

남자는 복원복[38]을 입고 목도리를 두르고 있었다.

——이제야 만났군.

——저어——누구시죠?

——시치미를 떼면 곤란한데. 그쪽에서 불러놓고.

---

38) 전쟁 전후에 일본 남성 대부분이 입었던 군복의 일종. 1940년대 일본의 패션은 남자는 군복이나 복원복, 여자는 국민복이나 몸뻬가 대부분이었다.

── 불렀다고요? 우다가와 씨가 불렀나요?

── 우다가와? 무슨 소리야. 아케미. 당신은 사타 아케미잖아? 잊어버렸어?

그 순간 아케미는 냉수를 뒤집어쓴 것처럼 오싹해졌다.

사타는 아케미의 전남편 성이라고 한다. 아무도 모르는 일은 아닌 것 같지만, 아케미는 정식으로 입적하지 않아서 호적상으로는 지금도 사타 아케미라고 한다.

단편적으로 떠오르는 기억에, 머리 없는 남편의 시체 역시 비슷한 옷차림을 하고 있었던 것 같다.

그 상처에서 피가 뚝뚝 떨어지는 생생한 화상이 망막에 갑자기 되살아나, 아케미는 정신을 잃을 뻔했다고 한다.

남자는, 아니 사령(死靈)은 웃었다.

── 자, 어떻게 해 줄 거지?

아케미는 비명조차 나오지 않았다고 한다.

"보통 같으면 다리가 풀린다거나 도망친다거나 할 테지만── 너무 무서워서, 심장이 얼어붙을 정도로 무서워서, 그, 옴짝달싹도 못한다고나 할까요── 꼼짝도 하지 못하고, 어떻게 할 수도 없었습니다."

전남편── 사타 노부요시 ──는 싱글싱글 웃으면서 들어왔다.

그리고 객실로 들어와 책상다리를 하고 앉아서 담배를 피웠다고 한다. 웃기는 이야기다. 어둠 속에서 저주하는 거라면 몰라도, 당당히 현관으로 들어와 담배를 피우는 유령은 들어본 적이 없다.

그러나 그런 만큼── 만일 사실이라면── 상당히 무섭다.

이것이야말로 육체를 가진 사자의 부활이다. 게다가 일상생활에서 그런 일이 일어난다는 점이 더없이 무섭다.

그러나 후루하타는 그것을 현실로 인정할 수는 없었다. 그런 일이 있을 리가 없다. 후루하타는 그런 이야기를 괴담으로 받아들이는 소양을 갖고 있지 않은 것이다. 그것이 상식적인 판단일 거라고 생각한다. 그러나 그렇다고 해서 미쳤다고 해 버리는 것은 조금 그렇다. 판에 박힌 듯한 신경 정신의학적 진단은 피해야 한다. 간단히 망상이나 헛소리라고 치부해서도 안 된다.

여기에는 반드시 뭔가 의미가 있다. 있을 것이다.

후루하타는 다시 생각하기 시작했다.

그렇다면 남은 것은——.

"아케미 씨, 그 남자, 얼굴은 틀림없이 돌아가신 남편의 얼굴이었습니까?"

"얼굴——로 판별하기는 어렵습니다."

"방이 어두웠나요?"

"글쎄요."

"8년이나 지났기 때문입니까?"

"그런 건 아니지만——저도 물론 눈앞에 있는 것은 전남편이 아니라 옛날 일을 알고 있는 다른 사람이 아닐까 하는 생각도 했습니다. 하지만 죽은 노부요시 외에——그럴 만한 인물은 없었어요."

"정말 애매한 이야기로군요. 저는 역시 다른 사람이었다고밖에 생각되지 않는데요. 장난이거나 심술이거나——."

"하지만."

노부요시는 떨고 있는 아케미를 노려보았다. 그리고 말했다.

──용케 떠올려 주었군. 기특한 마음가짐이야.

──뭐지, 그 얼굴은?

──당신이 알려줬잖아.

──자, 바라는 대로 들어주지. 이야기해 봐.

"바라는 대로라고, 그 남자는 그렇게 말했습니까?"

"그랬어요."

"거기에 대해서 당신에게 뭔가 기억은?"

"없습니다."

당연히 없을 것이다. 바라고 있는 것은 아케미의 자아가 아니라 잠재사고인 것이다.

후루하타는 조금씩 짐작하기 시작했다.

그렇다.

다시 말해 그 남자는 아케미의 잠재사고의 소원을 성취하기 위해 나타난 〈구현화된 무의식〉이 아닐까. 그렇다면 그 남자의 일은 억압된 무언가를 해방하는 것이다.

만일 그렇다면 ──.

노부요시는 말을 이었다.

──용케 8년이나 느긋하게 살아왔군.

──남편을 죽여 놓고.

"잠깐만요. 아케미 씨. 당신의 전남편을 죽인 것은 분명히 정부라고──."

"글쎄요."

아케미는 당혹한 듯한, 뭔가를 체념한 듯한 표정을 지었다.

"신문에는 그렇게 나와 있었습니다. 범인은 무나카타 다미에라는 여자라고요. 하지만 그건 그 기사에 그렇게 쓰여 있었다는 것뿐입니다. 저는 잘 모릅니다. 어쨌거나 저는 아직도 그 앞뒤의 기억이 아무래도 애매해서, 그──."

"당신 자신이 범인일 가능성도 있단 말인가요?"

"첫 번째 용의자는 저였습니다."

"하지만 신문에 이름을 지명해서 실었다는 것은, 경찰 당국이 용의자를 그 사람으로 단정했다는 뜻이에요. 당신의 혐의는 풀렸을 텐데요."

"기사를 보면 제게는 알리바이라고 하나요, 그게 있었다고 합니다."

"그렇다면 생트집이군요."

"아뇨. 아마 범인은 저였을 거예요."

── 그렇군.

그게 잠재사고의 소원인가.

후루하타는 그제야 비로소 아케미의 병근(病根)을 이해한 기분이 들었다.

그리고 후루하타는, 그 순간 불쾌한 수염 난 얼굴을 잊고 있는 자신을 깨닫지 못한다.

── 그렇다면 아마.

아마 그 남자——죽은 남편은 은폐된 사실을 폭로하기 위해, 아케미의 자아가 무슨 일이 있어도 인정하고 싶지 않은 진실을 말하기 위해, 아케미의 무의식의 요청으로 이 세상에 출현한 것이다.

그게 틀림없다. 그렇다면——.

노부요시는 담담하게, 그러나 집요하게 아케미를 나무랐다.

——당신의 옛 악행을 폭로하기 위해, 오직 당신을 증오하는 마음만으로 나는 그 지옥에서 살아 돌아왔어. 자, 잠자코 있지 말고 얼른 고백해. 나는 그걸 위해 여기에 온 거라고.

——당신은 스스로 남편을 죽여 놓고 그 죄를 다미에에게 뒤집어씌웠어. 그뿐만 아니라 다미에까지 죽였지.

——그렇지?

"그 말을 듣고, 저는 어떤 사실을 똑똑히 떠올렸습니다."

"어떤 사실?"

"제가 전남편의, 노부요시의 목을 조르고 있는 정경 말입니다."

"죽인 사실을 떠올린 겁니까?"

"그게 아니라——손의 감촉이나 그때의 자세, 순간의 정경——표현을 잘 못하겠지만, 제가 범인이 아니라면 그런 기억은 설령 단편이라 해도 생각날 리가 없어요."

"그렇군요. 그래서——."

"다미에도 제가 죽인 거겠지요. 저는 자살한 게 아니라, 분명히 다미에와 다투다가 강에 떨어진 겁니다. 멱살을 잡고 싸우던 감촉이 선명하게 되살아났습니다. 두 사람 다 제가 죽인 거예요."

아케미는 눈앞의 허공을 응시하며 그렇게 말했다.

후루하타는 납득했다.

역시 그렇다. 이 아케미라는 여자는 정말 사람을 죽인 것이다.

하지만 그것은 어제오늘의 일이 아니다. 훨씬 ──── 과거의 일이다.

아케미는 자신이 범한 살인이라는 폭력적·반사회적 행위를 무의식의 밑바닥에 계속 가둬 넣고 살아온 것이리라. 그리고 거기에 대한 억압은 이상할 정도로 강했던 것이다.

그것은 처음에는 꿈으로, 다음에는 대낮의 환상으로, 나아가서는 또 하나의 현실로 수법을 바꾸어 자아 앞에 나타났다. 그러나 아무래도 납득이 가는 형태로 의식화되지는 않았을 것이다. 압축이나 치환이라는 꿈의 기능은 서서히 폭주하기 시작하고, 결국 〈직접 그것을 구체화해서 이야기하게 한다〉라는 대담한 행동에 이른 것이다.

꿈의 기능 ──── 자아의 존재를 위협하는 욕구가 의식화될 때, 그것을 어떻게든 자아가 납득할 수 있는 형태로 왜곡시킨다는 작용 ──── 은 꿈속에서는 유효하다. 치환하거나 압축하거나 상징해서 의미가 불확실해질 때까지 몰아넣을 수가 있다. 다만 욕구에 대한 억압이 강해서, 그것이 잘 되지 않으면 불안꿈이 된다.

아케미의 〈뼈가 되는 꿈〉은 분명히 불안꿈이다. 배후에는 강한 억압을 받은 욕구의 존재가 암시되어 있다.

한편 〈대낮의 환상 ──── 타인의 기억〉은 어떤가.

그것은 정신분열증의 한 증상으로 받아들일 수도 있고, 다중인격증으로 받아들일 수도 있다. 아케미의 체험을 정신장애에서 오는 망상으로 치부해 버리는 것은 쉬운 일이다. 그러나 후루하타가 진찰한

바로는 아케미는 정신분열증이 아니다. 아케미의 경우, 분명히 체험은 이상하지만 그 체험에 대한 느낌이나 외부의 자극에 대한 반응은 지극히 정상이다. 게다가 아케미의 자아는 항상 동일성을 유지하고 있다고 하니, 일반적인 다중인격의 증상과도 명확하게 구분해야 할 것이다.

그렇다면 그것은 변형된 꿈의 기능이 아닐까. 자아의 기제가 약해지지 않는, 다시 말해 깨어 있을 때에도 그 강한 기제를 튕겨내는 형태로 욕구가 의식화하려고 한다면 어떻게 될까. 대개는 자아 쪽이 붕괴한다. 그러나 아케미의 자아는 욕구에 지지 않는 힘을 갖고 있었던 것이다. 따라서 그것은 각성해 있을 때도 어떻게든 납득할 수 있는 형태로 왜곡된 것이 아닐까. 그것은 〈다른 여자의 인생〉 또는 〈다른 여자의 성격〉으로서, 자아에 손상을 주지 않고 의식화된 것이다.

그러나 그래도 아케미의 욕구는 가라앉지 않았다. 그 의식화의 최종 형태가 〈죽은 사람의 부활〉인 것이다. 실제로 눈앞에 자신이 죽인 상대가 나타나, 은폐된 그것을 폭로하는 것이다. 이렇게 되면 아케미의 자아는 싫어도 그것을 인정하지 않을 수 없다.

그 경우의 그것이란 물론 살인이라는 비인도적인 행위다. 아니, 살인을 범했다는 과거의 사실만은 아닐 것이다. 그것은 원망하고 질투하는 추한 기분, 음행이나 살인을 긍정하고 파괴를 좋아하는 자신, 더럽고 지저분한 자기 자신 ── 후루하타와 같은 ── 인 것이다.

그것과 정면으로 대치하는 것은 죽는 것보다 괴롭다.

피까지 얼어붙는 아케미의 공포란 그걸 말하는 것이리라.

후루하타는 몸을 떨었다.

아케미는 말을 이었다.

"노부요시는 창백해진 제 얼굴을 들여다보고, 그리고 웃었습니다."

──후후후, 귀신이라도 보는 듯한 얼굴이군. 하긴 당신에게 나는 귀신이나 마찬가지일 테니까. 언제까지나 서로 노려보고만 있는다고 뭐가 되는 것도 아니야. 그쪽도 갑작스러운 일이라 놀랐겠지. 나도 지금으로선 당신을 어떻게 할지 결정하지 못했어. 경찰에 넘겨도 상관없지만, 그럼 다미에의 마음이 풀리지 않겠지.

──나도 천천히 생각해 보지. 그러니까.

──당신도 잘 생각해야 할 거야.

──도망쳐도 소용없어.

──또 오지.

그렇게 말하고 노부요시는 떠났다고 한다.

"또 오겠다고 했습니까?"

"또 오겠다고 했어요."

"그래서."

"3일 후에 왔습니다."

역시 남편은 없었고, 아케미는 혼자였다.

노부요시가 처음 방문한 후, 아케미는 심한 현기증이 덮쳐와 실신했다고 한다. 다음날도 편두통이 계속되었고 몸이 안 좋아 가벼운 실어증까지 발병했다. 귀가한 남편에게 제대로 설명을 하는 것은 도저히 불가능했던 모양이다. 남편은 매우 걱정하며 열심히 간병해 주었지만, 일 때문에 어쩔 수 없이 3일째에는 외출했다고 한다.

그날 밤의 일이라고 한다.

다시 문을 두드리는 소리가 났다. 아케미는 이불을 뒤집어쓰고 공포에 떨었지만, 소리는 멈추지 않았다.

두통을 견디며 현관으로 가서 문을 열자, 또 복원복을 입은 남자 —— 노부요시가 서 있었다.

—— 찾았다.

아케미는 이번에는 다리가 풀려 그 자리에 주저앉아서 기듯이 도망쳤다고 한다.

노부요시는 쫓아왔다.

곧 뒤에서 붙잡혔다.

—— 도망칠 건 없잖아.

—— 설마 날 잊은 건 아니겠지.

—— 후후후, 뭐야, 그 얼굴은.

—— 생각났나?

—— 생각나게 해 줄까?

그리고 아케미는 그 자리에서 능욕을 당했다.

"부끄러운 이야기지만 —— 몸이 기억하고 있었습니다."

아케미는 몹시 말하기 어려운 듯이 그렇게 말했다.

"저는 그 남자의 몸을 알고 있었어요."

후루하타는 아무것도 묻지 않았다. 그러나 아케미는 눈치챈 듯 말을 이었다.

"아뇨, 저는 맹세코 현재의 남편과 죽은 전남편 외에, 그, 남성을
—— 모릅니다. 그렇다면 역시 그건 진짜 노부요시라고 생각할 수밖에 없어요."

아케미는 사흘 전에 방문한 사자(死者)가 되살아난 전남편이 아니라 전남편을 가장한 다른 사람은 아닐지, 침상 속에서 계속 생각하고 있었다고 한다. 부조리한 일을 어떻게든 합리적으로 해석하려고 시도하는 것은 당연하다. 그게 인정하고 싶지 않은 현실이라면 더욱 그렇다.

그러나 그 생각은 불의의 정사(情事)로 어이없이 기각되고 만 셈이다.

물론 후루하타는 이제 그것을, 그 정사도 포함해서 그녀의 신경증 증상의 한 부분으로 생각하고 있다.

음란한 행위 후, 노부요시는 말했다.

—— 그 후로 8년 가까이 지났군.

—— 당신의 몸은 조금도 변하지 않았어.

—— 8년간 계속 정숙한 아내를 연기해 왔나?

—— 난 당신을 믿었어. 그래서 지금까지 잠자코 눈감아주고 있었던 거야. 당신도 찾아내 주길 바라서 이런 곳에서 살았던 거지? 파도 소리가 잘 들리는 게 좋은 집이잖아. 쏴아, 쏴아 하고 말이야.

—— 하지만 당신은 속이고 있었던 거야.

—— 끝까지 속일 수는 없는 법이지.

——자, 어디에 감췄지?

——빨리 해골을 내놔.

해골——.

——당신이 가져간 해골을 나한테 돌려줘야지.

해골.

"해골?"

"해골이요. 노부요시는 자신의 머리를 돌려달라는 거라고——그 때는 생각했습니다."

"자신의 머리를?"

"그 사람은 머리 없는 시체로 발견되었어요. 그러니까 그 머리를 돌려달라고 하는 거로 생각했습니다. 하지만 저는 머리를 어떻게 했는지, 전혀 기억이 없었어요. 그래서 모른다, 모른다고——."

——모를 리가 없어. 현장에는 없었단 말이야.

——당신이 가져간 거잖아!

——냉큼 돌려줘!

——그 해골은 내 거야.

"저는 그 말을 듣고 또 의식을 잃었습니다."

아케미는 다음 날 아침 남편이 귀가할 때까지 계속 실신해 있었다고 한다. 집안은 마치 도둑이라도 든 것처럼, 아니 집안에 태풍이라도 지나간 것처럼 엉망진창이 되어 있었던 모양이다.

"남편은 매우 당황했습니다. 경찰을 부르겠다고 해서 필사적으로 말리고, 사정을 이야기했습니다."

"남편분은 뭐라고 하시던가요?"

"믿었는지 믿지 않았는지, 그냥 몹시 상냥하게 대해 주고——어쨌든 당신은 지친 것 같으니까, 좀 쉬고 병원에 가라고."

"현명하시군요."

아마 집을 어지럽힌 것도 아케미 자신일 것이다——후루하타는 그렇게 상정하고 있다. 그렇다면 상당히 심각하다. 일각이라도 빨리 전문의에 의한 치료가 필요할 것이다.

"병원에는 가셨습니까?"

"갈 생각이었는데, 가지 못했습니다."

"왜요?"

"무서웠습니다. 제가 하는 말은 도저히 믿어주지 않을 테고, 미쳤다고 판단되면 감옥 같은 곳에 집어넣을 거 아니겠어요? 그건 싫었습니다."

"요즘 세상에 그런 일은 없습니다."

그렇게 말해 보긴 했지만, 후루하타는 현실이 그와 크게 다를 바 없다는 것도 알고 있다. 의사의 대응도 병원의 설비도, 확실히 감옥보다 조금 나은 정도다. 무엇보다 세상 사람들의 낮은 인식이 신경증이나 정신병 환자를 감옥에 갇힌 거나 다름없게 만든다. 신분이나 인종, 집안에 대한 차별과 편견은 언젠가 개선될 것이고 장기적인 시각으로 보면 없어질 수도 있겠지만, 이것만은 어려울 것 같다는 생각이 들었다.

따라서 아케미의 기분도 이해가 된다.

게다가 만일 아케미가 섣불리 일반 신경정신과를 찾아갔다면——경우에 따라서는 문전박대를 당하거나, 그렇지 않으면 십중팔구 정신병으로 진단되었을 거라고 후루하타는 예측했다. 즉 아케미가 생각한 대로의 결과가 된다——는 것이다.

아케미의 남편은 1주일 정도 일을 쉬고, 24시간 아케미 곁에 있어 주었다고 한다.

그리고 전남편은 틀림없이 사망했고 그를 살해한 것은 무나카타 다미에라는 것, 다미에는 도주 중 행방불명되었는데 아무래도 공습으로 죽은 것 같다는 것, 따라서 아케미가 생각하는 것은 망상에 지나지 않는다는 것——을 친절하고 조심스럽게 설명해 주었다고 한다.

"남편의 이야기를 들으니 옳은 소리라는 생각이 들었고, 몹시 안심이 되었습니다. 남편의 의견에는 전혀 모순이 없었고, 물론 저도 이렇게 되기 전까지는 그렇게 생각하고 있어서 무조건적으로 믿으려고 노력했어요. 그 악몽 같은 일도 그렇게 생각해 보니 꿈같고——하지만 선명하게 되살아나는 기억의 단편은 어떻게도 할 수가 없었습니다."

"아까, 정경이나 감촉 같은 거라고 하신?"

"네. 전남편의 시체라든가 목을 조르던 감촉, 다미에로 생각되는 여자와 다투었을 때 그 강가의 풀이 버석거리는 소리——등이요. 하지만 상냥하게 대해 주는 남편에게는 더 이상 아무 말도 못 하고, 저는 고민했습니다. 역시 밤에는 잠이 오지 않아서 쇠약해졌어요."

궁극의 형태로 발로된 아케미의 욕구는 그렇게 다시 봉해진 것이다. 그걸로 완전히 봉할 수 있다면 그냥 그렇게 끝나 버렸을지도 모른다. 하지만 그것은 그렇게 간단한 게 아닐 거라고——후루하타는 그렇게 생각했다.

"1주일이 지나고, 남편은 외출했습니다. 일도 있으니까 이런 일로 붙들어 둘 수도 없었어요. 그랬더니 또, 이번에는 낮에."

사령은 세 번째로 문을 두드렸다고 한다.

아케미는 현관까지 가서, 유리 너머로 비치는 복원복을 확인했다.

"이번에는 열지 않았어요. 그냥 큰 소리로 돌아가라고 말했습니다. 죄송해요, 죄송해요, 하고."

산길의 암벽 사이에 지어져 있는 아케미의 집에는 현관 외에는 침입할 수 있는 문이 없다고 한다. 집으로 이어지는 외길은 산을 깎아 만든 길이다. 길 양쪽은 높은 벽으로 가로막혀 있다. 집 뒤쪽은 절벽이고, 그 뒤는 바다라고 한다.

그것이 사령이라면 물리적 장애를 뛰어넘을 수 없다는 건 이상한 이야기다. 후루하타는 잘 모르지만, 유령이라는 건 어디에나 출현할 수 있는 것이리라. 그러나 그게 사령이 아니라 〈자아를 납득시키기 위해 물리적인 형태가 주어진 욕구〉라면, 역시 물리적인 제약을 받아 주지 않고서는 현실성이 없어져 버리고, 리얼리티가 동반되지 않으면 소기의 목적을 달성할 수 없게 되고 마니, 이것은 어쩔 수 없는 일일 것이다.

아케미가 계속 사죄하자, 현관 입구의 그것은 이렇게 말했다.

—— 알았어. 다만, 다미에에 대해서 이야기해 줘.

—— 다미에에게 무슨 짓을 했지?

—— 어디서 어떻게 죽인 거야!

—— 말해! 그걸 말해!

아케미는 그저 돌아가 달라고 애원만 하다가 침상으로 돌아가 이불을 뒤집어썼다.

잠시 지나자 소리는 그쳤다고 한다.

"문을 두드리는 소리가 그치자, 해명이 남았습니다."

아케미는 완전히 지쳐서 이불을 뒤집어쓴 채 얕게 잠이 들었다고 한다.

"꿈인지 현실인지 알 수는 없었지만, 저는 또 새로운 옛날의 기억을 —— 이상한 말이로군요 —— 떠올렸습니다."

"기억, 이라고요?"

"네. 저는 —— 분명히 머리 같은 것을 들고 있었습니다. 아니, 머리 는 아닐지도 모르지만 —— 그건 제가 잘라낸 것은 아닙니다. 하지만 저는 그것을 아주 소중하게 여기고 있고 —— 잘 모르시겠지요. 이런 설명으로는 ——."

머리. 해골. 뼈, 뼈, 뼈, 뼈.

대체 무엇일까.

"그리고 —— 피투성이 신주님이 머리를 들고 서 있는 거예요. 저 는 그늘에 숨어서 그것을 보고 있었습니다. 몹시 무서웠어요."

"피투성이 신주라고요?"

시라오카가 갑자기 당황한 듯 소리를 질렀다.

아케미도 놀란 듯 얼굴을 들고, 거의 처음으로 시라오카의 얼굴을 보았다.

후루하타는 그런 아케미의 얼굴을 보았다.

길게 뻗은 하얀 목덜미에 가느다란 근육이 도드라져 있다. 무심코 조르고 싶어질 것만 같은, 가늘고 하얀 목이다. 후루하타의 아득한 기억 한구석에 뭔가 꿈틀거리는 것이 있었다.

—— 뼈.

후루하타는 눈을 감고 그것을 떨쳐냈다.

눈을 뜨자 평소에는 무표정한 시라오카가 한층 심각한 얼굴을 하고 있다. 아케미는 후루하타와 시라오카의 태도 변화에 약간 망설이다가 말을 이었다.

"분명히 그 사람의 목을 벤 자는 그 신주입니다. 목을 조른 건 저지만, 머리를 잘라낸 사람은 그 신주입니다."

후루하타는 생각했다.

자아가 저항하고 있는 것이다.

최후의 최후까지, 본능의 욕구를 인정하고 싶지 않았던 것이리라.

그렇다면 그 신주는 무엇의 은유일까? 인정하고 싶지 않은 욕구란 무엇일까. 원한, 충동 살인, 음란한 자신. 아니, 그 이상의 ──.

다음에 사령이 나타났을 때야말로, 그것이 분명해지는 때일 것이다 ── 후루하타는 그렇게 예상했다.

"그 신주는 당신이 아는 사람입니까? 아니면 그건 당신의 기억에서 처음으로 나타난 사람입니까?"

"기억하고 있는 걸 보면 과거에 보았겠지만, 그 기억을 떠올린 건 처음입니다."

논리적인 대답이다.

"얼굴은? 아는 얼굴입니까?"

"얼굴은 ── 식별할 수 없었습니다."

"그렇군요. 떠올린 건 그것뿐입니까?"

"기억 속의 제 기억이."

"뭐라고요?"

"네에, 이것도 설명하기 어렵지만 ── 실제로 본 기억이 아니라, 기억 속의 제가 떠올리는 기억 ── 이라고 할까요."

몽중몽이라고나 할까.

"기억 속의 저는 그 신주의 모습을 보고, 아아, 스님께 가야 해, 하고 끊임없이 생각하고 있었습니다. 떠올리고 있는 그 스님은 보라 색의, 법의라고 하나요, 그걸 걸치고, 그 금실이며 은실로 짠 가사와 모자 같은 것을 쓴 위엄 있는 모습이에요. 게다가 그 스님은 해골을 안고 있었습니다."

──또 해골이다.

그건 그렇고 그냥 듣기에는 지리멸렬하기 짝이 없다. 사람의 머리를 든 신주에, 해골을 안은 승려. 바보 같을 정도로 황당무계하다. 그런 이야기는 야담에도 나오지 않을 것이다. 존재할 리가 없다. 따라서 종래의 신경정신의학으로 생각한다면, 아케미는 분열증이라고 판단할 수밖에 없다. 하지만 후루하타는 그건 아니라고 생각한다. 이해할 수 없으니 광인이라고 치부해 버리는 방식은 문제가 있다는 생각이 드는 것이다.

──반드시 의미가 있어.

의미는 있을 것이다. 실제로 있을 수 없는 것이라 하더라도 보이는 이상, 느끼는 이상, 그 인간에게는 의미가 있는 것이다. 그것을 알면 이해하지 못할 일은 없다. 사람의 머리를 든 신주에, 해골을 안은 승려. 이것이 어떠한 심리적 상징이 아니면 무엇이란 말인가.

──그렇다면 그 의미는 뭘까.

그리고 후루하타는 분석하고 있다. 어느새 분석하는 데 완전히 빠져 있다.

그러나 후루하타는 결국 분석을 하고 있는 자신을 깨닫지 못한다. 그리고 후루하타는, 후루하타 자신이 그 유대인의 수염 난 얼굴이 되어 있는 동안에는 평정을 지킨다는 사실도 전혀 깨닫지 못하고 있다. 게다가 그것을 깨달았을 때는 호된 앙갚음을 당하게 될 거라는 사실도, 후루하타는 아마 깨닫지 못할 것이다. 그것이 바로 후루하타의 병인 것이다.

시라오카는 완전히 바깥세계와 차단된 상태에 있었다.

후루하타는 그 모습을 곁눈질로 보았다. 후루하타는 이미 시라오카에게마저 분석의 촉수를 뻗고 있다.

"그래서 그 신주와 스님의 기억에 대해서, 당신은 뭔가 연상되는 것은 없었습니까?"

"별로 —— 연상은 되지 않았습니다. 거기에 대해서는 그것뿐이에요. 다만 무섭다고 한다면 가장 무서운 기억이었습니다. 그 부분만 잘려나가 있다고 할까 —— 저로서는 관련성을 찾아낼 수가 없습니다."

"무섭다고요? 무서웠습니까?"

"몹시 무서웠다고 생각합니다."

"그건 —— 완전한 수면 중의 꿈은 아니지요?"

"예. 그때는 결국 깊이 잠들지는 못했거든요. 그리고 그러다가 또 ——."

"온 거로군요."

"왔습니다."

사령은 얼마 안 되어 네 번째로 찾아왔다.

이번에야말로 뭔가를 알 수 있을 것이다 —— 후루하타는 그렇게 생각했다.

"누군가가 또 문을 두드려서, 저는 남편이 돌아온 줄 알았습니다.

저는 남편이 너무 보고 싶어서 현관까지 달려가, 마음이 앞선 나머지 제대로 확인도 하지 않고 문을 열고 말았지요."

복원복을 입은 사령이 서 있었다.
—— 당신은 상당히 조심성이 많군.
공포는 한계를 넘었다고, 아케미는 말했다.
—— 해골은 어디 있지? 우물 속인가? 그렇겠지.
사령은 아케미를 밀어내고 신발도 벗지 않은 채 집 안으로 들어왔다. 활짝 열린 현관문으로 낙엽 몇 장이 늦가을의 세찬 바람을 타고 날아들어 왔다고 한다. 사령은 바람에 등을 떠밀린 것처럼 복도를 따라 안으로 나아갔다.
—— 지난번에 왔을 때는 어두워서 말이야.
아케미는 심하게 안정을 잃고, 집이 흐물흐물하게 일그러져 가는 듯한 착각을 느꼈다고 한다.
그리고 어떻게 해서라도 사령을 붙들어야겠다고 생각했다고 한다.
"안쪽 방은—— 침실이었습니다. 그다음은 서재고요. 남편과의 생활을, 더러운 죽은 자에게 침범당하고 싶지 않았던 거겠지요."
아케미는 사령—— 전남편 노부요시의 등에 매달렸다고 한다.
사령은 전처럼 씩 웃었다.

—— 뭐야. 또 안아주길 바라나?

"저는 더 이상 뭐가 뭔지 알 수 없게 되어서 마구 날뛰었고, 정신이 들어 보니 또 노부요시를 목 졸라 죽이고 있었습니다."

"죽은 자를 죽였다――고요?"

"예. 또 죽였습니다."

"그뿐만이 아니겠지요."

"예. 또 살아나면 곤란하고, 처음에 죽었을 때와 똑같이 해야 한다는 생각이 들어서."

"저는 노부요시의 목을 힘들게 베어냈습니다."

그거다――.

후루하타는 저도 모르게 소리 내 외칠 뻔했다.

그게 틀림없다. 신주가 시체의 머리를 벨 리는 없는 것이다. 7년, 아니 8년이라고 했나?

전남편의 머리는 역시 아케미가 베었을 것이다.

머리를 벤다 해도 시체의 신원은 금세 밝혀진다. 실제로 시체는 그 사타인가 하는 남자라는 사실이 쉽게 밝혀지고 말았다. 미워서 죽었다 해도, 죽은 사람의 목을 베어야 할 이유는 어디에도 없다. 욕을 보이려면 다른 방법도 얼마든지 있다.

아케미는 아마 치정 싸움이나 엇갈린 감정, 아니면 좀 더 다른, 뭔가 심각한 동기가 있었을까――후루하타는 사회적으로 문제가 되는 범죄의 동기라는 것에 전혀 흥미가 없지만――어쨌거나 충동적으로 노부요시를 죽이고 말았을 것이다. 그리고 그 시체를 보고, 머리를 자르고 싶어진 것이다――.

살인이라는 행위 자체는――아무리 인정하고 싶지 않다고 해도

──범해 버린 이상은 어쩔 수 없는 일이기도 하다. 충동적이었다면 더욱 그렇다. 마음만 먹으면 자수든 참회든, 죄를 보상할 방법은 얼마든지 있을 것이다. 무엇보다 아케미가 노부요시를 죽였을 때는 국가적으로 서로 죽이던 시기다. 말하자면 대량사(大量死)의 시대였던 것이다.

그러나──목을 베었다는 행위에 대해서는 어떨까. 왜 자신은 목을 베어낸 걸까, 그 물음에 대한 답은 절대로 인식하고 싶지 않을 것이다.

그 답은 이중삼중으로 은폐되는 것이 당연하고, 억압되는 것이 당연하다.

후루하타는 결론 비슷한 것에 도달하고 안심했다.

"목은."

그럼, 어떻게 치료를 할까──.

확실히 의식하지는 않았지만, 후루하타는 그렇게 생각하고 있다.

"목은 어떻게 베었습니까?"

"후루하타 군. 이제 됐잖나."

시라오카가 약하게 말렸다. 장소에 어울리지 않는 내용이라는 것은 잘 알고 있다.

"어떻게 베었습니까? 베었을 때는 어떤 기분이었습니까?"

"그만두게, 후루하타 군. 그런."

"중요한 일입니다."

후루하타는 엄한 어조로 말했다.

"모든 것을 상세하게 듣지 않으면 정확한 분석은 할 수 없어요."

"부, 분석이라니 자네."

"치료도 할 수 없습니다."

시라오카는 입을 다물었다.

"도구는?"

"손도끼와 톱이 있었기 때문에 그걸 사용해서 베었습니다."

"그건 당신이 평소에 자주 사용하는 물건입니까?"

"창고에 있었을 뿐이고 저는 사용하지 않습니다."

자주 사용하는――예를 들어 식칼 같은 걸로 벨 생각은 하지 않았나요?"

"식칼은 요리에 사용하니까, 쓰지 않았습니다. 죽은 사람의 목을 벤다면 아무리 씻어도 더러움은 가시지 않을 거라고 생각했거든요. 남편에게 그런 식칼로 만든 음식을 내놓을 수는 없고, 저도 먹을 마음은 들지 않을 거라서――."

"그렇군요. 그래서 어떻게 베었습니까?"

"시체를 안뜰로 끌고 갔는데, 굉장히 무거웠습니다. 정원석 위에서 몹시 힘들게 베었습니다. 베는 동안에는 거기에 열중해서 아무것도 기억나지 않습니다. 어떤 기분이었는지도 모르겠어요. 머리는 뒤쪽으로 돌아가서 바다에 던졌습니다. 몸은 무거워서 거기까지 옮기지 못하고, 별수 없이 우물에 떨어뜨렸습니다. 안뜰에는 이사 왔을 때부터 이미 물이 말라 있는 낡은 우물이 있었거든요."

이야기하는 아케미에게서 공포의 표정은 사라지고 없었다.

우물도 무슨 은유일까?

자주 나온다.

"그리고 당신은 어떻게 했습니까?"

"이제 끝났다는 기분이었습니다. 이명이나 현기증이 계속되어서 뭐가 뭔지 알 수가 없었어요. 피 냄새에 취했던 건지도 모릅니다. 여기저기가 까져 있고, 몸도 피투성이라 어쩔 수 없이 물을 데워 목욕을 했습니다."

"그렇군요. 그래서."

"욕조에 몸을 담그자 그제야 진정이 되었습니다. 그런데 또."

"또?"

"또 해명이, 쏴아쏴아 하고."

"해명이라고요?"

"그걸 듣고 있는 동안, 또 뭔가 기억에 없는 풍경이 떠올랐어요. 이제 지긋지긋하다고 생각했기 때문에 황급히 옷을 갈아입고 침상에 들어가 잤습니다."

후루하타는 생각에 잠겨 있다.

실제로 사람을 죽이고 시체를 절단하는 행위를 한 인간이 그 후 어떻게 행동하는지 후루하타는 모르고, 생각해본 적도 없다. 따라서 아케미의 고백이 일반적인 살인자의 고백과 얼마나 비슷한지, 혹은 다른지 후루하타는 알 수가 없다. 그러나 후루하타에게 그런 것은 아무래도 좋은 일이다. 후루하타에게 아케미의 고백은 아케미라는 여자의 심적 갈등의 산물일 뿐이다. 그렇다면 분석하고, 해석하고, 의미를 모색하고, 원인을 찾을 뿐이다.

그런 후루하타의 모습을 시라오카는 마치 싫은 것이라도 보듯이 보고 있었다.

"하지만——."

후루하타는 심술궂게 물었다.

"사령이라는 건 목을 벤다고 죽는 걸까요?"

아케미는 내리깔고 있던 눈을 들어 원망스러운 듯이 후루하타를 노려보았다.

후루하타는 그 눈동자를 정면에서 응시했다.

"죽은 사람은 목을 벤다 해서 죽지는 않겠지요. 처음부터 죽은 거니까요. 그렇지요? 그래서 그 사자는, 당신의 전남편은 또 온 거로군요."

"후루하타 군!"

시라오카가 다시 타일렀다.

"그런, 이분을 괴롭히는 듯한 말투는——."

"왔습니다."

아케미가 시라오카를 가로막았다.

"노부요시는 또 찾아왔습니다."

"그런——."

시라오카는 콧수염에 손을 대며 말을 잃었다.

그가 입속으로 남몰래 하나님에게 기도를 외었으리라는 것은 턱의 움직임으로 쉽게 알 수 있었다. 그것을 들려주고 싶지 않아서 입을 누른 것이다. 후루하타는 그렇게 생각했다.

"또 죽였군요."

"주——죽였습니다."

"또 목을 베었습니까?"

"또 목을 베었습니다."

"똑같이 손도끼로?"

"손도끼와 톱으로요."

"잠깐! 그건, 그 이야기는 너무나도 상식을 벗어나 있네. 이 자리에서 이야기할 사항이 아니야."

시라오카가 엄격한 말투로 문답을 중지시켰다. 후루하타는 지난 반년 동안 지적으로 흥분하는 것 이외에 분노하는 목사의 모습을 본 적이 없었다. 아케미는 질책을 받았다고 생각한 듯, 다시 고개를 숙이고 흐느껴 울기 시작했다.

"아아, 아니, 미안합니다. 당신을 탓할 생각은 없습니다——후루하타 군, 자네의 그 유도하는 듯한 질문법이."

"어쩔 수 없어요, 료 씨. 이분께는 그게 현실입니다. 빙 둘러서 묻는다 해도 마찬가지예요. 게다가 당신은 어떤 사람이든 구원하는 게 아니었습니까? 그렇다면 아무리 상식을 벗어난 체험을 했다 해도, 설령 죄인이라 해도 구원의 손길을 내밀어야 하는 게 아닙니까? 이분은 이렇게, 당신에게 매달리고 있으니까요."

"그건——물론 그러네. 하지만."

"아니면 당신은 이분의 이야기 내용에 대해서, 개인적으로 귀를 막고 싶은 이유라도 있는 겁니까?"

시라오카는 입을 다물어 버렸다.

후루하타가 다시 아케미에게 시선을 돌리자, 아케미는 흐느껴 울던 것을 멈추고 넋을 잃은 듯 바닥을 바라보고 있었다.

"아케미 씨. 당신이 이곳에, 이 교회당에 온 이유를 말해 주시지요. 당신은 기독교 신자가 아니라고 하셨지요."

"네."

"불교 신자이십니까?"

"특별히 신앙은 갖고 있지 않습니다. 불단에 남편의 전처 위패는 있지만, 가끔 공양을 하는 정도고 백중 때 스님이 오시지도 않으니 종파는 잘 모르겠습니다. 남편도 독실한 신앙은 갖고 있지 않다고 생각합니다."

"그럼 당신은 종교적으로는 거의 백지에 가까운 셈이로군요. 하지만 사령의 존재는 믿는다."

"아뇨. 유령은 지금껏 믿지 않았다고 생각합니다. 저세상도 전생도 마찬가지예요. 특별히 믿고 있지는 않았습니다. 다만 제 체험은 저세상이나 전생이나 되살아난 사자나, 그런 것을 가져오지 않으면 도저히 설명이 되지 않는 체험입니다. 아뇨, 저 자신이 이해할 수 없어서 —— 그래서."

"그렇다면 그런 미신이나 종교적인 설명을 하지 않고, 가령 어떤 병이라는 해석이라도 이치만 통하면 괜찮은 겁니까?"

"물론입니다. 오히려 그편이 전생이나 유령보다 안심이 되지요."

"하지만 —— 그렇다면 병원이든 신사든 절이든 경찰이든, 당신은 어디로 가도 좋았던 거로군요. 왜 교회로 온 겁니까?"

"네에."

아케미는 건성으로 대답을 했다.

"경찰에 갈 결심은 —— 서지 않았습니다. 저는 살인자고, 사정을 이야기하면 체포될 테고, 감금되고, 거기에 죽은 사람이 온다면 —— 경찰은 지켜주지 않겠지요."

—— 죄의 확정.

"병원도 마찬가지입니다. 가면 감옥 같은 곳에 갇힐 것 같았습니다. 저는 세상 사람들이 보기에는 단순한 미치광이일 테니까요——."

—— 이상성(異常性)의 확정.

"제가 미치광이가 아니라면 정말로 그 사령인지 뭔지의 존재를
믿어야 하게 되고, 그렇게 되면 액운이나 뭔가를 떨쳐달라고 할 수밖
에 없는 걸까 하고 생각했습니다. 그렇게 하려면—— 역시 신사로
가야겠지만—— 저는 신사로 가는 것도 무서웠습니다."

—— 사람의 머리를 든 피투성이 신주.

"절도 그랬습니다. 왠지 절에 가는 것에는 저항감이 들었습니다."

—— 해골을 안은 승려.

"그래서——."

"그래서 교회로 온 거로군요. 당신은 교회만은 기피할 이유가 없었
던 거예요."

"여기서 구해주실 수 있을지 없을지는 모르겠지만—— 이 근처에
서는 여기밖에 교회를 몰랐으니까요—— 게다가 전에 한 번, 이사
온 지 얼마 안 되었을 무렵에 이 앞을 지나간 적이 있습니다. 그때
남편이 기독교는 고민하는 사람, 헤매는 사람을 구해준다고 가르쳐
주었습니다. 그 무렵 저는 아마 가장 행복했을 겁니다. 과거의 불길한
부분도 잊고 있었고—— 그래서 그 말을 똑똑히 기억하고 있었습니
다."

시라오카는 몹시 부드러운 얼굴을 했다.

후루하타는 그 마음을 이해하지 못한다.

"저는 이제 한계입니다. 어떻게 하면 좋을지 모르겠어요. 죽여도
죽여도, 몇 번 목을 베어도 그 사람은 돌아옵니다. 이제 싫어요. 이제
목을 베는 건 싫습니다!"

아케미는 한계를 넘어 흐트러졌다.

"도와주세요. 또, 또 그 사람이."

아케미의 뺨에 갑자기 눈물이 흘렀다. 아케미는 울면서 몇 번이나 도와달라고 애원했다. 보다 못해 시라오카가 달랬다.

"괜찮습니다. 의지하세요."

"도와──주시는 건가요?"

"이제 당신의 전남편은 돌아가셨습니다. 최후의, 심판의 날까지 죽은 사람은 무덤 밑에서 잠들어 있고, 결코 되살아나는 일은 없어요. 그러니까."

"아니, 그건 아니지요!"

후루하타의 일갈에 아케미는 짧게 비명을 질렀다.

"죽은 사람은 몇 번이고 되살아납니다."

"후루하타 군──자네는."

"아시겠습니까, 아케미 씨. 당신이 모든 것을 제대로 인식할 때까지, 사령은 몇 번이고, 몇 번이고 당신을 찾아올 겁니다. 당신은 그때마다 그걸 죽이고 목을 베겠지요. 계속 벨 거예요!"

"후루하타 군, 그만두게!"

"료 씨. 일시적인 위안의 말로는 이분의 병은 낫지 않습니다!"

"일시적인 위안이라니 무슨 말인가. 후루하타 군. 자네는 정상이 아니야. 그런 미신을──그런 말을 한다면, 이분은 더욱──."

"현실에서 눈을 피하고 있어서는 아무것도 해결되지 않아요. 료 씨, 아니, 시라오카 씨. 실제로 당신의 말은 아직 저를 치유해 주지는 못해요. 저는──저는."

──추한 인간이에요.

"당신이 말한 것처럼 이분은 제가 구할 수밖에 없을 것 같군요."

"후루하타 군! 우쭐해서는 안 되네. 사람이 사람을 구할 수 있겠나? 구하는 것도 용서하는 것도, 사람의 영역이 아닐세. 그건 신이 할 일이야."

"아뇨. 설령 이 세상을 만드신 것이 당신의 신이라 해도, 아니, 우리 인간 자체도 그 신이 만든 것이라 해도, 세상을 보고 그걸 인식하는 건 인간이에요. 우리들 없이 세상은 없는 겁니다. 무엇보다 세례조차 받지 않은 이교도인 저나 이방인인 이분께, 당신의 신이 유효할지 어떨지."

"지금 그 말은 모독일세!"

"이제 와서 무슨 말을 하시는 겁니까!"

시라오카와 후루하타는 거의 동시에 일어서서 대치했다.

비쳐드는 서녘 해가 안경의 유리알에 반사되어, 역시 후루하타는 목사의 표정을 분명하게 읽어낼 수 없었다. 다만 뺨의 수염이 약간 떨리고 있다.

긴장을 깬 것은 후루하타 쪽이었다.

"실례. 폭언이었습니다. 교회 안에서 하기에는 너무나도 배려가 부족한 발언이었군요. 부적절한 부분은 철회하겠습니다."

"아아, 아니——."

후루하타는 시라오카의 대답을 기다리지 않고, 천천히 아케미 쪽을 향하며 말했다.

"아케미 씨. 오늘도 남편은 집에 안 계시겠지요?"

"——예."

"혼자 있게 되면 또 사령이 온다, 그렇게 생각하니 가만히 있을 수 없었다. 그래서 이곳에 왔다."

"——그렇습니다."

"그렇다면 오늘은 돌아가십시오."

"이제 그 사람은 오지 않을 거라는 말씀이신가요?"

"아뇨. 당연히 사령은 또 찾아오겠지요. 하지만 두려워할 것은 없어요. 오거든."

"오거든."

"죽이십시오."

후루하타는 그렇게 말했다.

"——죽이라니."

"후, 후루하타 군——자네는 무슨 소리를."

"걱정할 것 없습니다."

"걱정할 것 없다고요?"

"원래 죽은 사람이니 몇 번을 죽인들 그건 살인이 아니에요. 유령 퇴치지요. 시체를 시체로 되돌려줄 뿐입니다. 오거든 망설이지 말고 죽이십시오."

"하지만——."

시라오카는 아케미를 훔쳐보는 듯한 시선을 보냈다.

아케미는 경직되어 있다. 뭐라고 대답할지, 후루하타는 이미 눈치 채고 있다.

"하지만——무섭——습니다."

——그렇다.

"괜찮습니다. 사령은 당신을 능욕할 수는 있어도, 당신에게 위해를 가할 수는 없을 거예요."

"예?"

"다만 아케미 씨. 죽여도, 절대로 목을 베어서는 안 돼요. 시체는 그대로 놔두세요. 그리고 그 옆에서 생각하는 겁니다. 어째서 당신은 그 시체를 죽일 때마다 그 〈죽인 시체〉의 머리를 잘라내야 한다고 생각했는지."

왜 당신은 죽인 전남편의 목을 베었는지 ──.

"어째서 ── 그런 걸."

"되살아나지 않도록 하려고 베었다는 논리는 이상합니다. 그 논리로 생각한다면 시체는 처음부터 찾아오지 않았을 거예요. 왜냐하면 처음에 죽었을 때, 이미 머리는 없었으니까요. 되살아날 수 없지 않습니까. 게다가 다시 베었지만 그는 다시 왔지 않습니까? 그래도 당신은 또 베었어요. 따라서 당신이 목을 벤 것에는 반드시 다른 이유가 있을 겁니다."

"다른 ── 이유."

아케미는 눈썹을 찌푸렸다. 눈물은 멈춰 있었다.

"그 답을 발견하면 그걸로 끝입니다. 이제 두 번 다시 사령은 오지 않을 거예요."

"답 ── 이라고요?"

"그렇습니다. 그리고 아무래도 참을 수 없게 되어서 목을 베어 버린다면, 다시 여기로 오면 돼요. 그때는 다른 방법을 생각합시다."

분명히 벨 것이다 ── 후루하타는 그렇게 생각하고 있다.

자아라는 놈은 그렇게 쉽게 이해해줄 만큼 이해력이 좋지 못한 것이다.

그리고 이해하면 이해한 대로, 그때는——.

그건 그것대로 귀찮지만.

아케미는 한동안 고개를 숙이고 있다가, 이윽고 불쑥 일어나 후루하타의 지시에 따르겠다고 말했다. 그리고 다시 시라오카를 향해 소란을 피운 것이나 흐트러진 모습을 보인 것을 정중하게 사과하고, 작은 목소리로 감사 인사를 한 후 쓸쓸하게 떠나갔다. 시라오카는 아무 말도 할 수 없었던 모양이다. 그저 붙들 것처럼 손을 뻗었지만, 결국 그것은 무의미한 동작으로 끝났다.

각별한 허탈감이 두 사람을 덮쳤다.

"아까는 죄송했습니다."

후루하타는 멍하니 있는 시라오카에게 등 뒤에서 사죄했다. 시라오카는 응 하며 고개를 끄덕이고, 후루하타 쪽을 보지도 않은 채 불쑥 말했다.

"그걸로 괜찮은 걸까. 후루하타 군."

"지금으로서는요."

후루하타는 그렇게 짧게 대답했다. 고양되어 있다.

"지금?"

"그녀가 자신의 진실한 모습에 생각이 미쳤을 때——그때는 료 씨, 당신께 맡기겠습니다. 경찰에 출두하면 죗값은 치를 수 있지만, 그것만으로는 그녀는 치유되지 않습니다. 그런 때야말로 당신이 나서야지요. 아니."

후루하타는 몸을 돌려 십자가를 올려다보았다.

"정말로 구원하는 것은 당신이 아니라 신이었지요."

시라오카는 후루하타 옆에 나란히 서서, 고개를 떨어뜨린 채 시선만 보내왔다.

그리고 자신 없는 목소리로 말했다.

"하지만 —— 나는 잘 모르겠네만 —— 저, 방금 그녀가 한 이야기는 —— 모든 것이 망상, 현실의 일이 아니라고, 그렇게 생각해도 되는 건가?"

"망상이라는 말이 적당할지 어떨지는 논의가 필요하겠지만요. 어쨌거나 모두 그녀의 신경이 만들어낸 가짜 현실이라는 사실은 틀림없겠지요."

"가짜 현실이라. 실제로는 아무 일도 일어나지 않았다는 거로군."

"전부 일어날 리가 없는 일이잖습니까."

"그럴까 ——?"

시라오카는 턱수염을 쓸었다.

후루하타는 목사의 진의를 묻듯이 그 얼굴을 들여다보며 물었다.

"아니면, 설마 료 씨는 사후세계에 윤회전생, 게다가 죽은 자의 부활까지 통째로 사실로 받아들이고 있는 건 아니겠지요? 아니 —— 그건 있을 수 없는 일인가요? 그것들을 전부 인정하는 것은 당신에게 신앙을 버리는 것과 같은 의미를 가질 수도 있으니."

"자네 말이 맞네. 그런 생각은 하지 않았어."

시라오카는 순순히 인정했다.

전통적인 기독교의 사후세계는 단테의 '신곡'에도 있는 것처럼 지옥, 연옥, 천국의 세 개다. 사후에 영혼은 임시로 심판을 받고 〈가치 있는 자〉와 〈가치 없는 자〉로 분류되어 각각의 장소로 가는 것이다. 천국에는 천사가 살고, 지옥에는 모진 고문이 기다리고 있다. 연옥은 영혼이 천국에 이르기 전에 정화되기 위해 잠시 머무르는 장소다. 그렇다면 불교의 사후세계와 그리 다를 게 없는 것처럼 여겨지기도 하지만, 결정적인 차이는 영혼이 윤회하지 않는 점이다. 후루하타는 그렇게 인식하고 있다.

지옥과 천국으로 나뉜 영혼은 종말을 맞을 때까지 그곳에 머물며, 최후의 심판을 받을 때 형태를 바꾼 육체를 얻어 드디어 부활하는 것이다. 다시 말해 기독교에서 죽은 자는 멋대로 부활하지는 않는다. 그런 짓을 하면 곤란한 것이다. 그뿐만 아니라 최근에는 그 천국과 지옥에 대해서도 〈신과 만나는 행복〉과 〈신과 분리되는 고통〉을 상징적으로 나타낸 것으로 해석하는 방향에 있는 모양이다. 연옥에 이르러서는 프로테스탄트 종파의 대부분이 그 존재조차 인정하지 않고 있다고 한다. 종말이 왔을 때 죽은 자가 부활한다는 것에 대해서도 마찬가지여서, 사후에도 인격이 존속한다는 것만은 인정하지만 그것은 물질적으로 육체가 부활한다는 뜻은 아니라고 해석하는 종파도 서서히 늘고 있는 모양이다. 기독교의 사후세계관도 변해 가고 있는 것이다.

따라서 시라오카는 아케미가 전생의 기억을 갖고 있다거나, 시체가 육체를 갖고 되살아났다는 것을 섣불리 입에 담기는 곤란한 입장인 셈이다.

물론 후루하타는 그런 지식들을 시라오카로부터 얻었다.

그것을 가르친 목사 자신이, 아무래도 뭔가 마음에 걸리는 모양이다.

그것은──.

"그렇지 않다고 해도, 그녀가 고백한 체험담을 전부 신경증의 증상으로 파악하는 데에는 저항감이 든다 —— 고, 료 씨는 말하고 싶은 겁니까?"

그런 걸까.

"아니. 그렇지 않네. 그녀는 분명히 정신적으로 상당히 힘겨워하고 있겠지. 그 정도는 나도 알아. 나는 이래 봬도 일단 종교가 나부랭이지만, 결코 비과학적인 인간도 아니라고 생각하네. 현대의 종교는 결코 과학적 사고에 위배되는 것은 아니고 말이야. 과학 쪽은 종교를 잘라내려고 하고 있는 모양이지만, 종교 쪽은 자연과학을 적극적으로 받아들이려고 노력하고 있거든. 무시할 수는 없으니까. 기독교 신자라고 해서 요새 천동설을 믿는 사람은 없네. 제대로 된 종교가는 자연과학적 사고와 공존할 수 있는 교의를 완성시키기 위해 밤낮으로 생각을 거듭하고 있는 거야. 예를 들면 —— 아아, 그런 건 지금 상관없는 얘기로군."

아마 시라오카는 예를 들어 말하려고 했겠지만 그만둔 것 같다.

"그러니 나도 도중까지는, 역시 마음의 병이거나 신경 탓이거나 —— 자세히는 모르네만 말일세. 뭐, 그런 걸 거라고 생각하네."

목사는 몸 앞에서 손을 맞잡았다 풀었다 하면서 그렇게 말했다. 차분한 건지 그렇지 못한 건지 모르겠다. 후루하타는 흥미롭게 그것을 관찰했다.

"하지만 말일세, 후루하타 군. 그 되살아난 죽은 자 말인데, 그 대목에 관해서만은 아무래도 —— 그, 상상의 산물이라고는 생각하기 어렵다고 생각하지 않나?"

"생각하지 않는데요."

후루하타는 조금 초조해졌다.

"숨이 끊어진 후에 머리가 잘렸는데, 몇 년이나 지난 후 목이 돌아나고 되살아나는 생물이 있다면 그런 것은 존재 자체가 모독적이지요. 당신의 신앙뿐만 아니라 현대 과학조차도 밑바닥에서부터 뒤집히고 말 겁니다."

"그야 물론 그렇네만──."

그렇게 말하고 시라오카는 그제야 걸터앉더니, 그 김에 의자를 당겨 후루하타에게도 앉으라고 재촉했다.

"하지만 후루하타 군. 그 사령이 찾아오는 부분만은 아무래도 환각인지 망상인지──뭐, 단어 문제는 제쳐 두고──그런 느낌이 아니라, 아무래도 그, 리얼한 말투였다고 생각하지 않나?"

"분명히 매우 현실적이었지요."

"그래서, 그런 게 아닐까 하고 나는 생각한 걸세. 아니, 그 경우 얘기가 어떻게 되는 건지는 모르겠네만, 만일 그렇다면 자네의──."

"잠깐만요, 료 씨. 료 씨는 그게 현실이기라도 하단 말입니까? 그렇다면 당신은 〈되살아난 시체〉에 대해서 뭔가 합리적인 설명이라도 할 수 있다는 겁니까?"

"그런 건 할 수 없네만──그저 방문자 자체는 실제로 있었던 게 아닐까 하는 생각이 들어서 말이야."

"호오. 그건 대체 누구란 말입니까?"

"글쎄, 누굴까──그렇지, 예를 들면 강도라거나."

"강도가 금품도 훔치지 않고 담배만 피우다가, 또 오겠다면서 돌아갔다는 겁니까? 그리고 그 말대로 다시 찾아와, 이번에는 강간만 하고 떠나기라도 했다는 겁니까?"

"그때는 집이 어질러져 있었다고 했잖나."

"그렇다면 그걸로 용무는 끝나지요. 강도는 그 후에도 또 찾아왔습니다. 게다가 세 번째는 대낮에 나타나, 결국 살해되고 마는 거라고요."

"뭐——그, 한 번 그녀를 능욕하고, 그."

"맛을 들였다고요? 그거 꽤나 성욕이 강한 강도로군요. 강도라기보다 색마인데요."

으음, 하고 목사는 신음했다.

"그래, 예를 들어——강도가 아니라도 말일세, 누군가가 찾아오고 있다는 것만은 사실이고, 그녀가 그걸 그렇지, 착각하고 있다거나, 그런 편이 현실적이지 않을까 하는 뜻일세. 그런 일은 있을 수 없을까?"

"분명히 료 씨가 말하는 것 같은 병례도 없는 것은 아니지요. 주위 사람들 모두가 자신에게 위해를 가하려는 누군가의 변장이라고 의심하는 피해망상 환자도 있습니다. 누가 와도 동일인물의 변장이 아닌지 의심하지요."

"그건."

"아닙니다. 그 증세의 경우는, 상대가 어떤 옷차림을 하고 있어도 사실은 같은 사람이 아닌지 의심하는 겁니다. 그녀의 경우는 반대지요. 그녀는 우선 겉모습이 똑같다는 사실에 놀라고, 그래도 상식적으로 그건 있을 수 없는 일이라고 일단 부정하고 있어요. 찾아온 게 다른 사람이 아닐까 하는 의심은 그녀 본인도 처음부터 갖고 있었습니다. 몇 번이나 생각했다고 하지 않았습니까. 생각에 생각을 거듭하다가, 결과적으로 그녀는 그것이 〈죽은 전남편〉이었다고 결론을 내린 거잖아요? 한 번이라면 몰라도, 몇 번이나 만나서 이야기를 했어요. 얼굴까지 봤고요."

"음——그건 그렇지."

후련하지 못한 대답이다.

"게다가 그녀는 방문자와 몇 번이나 대화를 나누었습니다. 그것도 그녀 본인이나, 그 죽은 전남편밖에 알 수 없는 내용의 대화입니다. 그 방문자가 죽은 전남편이 아니라면, 그런 대화를 나누는 것은 불가능합니다. 설령 그것이 그녀의 과거를 아는 인간이라 하더라도 이야기한 내용은 엄중한 비밀에 속하는 사항이었습니다. 그녀가 이야기한 상대는 그녀 자신의 심층이라고밖에 생각할 수 없어요."

"다시 말해 전부 망상이라는 거로군——."

시라오카는 얼굴을 일그러뜨렸다. 납득할 수 없는 모양이었다.

"그렇다면——."

목사는 생각난 듯이 말했다.

"정말로 찾아온 게 전남편이었다면 어떤가?"

"무슨 말씀입니까?"

"그러니까 방문자가 진짜 그 전남편이었다면, 그런 점은 앞뒤가 맞지 않나."

"역시 살아서 돌아왔다는 겁니까?"

"그게 아닐세, 후루하타 군. 예를 들면 그 전남편이라는 사람이 죽지 않았다고 가정하는 거지."

"죽지 않았다고요?"

"그래. 살아 있었다면 이상할 건 없네. 전남편은 탈주병인지 병역 기피인지 모르겠지만, 어쨌거나 쫓기고 있었지 않았나? 그래서 자기 대신 누군가 다른 남자를 죽인 게 아닐까? 그래. 그렇기 때문에 목을 벤 걸세. 신원을 감추기 위해서 말이야. 그리고 세상의 관심이 식을 때까지 은둔해 있다가, 다시 아내를 찾아왔다 ──."

"8년이나 지난 후에 말입니까?"

"몇 년이든 상관없지 않은가."

"상관없지는 않습니다. 8년이 지나서 찾아왔다면 8년을 기다린 이유가 있을 거예요. 제가 그 남자라면 시효가 성립할 때까지 기다리거나, 기다리지 않을 거라면 전쟁이 끝남과 동시에 찾아갔을 겁니다."

"그럼 뭔가 나오기 곤란한 이유가 있었다면 어떨까? 가능성은 얼마든지 있네."

"나오려 해도 나올 수 없는 어떤 이유가 있었다고 가정하지요. 하지만 그렇게 가정한다면, 애초에 경찰은 피해자를 잘못 판정한 셈이 됩니다. 과학수사는 발달하고 있어요. 요즘 같은 때에 목을 벤 정도로 신원을 속일 수는 없습니다. 어쨌든 신문에 발표까지 났는걸요. 경찰도 신원을 단정할 수 없다면 신원불명이라고 발표했겠지요. 아무리 전쟁 중이라지만 그런 엉터리 짓은 하지 않았을 겁니다. 범인을 착각하는 원죄 사건은 자주 있는 모양이지만, 피해자를 착각했다는 이야기는 못 들었습니다."

후루하타는 다그치듯이 말했다. 시라오카는 승복하지 않는 것 같았다.

"경찰이라 해도 절대로 실수가 없지는 않겠지."

"뭐, 그렇다고 해 둘까요. 분명히 료 씨의 말대로, 그 남편이 죽지 않았을 가능성은 있을지도 몰라요. 아니, 남편은 살아 있었다고 합시다. 그러면 아케미 씨는 사실을 오인하고 있는 게 되는 셈이지요.

아케미 씨는 명확하게 떠올릴 수 없다고는 하지만, 남편은 자신이 죽었다고 생각하고 있어요. 하지만 사실 살해당한 것은 새빨간 남이고, 게다가 범인은 피해자인 남편 자신이었다——."

"공범일지도 모르잖나. 다만 그녀는 그, 기억상실—— 건망증인가? 뭐든 상관없네만, 그 사건에 대한 기억을 잃어버렸다——고 했지. 그래서 혼란스러워져서."

"그래도 역시 아까 들은 대화는 성립하지 않습니다."

"그럴까? 진짜 남편이라면 말은 되지."

"아니, 앞뒤가 맞지 않습니다. 료 씨는 그 돌아온 남편이 아케미 씨에게 한 첫 마디에 대해서는 대체 어떻게 설명하실 겁니까? 그녀의 이야기로는, 용케 떠올려 주었다는 둥, 당신이 불렀지 않느냐는 둥, 바라는 대로 이야기를 들어주겠다——그런 말을 했다고 하지 않습니까. 왜 그런 말을 한 겁니까? 보통 같으면 갑자기 모습을 나타낸 사정을 이야기하고, 아케미 씨가 기억을 잃었다는 사실을 깨닫고 당황하지 않을까요?"

으음, 하고 목사는 묘한 소리를 냈다.

"게다가 무엇보다 어째서 그녀가 생각해 낸 순간, 미리 짜두기라도 한 것처럼 그 남편은 형편 좋게 나타난 겁니까? 8년이나 숨어 있던 남편은, 기억을 잃었던 아케미 씨가 자신에 대해서 떠올린 것을 어떻게 알았을까요? 천리안이나 텔레파시 같은 말은 하지 마십시오. 저는 초심리학에는 약하니까요."

시라오카는 이번에는 검지로 안경을 밀어 올리며 이렇게 말했다.

"그녀의 정신 상태는 정상이 아니었겠지. 게다가 그 사령이 이야기한 내용도 우리가 직접 들은 게 아닐세. 모든 것은 그녀의 고백이야.

어디까지 신뢰할 수 있을지 ──."

"증언이 아무리 봐도 현실적이니 망상은 아닐 거라고 하셨으면서, 형편이 불리해지니 그런 증언은 신뢰할 수 없다고 태도를 바꾸시는 겁니까?"

"아니, 그런 건 아니네만 ── 만일 죽은 줄 알았던 남편이 눈앞에 갑자기 나타나면 착란을 일으켜 잘못 들을 수도 있을 거라는 ──."

말투가 분명하지 못하다. 이런 문제에 관해서, 후루하타는 그런 태도를 싫어한다.

특히 지금은 과민하게 반응한다.

"일관되게 인도적인 태도를 취하는 것을 잊지 않는 료 씨라고는 생각할 수 없는 차별적인 발언이군요. 신경증이나 정신병을 앓고 있는 사람의 증언은 믿을 수 없다는 겁니까? 그들은 분명히 상식적으로는 이해하기 어려운 반응이나 언동을 취할 때가 있지만, 그것은 나름대로의 이론에 따라 그렇게 하고 있을 뿐, 결코 그저 지리멸렬한 건 아니에요. 우리들이 그 논리를 이해하지 못할 뿐입니다. 따라서 그 논리를 알아내지 못하는 한 치료도 할 수 없어요. 그녀는 겉으로 듣기에는 말도 안 되는 말을 하는 것 같지만, 결코 그렇지 않은 것입니다."

"뭐, 그건 그럴지도 모르겠네만 ──."

시라오카는 이마를 긁적였다.

후루하타는 납득하지 못한다.

"무엇보다 료 씨의 의견을 받아들인다면, 찾아온 것이 전남편이든 강도든 방문자는 죽은 사람이 아니라 산 사람이었다는 뜻이 돼요. 그렇다면 그녀는 그 방문자를 실제로 살해했다는 뜻이 되고 마는 겁니다. 아케미 씨는 신경증이 심해져 살인을 범하고 말았다고, 료 씨는 그렇게 말씀하시고 싶은 겁니까?"

"음——그것도 또——그렇네만."

시라오카가 우물거리면 우물거릴수록 후루하타는 공격적인 태도가 된다.

"게다가 만일 그랬다 하더라도 그 후의 재생에 대해서는 어떻게 설명하실 겁니까? 대역 살인까지 하면서 살아남은 전남편은 8년이 지나 아내에게 살해되고, 더군다나 목까지 베인 겁니다. 그리고 그 후에 다시 찾아왔어요. 그는 이번에야말로 정말 부활했다는 겁니까? 그리고 정성껏 또 한 번 살해당한 거로군요."

시라오카는 우우 하고 신음했다.

"그게 만일 강도였다면, 그는 능욕한 여자를 잊지 못하고 재삼 찾아와, 살해당해도 여전히 육욕을 잊지 못하고 재생한 겁니까? 저세상에서 살아 돌아오면서까지 능욕하러 오다니 엄청난 성욕이네요."

후루하타는 약간 가학적인 말투가 되었다.

"따라서 방문자는 살아 있던 남편일 수도, 강도일 수도 없습니다. 왜냐하면 방문자는 확실히 두 번은 살해되었으니까요. 다시 말해 확실히 한 번은 재생한 겁니다. 아시겠습니까? 아케미 씨는 첫 번째까지 포함하면 동일한 인간을 세 번 살해했다고 증언한 겁니다. 두 번이 아니라고요."

"그것은——있을 수 없는 일일세."

"물론입니다. 료 씨가 추리한 것처럼 처음 한 번은 대역 살인이었다 하더라도 나머지 두 번은 어떻게 됩니까? 세 번 중 만일 정말로 살인이 일어났다면, 그것은 역시 처음 한 번이라고 생각하는 것이 타당합니다."

"처음 한 번?"

"처음 한 번은 위장 같은 게 아니에요. 정말로 그녀의 범행입니다."

시라오카는 생각에 잠겨 있다. 아니, 약간 당황하고 있다.

"신경증이 심해져서 살인을 저질렀다고 생각하는 것보다, 충동적으로 저지른 살인 때문에 신경증이 나타났다고 생각하는 편이 앞뒤가 맞지 않습니까? 아마——."

후루하타는 시라오카의 태도를 관찰한다. 그리고 말을 이었다.

"——아마 그녀는 8년 전, 어떤 이유로 전남편을 살해하고 만 거라고 저는 생각합니다. 그리고 그녀는 부정했지만, 살해 당시 그 머리를 절단한 것도 그녀 자신이었을 거예요."

"머리를?"

"그렇습니다. 그리고 그녀는 그것을 오랫동안 억압하고 은폐해 온 겁니다. 아무래도 그것만은 인정하고 싶지 않았던 거지요."

"하, 하지만 후루하타 군. 그녀에게는 당시 알리바이가 있었다고 하지 않았나? 그렇다면 첫 번째 사건의 범인은 될 수 없지 않을까?"

"료 씨는 아까 경찰의 절대성을 의심했어요. 만일 경찰의 판단을 의심한다면, 제게는 그쪽 판단이 훨씬 더 수상하게 생각되는데요. 무엇보다 그녀에게는 죽인 기억이 있다고 하지 않습니까? 살인에 관해서 말하자면 그녀는 이미 죄를 인정한 겁니다."

"그럼——그녀가 인정하고 싶지 않았던 것이란 뭐란 말인가?"

"그러니까, 필요도 없는데 시체의 목을 벤 사실입니다. 그녀는, 우다가와 아케미는 능동적으로 시체를 훼손한 것입니다. 그녀의 마음 한가운데에 죽음을 좋아하고, 파괴를 좋아하는 살인음락병적 소양이 있었다는 거지요."

시라오카는 아주 불쾌한 표정을 했다.

"후루하타 군. 그건, 나로서는 인정하고 싶지 않은 일이로군. 그렇다면 너무——."

"그녀가 불쌍하다는 겁니까? 그건 이상합니다, 료 씨. 세상에는 실제로 그런 사람이 있습니다. 그들은 딱히 그렇게 되고 싶어서 그렇게 되는 게 아니에요. 하지만 그렇게 되었으니 어쩔 수 없지요. 아니면 그런 사람들은 악마이기라도 하다는 겁니까? 그런 사람들에게는 주님도 구원의 손길을 내밀지 않는다는 겁니까!"

그런 사람 —— 그것은 후루하타 자신이다.

시라오카는 그 괴로움을 알고 있을까.

후루하타는 몹시 화가 치밀어 올랐다. 결코 밖으로 새어나가지 않는 분노의 불꽃은 불쾌한 소리를 내며 후루하타의 내면을 태웠다.

"아아. 그건——."

목사가 우물거린다.

후루하타는 시라오카를 싫어하는 것은 결코 아니지만, 왠지 아무래도 그 태도만은 용서할 수 없었다.

"료 씨. 당신이 그렇게 진실에 눈을 감고 살아갈 생각이라면 그건 그것대로 좋겠지요. 하지만 좋아하든 좋아하지 않든 상관없이, 그걸 봐 버린 사람은 당신처럼 선인(善人)의 얼굴만 드러내고 살아갈 수는 없게 되는 것입니다!"

"자네는 내가 —— 진실에서 눈을 돌리고 있기라도 하다는 건가?"

"돌리고 있습니다. 당신이 진정한 의미로 신앙을 갖지 못하는 것도 그 때문이겠지요!"

후루하타는 고함쳤다.

소리의 잔향이 울려 퍼졌다.

시라오카는 고개를 숙였다.

멋대가리라고는 하나도 없는 자그마한 예배당에는 스테인드글라스도 없다. 다만 더욱 옆으로 기울어진 저녁 해가 목사의 뺨에 난 수염을 암적색으로 물들이고 있을 뿐이다. 목사의 얼굴은 아주 잠깐, 십자가에 매달린 구세주와 닮아 보였다.

――아아, 프로이트가.

그리고 후루하타는 처음으로 후회했다. 그것은 순식간에 커다란 자기혐오로 바뀌었고, 그것은 갑자기 그 불쾌한 유대인의 얼굴이 되어 굳어졌다.

――나는.

――나는 무엇을 하고 있는가!

후루하타의 얼굴에서 핏기가 가셨다.

"료 씨, 죄송합니다, 그――."

시라오카는 조용한 표정이었다.

"아니―― 후루하타 군. 자네의 말대로 나는 파문당해도 어쩔 수 없는 불량 목사일세. 진지한 신앙심을 갖자, 경건한 종이 되자, 그런 노력은 하고 있지만―― 말일세."

대답은 할 수 없었다.

갑자기 덮쳐온 혐오감에 일단은 가셨던 핏기가, 이어서 덮쳐온 강박적인 무언가에 눌려 엄청난 기세로 뿜어 올랐다.

얼굴이 홍조되고, 소리를 지를 것 같다.

목사는 계속해서 말했다.

"나는 말일세 —— 진정한 신앙을 갖지 못하고 있는 형편없는 목사일세. 그러니 정직하게 그걸 고백하고 파문당하는 게 옳은 길이겠지. 그러지도 못한단 말이야. 언젠가 어떻게든 될 거라고, 그냥 그런 생각만 하고 있는 얼간이일세."

분한 것 같기도 하고, 자책하는 것 같기도 하다.

그러나 시라오카는 흥분하지도 않고 엄숙한 말투를 유지하고 있었다.

"나보다 그 여자는 —— 괜찮을까?"

"아아."

아케미를 생각하고 후루하타는 죽어 버리고 싶어졌다.

안면의 모세혈관이 꿈틀꿈틀 파도치는 듯한, 이 세상의 것이라고는 생각할 수 없는 오한이 가슴 속의 깊고 어두운 연못에서 밀려 올라왔다.

"그 여자는 지금쯤 ——."

목사는 말했다.

"자네의 예측이 옳다면 ——."

예측이 아니다.

"세 번 되살아난 전남편을 —— 네 번 죽이고 있는 게 되네."

그렇다. 자기 자신의 그림자를 죽이고, 상처를 입고,

목을 베고 있을 것이다.

목을 ——.

"그 —— 그만하십시오."

그 말밖에 할 수 없었다.

"아아. 자네는 지금 ── 힘든 모양이군 ── 하지만 자네의 판단은 옳을 거라고 생각하네. 여러 가지 말을 했지만 내 의견은 전부 ── 하등 이론적 뒷받침이 없는, 그, 인상에 지나지 않는다네. 잘 표현은 못 하겠네만 ──."

그렇다. 옳다.

옳다는 사실이 눈앞에 들이대어 지면 들이대어 질수록, 후루하타는 궁지에 몰리게 되는 것이다.

만일 틀렸다는 말을 듣더라도 그것이 결정적으로 틀렸다는 증거는 없다.

관여하면 관여할수록 후루하타는 자신의 목을 조르게 된다.

그건 알고 있다. 그런데도 되풀이한다. 어리석다. 자승자박의 그 밧줄이 가시덩굴로 변해, 후루하타는 온몸에서 선혈을 뚝뚝 흘리며 후루하타 자신에게 시달리는 것이다.

── 아아.

저 수염 난 얼굴은 뭘까.

프로이트가 웃고 있다.

문득 정신이 아득해졌다.

목사의 목소리가 들렸다.

"나는 말일세 ── 후루하타 군. 자네와 마찬가지로."

뼈가.

"뼈가 무섭다네."

해골이.

"게다가 그 여자가 말한."

피투성이의.

"신주를──."

이제 들리지 않는다.

목사의 기도는 닿지 않는다.

이명이 난다. 쏴아, 쏴아쏴아, 쏴아쏴아.

이것은 해명일까? 유대인의 웃음소리일까?

해골. 해골. 해골의 산이다. 프로이트의 해골이다.

해골의 산 앞에서 여자를 안고 있는 것은 자신이다.

그리고 안기고 있는 것은 아케미다.

자, 목을 베어라!

자신의 해골이다.

자신의.

후루하타는 십자가 앞에서 웅크리듯이 쓰러졌다.

4

세키구치 다츠미는 신도의 장례식이라는 것을 처음으로 보았다.

세키구치의 좁은 식견으로 판단하기에, 그것은 신 앞에서 올리는 결혼식이나 액년(厄年)[39]의 굿 같은 것과 그렇게 차이가 없는 의식으로 생각되었다. 다만 보통 때 같으면 높고 맑게 울려야 할 가시와데[柏手][40]가 손을 마주 스치는 것처럼 조용조용하다.

그것은 시노비데[41]라고 부르는 것이라고 들었다.

—— 도리어 엄숙할지도 모른다.

세키구치는 그렇게 느끼고 있다.

참석자도 적고, 몹시 적막한 장례식이었다.

---

[39] 음양도에서 재난을 당하는 일이 많아 주의해야 한다고 하는 해. 남자는 25, 42, 60세. 여자는 19, 33세라고 한다.

[40] 신에게 배례할 때 양손바닥을 마주쳐 소리를 내는 것.

[41] 가시와데의 방법 중 하나. 오른손 엄지손가락 이외의 네 손가락으로 왼쪽 손바닥을 소리 나지 않도록 친다.

신관 역할은 친구인 추젠지 아키히코다.

하기야 추젠지는 본직이 신주이니 신관 역할이라고 부르는 것은 부적절할 것이다.

세키구치는 그를 통상 교고쿠도라고 부르고 있다. 그것은 별명이 아니라 그가 부업으로 경영하고 있는 고서점의 이름이다. 그렇게 부르는 것에서도 알 수 있듯이 세키구치는 하루 종일 계산대에 앉아 먼지가 쌓인 책을 읽고 있는 교고쿠도의 모습밖에 모르기 때문에, 아무래도 신관 모습이 눈에 익지 않은 것이다.

하얀 신관복이 어울리지 않는다. 교고쿠도의 경우, 또 하나의 부업인 악귀를 떨쳐내는 기도사 일을 할 때 몸에 걸치는 검은 신관복이 훨씬 더 모양새가 난다고 세키구치는 생각하고 있다. 그러고 보니 지금 눈앞의 하얗고 작은 항아리에 들어 있는 사람이 죽는 순간에도, 교고쿠도는 그 칠흑의 옷을 입고 임했다.

세키구치는 떠올렸다.

그것은 달이 밝게 비추는 밤.

그 사람——구보 슌코라는 젊은이는 아마 다른 사람은 절대로 체험할 수 없을——본인 외에는 상상하기조차 어려울 것 같은—— 치열하고 불운한 인생을 질주하다가, 기괴하기 짝이 없는 최후를 맞이했다.

두 달쯤 전의 일이다.

구보는 소설가였다. 스무 살 남짓 되었을 때 문학신인상을 수상하고, 환영을 받으며 문단에 오른 기대의 신진 환상소설가였다.

이렇게 말하는 세키구치도 같은 글쟁이 나부랭이다. 다만 구보와 달리 수상 경력도 없고, 실제로는 출판사에 머리를 숙여 가며 반쯤 사정사정해서 글을 쓰고 있는 꼴이라, 그런 세키구치에 비하면 구보는 훨씬 우수한 소설가였다고 할 수 있다.

그런데도 구보는 겨우 1년 남짓 동안 두세 개의 작품을 남겼을 뿐, 실로 어이없이 죽고 말았다.

그리고 사후 구보에게 주어진 사회적 평가는 젊어서 요절한 환상소설가가 아니라 세기의 대범죄자, 상식을 벗어난 살인광이라는 불명예스러운 것이었다.

그러나 세키구치는, 그는 피해자 중 하나에 지나지 않는다고 생각하고 있다. 다만 세키구치가 어떻게 생각하든 사정을 아는 몇 안 되는 사람들을 제외하면, 역시 구보 슌코는 사건에 연관되어 살인광으로서 죽은 걸로 되어 있다.

동업자로서, 아니, 같은 병근을 가진 인간으로서 세키구치와 생전의 구보 사이에 감정적인 알력이 없었다고 할 수는 없다. 세키구치 쪽에 열등감이나 질투심이 있었던 건지도 모른다. 다만 그가 귀적(歸寂)에 든 지금에 와서는, 세키구치는 그에게 동정을 넘어 연민의 정마저 품고 있다.

──이게 바로 바보들끼리 서로 불쌍해한다는 거겠지.

세키구치는 그렇게 생각했다.

이것은──마치 고인의 인물 성격을 숙지하고 있는 듯한 감상이긴 하지만, 사실 세키구치는 그렇게 구보와 친하게 지냈던 것은 아니다. 우연히 구보를 죽음에 이르게 한 사건에 깊이 관여하고 말았을 뿐, 솔직히 세키구치는 생전의 구보와 말을 나눌 기회를 겨우 몇 번밖에 갖지 못했던 것이다. 동업자일 뿐, 특별히 구보를 깊이 알고 있던 것은 아니다. 게다가 관계자 중에서도 구보 슌코라는 인간을 잘 아는 사람은 전혀 없고, 또 구보에게는 가족이라고 부를 수 있을 만한 사람도 없는 거나 마찬가지여서, 그 인격이나 사생활에 대해서 세키구치는 전혀 알 방법이 없었던 것이다.

그러나 세키구치는 사건을 통해 그를 이해한 기분이 들었다. 구보가 자신과 동질의 인간이었으리라는 사실을——막연하긴 하지만——확신하고 있다. 물론 그런 것은 환상에 지나지 않을 것이다. 그렇다 해도 세키구치에게 구보의 삶의 방식은 남의 일 같지가 않았다. 따라서 세키구치는 지난 두 달 동안 세인의 눈을 꺼린다는 영문을 알 수 없는 이유로 장례식조차 치르지 못하는 상황이 계속되는 것에 대해, 아무래도 슬픈 기분을 버리지 못하고 있었던 것이다.

지난달 말쯤, 생이별해 있던 구보의 아버지가 교고쿠도를 찾아왔다고 한다. 그 아버지라는 자도 지난 사건의 관계자로, 세키구치도 딱 한 번 만난 적이 있다. 그러나 표면상 그와 구보의 관계는 발표되지 않았고, 전달받은 아들의 유체를 앞에 두고 어떻게 해야 할지 고민하던 끝에 방문한 모양이었다. 물론 내놓고 장례를 치를 수는 없었다. 무엇보다 세간에는 천하에 악명을 떨친 극악무도한 범죄자의 장례식을 기꺼이 치러줄 만한 절도, 교회도 없었던 것 같다.

그러나 이대로는 아들이 성불할 수 없다, 너무 가엾다, 설령 갈 곳은 지옥으로 정해져 있더라도 공양 정도는 해 주고 싶다——아버지는 그렇게 생각한 모양이다.

부모로서의 정. 아니, 더 절실한 마음이었을까. 후회라든가 책임감이라든가, 다른 사람은 설명할 수도 없는, 특히 세키구치 같은 사람은 도저히 갖다 댈 말이 떠오르지 않는, 그런 기분이었을 것이다——세키구치는 그렇게 생각하고 있다.

그리고 오늘, 마침내 가련한 청년은 황천길로 떠나도 좋다는 허락을 받은 것이다.

장례식에는 그래도 열 명 남짓 되는 사람들이 모였다. 인격, 성질이나 사회적 공죄(功罪)의 유무는 제쳐두고, 그의 재능을 아까워하는 사람들이 적잖이 있었다는 증거다.

특이한 장례식이었다. 신도식이라서 그런 것이 아니다.

구보는 이미 뼛조각이 되어 있었다.

구보의 유체는 손상이 심해서, 사법해부 후 이미 화장되었다. 그러다 보니 신도식이라고는 하지만 보통의 장례식 순서와 똑같이 할 수는 없었던 모양이다. 어쨌거나 납관도, 출관도 없다. 따라서 통야[42]인지 고별식인지 모를 이상한 분위기가 되었다.

세키구치는 그렇지 않아도 장례식에 익숙하지 않았다. 따라서 통상의 불교식과는 다른 신도식 장례식이 실제로는 어떤 것인지, 이걸 보고서는 짐작이 가지 않았다.

—— 규범대로 관 뚜껑을 두껍고 단단하게 만들어

이제 조용하고 편안하게 누워 있는 구보 슌코의 영혼 앞에 삼가 공손히 아뢰노니 ——

노리토[祝詞]라고 하지 않고 제사[祭詞]라고 한다. 조상신이 되기 전까지는 축복하는 말[祝詞]이 아니기 때문이라고 한다.

—— 가엾고 슬프도다

---

42) 죽은 사람을 장사지내기 전에 친지, 지인들이 모여 죽은 사람과 함께 밤을 새우는 것.

가엾고 아쉽도다

허무하게 이 현세를 떠나

수많은 길을 굽이굽이 돌아 아득한 저세상으로 자취를 감추니

그의 가족과 친지들을 비롯해 안팎의 사람들에 이르기까지

한데 모여 하늘을 날아가는 영혼이

편안하게 잠들기를 기도하면서

음식과 술, 갖가지 공양을 바치고

밤새 이 세상에서의 공적을 찬양하며

그리운 얼굴을 생각하니

그의 영혼도 평온하게 들으시기를

삼가 공손히 아뢰옵니다——

경문과 달리 말뜻을 알 수 있을 것 같은 기분이 들었다.

어차피 세키구치는 잘 모르지만, 경문이라는 것은 요컨대 불타의 가르침일 것이다. 불타의 거룩한 가르침을 영전에서 욈으로써 죽은 자를 불제자로 만들어 성불시키자——는 것이리라. 그러나 아무래도 이 제사(祭詞)라는 것은 죽은 자에게 직접 말을 거는 것처럼 여겨진다.

그것도 공손하게.

부친은 시종 무표정했고 눈썹 하나 움직이지 않았다.

마루방은 싸늘해서, 참석자들은 모두 골수까지 싸늘하게 얼어 있었다.

등불 외에 이 실내에서 열을 발하는 것은 아무래도 인체뿐인가 보다.

약 한 시간 만에 의식은 대충 끝난 것 같았다. 이런저런 생각이 오가서, 세키구치는 결국 시종 무슨 일이 있었는지 이해할 수 없었다.

다만 제사(祭詞)의 단편이, 호응하듯이 구보에 대한 기억의 단편을 상기시켰다. 세키구치는 늘 그렇듯이 매우 불안정하고, 그러면서도 어딘지 모르게 편안한 기분이 들었다.

교고쿠도가 자세를 바로 했다. 일반적인 장례식이라면 여기서는 승려가 설교를 할 차례다. 신도식이라도 설교 같은 걸 하는 걸까. 물론 세키구치는 모른다.

일상 대화가 이미 설교에 물들어 있는 이 친구는, 본래 신주임에도 불구하고 마치 승려처럼 익숙한 어투로, 역시 승려처럼 설교를 시작했다.

"본래는——신도에 장례식은 없습니다."

교고쿠도는 그렇게 말을 꺼냈다.

"죽음은 더러움이고, 더러움은 꺼리는 것이 당연하기 때문입니다. 장례식은 오로지 사원이 치러 왔지요. 하지만 신주도 사람. 사람은 반드시 죽는 법입니다. 그래서 큰 신사에는 신궁사(神宮寺)라고 불리는 사원이 병설되었습니다. 이것은 신불습합(神仏習合)[43]의 생각에 기초해 제신을 위한 불사를 집행하는 절로, 이 신사에 부속된 절의 사승(社僧)[44]이나 별당(別当)[45]이 신주의 장례식을 치렀습니다. 하지만——."

---

[43] 일본에서 옛날부터 내려오는 신과 외래종교인 불교를 연결지은 신앙. 이미 나라 시대 부터 사원에 신이 모셔지거나 신사에 신궁사가 지어졌다.

[44] 나라 시대 중후기 이후, 신불습합의 결과 신사에 소속되어 불사(佛事)를 집행하던 승려. 대개는 경내의 신궁사·별당사(別当寺) 등에서 살았으며 결혼이 허락되었고, 그 권위 는 신궁을 능가할 때도 있었다. 별당·좌주(座主)·원주(院主)·검교(検校)·구당(勾当) 등 의 계급이 있었으나, 메이지유신 이후 신불분리령(神仏分離令)에 의해 사라졌다. 궁승(宮 僧), 신승(神僧)이라고도 함.

말이 스며든다. 이 남자는 말로 분위기를 제압한다.

"메이지 시대의 신불분리정책에 의해 신궁사는 폐지되고, 사승은 모두 강제로 환속 당하고 말았어요. 그래서 지금의 저처럼, 신주가 직접 장례식을 치르게 된 것입니다. 하지만 그래도 한동안은, 신도식 장례를 치를 수 있었던 것은 신주의 집안뿐이었습니다. 따라서 일반 사람들의 장례식을 신도식으로 행하는 관습이 탄생한 것은 쇼와 시대에 들어선 이후의 일이고, 다시 말해 역사가 짧은 것입니다. 하기야 최근에는 당연하게 여겨지고 있는 신도식 결혼도, 메이지 중기 이후의 관습입니다. 신도는 생활에 밀착되어 있다고는 하지만, 그런 주민 자치단체의 총무 같은 짓은 오랫동안 해 오지 않았어요. 따라서 이것을 전통처럼 여기는 것은 단순히 어리석은 생각일 뿐입니다. 하기야 불교도 근원을 따져 보면 장례식 같은 걸 치르는 종교는 아닙니다. 석가는 장례식 따위는 재가(在家)의 신자들에게 맡기고 승려는 수행을 하라고 말씀하셨지요. 지극히 당연한 말씀입니다. 현재는 신앙심이라고는 한 점도 없는 뻔뻔스러운 무리들이, 살아 있을 때는 들어본 적도 없는 독경을 죽은 순간에 뒤집어쓰고 허둥지둥 출가를 하고 있어요. 참으로 무의미하기 짝이 없지만, 시대의 흐름이라면 이것도 어쩔 수 없는 일이겠지요. 그래도 좋다고 한다면 말릴 수도 없고요. 다만 고인——구보 군의 경우는 어떨까요. 고인은 수험도나 이세 신도에는 깊은 조예를 갖고 있었지만 정식으로 신앙을 갖고 있었던 것은 아니고, 하물며 불교 신자도 아니었어요. 불문도 아닌 고인에게 억지로 계명을 내리고 불제자로 삼는 것이 얼마나 어리석은 일인지. 따라서 장례식을 맡아 주는 사원 종파가 없었던 것은 고인에게 오히

---

45) 신궁사에서 서무를 관장하던 사람.

려 다행스러운 일이었다고 생각합니다."

막힘없이 거기까지 이야기하고, 신주인지 스님인지 모를 남자는 일동을 둘러보았다. 등 뒤에는 제단이 만들어져 있다. 이것은 장의사가 아니라 신주가 직접 만든 작품이다.

대체 무엇이 모셔져 있는 건지 짐작도 가지 않는다.

세키구치로서는 그저, 구보가 들어 있는 하얀 뼈항아리를 확인할 수 있을 뿐이다.

"그럼——."

신주의 설교는 계속된다.

"—— 제가 왜 이런 적나라한 이야기를 했는가 하면, 그것은 물론 고인을 배려했기 때문입니다. 상주는 고인이 범한 죄를 크게 부끄러워하고, 또한 자신의 죄업도 깊이 후회하셨어요. 고인이 설령 지옥에 떨어져 악귀 나찰의 모진 고문을 받더라도 그것은 어쩔 수 없다, 하지만 그 죄의 절반은 자신에게 있으니 적어도 그 몫은 고인에게 미치지 않도록 공양을 하고 싶다고 하셨습니다. 갸륵한 마음가짐이긴 합니다만, 그것은 약간 착각이기도 하지 않나 하는 생각이 듭니다. 고인이 죽음에 임하며 어떤 생각을 했는지, 그것은 우리들로서는 알 수 없는 일. 그 순간에 그가 지옥을 보았는지 극락을 보았는지, 그런 것은 설령 고인의 하나뿐인 혈연——여기 계시는 상주로서도 상상밖에 할 수 없는 일이고, 또 아무래도 상관없는 일이기도 한 것입니다. 살아 있는 그의 인생은 거기에서 끝났어요. 그리고 사후의 그를 만드는 것은 우리들입니다. 아아, 저는 저세상이 없다고 말씀드리고 있는 것은 아닙니다. 사후의 세계는 살아 있는 자에게만 있다고 말하고 있는 것입니다."

설교의 내용은 논리가인 이 친구가 평소에 하는 이야기와 별로 다르지 않다. 그럴듯하게 이야기하고는 있지만 한 발짝만 삐끗하면 엄청나게 불경한 말을 태연하게 하고 있는 것이다. 그래도 이 특수한 무대장치 속에서는 왠지 엄숙하게 들리는 게 신기하다. 구보의 아버지는 신주의 말을 한 마디 한 마디 곱씹듯이 듣고 있었다. 상당히 초췌한 모습이다.

"그렇게 생각하면, 그에게는 이 신도의 장례식이 가장 어울리는 게 아닐까 하는 생각이 듭니다."

신주는 말을 잇는다.

"신도의 장례식은 —— 보통 세 부분으로 나누어 치릅니다. 우선 신장제(神葬祭). 가미다나[神棚][46]와 조령사(祖靈舍)[47], 우부스나 신사[48]에 알린다. 묘소의 지진제(地鎭祭), 또는 불제(祓除)를 하고 빈렴(殯斂)[49]을 한다. 요컨대 통야입니다. 그리고 다음으로 고인의 영혼을 신새(神璽)[50]로 옮기는 천령(遷靈)을 하지요. 이것이 불교식과는 다릅니다. 영혼은 신새에 담기는 것이지요. 그러고 나면 더러움을 떨쳐내기만 하면 됩니다. 발인 이후는 현재 행해지고 있는 일반 불교식 장례와 그렇게 다르지 않습니다. 일일이 제사를 올 뿐이지요. 다음으로 영전제(靈

---

46) 집안에서 대신궁(大神宮)(아마테라스 오미카미[天照大神]를 모시는 신궁)이나 우지가미[氏神](고대의 씨족이 공동으로 모시던 조상신, 또는 그 성씨와 특별히 연고가 있는 수호신이나 그를 모신 신사) 등의 신부(神符)(신사 등에서 발행하는 호부. 부적)를 모시기 위한 시렁.

47) 죽은 조상의 영혼을 모시는 곳. 대개 가미다나보다 약간 아래쪽에 설치함.

48) 우부스나는 태어난 토지를 수호하는 신을 말하는데, 근세 이후 우지가미와 동일시되어 왔다.

49) 시체를 관에 넣은 채 잠시 안치하는 일. 또는 그 의식.

50) 3종의 신기의 총칭, 혹은 그중 하나인 야사카니[八尺瓊] 곡옥(曲玉). 아마테라스 오미카미[天照大神]가 하늘의 바위굴에 틀어박혔을 때 모셨다고 함.

前祭). 이것은 장례식 다음날부터 1년간 정기적으로 계속됩니다. 영혼이 깃든 신새가 조령사로 옮겨질 때까지 계속되는 것입니다. 1년 후에 신새가 조령에 합사(合祀)[51]되고 난 후에는 조령제라고 불리며, 이것은 통상의 노리토를 바치는 평범한 제사입니다. 지금 듣고 아셨으리라 생각합니다만, 신도의 장례식은 바로 고인을 신으로 모시는 것입니다. 일반 우지코[氏子][52]의 신도식 장례가 오랜 세월에 걸쳐 행해지지 않은 것은 그 때문입니다. 보통 사람이 그렇게 쉽게 신이 되어서는 곤란하니까요. 그렇지 않아도 이 오야시마[大八洲][53]에는 800만이나 되는 신들이 계십니다. 그러다간 다카마가하라[高天ヶ原][54]가 통근전철처럼 되어 버리겠지요."

세키구치 옆에 앉아서 이 수상쩍은 신주의 이야기를 아주 열심히 듣고 있던 작가가 작게 웃었다.

"다만――― 여기에서 착각하시면 곤란한데, 여기에서 말하는 신은 기독교에서 말하는 천주나 야훼와는 전혀 다른 존재입니다. 유일신, 전지전능하고 받들어 모셔야 할 절대자가 아니에요. 일본의 신은 인간과 하등 다르지 않습니다. 아니, 사람보다 더욱 기뻐하고, 슬퍼하고, 화내고, 울고, 웃고, 원망하고, 질투하고, 잘못을 저지르기도 하지요. 그래서 퇴치도 당합니다. 니기미타마[和魂][55]도 아라미타마[荒魂][56]

---

51) 둘 이상의 신이나 영혼을 한 신사에 합쳐서 모시는 것. 또는 한 신사의 제신을 다른 신사에 합쳐서 모시는 것.

52) 공통된 우지가미를 모시는 사람들. 우지가미가 수호하는 지역에 사는 사람들. 여기에서는 신주가 아닌 일반인을 가리켜 하는 말.

53) 일본을 가리키는 옛 호칭. 고사기(古事記)와 일본서기(日本書紀)에 나오는 말로, 이자나기[伊弉諾]·이자나미[伊弉冉] 두 신이 낳은 섬들의 총칭이다.

54) 일본 신화의 천상계. 고사기 신화에서 800만의 신들이 있다고 하는 천상계이며 아마테라스 오미카미가 지배한다. '다카마노하라'라고도 함.

도 사람보다 많이 갖고 있는 셈이지요. 화가 나면 산을 무너뜨리고 밭을 마르게 하며, 울면 눈물로 마을이 잠깁니다. 기뻐하면 풍작이 되지요. 전부 인간의 규범으로는 잴 수 없는 것들이지만, 척도가 클 뿐이지 다른 것은 아니에요. 이것은 다시 말해, 보통 사람들보다 뛰어난 자야말로 신이 될 자격이 있다──는 뜻입니다. 따라서 보통 사람들보다 훨씬 심한 일을 당하거나 엄청난 원한을 품은 자 또한 신이 될 수 있는 것입니다. 그러므로 받들고, 모셔야 하지요. 예로부터 고귀하다는 이유로 모셔진 신의 수가 훨씬 적거든요."

마사카도[57]니 미치자네[58]니, 격렬한 원한을 가진 원령을 신으로 모신다는 이야기라면, 세키구치는 지금 설교를 하고 있는 본인의 입에서 그야말로 수도 없이 들었다. 그러다 보니 세상에서도 그런 것은 상식인 줄 알고 있었는데 꼭 그렇지도 않은지, 동석하고 있는 사람들의 대부분은 의외라는 얼굴을 하고 머뭇거린 끝에 납득했다. 확실히 일반상식에 비추어 생각한다면 그런 이야기는 망언으로 들릴 뿐일지도 모른다.

설교는 계속되었다.

"자, 고인은 현재의 사회에서는 용서받을 수 없는 죄를 범했습니

---

55) 평화 · 평온 등의 작용을 하는 영혼 · 신령.

56) 거칠고 활동적인 작용을 한다고 여겨지던 신령.

57) 다이라노 마사카도 (?~940). 헤이안 중기의 무장. 935년, 영지 싸움으로 숙부 구니카[国香]를 죽여 일족과의 항쟁을 초래했으며, 호족 간의 분쟁에 휘말려 자주 병사를 움직였다. 동쪽 지방에 독립국을 만들 야심을 품고 스스로를 신황(新皇)이라 칭했으나, 다이라노 사다모리 등에게 토벌되었다.

58) 스가와라노 미치자네(845~903). 헤이안 전기의 학자 · 정치가. 우다[宇多] · 다이고[醍醐] 양 천황에게 중용되어 문학박사 · 장인두(蔵人頭) 등을 역임하였으며 우대신(右大臣)까지 올랐다. 901년에 후지와라노 도키히라의 모함으로 좌천되어, 그로부터 2년 후 유배지에서 죽었다.

다. 그는 실로 잔인한 짓을 했어요. 이것은 사실입니다. 다만 세상 사람들이 내리는 평가를 액면 그대로 받아들여서는 안 돼요. 그러면 그는 법을 어겼을 뿐인 게 되고 맙니다. 시대나 입장이 달랐다면 어떤 판단이 내려졌을지 모르지요. 하지만 저는 그를 용서하자고 말하고 있는 것도 아닙니다. 그렇다면 그에게 심한 짓을 당한 사람들이 성불할 수 없을 겁니다. 따라서 역시 관례대로 불교식 장례식을 치러서는 안 되지요. 부처님의 자비에 매달려 유인개도(誘引開導)하여 계명을 줘버린다면, 어떤 범죄자라 하더라도 이미 불제자입니다. 조만간 죄업은 소멸되지요. 이것은 언뜻 보면 좋은 일처럼 여겨지지만 실은 일시적인 위안에 지나지 않습니다. 기뻐하는 것은 의기양양한 얼굴의 스님뿐입니다. 원망하고 있는 사람을 남겨둔 채 고인이 멋대로 성불해 버리는 건 너무하지요. 부처의 길이란 집착을 버리는 길입니다. 말하자면 용서하는 길이에요. 다만 용서하려면 남겨진 피해자의 유족들이 용서해야만 해결되는 것이지, 부처님께 용서를 받는다 해도 아무 쓸모도 없는 것입니다. 그렇다면 여기 계신 상주가 불도에 깊이 귀의해 피해자의 영혼을 위로하고 명복을 빌면 어떨까요. 그래도 피해자 측이 용서할 마음이 없다면 마찬가지입니다. 이것은 무간지옥입니다. 그래서 저는 이 신도식 장례를 맡았습니다. 오늘 지금부터 구보순코 님은 황신(荒神)[59]으로 모셔졌습니다. 죄를 범하고 원한을 샀지만, 그래도 번민으로 괴로워하는 신입니다. 저는 이 때문에 상주가 불문에 들어가려는 것을 말렸습니다. 그리고 이 황신을 모시는 신관이 되어 달라고 부탁했습니다. 우지코는——이곳에 있는 열 명입니다."

---

59) 사람에게 해를 가하는 난폭한 신. 또는 천황의 명령에 따르지 않는 신.

그 말을 듣고 세키구치는 옆에 있던 작가의 얼굴을 보았다. 작가도 세키구치의 얼굴을 보고 있었다.

"우리 우지코들은 마음속에 이 새로운 신을 확실하게 모시고, 그 신이 날뛰는 일이 없도록 제사를 지내야 합니다. 상주는 앞으로 고인과 인연이 있었던 땅인 규슈로 건너가, 그곳에서 살겠다고 하셨습니다. 그 땅에 가시게 되면 이제 뵙기 어려울 것 같긴 하지만, 떨어져 있더라도 이 사실을 잊어서는 안 됩니다. 아라미타마가 니기미타마로 바뀔 때까지는, 구보 슌코를 쉽게 피안으로 쫓아 보내서는 안 되는 것입니다."

상주는 깊이 머리를 숙였다.

──마지막 이별의 길에 바치는 다마구시[玉串][60]의 비쭈기나무 잎에 맺힌 백옥 같은 이슬방울에

마음도 함께 모아 바치오니

평온한 마음으로 받으시기를 삼가 공손히 아뢰옵니다──

진귀한 설교라고 할 수 있으리라.

그러나 듣고 보니 확실히 편안하게 잠들라거나 성불하라는 말은 구보에게 어울리지 않고, 그런 말을 들어 봐야 구보 자신도 귀찮아할 것 같은 기분이 들었다. 게다가 그런 말로는 그를 아는 참석자들의 마음도 가라앉지 않을 거라는 생각이 들었다.

물론 세키구치도 그걸로는 납득이 가지 않았을 것이다.

---

60) 목면 또는 종이를 매어 신 앞에 바치는 비쭈기나무 가지.

그 후, 상주는 정중하게 감사 인사를 하고 나서 유골을 들고 신주의 인도로 퇴장했다. 그리고 남은 사람들은 방을 옮겨 통야 비슷한 술자리를 가졌다.

모인 사람들의 절반은 작가다. 아오키라는 형사 한 명을 제외하면 나머지는 전부 출판사 사람들이라, 이렇게 되면 반쯤 접대에 가깝다.

세키구치는 문단에서 지극히 발이 좁다. 대부분이 초면이다. 이런 자리에서 꾸벅꾸벅 머리를 숙이는 것도 주눅이 들었고, 그렇다고 불손한 놈이라고 여겨지는 것도 싫었기 때문에 결국 구석 쪽에서 아오키 형사와 잔을 주고받으며 얌전히 있기로 했다. 세키구치는 왠지 업종이 다른 아오키하고는 친한 사이인 것이다.

하지만 세키구치는 이때 고인에 대해서 이야기하고 싶은 내용도 별로 생각나지 않았다.

그것은 아오키도 마찬가지였는지, 그 남자에 대해서는 가슴속에 묻어두는 게 제일이라는 얼굴을 하고 있다.

그러다 보니 서로 말수가 적어진다.

장례식이니 음울한 것은 당연하지만, 세키구치는 왠지 모르게 안심이 되는 듯한, 그러면서도 우울해지는 듯한, 이도 저도 아닌 어중간한 정신 상태가 되었다. 본래 술이 센 편은 아니다.

숙연히 있자니 추젠지 아츠코와 고이즈미 다마요가 가까이 다가왔다.

두 사람 다 희담사라는 출판사의 사원인데, 고이즈미는 세키구치의 담당 편집자이고 아츠코 양은 아까 그 신주 —— 교고쿠도의 친동생이다. 세키구치가 어떤 사람인지는 잘 알고 있는 사람들이다.

역시 아는 사이라 그런지, 두 사람 다 한잔하자는 생각은 아닌 것 같았다. 술을 못 마시는 세키구치가 남이 잔을 권하는 걸 싫어한다는 사실을 분명히 알고 있다. 그러나.

"세키구치 선생님, 이런 때 이런 곳에서 말씀드리기는 뭐하지만, 실은 소개해 드리고 싶은 작가 선생님이 계셔서요——."

고이즈미는 그렇게 말했다.

세키구치는 입에 발린 인사를 늘어놓을 기분이 아니었다.

그러나 아무리 난색을 표했어도, 상하 관계로 말하자면 처음부터 세키구치가 최하층이라는 사실은 틀림이 없고, 영광이라고 말하지는 못할망정 '됐습니다'고 말할 수 있는 신분도 아니어서, 우물우물 알 수 없는 말을 웅얼거리고 있는 사이에 아무래도 그 본인인 듯한 사람이 옆에 도착하고 말았다.

몬츠키[61]를 입은 몸집이 커다란 신사였다.

"아아, 자네가 세키구치 군인가? 이거, 작품은 잘 읽고 있네. 구보 슌코가 죽은 후로 일본의 환상문학을 짊어질 젊은이는 자네 정도밖에 없어. 나는 자네를 아주 높게 평가하고 있다네. 악수해 주게."

손이 불쑥 나와 세키구치의 손을 잡았다. 전형적인 일본형 서민인 세키구치는 당연히 악수하는 습관 따윈 없다. 그러다 보니 그냥 남자에게 손을 세게 잡혔다는 기분만 들어서, 마음이 편한 건지 기분이 나쁜 건지 알 수 없어지는 바람에 '예에' 하고 기운 빠진 대답을 했다. 손을 마주 잡자 남창이 된 듯한 기분이 들었다.

서양인의 감각은, 세키구치로서는 영원히 알 수 없을 것이다.

초로의 작가는 약간 취한 듯 보였다. 반야탕, 아니 신주(神酒)가 과했나?

---

61) 가문의 문장을 단 예장용 기모노.

고이즈미가 소개했다.

"이쪽은 우다가와 다카시 선생님입니다. 실은 전부터 한 번 자리를 마련해 달라고 말씀하셨는데, 사정이 있어서 자꾸만 지연되고 있었어요."

자꾸만 지연되던 사정이 무엇인지, 세키구치는 잘 알고 있다.

고이즈미 탓이 아니다. 그저 세키구치가 계속 거절했을 뿐이다. 일부러 창피를 당하기 위해 정장을 하고 외출하고 싶지는 않다고 떼를 쓰고 있었던 것이다.

우다가와 다카시라면 대가다. 란포[62]의 거친 매력과 쿄카[63]의 품격을 모두 갖추고, 무시타로[64]의 마경(魔境)에 로한[65]을 뛰놀게 하는 듯한──그 알 듯 모를 듯한 감상은 전부 세키구치의 독단에 지나지 않고, 반드시 세상 사람들이 그렇게 평하고 있는 것은 아니지만──독특한 작품들은 확실히 높은 평가를 받고 있다.

세키구치도 즐겨 읽고 있다.

그러나 작품에는 흥미가 있어도 작가에게는 흥미가 없었다. 좋아하는 작품을 쓴 사람이라고 해서 마음이 맞을 거라는 보장도 없고,

---

62) 에도가와 란포(1894~1965) : 미에 현 출생의 소설가. 와세다 대학을 졸업하였으며 '두 개의 동전', '심리시험' 등 트릭을 교묘하게 이용한 본격추리소설로 등장, 이후 추리소설계에 군림했다. '파노라마 섬 기담', '음수(陰獸)', '외딴 섬의 유령' 등의 작품이 있다.

63) 이즈미 쿄카(1873~1939) : 이시카와 현 출생의 소설가. 교묘한 문체로 환상미가 가득한 특이한 낭만적 세계를 전개했다.

64) 오구리 무시타로(1901~1946) : 도쿄 출생의 추리 모험작가. 대표작으로 '완전범죄'나 추리소설의 3대 기서 중 하나인 '흑사관 살인사건' 등이 있다. 서양의 지식으로 채색된 극단적인 현학적 작품으로 유명.

65) 고다 로한(1867~1947) : 소설가 · 수필가 · 고증가. 메이지 20년대에 오자키 고요와 나란히 이름을 날리며, 연애와 예술의 이상을 남성적 기백에 가득 찬 문장으로 표현. 후에 동양적 박학함을 기반으로 수필 · 사전(史伝) · 고증에 독자적인 경지를 개척.

좋은 사람이 좋은 작품을 쓴다는 보장도 없다. 세키구치는 작품이 좋아서 작가를 만나보고 싶다고 생각하는 사람의 마음을 이해하지 못한다. 세키구치가 유일하게 만나보고 싶다고 생각하는 문인은 핫키엔[66] 선생 정도고, 아마 그 회견이 실현되는 일은 영원히 없을 것이다.

우다가와는 또, 구보가 신인상을 수상한 문화예술사 주최 '본조환상문학상'이 창설될 때도 상당히 힘을 쏟았다고 한다. 그리고 수상작은 고사하고 후보작조차 적은 이 문학상의, 사실상 최초에 가까운 수상자 —— 천재 구보 슌코의 탄생에 있어서도 심사원의 필두로서 강력하게 후원했다고들 한다.

그런 구보를 잃고 낙담했을 것이다. 눈이 충혈되어 있다. 피부에도 탄력이 없다.

세키구치는 무슨 말을 해야 할지 맹렬한 기세로 생각하고 있다.

붙임성 있게 행동할 수 있을 만큼 요령이 좋지는 않고, 의연한 자세를 유지할 수 있을 정도의 자신감도 없다. 물론 상대방의 기분을 상하게 해서는 안 된다는 것을 늘 최우선으로 생각한다. 그리고 결국은 우물거린다.

이것은 몸보신이나 처세를 위한 사려 깊은 원모(遠謀) —— 는 결코 아니다. 남들보다 훨씬 타인의 말에 상처를 잘 입는 울증 기질에서 오는, 자신의 말도 타인에게 많은 상처를 줄 거라는 신경질적인 심려 —— 도 아니다. 상당히 찰나적이고, 속으로는 뚜렷하게 상대방을 비방하고 있을 때도 있다. 반쯤 자포자기한 상태로 대할 때도 있다.

---

66) 우치다 핫키엔(1889~1971) : 나츠메 소세키 문하의 소설가, 수필가. 정체를 알 수 없는 공포감을 표현한 소설이나 독특한 유머가 풍부한 수필 등이 특기였다.

그래도 말수가 적기 때문에 대개 그렇게 받아들여지지는 않는다. 다시 말해 세키구치는 기본적으로 겁쟁이에 사람이 좋은 것이다.

세키구치는 결국 우다가와에게,

"죄송합니다."

하고 사과했다.

무엇에 대한 사죄인지 분명하지 않지만, 이것은 제대로 대답하지 못해 죄송하다는 뜻으로, 앞으로 자신이 취할 한심스러운 태도에 대해 상대방에게 미리 사과해 버렸다는 것이 정답일 것이다.

우다가와는 이상하다는 듯한 얼굴을 했다.

세키구치는 곧 자신이 너무 앞서 갔다는 것을 깨닫고 식은땀을 흘리며 응급처치를 한다.

"저, 저는 그."

설명이 부족한 것은 변함이 없지만 일단 문맥 비슷한 것은 헤아릴 수 있으니, 그 뒤는 상대방이 어떻게 나오느냐에 달려 있다. 게다가 처음에 사과했으니, 최악의 상황에도 끝까지 사과하면 껄끄러운 관계는 되지 않을 것이다.

이것은 세키구치의 약간 비겁한 대인수단 중 하나다.

"아아——."

우다가와는 아니나 다를까 멋대로 의미를 해석하고 납득했다.

"—— 자네는 구보 군과 적잖이 친교가 있었던 모양이니까 ——아니, 이런 때에 말을 걸어서 미안하게 됐네. 하지만 그를 잃은 충격은 나도 마찬가지일세. 용서해 주게."

우다가와는 머리를 숙였다. 세키구치는 당황했다.

"그렇지는 —— 저야말로, 그."

세키구치는 그저 황송해하며 머리를 들어 달라고 애원한다. 이걸로 세키구치의 본심과는 동떨어진 곳에서 형편 좋은 세키구치상(像)이 만들어진 셈이 된다. 세키구치의 실체와는 상관없이 대작가와의 커뮤니케이션은 성립한 모양이다.

세키구치는 우다가와에게 몹시 불균형한 인상을 받았다.

작가다운 풍모와 작가답지 않은 태도. 나이에 어울리는 지적인 말씨와 거기에 어울리지 않는 치기(稚氣). 몸집이 크지만 뚱뚱하지는 않다. 관록은 있지만 어딘가 신경질적이고 위태롭다. 물론 그것들은 세키구치 안에 〈이래야 한다〉는 기준이 있기 때문에 존재하는 일탈과 적응이므로, 그 기준을 의심한다면 아무것도 안 된다.

우다가와는 알기 쉬운 말로 알기 어려운 내용의 이야기를 일방적으로 늘어놓았다. 세키구치는 한층 더 알기 어려운 맞장구를 쳤다. 거의 아무런 수확도 없는 교류였지만 그것은 밖에서 듣고 있는 사람으로서는 알 수 없다.

고이즈미도 추젠지 아츠코도 잠자코 듣고 있다. 아오키도 잠자코 옆에서 술을 마시고 있었는데, 그러다가 미안하다고 양해를 구하며 자리에서 물러났다. 그 대신 고이즈미의 상사인 '근대문예' 편집장 야마사키가 찾아왔다.

야마사키도 장례식에 참석할 예정이었던 모양이지만 갑작스러운 일이 생겨서 도착이 늦었다고 한다. 야마사키는 참석자들에게 한바탕 인사를 마치고 나서, 마지막으로 세키구치 쪽으로 다가왔다. 이 편집장은 대개는 싱글벙글 웃고 있다. 야마사키는 우다가와 앞에 앉아 인사를 했다.

"늦어서 면목 없습니다. 우다가와 선생님, 오랜만에 뵙습니다."

"뭐, 그렇게 오래되진 않았소. 아라카와 군의 장례식 때도 만났지 않았소. 아직 한 달도 지나지 않았지. 그보다 야마사키 씨. 이 세키구치 군을 좀 더 독려해야 해요. 많이 쓰게 하고 소중히 여기지 않으면, 이 사람은 조만간 완전히 딴판으로 변할지도 몰라."

"아니, 그건 충분히 알고 있습니다. 단행본도 나온 지 얼마 안 되었고 하니, 사운을 걸고 팔아볼까 하고요."

세키구치는 웃는 야마사키의 옆얼굴을 보면서 잠깐 우울한 기분이 되었다. 기대에 부응하고 싶다는 마음은 있지만 그 마음과 창작의욕은 무관하고, 납득이 가는 창작과 평가의 내용도 무관하다. 게다가 팔리는 작품은 또 다르다. 그런 것에 사운을 건다면 견딜 수 없다. 그렇게 생각했던 것이다.

"괜찮으시면 좀 있다가 자리를 같이하시겠습니까?"

야마사키는 따로 술자리를 마련하겠다고 말하고 있다.

세키구치의 우울은 더욱 정도를 더해갔다. 술자리는 불편하다. 게다가 문인이 모인다는 문화적인 술자리는, 상상만 해도 두통이 난다. 무엇보다 어울리지 않는다. 분위기를 망친다. 술자리에게 미안한 기분이 든다.

가지 않아도 된다면 영원히 안 가고 싶다.

그러나 여기에서 우다가와가 승낙해 버리면, 세키구치 같은 까마득한 후배는 그에 따르지 않을 수 없다.

시라스[白洲][67]에 끌려 나온 죄인이나 마찬가지여서, 봉행(奉行)[68]에

---

67) 법정. 봉행소(奉行所). 에도 시대, 봉행소의 죄인을 취조하던 곳에 하얀 자갈이 깔려 있었다는 데서 유래.

68) 무가 시대의 관직명. 정무분담으로 공사(公事)를 담당하고 집행하던 사람. 가마쿠라 막부가 각종 봉행을 둔 것으로 시작되어, 도요토미는 5봉행을 두었다. 에도 막부에서는 3봉

게 끌려다닌 끝에 목을 베어 효시하라는 말을 들으면, '그렇습니까'
하고 순순히 형장으로 향하는 것으로 일이 낙착될 뿐이다.

그러나 의외로 우다가와는 경쾌하고 묘한 말투로 야마사키를 어리
둥절하게 만들었다.

"아니, 모처럼 초대해 주셨소만, 야마사키 씨. 오늘은 이 세키구치
군과 단둘이 이야기하고 싶은 게 있소. 댁이 사운을 걸고 있는 신예를
독점해 버리는 것도 미안하지만, 오늘은 내가 빌리도록 하지. 빚은
언젠가 갚을 테니 좀 봐 주시오."

당황한 것은 세키구치였다.

뭔가 말해야겠지만, 늘 그렇듯이 무슨 말을 해야 할지 알 수가 없어
늘 그렇듯이 우물쭈물하고 있는 사이에 얘기는 세키구치 혼자만 남기
고 멋대로 진행되고 만 모양이다. 야마사키는 역시 만면에 웃음을
띤 채 우다가와와 한바탕 입에 발린 인사를 나누고 나서, 고이즈미에
게 뒤를 맡기고 자리에서 일어났다.

우다가와는 그 뒷모습을 눈으로 좇아 야마사키가 어디에 앉는지
확인하고 나서 다시 세키구치를 향했다.

"미안하네, 멋대로 결정해 버려서. 자네는 야마사키 군과 동석하는
게 더 좋았을 테지만."

"아뇨, 그건."

"실은 긴히 상의할 게 있네."

"상의? 제게요?"

"그래. 실은 고이즈미 군에게서 자네 이야기는 좀 들었거든. 그,
구보 군과의 이야기도 조금."

행을 비롯해 중앙과 지방에 수십 개에 이르는 봉행을 설치했다.

"네에."

우다가와는 완전히 오해하고 있는 모양이다.

세키구치는 올해 여름부터 가을까지 연속해서 두 개의 사건에 관련되어 엄청난 일을 당했다.

그것은 엄청난 일을 당했다는 말 이외에는 표현할 수 없는 일이었다. 그러나 어찌 된 셈인지 그 일에 대한 온당치 못한 소문이 일부에 유포된 것이다. 세키구치가 사건 해결에 크게 기여했다는, 밑도 끝도 없는 풍문이다.

터무니없는 오해다. 세키구치는 해결에 기여하기는커녕 수사를 교란시키기만 했고, 사건에 관련되는 바람에 재기 불능의 타격을 입었을 뿐이다. 그 허약한 신경이 아직도 정상적으로 기능하고 있다는 사실 자체가 세키구치 자신도 이상하게 여겨질 만한 타격이었다.

그러나 우다가와가 그 풍문을 염두에 두고 이야기하고 있는 것은 틀림없다.

왜냐하면 세키구치는 남들보다 못한 점은 많이 있지만, 뛰어난 점은 극단적으로 적은 인간이기 때문이다. 상의하고 싶다는 문제를 해결할 특수한 능력 따위 전혀 없다. 세키구치가 남에게 자랑할 수 있는 것이라면 점균이나 버섯 이름을 남들보다 많이 알고 있다는 것 정도다. 설마 우다가와가 말불버섯이니 광대버섯 같은 것에 대해서 상세한 지식을 원하고 있다——고 생각할 수도 없었다.

불안해졌다.

모임은 9시 조금 전에 파했다. 다음 행선지는 추젠지 아츠코가 결정해 준 모양이다.

장소를 물어보니 나카노라고 한다. 세키구치가 나카노에 살아서, 그것을 배려한 조치인 듯하다. 우다가와는 어차피 집이 멀어서 어디든 상관없다고 한 모양이다.

그렇다면 우다가와는 자고 갈 생각인 걸까. 어쩌면 숙소도 이미 수배해 놓았는지도 모른다. 그렇다면 귀가 시간도 늦어질 가능성이 있다 —— 세키구치는 그렇게 생각했다.

장례식이 열린 초라한 회관은 고쿠분지[国分寺][69] 부근이어서 나카노까지는 30분도 걸리지 않았다. 가게 된 곳은 닭고기전골 집이었다. 세키구치는 닭고기를 좋아하기 때문에 조금 기뻤다. 굴절되어 있는 듯하면서 단순한 면도 있다. 데려다 준 고이즈미는 두 사람을 방으로 안내하고, 요리가 나오기 전에 자리에서 일어섰다. 미리 얘기가 되어 있었는지, 우다가와는 아무 말도 하지 않았다.

우다가와는 잘 먹었다. 그리고 말도 많이 했다.

우다가와는 한 달의 절반은 외박을 한다고 한다. 취재, 회의, 그리고 속된 말로 하는 잠적 등, 확실히 잘 팔리는 작가는 바쁜 모양이다. 세키구치는 잠적은 고사하고 취재조차 가지 않는다. 대부분은 집에 있다. 일이 없을 때는 잠만 잔다. 욕창이 생길 정도로 자다가 아내에게 야단을 맞은 적도 있다. 그렇게 말하자 우다가와는 큰 소리로 웃었다.

"자네는 취재 같은 건 가지 않는 편이 좋네. 게다가 잠적이라는 건 출판사가 다른 회사의 원고 청탁을 막기 위해서 시키는 것이니 말일세. 별로 대우가 좋은 건 아니야. 우리 집에는 전화도 놓지 않았

[69] 도쿄 중부 무사시노 대지에 있는 시. 주택가로 발전.

고 교통편이 나쁜 벽촌이라 애초에 잠적을 할 필요도 없네만, 아무래도 걱정이 되나 보지. 글은 안 쓰고 낚시라도 하고 있다고 생각하는 모양일세. 신용이 없는 거지. 나는 낚싯대도 없는데 말일세."

우다가와는 낚시 흉내를 냈다. 자택은 가나가와의 즈시 해안이라고 한다. 세키구치는 가 본 적이 없었다.

냄비에 거의 국물만 남았을 무렵, 추젠지 아츠코가 들어왔다.

그리고 그제야 우다가와는 본론으로 들어갔다.

"나는 고이즈미 군과 일을 하게 된 지, 그렇지, 2년쯤 되던가. 여성 담당자는 처음이었지만, 신용할 수 없는 사람도 많은 이 업계에서 그녀는 비교적 야무지게 하고 있네. 횟수는 적지만 일은 만족스러웠어. 여성의 사회참여에 이의를 제기하는 발칙한 무리도 있는 모양이지만 나는 크게 장려한다네. 그런 생각이 들게 하는 실력이었어. 신용하고 있지. 뭐, 그러다 보니 남자와 상의할 수 없는 그 뭐라 말할 수 없는 미묘한 문제가 생겼을 때, 처음에는 그녀에게 상의했네. 그랬더니 매우 걱정을 해 주었지. 자네와 이쪽, 아츠코 군인가? 그──상의해 보면 어떻겠냐고 주선해 준 걸세. 갑작스러운 일이라 당황했겠지."

고이즈미가 꾸민 일이었다. 과연 이 괴기소설의 대가에게, 세키구치는 어떤 사람으로 소개된 것일까.

"그, 저는 전혀──다만 선생님께 도움이 될 수 있을지는──."

세키구치는 아츠코를 곁눈질로 가볍게 노려보고, 우다가와가 알아들을 수 없도록 작은 목소리로 말했다.

"아츠코, 넌 알고 있었어?"

"저도 오늘 처음으로 선배님께 들었어요."

아츠코도 지지 않을 정도의 작은 목소리로 대답했다. 커다란 눈이 동그래졌다. 아츠코는 사신처럼 사악한 풍모의 오빠와 달리 귀엽고 영리해 보이는 재주가 있는 여자다.

우다가와가 또 웃었다.

"두 사람 다 심각한 얼굴이로군. 아니, 그렇게 미간에 주름까지 지으면서 들을 필요는 없네. 심각한 이야기이긴 하지만, 그래서 어떻게 해 달라는 건 아니니까. 어쨌든 세키구치 군은 신경이나 마음의 병에 조예가 깊다고 들었고, 아츠코 군은 그, 불가사의한 이야기를 많이 안다면서? 그래서 이야기를 좀 들어 줬으면 하는 걸세."

세키구치는 조금 안심했다.

우선 사건과는 관련이 없는 상담인 것 같았기 때문이다.

세키구치는 젊은 시절에 울증을 앓았다. 일상생활을 정상적으로 보낼 수 있게 되기까지는 꽤 오랜 시간이 걸렸다. 아니——아직도 완치되지는 않았다. 세키구치는 치료하는 동안 자신의 병을 알기 위해 주치의나 아는 사람들을 통해 신경증이나 심리학에 대해 많은 것을 배웠다. 한때는 그 길로 나갈 생각도 했지만, 결국은 그만두었다. 그 길과 멀어진 지 몇 년이 지났을까.

한편 아츠코는 과학적, 사회적, 역사적인 수수께끼에 이성의 빛을 쪼인다는 취지의 잡지 '희담월보'의 기자이며, 그런 쪽의 이야기라면 확실히 잘 알고 있을 것이다. 게다가 친오빠인 교고쿠도는 요괴 백과 사전 같은 남자인 것이다.

"실은 말일세, 아내의——상태가 아무래도 이상하단 말이야."

우다가와는 멋대로 이야기하기 시작했다. 세키구치가 상담자로부터 요령 있게 이야기를 끌어내는 화술을 갖고 있지 않기 때문이다.

"실례지만 선생님의 사모님은 매우 젊은 분이라고 —— 고이즈미 선배님께 들었는데요."

아츠코가 말을 받는다.

그러고 보니 아츠코는 이야기를 들어주는 데 매우 능숙하다. 세키구치는 더욱더 안심했다.

"뭐, 자네만큼 젊지는 않네만. 그렇게 유명한가? 음. 자네 말대로 나는 이런 영감이지만 아내는 젊다네. 나이는 서른 살 차이가 나지. 그래, 내가 내년이면 쉰여덟이니 스물일곱인가 그쯤 된다네."

아츠코는 아마 내년이면 스물세 살이라고 했던 것 같다. 따라서 우다가와의 말은 옳지만, 어쨌거나 젊은 부인이다.

그거 부럽군요, 혈기가 왕성하시네요 —— 세키구치의 뇌리에 그런 대사가 일단은 떠오른다. 그러나 입에서 나오지는 않는다. 말은 뇌에서 목구멍을 향하는 도중에 마멸되어, 입에서 나온다 해도 '우우'나 '아아' 하는 앓는 소리로 바뀌는 것이다. 그래서 잠자코 있었다.

아츠코가 대신 질문해 준다.

"그렇게 젊으신가요? 아, 실례했습니다. 그, 사모님은 —— 어디 몸이라도 안 좋으십니까?"

"뭐라고 하면 좋을까. 신경 탓이라고 생각은 하네만. 나는 집을 자주 비우고, 찾아와 줄 만한 친척이나 친구도 없고 —— 바닷소리가 무섭다는 것은 —— 세키구치 군, 그런 일도 있나?"

"글쎄요, 있겠지요."

아무래도 세키구치의 대답은 멍청하게 들린다.

"이상하게 바닷소리를 싫어해. 처음에는 그랬네. 산에서 자랐으니 조만간 익숙해질 거라고 생각하고 있었는데, 낫지를 않는단 말이야. 그러다가 환각이, 아니, 환각도 아니지. 나는 전에 전생의 기억을 가진 여자의 이야기를 소설로 썼는데 —— 그런 느낌일세."

"전생?"

"태어나기 전의 기억 말일세. 자주 있지 않나. 가 본 적도 없는 장소, 본 적도 없는 풍경, 체험한 적 없는 기억 —— 그런 것을 갖고 태어나는 아이라거나 —— 가츠고로의 재생이라는 이야기를 모르나?"

세키구치는 몰랐다.

"가츠고로의 재생이라는 이야기는 히라타 아츠타네[70]가 조사하고 기록한, 실화라고 할까, 기담일세. 나는 4년쯤 전인가, 거기에 반초 사라야시키[番町皿屋敷][71]를 덧붙인 듯한 소설을 썼지. '우물 속의 백골'이라는 괴담이라네."

"그건 읽었습니다."

세키구치는 처음으로 쾌활하게 발음했다. 그 책을 읽은 것은 최근

---

[70] (1776–1843) 에도 후기의 국학자. 고전 연구에서 나아가 존왕복고(尊王復古)를 주장하는 고도학(古道学)을 해설하며 막부 말 국학의 주류인 히라타 신도(神道)를 형성했다. 신대문자(神代文字)인 히후미[ひふみ]의 존재를 주장한 것으로 유명하며 국학 4대인 중 한 명.

[71] 사라야시키[皿屋敷]는 오키쿠라는 여성의 망령이 접시를 세는 것으로 유명한 괴담 이야기의 총칭. 반슈(하리마 지방의 별명. 현재의 효고 현 서남부에 해당) 히메지가 무대인 반슈 사라야시키, 에도 반초가 무대인 반초 사라야시키가 널리 알려져 있다. 반초는 신주쿠 구 동부 쪽이라고도 하고, 치요다 구 1번가~6번가라는 설도 있다. 오키쿠는 주인의 가보인 접시를 깨뜨리거나 다른 누군가의 손에 의해 깨지는 바람에, 살해되어 우물에 던져졌거나 스스로 우물에 뛰어들었다는 등 여러 가지 버전이 있다. 주인이 오키쿠를 다그칠 때 손가락을 하나 잘랐기 때문에 나중에 태어난 주인의 아이에게는 손가락이 하나 없었다고도 한다.

의 일이었던 것이다.

"아아, 그거 고맙네."

우다가와는 쓴웃음을 지었다.

세키구치가 기억하는 '우물 속의 백골'은 다음과 같은 이야기이다.

주인공은 —— 이름까지는 기억나지 않는다 —— 여성이다.

그녀는 어릴 때부터 여러 가지 풍경이나 체험의 기억을 갖고 있다. 그리고 자라남에 따라 집의 모습이나 지명, 인명까지 이야기하기 시작한다. 그리고 끊임없이 그곳에 가고 싶어 한다. 그렇게 똑똑히 기억하고 있다면 한 번 가 보자며 할머니가 그곳으로 데려간다. 그러자 모든 것이 기억 그대로고, 게다가 기억과 똑같은 집까지 있고 기억 그대로의 인물도 살고 있다. 이것은 어떻게 된 일일까 하고 물어보니, 그 집의 외동딸은 마침 주인공이 태어났을 무렵에 행방불명이 되었다는 사실이 판명된다. 주인공은 딸의 환생이라는 결론이 나게 된다 ——.

전반부에는 그런 기담이 담담하게 기술된다.

후반부에 가서는 분위기가 바뀐다.

주인공은 친부모와 똑같이 전생의 부모와도 친지로서 교류를 갖고, 부모도 자라남에 따라 행방불명된 친딸과 닮아 가는 주인공을 자기 자식처럼 귀여워한다. 주인공은 전생에서 행방불명된 시기와 같은 나이에 사랑을 하고, 양쪽 부모의 축복을 받으며 결혼한다.

그러나 첫날밤에 주인공은 남편을 참살하고 만다.

다음 날 아침, 신랑의 시체 옆에 앉아 있는 피투성이 신부가 가족에게 둘러싸인다.

아무도 이유는 모른다.

신부는 그저 한 마디,

──우물 속을 봐.

라고 한다. 우물을 뒤져 보니 백골이 나온다.

이것은 행방불명된 딸의 시체였다는 사실이 판명된다.

다시 말해 주인공은 전생의 원한을 현세에서 갚았다는 것이다.

살인의 동기는 전생에 있었던 것이다.

다만 행방불명된 딸이 살해당한 이유도, 신랑이 진짜 범인이었는지 어떤지도 쓰여 있지 않은 채 갑자기 소설은 끝난다. 행방불명된 여자와 주인공의 인과관계도 쓰여 있지 않다. 환생이 단순한 우연인지, 신비한 현상인지도 결론은 나오지 않는다.

세키구치는 그 점이 무서웠다.

만일 주인공이 피해자의 환생이 아니라면, 왜 주인공이 살인을 저질렀는지 전혀 알 수 없게 되기 때문이다. 신비한 이야기가 되기 쉬운 전반부를 담담하게 기술한 것은 그 때문일 것이다. 수수한 전반부가 충격적인 결말에 이르러 멋진 효과를 낳고 있었다──고 생각한다.

"그건 괴담으로서는 걸작입니다."

세키구치의 정직한 감상이다.

"뭐, 원작이 있었으니까. 도작(盜作)은 아니네만."

우다가와는 겸손을 떨었다.

"거기에서 쓴 것 같은, 실제로 겪은 적이 없는 기억이 군데군데 되살아난다는 거야. 그, 내 아내에게."

우다가와는 말하기 힘든 듯 그렇게 말했다.

"아아, 그렇군요. 그런 거였습니까."

이것은 둔한 세키구치도 이해할 수 있었다.

그러나 아츠코는 더욱 이해가 빠른지, 반응도 빨랐다. 이것은 늘 있는 일이다.

"하지만 전생에서 해답을 찾을 것까지도 없이, 기시감이나 기지감이라는 것은 평상시에도 느낄 수 있는 거예요. 사모님이 정신적으로 지쳐 계시거나 신경쇠약 같은 상태에 계신다면, 도를 넘을 때도 있지 않을까요? 걱정하실 것까지는 없다고 생각하는데요. 오히려 그 정신적인 피로의 원인 —— 파도 소리인가요? 그게 들리지 않는 곳으로 모셔 가셔서 ——."

"음. 그것뿐이라면 말이야 —— 나도 그렇게 했을 테지. 하지만 아무래도 이 이야기는 뿌리가 깊은 모양이야."

우다가와는 결심한 듯 입을 한 일 자로 다물었다가 다시 이야기하기 시작했다.

우다가와의 아내 이름은 아케미라고 하는 모양이다. 아케미는 우다가와에게 두 번째 반려자가 된다고 한다.

우다가와는 다이쇼 말 가까이 한 번 선을 보아 첫 번째 아내를 맞이했다. 전처는 2년도 못 되어 병으로 쓰러져, 쇼와 시대를 맞지도 못하고 죽었다고 한다.

아케미는 딱 그 무렵에 태어났다는 계산이 나온다.

우다가와는 전처를 잃고 나서 아케미를 만날 때까지 18년 동안 홀몸으로 지냈다고 한다.

"미련이 있었던 건 아니라네. 여자가 없었지. 그저 방랑하며 소설을 쓰는, 그런 생활에 가족은 방해가 되거든. 무뢰한 기분을 내고 있었던 거지. 친구 중에는 문학과 가정은 양립할 수 없다고 씨부렁거리며 온갖 분쟁을 일으키던 소설가도 많이 있었지만, 나는 그냥 홀가분한 게 좋았던 걸세. 하지만 그렇게 거드름을 피워 봐야 전쟁 전에는 생각대로 글을 쓸 수 없었어. 지금은 세상 참 좋아졌지."

전쟁이 격화되어, 어쨌거나 도쿄에는 있을 수 없다고 생각했는지 우다가와는 고향으로 돌아갔다고 한다. 쇼와 19년(1944)의 일이라고 하니, 우다가와는 그 당시 49세 정도였으리라 생각된다.

우다가와의 고향은 사이타마 현의 혼조[本庄][72]라는 곳이라고 한다. 물론 세키구치는 모른다. 고향이라 해도 친척이나 연고자는 없고, 당연히 생가도 이미 없었다. 그곳에서 친한 사이였던 출판사 관계자의 주선으로 마을 외곽에 작은 집을 빌려 살았다고 한다.

"조용한 집이었어. 일은 없고, 돈도 없고, 기력도 없었네. 국가를 선전하는 문장은 쓸 생각이 없었고, 반항적인 태도를 취했다가 공산주의자니 매국노니 하는 말을 듣는 것도 사양이었으니까. 부끄러운 이야기지만, 나는 정치적인 사상이라는 것을 평생 갖지 못한 인간이거든. 친구 중엔 공산주의자나 무정부주의자도 많이 있었지만, 특별히 누구에게도 가담하지 않았네. 뜻이 없다며 욕을 먹어도 그럴 기분이 들지 않았어. 논리로는 이해할 수 있지만 말이야. 다만——세상은 그걸로는 통하지 않지. 도쿄에 있으면 군이나 정보국이 눈을 번뜩이곤 했네. 계속 침묵하고 있어도 자유롭게 해 주지는 않았어. 작가의

---

[72] 사이타마 현 북부, 도네가와 강 중류 남쪽 기슭에 있는 시. 근대에는 생사·견직물의 생산지.

도나리구미[隣組][73] 같은 것에 집어넣어졌지. 뭐, 서로 감시하는 것 같은 거야. 왠지 싫었지. 그래서 그곳은 좋은 은거지가 되었다네."

우다가와는 조만간 전쟁이 끝나는 날이 오면 반드시 쓰고 싶은 글을 쓰고 말겠노라며, 그곳에서 작품 구상을 다지는 일에 전념했다고 한다. 다만 구상만 할 뿐 일체 쓰지는 않았다고 한다. 여차할 때——예를 들어 어쩌다가 군부의 주목을 받게 되었을 때——그런 것이 남아 있으면 증거가 되어 버리기 때문이다.

우다가와의 일과는 독서와 산책으로 메워졌다. 지역과의 관계가 희박해서 어지간한 일이 없으면 다른 사람과 만나는 일도 없었다고 한다.

신간은 손에 넣을 수 없어 에도 시대의 기보시[黃表紙][74]나 합권본(合卷本)[75], 샤레본[洒落本][76], 조루리집[浄瑠璃集][77] 등을 산더미처럼 가지고

---

73) 1940년에 제도화된 국민 통제를 위한 지역주민조직. 5~10집을 한 단위로 맺어졌으며 배급 · 공출 · 동원 등 행정기구 말단조직의 역할을 했다.

74) 통속책의 일종. 에도 후기, 1700년대 말에서 1800년대 초까지 유행했던 노란색 표지의 그림책을 가리킨다. 한 권에 다섯 장, 보통 3권으로 되어 있으며, 내용도 종래의 유치한 통속책에서 탈피하여 성인 지향의 읽을거리가 되었다.

75) 통속책의 일종. 에도 후기, 1800년대 초에 유행했던 그림이 들어 있는 읽을거리. 다섯 장이 한 권이던 종래의 통속책 몇 권을 합쳐 한 편으로 만든 것에서 합권본이라는 이름이 붙여졌으며, 길이는 수십 편에 이르렀다. 기보시가 장편화된 내용으로 실록 · 독본 · 가부키 등의 영향을 받아 삽화에도 기교가 더해졌으며 서민층에 널리 읽혔다.

76) 에도 후기, 주로 에도 시민 사이에서 이루어진 유곽 문학. 1700년대 후반에 유행했다. 대화를 기조로 하여 유곽의 사정이나 연애의 기술을 사실적으로 묘사한 수법이 특색.

77) 조루리는 읽을거리의 일종으로, 16세기에 미카와[三河] 지방에서 맹인 법사의 이야기로 발생하여 비파나 부채를 반주로 읊어졌는데, 화살을 만드는 직인의 장녀와 우시와카마루[牛若丸](미나모토노 요시츠네의 아명)의 연애 이야기를 다룬 '조루리 아가씨 이야기'가 널리 알려지면서 같은 곡조로 다른 이야기도 읊게 되어, 이를 조루리라고 부르게 되었다. 17세기 초부터 샤미센을 반주로 인형극과도 관계를 맺어 인형 조루리가 일어났으며, 처음에는 교토에서, 후에는 에도와 오사카에서도 유행하게 되었다.

들어와 탐하듯이 읽었다고 한다. 그 외에는 산책이다. 혼조는 물이 풍부해, 가까운 곳에는 간나가와(神無川) 강, 도네가와 강이라는 두 줄기의 강이 흐르고 있다.

그 흐름을 따라 걸으면서, 우다가와는 이야기를 지어냈다.

그 '우물 속의 백골' 구상도 대부분은 그 강가에서 완성된 것이라고 말했다.

세키구치는──그 우다가와의 피난 생활에 강한 동경을 느꼈다. 사람과 만나지 않고 속세와 떨어져, 그저 책만 읽는 나날. 이렇게 이상적인 생활이 또 있을까.

책에 빠진다. 그리고 황량한 강가를 소요(逍遙)한다.

잡초가 살랑거리는 강가를 천천히 걷는다.

하늘에는 벌써 흐릿한 달이 떠 있다.

저녁나절의 바람이 불어온다.

가을이 지나고 겨울이 찾아오려고 할 무렵의 일이라고 한다. 우다가와는 역시나 옷깃을 세워 바람을 막으면서 도네가와 강변의 제방을 목표도 없이 산책하고 있었다.

"바스락거리는 소리가 났네. 왠지 불길한 예감이 들었지. 목소리 ──라고 할 정도의 소리는 들리지 않았지만 싸우고 있는 것 같았어. 강가는 꽤 넓었지만 제방에는 억새나 키 큰 풀이 우거져 있어서, 그, 강 수면 쪽은 그렇게 잘 보이지 않았네. 갓파라도 나올 듯한 분위기였지. 그래서 놀랐다네."

그런 시간에 그런 곳을 어슬렁거리는 사람은 별로 없다.

우다가와는 풀을 헤치고 들여다보았지만 잘 보이지 않았다.

그러다가 큰 물소리가 났다.

"왠지 모르게 심상치가 않았네. 그래서 애써 풀숲을 헤치고 아래까지 내려가 봤지. 강가까지 가 보았네. 강바람이 엄청나게 차가웠지. 그런데 아무것도 없는 거야. 어떻게 할 수도 없었네. 하지만 기왕 내려왔는데 다시 올라가는 것도 싫어서 강가를, 이렇게 흐름에 따라 걸어서 집 쪽으로 갔네. 제방에는 어디에서 올라가나 마찬가지니까. 좀 가다 보니 강 한가운데에 뭔가 검은 것이 보였네. 꽤 어두워져 있어서 잘 보이지 않았지만, 자세히 살펴보니 ——."

그것은 인간이었다.

우다가와는 순간적으로 판단을 내릴 수 없어서 잠시 주저했다.

뭐라 해도 춥다. 물도 손이 베일 정도로 차갑다. 저것이 살아 있는지 죽었는지는 의심스럽다. 그러나 저것이 아까 물소리가 났을 때 뛰어든 자라면, 아직 몇 분 지나지 않았으니 살아 있을 가능성도 있다. 망설임 끝에, 결국 우다가와는 구조하기로 결정했다. 살아 있을 가능성이 있다면 망설일 시간은 없는 것이다.

바지가 순식간에 차가운 물을 빨아들여 하반신이 급격하게 차가워졌다. 발끝의 감각은 곧 없어졌다. 게다가 물의 흐름은 빠르고, 강바닥은 울퉁불퉁해서 걷기가 매우 힘들었다. 어느새 주위에는 밤의 장막이 완전히 내려져 있고, 시야도 현저하게 좁아졌다. 그저 강물 소리만이 고막을 쏴아쏴아 울리고 있을 뿐이다. 넘어지면 끝장이다. 아무리 신중해도 모자랄 판이었다.

밤의 강은 흉악하고 포악하다.

"물이 무섭다고 생각한 것은 그때가 처음이었지. 수영에는 자신이 있는 편이지만 그 상황에서는 어떻게도 할 수가 없었네. 흐름이 있으니까 말이야. 게다가 벌써 10월이었거든. 심장마비로 죽을지도 모르잖나."

다행히 도중까지는 비교적 얕아서, 우다가와는 물살에 휩쓸리지 않고 간신히 거기까지 도달할 수가 있었다. 그다음부터 갑자기 깊어 졌다. 바위에 걸려 있는 그것은 아무래도 여자 같았다.

"살아 있는지 죽었는지, 그때는 생각하지 않았네. 그게 시체라면 물론 기분이 나쁘겠지만, 어쨌거나 이걸 강기슭까지 옮기자는 생각 밖에 하지 않았으니까. 새카맣고 왠지 흐물흐물한 것이, 무거웠어. 옷이 물을 잔뜩 빨아들인 상태였지. 기슭까지 돌아가는 것은 정말 힘들었네."

여자는 살아 있었다. 물에 빠지기 전에 머리라도 부딪혔거나 해서 정신을 잃었는지, 물은 마시지 않은 것 같았다. 우다가와는 생각 끝에 여자를 자신의 집으로 옮겼다.

"인가는 멀었거든. 내 집이 제일 가까웠네. 다른 뜻은 없었어. 어쨌 거나 우선 방을 따뜻하게 했네. 의사를 부르려 해도 의사가 어디 있는 지 잘 몰랐거든. 우선은 차가워진 몸을 어떻게든 해야 했네. 옷을 벗기느라 한참 고생했지. 여성이 있는 앞에서 그, 뭣하지만, 그런 이상한 마음은 없었네. 없었지만, 실은 그 여자가 지금의 아내일세."

우다가와는 나이에 어울리지 않게 수줍은 웃음을 지었다.

"오해하면 곤란하네만, 그때는 정말로 인명 중시라는 생각밖에 없 었어. 다만, 내 아내를 놓고 이런 말을 하는 것도 뭣하네만, 예쁜 여자였다네. 뭐, 여자 없는 생활을 십여 년이나 계속하고 있는 처지라 그렇게 보였는지도 모르겠지만."

우다가와는 자지 않고 곁에 붙어서 회복을 기다렸다고 한다. 핏기 가 돌아오자, 여자의 몸 곳곳에서 상처 자국이 확인되었다. 하얀 피부가 보라색으로 변색되어 있었다. 자상이나 찰과상도 많이 있었다.

간신히 다시 숨을 쉬기 시작한 여자는 기억을 잃은 상태였다.

"기억은 전혀 없었나요?"

아츠코가 물었다.

"전혀 없었네. 자신이 누구인지, 무엇을 하고 있었는지, 왜 여기에
있는지, 전부 잊어버린 상태였어. 아무리 물어도 전혀 모르겠다고
하더군. 다만 겁을 먹고 있었네."

"그럼 신원도?"

"아니, 신원은 곧 알았네."

여자는 염낭을 움켜쥐고 있었다고 한다.

염낭에는 주소나 이름을 적은 천이 꿰매져 있고, 약간의 돈이 든
돈 봉투가 들어 있었다.

"그걸 보여 줘도 제대로 기억을 되살리지 못하더군. 그래서, 지금
생각하면 바보 같은 이야기네만, 나는 그 여자 —— 염낭에는 사타
아케미라고 쓰여 있는데, 그 아케미를 어떻게든 도와주자고 생각
했다네. 기억이 돌아올 때까지 보살펴주자고 생각했지."

"인도적으로 버려둘 수 없었던 건가요?"

"그것도 있네."

"그것도, 라고 하시면 뭔가 그 외에도 —— 그, 사모님이 미인이었
기 때문 —— 인가요?"

우다가와는 웃었다.

"아니, 분명히 구해낸 게 남자였다면 그런 생각은 하지 않았을 테니
그런 의미로는 아츠코 군의 말이 맞네만. 하지만 약간 달라. 그, 아케

미를 구한 날이 마침 죽은 아내의 기일이었다네."

"그렇다면."

세키구치는 엉뚱한 망상에 사로잡혔다. 세키구치의 나쁜 버릇이다.

"그렇다면 선생님께선 지금의 사모님이 옛 사모님의 환생이라고
—— 생각하시고?"

확실히 아케미는 우다가와의 전처가 죽었을 무렵에 태어났을 것이다. 그리고 기일에 구조되었다. 이것은 우연일까.

"그런 바보 같은. 세키구치 군, 그건 우연일세. 아케미는 전처와는
하나도 닮지 않았어."

우다가와는 세키구치의 망상을 단숨에 날려 보냈다.

"뭐, 조금 신비적인 감개를 품은 것은 틀림없네만. 그 무렵 마침
'가츠고로 재생 기록' 같은 것도 읽고 있었고. 하지만 아무리 내가
괴기작가라도, 성급하게 환생이라고는 생각하지 않았네."

세키구치는 얼굴을 붉히고 입을 다물었다. 어쨌거나 입을 열면 창
피를 당한다. 매번 있는 일이다.

우다가와는 쓰여 있던 주소와 이름으로 조사를 시작했다고 한다.
이웃 농가에 돈을 주면서 친척의 딸이라고 속이고 아케미를 돌봐달라
고 부탁하고는, 쓰여 있던 주소까지 일부러 찾아갔다고 한다.

"아무리 구해줬을 때 갖고 있었다지만, 그게 여자의 물건이라고
섣불리 믿을 수는 없지 않나. 어쩌면 아닐지도 모르고. 하지만 의심만
하고 있어서는 진척이 없지. 단서는 그것밖에 없으니 말일세. 물어물
어 그곳을 찾아갔네. 전쟁 중이라 어려운 시기에 별난 짓이었지."

나가노 현 우에다 시모노고 ——.

시오타다이라라고 불리는 작은 분지다.

우다가와의 말에 따르면 시오타다이라는 신슈의 가마쿠라라고 불리는 곳이라고 한다.

오랜 역사를 가진 곳이다.

가마쿠라처럼 오래된 절이나 오래된 신사도 많이 남아 있다고 한다.

그러나 시오타다이라가 가마쿠라에 비유되는 이유는 그것만이 아니다.

가마쿠라 막부의 정권기반을 확립한 호조 요시토키의 손자, 요시마사가 은거한 곳이 바로 시오타노쇼이기 때문이다. 그 후 요시마사는 시오타라는 성까지 썼다. 시오타 호조 가는 그 후에도 가마쿠라 막부의 요직을 차지했기 때문에, 시오타다이라와 가마쿠라의 왕복은 당시부터 빈번히 있었으리라 생각된다. 이 시나노에서 고즈케, 무사시를 지나 사가미[相模][78] 가마쿠라까지 이어지는 관도(官道)가 바로 당시 말로 가미노미치[上道], 후의 가마쿠라 가도(街道)라고 한다.

그리고 그것이 바로 시오타다이라를 신슈의 가마쿠라라고 부르게 된 애초의 이유인 모양이다.

아케미는 아무래도 그 가마쿠라 가도를 따라 혼조 부근까지 도달한 듯한 흔적이 있었다.

그리고 아케미의 정체는 금방 알 수 있었다. 그녀는 그 지방에서는 —— 어떤 의미로 —— 유명인이었던 것이다.

"병역기피?"

---

78) 옛 지명의 하나. 현재의 가나가와 현 대부분에 해당한다. 소슈[相州]라고도 함.

"머리 없는 시체?"

갑자기 이야기가 엽기성을 띠기 시작했다.

세키구치가 아츠코를 보니 아츠코도 세키구치를 보고 있었다.

엽기살인은——이제 질렸다.

"그래. 하지만 그렇다 해도 이야기를 끌어내기는 힘들었지. 단도직입적으로 물어볼 수는 없으니 말일세. 그녀가 범죄를 저질렀을 가능성도 있고. 누군가에게 쫓기고 있을 가능성도 있지 않은가. 그녀의 부모나 다름없다는 사람을 찾아내지 못했다면 끝내 알 수 없었겠지."

사타라는 집안은 분명히 있었고, 아케미라는 여자가 한 달쯤 전에 모습을 감춘 일도 있는 것 같았다. 그러나 거기까지는 알았지만, 그 후를 알 수가 없었다. 조사할 방법이 없었다.

우다가와의 이야기로는, 아케미의 부모나 다름없다는 인물을 찾아낼 수 있었던 것은 확실히 요행이었다고 할 수 있었다.

나를 헌병으로 착각한 모양이더군——하고 우다가와는 말했다.

"——그 무렵 남자들은 모두 국민복[79]이라는 걸 입고 있었지 않았나. 헌병은 군복을 입고 이렇게, 붉은 완장을 차고 있었지. 그래서 한눈에 헌병이라는 걸 알 수 있는데, 시골에는 농부 옷을 입은 민간인도 있었으니까 농가 할머니 같은 사람들은 구별을 못 했던 모양이지. 그래서 사타 집안에 관한 일이라면 가모타 나리에게 물어보라고 가르쳐주더군."

가모타라는 것은 가모타 주조라는 양조장을 말하는 것으로, 아케미는 꽤 오랫동안 그곳에서 고용살이를 하고 있었을 뿐만 아니라

---

79) 1940년, 국민이 착용해야 한다고 제정된 옷. 군복과 비슷한 모양의 남자 옷 외에 여성 (여학생)용 옷도 있었다.

거기에서 사타 가로 시집을 갔다——고 농가의 노인은 이야기했다고 한다.

그 말대로 우다가와가 찾아가 보니, 그곳에서는 이웃 사람들이 모여 큰 장행회가 열리고 있었다고 한다. 마침 그 집 사람의 입영일에 와 버린 모양이었다. 우다가와가 뒷줄에서 지켜보는 가운데, 수많은 깃발과 만세 소리의 배웅을 받으며 젊은 군인이 술집의 포렴을 빠져나와 의기양양하게 출진했다. 가게 앞에 모인 사람들의 수로 미루어 보아 가모타 주조는 그 지방의 상당한 명사인 듯했다.

"물어보니 출정한 사람은 술집 주인의 조카라고 하는데, 자식이 없는 가모타 부부는 그 조카를 친아들처럼 귀여워했다고 하더군. 그런 이야기는 들을 생각이 없어도 들려오지. 그래서 말을 걸기가 좀 어려웠지만, 뭐 안 되면 말자는 생각이었지. 그랬더니 주인이라는 사람이 의외로 좋은 사람이라서, 친절하게 응접실로 안내해 주었네. 그래서 숨김없이 사정을 이야기했더니 매우 놀라더군. 아케미에 대해서도 자세히 가르쳐주었어."

——그건 가게에 있던 아케미가 틀림없습니다.

술집 주인——가모타 슈조는 이야기를 듣자마자 그렇게 단언했다고 한다.

"그래서 그 병역기피나 머리 없는 시체 같은 이야기를 듣게 된 걸세. 이것은 타지 사람은 좀처럼 들을 수 없는 이야기지. 병역기피 같은 매국노가 나온 것은 마을의 수치고, 게다가 엽기범죄 아닌가. 입이 무거워지는 게 당연하지. 마을의 금기였던 셈일세. 하지만 병역을 기피한 남자와 아케미 사이를 중매한 것이 자기라서, 이 술집 주인은 크게 책임을 느끼고 있는 것 같았네. 그래서 아케미에게 돈을 주어

도망치게 해 준 모양이야."

염낭에 들어 있던 돈 봉투도 슈조가 아케미에게 준 것이 틀림없다는 것이었다. 그뿐만 아니라 아케미에게 도망치라고 권한 자도 바로 슈조였다고 한다.

아츠코가 물었다.

"도망치게 했다니 —— 그럼 그, 아케미 씨는 남편을 죽인 죄로 경찰에 쫓기고 있기라도 했던 건가요?"

그렇다면 알면서 숨겨준 우다가와도 죄가 된다.

"아니, 그게 그렇지 않네. 아케미는 처음에는 의심을 받았지만, 알리바이가 있어서 결백은 증명된 모양이야. 진범은 따로 있었고, 지명수배 중이었네. 실은 그 용의자도 가모타 주조에서 고용살이하던 사람이었는지, 아직도 가게에 순사가 온다고 하더군. 그런 일도 있어서 주인은 더욱더 책임을 느끼고 있었겠지만."

"하지만 그렇다면 왜 도망쳐야 하는 건가요? 사건이 해결되기 전에 피해자의 아내가 없어지면 불리하지 않을까요? 자기 목을 조르는 결과가 될 수도 있는데요."

아츠코의 물음에 우다가와는 크게 고개를 끄덕이며 대답했다.

"음, 자네의 말이 맞네만. 사정이 있었다네. 살인도 분명히 무거운 죄지만, 당시에는 병역기피가 훨씬 더 큰 문제였어. 본인은 물론이고 가족, 아니, 마을이나 동네까지 한꺼번에 규탄을 받고 경멸을 받았네. 그런 매국노가 나온 것 자체가 공동체의 수치였지. 병역을 거부한다는 것은 있어서는 안 될 일이었던 걸세. 발칙하게도 칙명에 거역하는 셈이니 말이야. 아케미의 남편인 사타라는 자는 그 있어서는 안 될 일을 저지른 걸세. 그것만으로도 마을 전체의 따돌림 대상이었지."

병역기피 ——.

세키구치는 오싹해졌다. 그것은 있어서는 안 되는 일이라고 우다가와는 말했다. 그러나. 한 발짝만 잘못 디뎠으면 세키구치도 그 있어서는 안 될 일을 저질렀을지도 모른다.

실제로 자신에게 소집영장이 도착했을 때, 세키구치는 도망칠 생각을 했다. 경악하고, 무슨 착오가 아닐까 하고 당황하고 —— 이과계 학생이었던 세키구치에게 벌써 그런 게 도착한 것은 실제로 무슨 착오였을 테지만 —— 고민하고, 공포에 떨고, 그리고 정말로 도망칠 생각을 했던 것이다.

그러나 결국 세키구치는 분위기에 휩쓸리듯 출정했고, 순순히 전쟁터로 갔다. 종교상의 이유나 사상적인 신념으로 병역을 거부한 사람과는 달리, 세키구치의 경우 생리적 공포감이 주체가 되었기 때문에 이것은 어쩔 수 없다. 그의 성격은 항상 어중간하고, 어느 모로 보나 한심한 결과를 부른다.

우다가와는 말을 이었다.

"게다가 국민이라면 병역을 기피할 리가 없다 —— 는 것이 당시의 표면적 방침이었으니, 보통은 체포해서 당장 전선으로 보내 버린다네. 군부로서는 인정하고 싶지 않은 현실이라 일일이 보도되지도 않지만, 어쨌거나 발견된 것이 머리 없는 시체니까 말이야. 유명해지고 말았지. 가족들은 심한 일을 당한 모양일세. 가족이라 해도 난치병에 걸린 부친과 아내 아케미뿐이었고, 부친은 그 일이 원인이 되어 돌아가신 모양이야. 아케미 혼자 그곳에서 살 수는 없었겠지."

슈조는 시아버지의 장례식도 치르지 못하고, 유체를 어떻게 처리해야 할지 몰라 곤란해 하는 아케미를 못 본 척할 수가 없었다고 고백

했다고 한다. 그리고 아케미가 물에 뛰어들었다——그런 것 같다——는 말을 듣고 매우 마음 아파하며, 목숨을 구해준 우다가와에게 깊이 감사했다고 한다.

——저도 돈을 건네주는 일 정도밖에 하지 못했고, 어딘가 다른 곳에 가서 살라고 말해 보기는 했지만 어떻게 지내고 있을지 걱정하고 있었습니다. 어쨌거나 그 애의 불행은 절반은 제 탓이니까요.

——구해 주서서 정말 고맙습니다.

——아케미는 아무 죄도 없습니다.

슈조는 그렇게 말했다고 한다. 게다가 진범인 여자를 한시라도 빨리 찾을 수 있도록 자기 나름대로 찾아보고 있다는 말까지 하며,

——다만 이곳으로 돌아오겠다고 하면 말리는 게 좋을 겁니다.

라는 말도 했다고 한다.

아케미를 취조한 헌병이, 어찌 된 영문인지 혐의가 풀린 아케미의 행방을 다시 찾고 있는 듯하다, 붙잡히면 무슨 일을 당할지 모른다, 슈조는 심각한 얼굴로 그렇게 말했다고 한다.

"하지만 헌병이라면 군사경찰이잖아요? 병역기피자의 적발이라면 몰라도, 살인사건은 관할 외가 아닙니까? 민간의 공안사건과는 상관이 없을 텐데요."

적어도 세키구치는 그렇게 생각하고 있었다.

"아니, 그때는 마찬가지였네. 개중에는 완장을 차고 있다는 이유만으로 자기 마음대로 행동하는 장교도 있었으니까. 아케미도 취조라는 명목하에 상당히 심한 일을 당했던 모양일세. 그러니 그 주인의 말대로, 조금이라도 거리끼는 데가 있으면 피하는 게 상책이었지."

우다가와는 슈조에게 지방신문의 기사 스크랩을 받고, 아케미에

대해서 자세히 물어 기록했다. 고용살이를 하러 왔을 무렵의 일, 일솜씨, 가족이 화재로 모두 죽은 것. 시집갈 때의 모습, 죽은 사타와 있었던 일들.

"어지간히 남 돌보기를 좋아하는 사람이었는지, 아주 상세하게 가르쳐주더군. 나도 중간부터는 소설 취재를 하고 있는 듯한 기분이 들었네. 글씨를 쓰는 것은 오랜만이었는데, 음, 젊다고는 해도 한 여자의 일생이라 상당한 시간이 걸렸지. 주인은 일까지 쉬어 가며 자세히 가르쳐주었네. 다만——."

다만, 우다가와의 마음속에는 한 점의 그늘이 남았다.

슈조의 이야기는 무엇 하나 막힘이 없었고, 물론 거짓도 없는 것 같았다. 상황으로 판단하건대 우다가와가 구한 여자가 사타 아케미라고 단정하는 데 대해서는 아무런 부조리도 없다고 여겨졌다.

다만, 결정적인 증거가 없었다.

여자가 다른 사람일 가능성은 완전히 배제할 수 없었다.

우다가와가 슈조에게 들은 이야기를 여자에게 들려주고, 그래서 기억이 돌아오면 괜찮다. 돌아오지 않았을 경우에는 대체 어떻게 되는 걸까. 아케미를 데려와 옛날에 알던 사람에게 진위를 확인하게 할 수는 없는 것이다.

우다가와가 그 말을 하자, 슈조는 한 가지 제안을 했다고 한다.

가모타 주조에서 만드는 춘양(春釀)을 더없이 좋아하는 호사가가 도쿄에 있어서, 매년 겨울이면 먼 길을 마다치 않고 술을 사러 온다고 한다. 전쟁이 일어난 후로는 술도 마음대로 만들 수 없어서 한동안은 뜸했던 모양이지만, 마침 내일 방문하겠다는 연락이 왔으니 그 사람에게 부탁해 보자——는 생각이다. 그 노인은 20년 전부터 단골이고, 오면 반드시 2, 3일은 머물다 가기 때문에 고용살이하던 사람들이 들고 나는 것도, 그 얼굴도 모두 잘 알고 있다는 것이다. 다시 말해 이곳 주민 이외에 아케미를 알고 있는 사람에게 얼굴을 확인하게 하자는 계획이었다.

순간적인 기지에 우다가와는 깊이 감사하고, 머무는 숙소의 이름을 말해준 후 물러났다고 한다.

"다음 날은 화재를 당한 아케미의 본가라는 곳에 가 보았네. 이미 다른 집이 세워져 있고, 아무 수확도 없었지. 그 김에 아케미가 태어났다는 산촌에도 가 보았네. 이쪽은 폐촌이었어. 일단 아케미의 생가라는 것도 보고 왔지만, 그쪽에도 아무것도 없었네. 큰 집이었지만, 이미 천장도 뚫려서 다 쓰러져 가는 집이었네. 숙소로 돌아와 보니 가모타의 주인으로부터 연락이 와 있더군. 그 노인 —— 사쿠마라고 했나, 그 사람이 쾌히 승낙해 주었다는 내용이었네. 그 다음 날, 나는 사쿠마 씨와 함께 혼조로 돌아갔네."

아케미는 완전히 회복되어 있었다. 그러나 기억이 돌아온 것 같지는 않았다.

사쿠마 노인에게 얼굴을 보여준 결과, 틀림없이 고용살이하던 미나카타 아케미 씨라고 말했다고 한다. 미나카타는 아케미의 처녀 시절 성이라고 하는데, 노인은 그리운 듯 아케미의 일화를 이야기했지만 아케미는 그래도 잘 모르겠는지 멍하니 있었던 모양이다.

다만 —— 미나카타라는 이름은 기억에 있다고 했고, 노인이 이야기하는 가모타 주조의 모습에 대해서는 군데군데 기억하고 있다고 말했다고 한다.

"다시 말해 아케미 씨였던 건가요?"

"그랬지."

우다가와는 품에서 담배를 꺼내, 아츠코에게 양해를 구하고 나서 불을 붙이고 깊이 빨아들였다.

"내가 이야기를 들려줄 때마다 아케미는 뭔가를 떠올렸네. 나는 완전히 빠져들었지. 18년이나 되는 역사를 대체 몇 년이면 다 더듬어 갈 수 있을까 하고 말일세. 그렇게 아케미는 차례차례, 대부분의 일을 떠올렸네. 1년쯤 지나 사쿠마 씨가 다시 찾아와 주었는데, 그때는 완전히 떠올린 상태였어. 다만, 남편의 머리 없는 시체에 대해서만은 ──내 입으로는 말할 수 없었네. 너무나도 잔혹하지 않은가. 게다가 전쟁이 끝났어도 그 사건은 아직 해결되었다는 속보가 들리지 않았거든. 스스로 생각해 낸다면야 어쩔 수 없다고 생각했네만, 아케미는 떠올리지 못했어. 게다가 그 무렵에는 난 완전히 아케미에게 반해 있었네. 전남편의 이야기는──하기 힘들었어."

우다가와는 길게 연기를 내뿜었다.

"그러다가 출판사 사람들이나 친하게 지내던 젊은 작가들이 찾아 와, 도쿄에 집을 준비했으니 나오라고 끊임없이 권하더군. 전쟁이 끝나서 나도 은거할 이유가 없어졌으니 말일세. 일도 하고 싶었어. 그래서 사람들에게는 아케미를 아내라고 소개하고, 도쿄로 나왔네. 전쟁 직후, 쇼와 21년인가 22년이었나."

우다가와는 처음으로 미간을 찌푸리며 엄중한 표정을 했다.

"그때, 전직 헌병이라는 남자가 찾아왔네."

"헌병?"

"그래. 그게 그, 전에 아케미를 붙잡아 취조한 남자인 모양인데."

"아아. 혐의가 풀렸음에도 불구하고 찾고 있었다는?"

"그렇다네. 하지만 찾아왔을 때 내가 부재중이었고, 물론 아케미는 헌병 따윈 기억도 못 하니 엉뚱한 대답을 한 모양이야. 그 전직 헌병은 다시 오겠다며 갔다고 하는데——."

어째서——하고 아츠코가 말했다.

"그 전직 헌병이라는 사람은 설마——아직도 사모님을 의심하고 있는——것은 아니겠지요. 이제 무의미하니까요——아니면 진범이 붙잡힌 걸까요?"

"붙잡히지는 않았고, 올 거라면 경찰관이 와야겠지. 전쟁 중이라면 모를까, 전쟁이 끝난 후에는 헌병 따윈 없네. 그러니 사건과는 관계가 없어. 나는 불길한 예감이 들어서 이사를 했네. 이사하고 반년쯤 지나자."

"또 왔습니까?"

"또 왔네. 이번에는 내가 나갔지. 모른다고 그냥 딱 잡아뗐네만. 계속 찾아오는 게 싫어서 또 이사를 했네. 이번에는 잡지나 출판사 사람들에게도 제삼자에게 주소를 가르쳐주지 말라고 부탁하고——하지만 어떻게 조사했는지——."

"거기에도?"

"또 왔더군. 아케미는 거의 외출을 하지 않네. 장을 보러 나가는 것 말고는 집에 틀어박혀 책만 읽는 사람이야. 그래서 편집부에도 용무가 없는 한 오지 말라고 말해 두었네. 그런데 아무래도 집 주위를 누군가가 어슬렁거리며 엿보고 있는 것 같더란 말이야. 아는 사람에게 부탁해 감시해 달라고 했더니, 풍채로 보아 그."

"전직 헌병?"

"그런 모양일세. 또 이사를 했지. 도합 4, 5번 옮겼나? 지금 사는 곳에 와서야 간신히 조용해졌네. 역시 도쿄 시내에서는 피할 수 없었던 거지. 그랬더니 이번에는 파도 소리였네. 해명을 견딜 수 없다면서."

우다가와는 연기와 함께 한숨을 내쉬다가, 조금 기침을 했다.

"그럼 그 전직 헌병이 어슬렁거리고 있어서, 쉽게 장소를 옮겨 정양 (靜養)할 수는 없었다──는 건가요?"

아츠코가 물었다. 본래 그것이 이야기의 발단이었다는 사실을, 세키구치는 잊고 있었다.

"물론 그것도 있네. 하지만 아내는 그런, 조금 복잡한 과거를 갖고 있으니 말이야. 그 마음고생에서 오는 데자뷰나 뭐 그런 걸로 치부할 수 있을는지──."

우다가와는 입을 시옷 자로 휘며 재떨이에 담배를 비벼 껐다.

"그럼 선생님께선──사모님이 사타 아케미가 아니었다고, 그렇게 말씀하시고 싶은 건가요? 그 전생의 추억 같은 기억이 바로 사모님의 진짜 기억이라고요?"

아츠코가 갑자기 핵심에 바싹 다가서는 질문을 던졌다.

우다가와는 곧 부정했다.

"아니, 아내는 사타 아케미였네. 그녀는 내가 이야기한 것 이상으로 사타 아케미로서의 기억을 갖고 있었으니까. 그러니 만일 아내가 사타 아케미가 아니었다면, 그편이 훨씬 더 이상한 이야기지."

"선생님께서 이야기하신 것 이외의 기억이라고요?"

그래, 라고 말하며 우다가와는 침통한 표정을 띠었다.

"예를 들면 어떤?"

"본가가 타고 남은 자리나, 가족의 불에 탄 시체의 모습 같은 건 아주 선명하게 기억하고 있었네. 나는 그런 얘기는 가모타 씨에게서 듣지 못했어. 게다가 일의 내용이나 실패담, 칭찬받은 일 같은 것도 몹시 자세히 기억하고 있었네. 주인에게 칭찬을 받았을 때 입고 있던 기모노 무늬까지 기억하고 있어. 도저히 지어낸 이야기라고는 생각할 수 없네. 지어낸다 해도 아케미에게는 아무런 이득도 없지. 따라서 나는 아내가 아케미라는 사실에 의심을 갖고 있지는 않네 —— 게다가."

우다가와는 거기에서 말을 끊었다. 아츠코는 턱에 손을 댔다. 오빠 교고쿠도의 동작과 비슷하다.

"게다가 말일세. 두 달 전인가? 아내는 그, 8년 전 사건의 신문 스크랩을 보고 말았네. 그리고 ——."

우다가와는 조금 허둥거렸다.

"—— 과거의 기억을 필요 이상으로 되찾고 말았네."

"필요 이상으로?"

"그래. 아내는 전남편의 일도, 그 남편의 죽은 모습도, 생생한 시체의 모습도 전부 떠올렸네."

"생생한 시체?"

"그렇다네. 목의 절단면으로 보이는 하얀 목뼈, 수많은 혈관에서 기세 좋게 흘러나오는 혈액 —— 그런 건 보지 않고 상상할 수 있는 게 아니잖나. 그러니 아내는 틀림없이 사타 아케미일세. 그리고 그 떠올린 정경은 확실히 아내의 정신을 좀먹어 갔을 게 틀림없어. 내 부주의일세. 그런 곳에 그런 걸 아무렇게나 놔두다니 ——."

우다가와의 표정은 고뇌의 표정으로 바뀌었다.

"필요 이상이라는 건 지금 말씀하신 것 같은, 그, 선명하게, 상세하게, 라는 뜻인가요?"

아츠코가 지지 않을 정도로 심각한 얼굴을 하고 물었다.

세키구치는 어땠냐 하면, 얼굴은 심각하지만 어딘가 두 사람을 따라가지 못하고 있다. 우다가와가 사이를 두고 대답했다.

"그게 아닐세. 아내는 전남편을 죽인 건 자신이었다고 말하기 시작했네. 게다가 지명수배가 되어 있는 범인이 붙잡히지 않는 것도, 그 용의자를 자신이 죽였기 때문일 거라고, 그런 말을 꺼냈단 말일세."

"그건──."

만일 사실이라면 엄청난 일이다.

"선생님, 그게 만일 그, 사실이라면."

아직 시효가 지나지 않았을 것이다.

"아아, 큰일이지. 전남편이 살해되었다고 여겨지는 기간은 쇼와 19년 8월 31일에서 9월 1일 사이일세. 아직 8년하고 3개월. 시효가 지나려면 멀었지. 하지만 이건 일단 일종의 망상일 거라고 생각하네."

"그 이유는요?"

"음. 당시, 아내의 혐의가 왜 풀렸느냐 하면──아까 말했다시피 알리바이가 있었기 때문이거든. 아내는 8월 31일에 헌병에게 끌려가, 연금 상태로 고문까지 받고 있었던 모양이야. 소문으로는 성적 능욕도 당했다고 하는데──이건 물론 소문인 것 같네만. 그리고 풀려난 날이 9월 2일 아침일세. 그러니 아케미는 죽일 수 없었던 거지. 증인은 무려 헌병 나리였던 셈이니까. 만일 아내가 범인이라면,

사망추정시각이 잘못되었다는 게 되네. 이건 아무래도 억지지."

"그렇군요 —— 또 헌병인가요 ——."

아츠코는 생각하고 있다.

물론 세키구치도 좋지 못한 상상을 하고 있다.

세키구치의 상상은 이렇다.

진짜 범인은 —— 역시 아케미다.

아케미는 헌병과 모종의 거래를 해서 알리바이를 만든 것이다. 무죄방면이 되면 물론 어떤 대가를 지불하는 것이 조건이다. 그러나 어떤 이유로 그 조건을 채우지 못하게 되어, 아케미는 헌병으로부터 도망쳐서 도피행 끝에 자살미수, 결국 기억을 잃는다 ——.

아니, 그건 왠지 이상하다.

그럼, 이렇다.

헌병과 아케미는 어디선가 만나기로 되어 있었던 게 틀림없다. 그러나 아케미는 불의의 사고를 당해 기억을 잃고 행방을 알 수 없게 되고 만 것이 아닐까. 약속을 지키게 하려고 헌병은 아케미가 있는 곳을 집요하게 찾아다녔고, 지금까지도 따라다니고 있다 ——.

잠깐. 그렇게까지 헌병이 원하는 대가란 무엇일까?

예를 들어 거액의 부, 재산. 그런 것이 도네가와 강에 가라앉아 있고, 아케미는 그것을 끌어올리다가 굴러떨어지고 말았다 ——.

거기까지 생각하고, 세키구치는 사고를 정지했다.

그런 이야기는 삼류소설의 소재도 되지 못한다.

만일 그런 소설을 썼다면, 설령 아무도 불평을 하지 않는다 해도 하느님이 용서하지 않을 것이다.

"아무래도 헌병의 움직임은 신경이 쓰이지만, 아케미는 무죄일세.

무엇보다 경찰은 진범을 다른 사람으로 단정하고 있고, 지명수배까지 내려져 있어. 가모타 주조에서 고용살이를 하던 무나카타 다미에라는 여자일세. 다미에는 살해된 사타가 병역을 피해 달아난 시기와 거의 동시에 모습을 감췄지. 게다가 사타와 함께 다니는 모습을 많은 사람들이 본 모양이야. 확실한 증언이 많이 나왔다고 하네. 뭐, 체포되었다는 이야기는 듣지 못했네만."

아츠코가 발언했다.

"그, 왜 목이 베어져 있었는지는 알고 계시나요?"

우다가와는 고개를 가로저었다. 아츠코는 재차 물었다.

"그리고——그 머리는 나왔나요?"

"머리는 나오지 않았네. 벤 이유도 알 수 없어. 다미에가 가져갔다는 소문일세. 머리를 안고 걸어가는 다미에를 목격한 사람까지 있다더군."

"어째서 목을 벤 걸까요. 아무래도 석연치 않은 이야기로군요."

아츠코는 고개를 갸웃거리고 있다.

세키구치는 거기에 대해서는 처음부터 반쯤 추리를 포기한 상태다. 사람이 사람을 죽이고 그 시체를 훼손하는 행위는 도저히 상식으로는 이해할 수 없었고, 이런저런 논리를 갖다 붙여 이해했다고 생각하게 되어도 그것은 무의미한 일이다. 지난번, 지지난번 사건을 통해 세키구치가 배운 몇 안 되는 교훈이다.

아무리 목을 베어야 할 강한 필요가 있었다 해도 벨 수 없는 사람은 벨 수 없고, 목을 벨 필요가 전혀 없어도 베는 놈은 베는 것이다.

트릭이나 동기라는 표면적인 이유는 본질과는 아무런 관계가 없다. 그리고 본질을 알려고 해도 헛수고로 끝나고, 알아 버리면 허무가

기다리고 있을 뿐이다. 그러니 ──그런 것은 깊이 생각해 봐야 소용 없다.

세키구치는 말할 수 없는 숨 막힘을 느꼈다.

우다가와는 지금까지 중에서 가장 곤란한 표정을 지었다. 괴기소설의 대가는 일본인 같지 않은 표현력을 가진 얼굴을 소유하고 있는 모양이다.

"뭐, 내가 아케미의 결백을 믿는 가장 큰 이유는 그 후 아케미의 체험에 의한 부분이 크네만. 그게 또, 아주 이해하기 어렵단 말이야."

"무슨 뜻인가요?"

아츠코가 묻는다. 평소에는 소년 같은 차림새지만, 오늘은 상복을 입고 있어서 조금 어른스럽게 보인다.

우다가와는 오른쪽 귀 위를 검지로 긁적이며,

"아아."

하고 맥 빠진 대답을 했다. 굳어진 얼굴 표정도 갑자기 한심해진다.

"그 부분이 바로 자네들에게 상담하고 싶은 부분일세. 서론이 너무 길어져 버렸네만, 그걸 미리 알아두지 않으면 이야기가 이해 안 될 거라고 생각했거든. 실은 얼마 전에 집에 돌아가 보니, 집안이 엉망진창이 되어 있었네. 강도가 든 줄로만 알았는데 ──아내는 자신이 죽인 그 전남편이 복수하러 찾아왔다고 주장하더군."

"유령 ── 인가요?"

"유령은 유령인데 그, 안개 같은, 환등기로 비추어낸 듯한 흐릿한 게 아니라네. 죽은 사람이 육체를 얻어 부활해서 찾아왔다는 거야."

"네? 8년 전에 머리 없는 시체로 발견된 그 사타 씨가, 머리가 붙어 있는 살아 있는 몸으로 찾아왔다고요?"

"그래, 그래. 그건 아무리 뭐라 해도 환각이겠지?"

작가의 눈썹은 팔자로 축 처졌다.

아츠코는 과연 당황하지 않는다.

"그——사타 씨가 사실은 살아 있었던 게 아닌 한, 환각이겠지요."

"아츠코 군. 나도 그렇게 생각했네. 그, 8년 전에 죽은 것은 누군가 다른 남자고, 사타는 살아 있었던 게 아닐까 하고 말이야. 나는 또 집 주위를 어슬렁거리던 전직 헌병이 바로 사타가 아닐까 하는 생각도 했네. 하지만 아케미는 그 전직 헌병과는 한 번 만났어. 그러니 그건 아닐세. 그렇다면 사타는 8년 동안이나 어딘가에 숨어 있다가, 이제야 갑자기 나타난 걸까? 아니, 역시 그것도 아닐 걸세. 죽은 것은 사타가 틀림없어. 거기에 대해서는 가모타 씨에게 물어봤네. 나는."

"무엇을——말인가요?"

증거가 있었다고 우다가와는 말했다.

"사타는 장행회 때 무운과 장수를 빌며 손바닥 도장을 봉납했거든. 아니, 억지로 봉납을 강요당했다고 하는 게 옳으려나. 이웃 사람들이 모여서, 그땐 설마 도망칠 거라고는 생각도 하지 않았을 테니 말일세. 조촐한 장행회를 열었다고 하네. 거기에서 은거하던 장로 같은 사람들이 고향의 명예를 드높여라, 한 명이라도 많은 적을 무찌르고 오라며 기운을 북돋우고, 그 결과 손도장을 찍는 거지. 그게 시모노고의 이쿠시마타루시마 신사라는 유서 깊은 신사에 모셔져 있었네. 그건 말하자면 지문 조회는 되어 있다는 뜻이지. 의심할 여지는 없는 걸세."

"그렇다면 죽은 사람은 사타가 틀림없는 거군요."

"틀림없어. 하지만 아내는 그 죽은 사람이 찾아왔다고 하는 걸세. 게다가 한 번이 아니야. 더군다나 아케미는 그 죽은 사람에게 능욕을 당했다고 —— 아아, 실례했네."

우다가와는 아츠코의 얼굴을 보고 이야기를 망설였다.

아츠코는 아무래도 그런 이야기를 하기 어려운 분위기를 가진 아가씨다. 맑은 눈빛이 이쪽을 향하면 거리끼는 데가 없어도 자신이 비천한 인간으로 여겨지고 만다. 남자라면 모두 그렇게 느낄 거라고 세키구치는 생각한다.

"그건 —— 누군가의 심술이라고 생각할 수는 없을까요? 예를 들면 그 전직 헌병이라는 남자가 사타와 닮은 남자를 찾아내서 보냈다거나."

아츠코는 그렇게 말했지만, 만일 그렇다면 그 헌병은 이 세상 사람이라고는 생각할 수 없을 정도로 음습한 남자다. 그러나 세키구치는 그런 음습한 남자에게서 약간 자신과 비슷한 점을 느끼기 때문에 처치하기가 곤란하다.

그러나 아츠코의 음습한 남자설도 일축되었다.

"그건 있을 수 없는 일일세. 왜냐하면 아내는 그 찾아온 남자를 다시 죽이고 말았거든."

우다가와는 그렇게 말했다.

"죽였다고요!"

세키구치의 목소리가 아츠코의 목소리보다 아주 약간 더 빨랐다.

"죽이고, 말았다고요 ——?"

"응. 그렇게 말했네. 게다가 머리까지 베어냈다더군."

이때는 할 말을 찾을 수가 없었다.

"하지만 그놈은, 그래도 또 왔다고 하네."

"또, 왔다고요?"

우다가와는 고개를 끄덕였다.

그쯤 되니 세키구치는 할 말이라고는 영원히 찾을 수 없다. 세키구치는 잠시 머릿속을 비우고, 아츠코를 보았다. 아츠코는 생각하고 있다.

"선생님, 확인 좀 하겠습니다. 사모님은 머리가 잘린 채 발견된 사자(死者)의 방문을 받고, 그 사자를 죽여 목을 베었다. 그러나 그 사자는 다시 나타났다."

"그래. 그리고 아내는 그걸 또 죽이고 또 목을 베었네. 그런 일은 세 번 계속되었지."

"그럼 사모님은 동일 인물을 세 번──아니, 8년 전을 계산에 넣으면 네 번 죽였다는 건가요? 사타라는 사모님의 전남편은 도합 네 번 머리가 잘렸다는 건가요?"

"바로 그 말대로일세. 어떤가? 이래도 아내의 체험은 망상이 아니라고 할 수 있을까? 나는 아내가 8년 전 사건의 범인도 자신이라고 주장하는 것도, 그 망상 환각의 연장──아니, 발단일까──뭐, 동질의 것이라고 생각하네. 그렇기 때문에 결백하다고, 그렇게──."

확실히 망상이다. 동서고금을 통틀어, 적어도 세키구치의 기억이 확실하다면 그렇게 집요하게 되살아나고, 그때마다 완벽할 정도로 살해당한 괴인은 없다. 고하다 고헤이지[80]도 머리까지 잘리지는 않았

---

80) 괴담 이야기의 주인공. 유령밖에 연기하지 못하던 배우 고하다 고헤이지가 아내의 정부에게 살해당해 늪에 던져졌다가, 자신을 죽인 남자와 배신한 아내를 저주해 죽인다.

을 것이다. 촉의 관우 고사를 인용할 것까지도 없이, 일본에도 다이라노 마사카도를 비롯해 목이 잘려도 생기를 잃지 않고 저주의 말을 내뱉은 마인이나 호걸은 많이 있지만, 그렇다 해도 목이 돋아나 되살아나지는 않은 것이다. 게다가 그 사타라는 남자는 마사카도처럼 엄청난 원념을 품고 죽었다고는 도저히 생각할 수 없다. 그런데 아주 간단히, 목욕이라도 가는 것처럼 되살아났다. 세키구치는 그 점이 무서웠다.

이것을 환각이라고 하지 않는다면 무엇을 환각이라고 할까.

"사모님을 —— 전문의에게 데려가시는 편이 좋겠어요."

간단한 일 —— 일 것이다. 그것은 정신분열증이다.

뭔가 약물을 상시 복용하고 있을 가능성도 있다.

정상이라고는 생각하기 어렵다.

"나도 그렇게 생각했네. 몹시 야위었더군. 그것만이 아닐세. 이제 하는 말이 헛소리 같단 말이야. 처음에 집이 어지럽혀져 있었을 때, 나는 곧 의사에게 데려가려고 했네. 하지만 왠지 불쌍해서 말이야. 1주일 동안 옆에 꼭 붙어서 간병을 했더니 조금 나아져서, 그만 외출을 하고 말았네. 젊은 시절부터의 방랑벽이 아직 남아 있거든. 외박은 하지 않으려고 했네만 —— 그날 〈죽여〉 버린 거지. 돌아왔을 때는 정말 엄청났네. 머리를 감은 채 말리지도 않고 그대로 잠들었는지 몸은 완전히 식어 있고 —— 마치 8년 전에 강에서 끌어올렸을 때 같았네. 얼굴은 새파랗고, 뭘 했는지 여기저기 상처를 입고 있고 —— 죽였다, 죽여서 목을 베었다고 하는 걸세. 그리고 영문을 알 수 없는 소리를 —— 머리라느니 —— 신주라느니, 해골이라느니, 스님이라느니 하는 말을 하고 ——."

"착란상태인가요?"

"그렇겠지. 집 안도 어질러져 있었네. 아마 그건 혼자서 날뛴 거겠지만——하지만 내가 붙어 있으면 진정이 된단 말이야. 게다가 이미 〈죽여〉버렸으니 그것은 오지 않을 거라고 생각했어. 일도 해야 하고, 또 나갔네. 그랬더니."

"또——?"

우다가와는 잠자코 고개를 끄덕였다.

"그런 일이 두 번 있고, 그리고 세 번째는 엄청났네. 이번에는 약속을 깼다, 목은 베지 않겠다고 했는데 또 베었다며 크게 소동을 피우더군. 그리고 교회에 데려가 달라고 애원하는 거야. 신주였다가 스님이었다가 교회였다가 정신이 없었지만——이 경우 그런 사람들이 아니라 의사에게 가야 한다고 생각했네. 그래서 의사에게 데려가려고 했을 때였지."

아직도 뭔가 있는 걸까. 우다가와는 다시 심각한 표정이 되었다. 세키구치의 불안은 더해갔다.

"정원을 봤네."

"정원이라고요?"

"내 서재에서는 정원이 보이지 않아. 응접실도 여름철에는 장지문을 활짝 열어두지만, 겨울에는 닫혀 있거든. 정원은 보이지 않지. 그때는 응접실 덧문이 반쯤 열려 있어서, 아무 생각 없이 그냥 힐끗 봤네."

정원은——.

"정원은 온통 피바다였네."

"그건."

"그건 실제로 살인이 일어났다는 건가요?"

"모르겠네. 무엇보다 시체가 없었거든. 망상이 피를 뿜었다고밖에 생각할 수 없어. 이건 진짜 심령현상일까? 그런 일이 있을 수 있을까?"

아츠코는 침통한 얼굴로 신중하게 발언했다.

"외상이 전혀 없는데 피를 흘린다——그런 소위 말하는 심령현상은 있어요. 보고된 예의 대부분은 열렬한 기독교 신자에게 나타나는 경우로, 이 경우에는 그리스도가 수난을 당할 때 다친 곳과 같은 곳에서 피가 흐른다는 거지요. 이것은 출혈을 할 뿐만 아니라 흉터도 남기기 때문에 성흔이라고 불립니다. 성흔에 관해서는 종교적인 논의도 포함해서 과거에 아주 많은 논의가 이루어졌지만, 이것을 신비주의의 형이하학적 현상이라고 파악하든, 미지의 생리적 현상이라고 파악하든, 그런 현상이 있다는 사실 자체는 의심할 여지가 없어요. 그렇다면 후자라고 생각했을 경우, 거기에서 종교색을 불식할 수도 있고, 그 경우 물리적인 작용 없이 출혈 등의 생리적 현상이 일어날 수 있다는 뜻이 되지요. 그리고 그렇게 따져 보면 분명히 그런 예도 있긴 있습니다. 맞지도 않았는데 눈앞에서 피부가 패이고 순식간에 내출혈이 일어난다. 즉 눈에 보이지 않는 자에게 맞은 것처럼 보이는 것이지요. 이런 일은 실제로 있어요. 그러니까, 가령 아무 데도 상처가 없는데 대량으로 피가 흐른다——는 예도 문헌 자료를 찾아보면 있을지도 모릅니다. 하지만 비단 이야기를 초현상까지 끌고 가지 않더라도 동물의 피라거나, 그 이전에 혈액도 아닌 시판되는 연극용 피물감이라든가, 그런 상식적인 범위에서 해결될 수도 있을 거예요."

"피물감은 아니었네. 피비린내가 났거든. 그건 피일세. 그것도 엄청난 양이었지. 그렇게 많이 흘렸다면 상처가 있든 없든 틀림없이 출혈 과다로 죽었을 걸세."

"그럼—— 적어도 사모님의 피는 아닌 셈이로군요? 그렇다면 어포트(apport) 현상이라든가—— 이건 아니겠군요. 오빠가 들으면 화를 내겠어요."

교고쿠도라면 뭐라고 말할까.

또 이 세상에 이상한 일은 없다고 지껄일까——.

세키구치는 자신의 의견을 갖는 것을 완전히 포기하고, 그런 생각을 하고 있다.

그렇다 해도 이것은 아무리 교고쿠도라도 어쩔 도리가 없을 것이다. 세키구치에게 생각나는 해결책은 단 하나다. 우다가와의 아내는 정신에 질환이 있을 것이다. 병적 착란으로 있을 수 없는 환각을 보고 있는 것이다. 아니, 본인의 처지에서 보자면 현실과 환각의 경계는 없다. 그 가상현실이라는 놈이다. 그리고 그것을 안 누군가—— 전직 헌병일까——가 음습한 장난을 쳤다. 동물의 피라도 뿌렸을 것이다. 그렇지 않다면 그것은 이 세상의 사건이 아니다. 아니, 저세상의 사건도 아니다. 그런 일은 과거, 현재, 미래를 통틀어 영원히, 절대로 일어날 수 없는 일이다.

그렇다면 역시 범인은 헌병이고, 그렇다면 역시 헌병은 음습한 남자다.

세키구치는 권력을 행사하는 사람—— 아니면 행사했던 사람 ——에 대해 압도적인 편견을 품고 있다.

아츠코가 말했다.

"그 정원의 피를 보신 것은 언제인가요?"

"음. 사흘쯤 전일세. 나는 힘들게 청소를 했지만 소용이 없었어. 아직도 냄새가 나네. 정원석에 달라붙은 건 닦아도 전혀 지질 않아."

"그럼 선생님 ── 오늘 ── 사모님은요?"

"아아. 아내는 어제부터 진정이 되었네. 사실은 오늘 장례식도 참가하지 않을 생각이었네만, 누군가에게 상담만이라도 하고 싶어서 말이야. 역에서 고이즈미 군에게 전화했더니 세키구치 군도 온다고 하지 뭔가."

"하지만 ──."

"음. 만약을 위해 이웃집 부인께 부탁해 두었네. 이웃이라고 해도 지형이 이상하게 되어 있어서 바로 올 수는 없지만, 집 자체는 거의 인접해 있지. 주의만 기울이고 있으면 상태가 이상하다는 건 알 수 있을 걸세. 그래서 종종 부탁하곤 하지."

"이웃과는 교류가 있으신가요?"

"아니. 없네. 이웃은 계속 빈집이었어. 입주한 게 언제였더라. 반년도 안 지났을 것 같네만. 이사를 왔을 때 부인이 인사를 하러 왔지만, 그 후로 왕래는 없었지. 하지만 우리 집 분위기가 이상하다는 걸 알았는지, 1주일쯤 전부터 그 부인이 걱정스러워하며 상태를 보러 와 주곤 한다네. 그래서 죽은 사람이 되살아났다거나 마당에 피 웅덩이가 있었다는 말은 하지 않았지만, 대략적인 사정은 이야기해 두었다네."

"이웃 ── 이라고요."

아츠코는 생각에 잠겨 있다.

뭔가 마음에 걸리기라도 하는 걸까.

이윽고 아츠코는 우다가와에게 시선을 향하며 이렇게 말했다.

"우다가와 선생님, 이야기는 대충 알았고 선생님의 심정도 이해가 갑니다만——아무래도 뭔가가 빠진 듯한 기분이 듭니다."

"빠졌다고?"

"뒤죽박죽이에요. 객관인지 주관인지, 사실인지 환각인지 경계가 명료하지 않습니다. 사모님께서 하신 말씀을 전부 망상 환각으로 치부하는 것은 성급한 일이겠지요. 하지만 전부 사실이라고는, 천지가 뒤바뀌어도 생각할 수 없어요. 어디에서 선을 긋느냐가 문제겠지요. 그리고 그 선을 긋기 위해서는 뭔가——사람인지 사물인지 모르겠지만, 뭔가 중요한 인자(因子)가 빠져 있는 것 같습니다."

"그렇군——아내의 개인적인 망상의 영역을 벗어난 뭔가가 있다는 거로군."

"그건 틀림없이 있을 겁니다. 적어도 8년 전에는 엽기살인이 일어났어요. 사모님이 범인인지 아닌지는 젖혀두더라도, 누군가가 사타라는 사람을 살해한 것은 틀림없는 사실이에요. 게다가 그 사건은 아직 해결되지 않았어요."

"아츠코, 너는 설마 그 8년 전의 사건을 해결하려는 생각은 아니겠지."

세키구치는 왠지 당황하고 있다. 구보 사건이 끝난 지 두 달밖에 지나지 않았다. 그래서 어떻다는 것은 아니지만——관여하고 싶지 않았다.

"분명히 네가 말한 것처럼 뭔가 파탄된 듯한 불안정한 느낌은 씻을 수 없지만, 적어도 선생님의 사모님이 본 것에 대해서는 어떤 병리학적인 설명은 할 수 있어. 사모님은 신경증이나, 아니면 그런 종류의 병증이나 기능장애를 갖고 계신 거겠지. 직접 이야기를 들어보지 않고 판단할 수는 없지만, 그 체험도 사실이라고 생각하니까 비상식이지, 환각이라고 하면 그렇게 이상야릇하진 않아. 하늘이 무너지거나 요괴가 횡행하거나, 피부밑으로 수만 마리의 벌레가 기어 다니거나, 얼굴이 녹아내리거나, 망상 환각에는 일반인의 상상력의 한계를 넘는 엄청난 것들이 얼마든지 있어. 있어야 할 것이 반드시 있어야 할 형태로 보이는 것도 아니고, 있을 수 없는 것이 실제로 있는 것처럼 보이는 일은 일상다반사잖아. 실제로 나도——."

아츠코는 세키구치의 최초의 달변을 가로막았다.

"알고 있어요. 세키구치 선생님의 기분은 충분히——."

그렇다. 아츠코는 세키구치가 어떤 인간인지 잘 알고 있을 것이다. 그러나 아츠코는 이렇게 말을 이었다.

"세키구치 선생님 말씀대로, 우다가와 선생님의 사모님께서 일종의 신경장애를 앓고 있다는 것도 틀림없는 사실이겠지요. 거기에 대해서는 서둘러 치료가 필요할 거라고 생각해요. 다만 제가 신경 쓰는 것은 그 외의 부분에서 일어나고 있는 일을 무시해도 되는가 하는 거예요. 예를 들어 전직 헌병의 행동이나, 진범으로 추정되는 여자의 행방. 왜 사타 씨는 머리가 잘렸고, 그 머리는 어디로 갔는가. 그리고 왜 이제 와서 그런 이야기들이 다시 문제가 되었는가."

"잠깐, 아츠코. 왜 이제 와서 그러냐는 부분만은 알고 있는 사실이야. 사모님은 바닷소리에 잠재적으로 혐오감이나 공포감을 갖고 있고, 그것이 조금씩 신경을 위협해서 그 스트레스가 축적되어——."

"폭발했다는 말씀이시죠? 하지만 그것은 이사를 온 후 몇 년이나 지난 후에 갑작스럽게 나타나는 성질의 것일까요? 일어나려면 더 일찍 일어났거나, 아니면 서서히 이변이 일어난 거라면 이해가 가지만요."

"그건 경우에 따라 다르지. 게다가 사모님의 경우는 그 신문 스크랩을 보았다는 것이 오히려 큰 계기로 작용한 게 아닐까?"

우다가와는 잠자코 세키구치와 아츠코의 문답을 듣고 있다. 세키구치는 이야기의 내용보다 우다가와의 심중이 마음에 걸렸다. 그때 아츠코가 되받아쳤다.

"거기에 대해서는 세키구치 선생님의 말씀이 맞겠지만, 그 사모님께 충격을 준 것도 8년 전의 사건 기사잖아요. 어쨌든 근본적인 질서의 회복——이라고 할까, 사모님의 병의 원인을 근절하기 위해서는 그 사건을 해결하지 않고서는 불가능할 것 같은데요."

"사건의 해결이라."

세키구치는 사건이라는 말도, 해결이라는 말도 다 싫어했다.

그러나 아무래도 아츠코의 호기심에는 불이 붙어 버린 것 같다. 아츠코는 그 외모에 어울리지 않게 지적 탐구심이 이상할 정도로 강한 것이다.

"전생의 기억이나, 몇 번이나 되살아나는 시체나, 정원의 피 웅덩이, 그런 것들에만 정신이 팔려서 그림자가 옅어졌지만, 8년 전에 일어난 사건도 충분히 수수께끼예요. 아마 보도규제에 걸려서 전국지에는 게재되지 않았겠지만, 이 사건이 전쟁 중의 일이 아니었다면 큰 소란이 일어났겠지요. 머리가 없는 병역기피자——그 머리를 들고 다니는 살로메(Salome)[81] 같은 범인 여성——기억을 잃은 피해자의 아내를 쫓아다니는 전직 헌병——."

---

81) 유대 왕비 헤로디아의 딸. 신약성서에 나오는 인물로 의붓아버지 헤롯의 생일축하연에서 춤을 추어 그 상으로 세례 요한의 목을 달라고 해서 얻어내었다고 한다.

"확실히 —— 그렇게 따져 보니 요코미조[82] 군이나 에도가와 씨가 들으면 기뻐할 만한 상차림이로군."

우다가와는 약간 익살스러운 말투로 그렇게 말했지만, 그 표정은 여전히 딱딱했다.

정신을 차려 보니 날짜가 바뀔 정도로 시간이 지나 있었다.

닭고기전골은 완전히 식어서, 표면에 뜬 기름이 하얗게 응고되어 있었다. 술도 떨어졌다. 가게의 포렴도 안에 들여놓은 상태고, 참을성 많은 주인이 주방에 오도카니 앉아 담배를 피우고 있었다.

"우다가와 선생님, 그 —— 사모님 말인데요, 우선 적당한 병원에 입원시키는 게 좋을 것 같습니다. 초보자가 처방할 수 있는 종류의 병이 아니고, 무엇보다 안전을 제일로 생각해야지요. 제가 그, 믿을 만한 의사를 소개해 드리지요."

세키구치는 어떻게든 평안을 얻으려고 하고 있다. 우다가와의 아내는 어떤 치료가 필요하다는 것은 틀림없고, 이제 사건이라는 이름이 붙는 것에 관여하기는 싫었던 것이다.

"고맙네, 세키구치 군. 신세 좀 지겠네. 다만 ——."

우다가와는 뺨을 몇 번 문질렀다.

"——8년 전에 무슨 일이 있었는지, 아무래도 그것만은 알아두지 않으면 문제가 될 것 같군. 물론 세키구치 군의 말처럼 아내를 한시라도 빨리 병원에 데려가는 게 좋을 거라고 생각은 하네만, 그것과는 별도로 그 사건을 무시해서는 —— 역시 안 되겠지. 아츠코 군의 말대

---

82) 요코미조 세이시(1902-1981) : 효고 현에서 태어난 소설가. 일본의 풍토나 토착성에 근거한 추리소설로 인기를 끌었다.

로 8년 전의 사건이 직접적이든 간접적이든 모든 일의 원인이 된 것이 틀림없는 것 같네. 그리고 그 사건은 아츠코 군 말대로 —— 아직 해결되지 않았어."

그리고 우다가와는 세키구치 쪽을 보았다.

"세키구치 군."

"왜 그러십니까?"

정색을 한 분위기다. 세키구치는 긴장했다.

"자네에게는 아마 탐정 친구가 있다지."

"예?"

세키구치는 그 말을 듣고도 순간적으로 누구를 말하는 건지 생각나지 않았다.

그리고 잠시 사이를 두고, 세키구치는 최악의 인물에 생각이 미쳤다.

최악의 남자.

"아, 안 됩니다. 선생님, 그것만은 안 됩니다."

"왜지? 아주 대단한 명탐정이라고, 고이즈미 군에게 들었네만."

"아니. 고이즈미 씨는 완전히 착각하고 있습니다. 그는 명탐정 같은 게 아닙니다."

"명 자를 다르게 쓰기라도 한다는 건가?"

우다가와는 수수께끼의 글씨를 상정하고 있는 것 같다.

"그런 평범한 비유로는 그 사람을 말할 수 없습니다."

"굉장히 흥분하는군. 무슨 일이라도 있나?"

우다가와는 의아한 얼굴을 했다.

무슨 일이 있는 정도가 아니다.

세키구치의 친구인 탐정이라면 —— 그것은 세상에서 단 한 사람, 그 남자 —— 에노키즈밖에 생각할 수 없다.

에노키즈 레이지로 ——.

최악의 탐정이다.

적어도 세키구치에게는 최악의 탐정에 불과하다.

어쨌거나 정체를 알 수가 없다. 에노키즈와는 학생 시절부터 오랫동안 알고 지낸 사이지만, 세키구치는 아직도 그 인간의 전모를 파악하지 못하고 있는 것이다. 그에 관해서는 아무리 좋은 비유를 생각하더라도 고작해야 기인(奇人)이라는 말 외에는 뭐라고도 설명할 수가 없다.

이게 바로 악연이라는 것이다.

무엇보다 에노키즈는 탐정을 자칭하고는 있지만, 탐정다운 일은 무엇 하나 하지 않는다. 귀찮은 조사는 남에게만 떠넘기는 것이다. 그리고 에노키즈의 교우 관계 속에서 그 잡일을 떠맡을 확률이 가장 높은 하인이 바로 세키구치다. 어려운 사건이면 사건일수록 그 확률은 높다.

다시 말해 우다가와가 이 기괴한 사건의 해결을 에노키즈에게 의뢰하기라도 하면, 곧장 세키구치에게 온갖 어려운 일들이 노도처럼 밀려올 것은 거의 확실하다.

우다가와가 말하는 명탐정이라는 자가 뛰어난 조사 능력을 갖춘 실재하는 우수한 탐정을 가리키는 것이라면 에노키즈는 거기에 아무 해당 사항이 없고, 하물며 소위 말하는 가공의 명탐정 —— 아케치 고고로[83]라든가 긴다이치 고스케[84]라든가 노리미즈 린타로[85]라든가

---

[83] 에도가와 란포의 소설에 등장하는 가공의 탐정. 초기의 본격파 단편에서는 기발하면서

고세 박사[86]라든가——를 상상하고 있었다면, 엄청난 착각이다. 실제로 탐정 일을 하는 사람은 세키구치 자신인 셈이니, 그때는 일반인보다 조사 능력이 낮은 저능력 탐정일 뿐이다.

그러나 세키구치가 늘 그렇듯이 우물거리고 있는 사이에 아츠코가 그 불길한 이름을 입에 올리고 말았다.

"에노키즈 씨라면 저도 아는데요, 글쎄요, 명탐정이 아니라 초(超)탐정이라고 할까, 탈(脫)탐정이라고 할까."

"쓰레기 탐정이야!"

세키구치는 간신히 그렇게만 말했다.

우다가와는 묘한 얼굴을 했다.

"뭔가 사정이 있는 모양인데, 나는 이번에 아내를 위해서도, 어떻게 해서라도 진상이 알고 싶네. 설령 아내가 신경에 병을 앓고 있다 해도 그 뿌리는 8년 전의 사건에 있는 거겠지. 어떤가, 세키구치 군. 힘을 좀 빌려주지 않겠나? 아니, 자네를 계속 귀찮게 하지는 않겠네. 소개만 해 줘도 돼."

그 소개하는 데에 문제가 있는 것이다.

우다가와는 아츠코를 보았다.

"선생님, 제가 뭘 할 수 있을지는 모르겠지만 도와드릴게요. 세키구치 선생님은 뭔가 저항이 느껴지는 모양이니까 에노키즈 씨에게

도 논리성이 풍부한 인물로 그려졌으나, 란포가 통속작품을 쓰기 시작하면서 현실감이 희박한 천재, 영웅형 탐정으로 변모해 간다.

84) 요코미조 세이시의 추리소설에 등장하는 가공의 탐정. 부석부석한 머리에 모자를 쓰고 세루(얇은 모직물) 바지를 입은 차림새가 인상적이다.

85) 오구리 무시타로의 추리소설에 등장하는 가공의 탐정.

86) 사카구치 안고의 추리소설에 등장하는 가공의 탐정.

는."

"그건——."

설령 아츠코가 중개를 한다 해도 마찬가지다——세키구치는 그렇게 말하고 싶었다.

"——그건, 이 경우 오히려 나리가 더 도움이 되지 않을까? 응, 아츠코?"

나리란 기바 슈타로라는 도쿄 경시청의 괴력 형사를 말한다.

기바는 세키구치의 전우(戰友)이고, 에노키즈의 죽마고우이기도 하다.

글쎄요, 하고 아츠코는 난색을 표했다.

"하지만 경찰은 민간인에게 정보를 제공해 주지 않아요. 게다가 기바 씨는 관할이 다르잖아요. 얼마 전에 크게 탈선하는 바람에 상부에서도, 가나가와 경찰에서도 곱지 못한 시선을 받고 있다고 들었는데요."

그것은 사실이다. 기바는 명령을 무시하고 폭주한 끝에 근신처분까지 받았던 것이다.

왠지 상황은 점점 세키구치에게 불리한 방향으로 수렴되어 가는 것 같다. 어떻게든 막을 수단은 없는 걸까——.

아마 없을 것이다. 이제는 세키구치에게 누가 미치는 일이 없기를 그저 기도할 뿐이다.

아츠코가 우다가와를 대신해서 조만간 에노키즈에게 의뢰를 한다 —— 이야기는 그렇게 정리가 된 모양이다. 우다가와는 될 수 있는 한 아내 옆에 붙어 있고 싶으니, 입원을 시키고 난 후에 탐정을 찾아가 겠다고 말했다. 평범한 탐정이라면 의뢰를 받은 단계에서 자기가 직접 의뢰인의 집으로 찾아가는 정도는 하겠지만, 에노키즈는 아마 가지 않을 것이다. 이제 어떻게 돼도 모른다.

마음이 무거웠다. 이번에야말로 에노키즈에게 무슨 말을 들어도 거절하자. 세키구치는 그렇게 결심했다.

하지만 그 생각은 늘 했던 것이고, 항상 효력을 발휘하지 못하는 결심이라는 것은 이미 실제로 증명되었다.

그래도 우다가와는 안심한 것 같았다.

아직 아무것도 해결되지 않았는데.

세키구치는 자신도 얼른 신경정신과 의사——세키구치의 주치의에게 타진해 보겠다고 말했다. 우다가와의 집에는 전화가 없으니 나중에 우다가와 쪽에서 연락을 하겠다고 해서, 세키구치는 주소와 전화번호를 종이에 적어 우다가와에게 건넸다. 세키구치는 명함을 갖고 있지 않았다.

우다가와는 두 사람에게 몇 번이나 감사 인사를 했다.

아마 우다가와는 지금까지 계속 불안했을 것이다. 신경에 병을 앓는 가족이 있는 경우에는 물론 환자 본인도 괴롭지만, 특히 주위 사람들도 괴로운 법이다. 우다가와는 이제 젊지 않다. 게다가 진심으로 아내를 사랑하는 것 같다. 그렇다면 논리가 통하지 않는 병을 간병하는 것은 심신 모두 힘들었을 것이다.

우다가와는 숙소를 잡지 않고 차로 귀가하겠다고 했다.

어지간히 아내가 걱정되나 보다.

즈시까지 자동차로 대체 얼마나 시간이 걸리는지 세키구치는 모르지만, 어쨌거나 싼 금액은 아닐 것이다. 그러나 그런 것은 세키구치가 걱정할 일이 아니다. 당연한 것처럼 출판사에서 내 주기 때문이다. 차가 도착하기를 기다리는 동안, 세키구치의 가슴 속에는 우다가와의 이야기가 환기시킨 갖가지 기괴한 정경들이 오갔다.

9년째에 부활하는 사자(死者) ── 8년이나 되는 세월이 지났다면 그것은 뼈가 되었을 게 틀림없다. 뼛조각이 육체를 얻는 과정이란 어떤 것일까. 아무래도 상상이 가지 않는다.

참수되어도 부활하는 사자 ── 잘린 머리는 다시 붙는 걸까, 혹은 ── 이것은 시각화하면 상당히 우스꽝스러운 모습이지만 ── 돋아나기라도 하는 걸까. 아니면 흐릿하게 떠오르듯이 재생되는 걸까.

물론 그런 일은 일어나지 않고, 그런 존재도 없다.

믿고 있는 것은 아니다.

비현실적인 정경을 망상하며 불안한 현실에서 도피하고 있는 것이다.

세키구치의 경우, 불길한 예감은 대개 들어맞는다.

그러나 그것은 세키구치에게는 단순히 비현실의 망상이지만, 우다가와의 아내에게는 바로 현실인 것이다. 그것을 현실로서 그대로 받아들여야 한다면, 도저히 신경이 정상일 수는 없다. 아니, 정상적인 신경이 아니어서 그런 게 보이는 걸까. 볼 뿐만 아니라, 그녀는 체험까지 하고 있다.

세키구치는 잘 안다.

── 빨리, 빨리 구해줘야겠지.

세키구치는 그렇게 생각했다.

이윽고 차가 도착하고, 우다가와는 세키구치에게 다시 한 번 악수를 청했다. 처음 보았을 때와 달리, 세키구치는 이 초로의 작가에게 상당히 친근감과 호의를 갖게 되었다.

두 번째 악수는 자연스럽게 나눌 수 있었다.

"세키구치 군. 오늘은 시간을 빼앗아서 정말 미안했네. 이런 밑도 끝도 없는 이야기를 들어주고 게다가 여러 가지로 내 무리한 부탁을 들어주다니, 정말 이 은혜는 잊지 않겠네. 다음에 만날 때는 이런 이야기가 아니라 느긋하게 문학 이야기라도 하지. 아내의 상태가 좋아지면 꼭 한 번 우리 집에도 들러 주게."

어두운 곳에서 보는 우다가와는 의외로 젊어 보였다. 나이에 비해 정신이 젊은 건지도 모른다. 말투나 목소리에도 탄력이 있다. 처음에 느낀 불균형한 인상은 어느새 호감으로 바뀌어 있었다.

작가는 아츠코와도 악수를 나눈 후, 세키구치에게 등을 돌리고 차에 올라탔다.

세키구치는 떠나가는 우다가와가 왠지 몹시 외롭게 여겨져서, 아무래도 똑바로 바라볼 수가 없었다. 소리만이 점점 멀어져 간다.

저 사람은, 사실은 몹시 외로운 사람이다.

좀 더 일찍 만났다면 좋았을 텐데.

안 만나겠다고 떼를 쓴 것이 후회되었다.

"사모님은 괜찮으실까요?"

아츠코가 걱정스러운 듯 말했다.

"괜찮아. 선생님께서 같이 있으니까."

—— 정말로 그럴까?

불길한 예감이 술렁거리며 세키구치를 뒤덮어 간다.

그게 왜인지, 세키구치는 알 수 없었다.

5

기바 슈타로는 의욕을 거의 잃은 상태였다.

그러나 뭔가 심각한 심경의 변화라도 있었느냐 하면, 그런 것도
없다. 재미가 없었을 뿐이다.

기바가 바라는 형사의 일이란, 누가 봐도 악당이 분명한 국제범죄
조직을 모험 활극 끝에 뿌리째 검거한다거나, 극악무도한 연속 살인
귀를 목숨을 건 사투 끝에 체포한다거나 하는 것이다. 그것을 위해서
라면 그는 없는 지혜도 쥐어짤 것이고, 다리가 뻣뻣해질 만큼 걸어
다닐 것이고, 몇 년이든 몇십 년이든 집념을 갖고 수사할 것이고,
때에 따라서는 목숨도 아깝지 않다고 반쯤 진심으로 생각한다.

그러나 그런 일은 없다.

이 대도시 도쿄의 사쿠라다몬[87], 그것도 형사부의 살인과에서 형사

---

[87] 에도 성의 내곽문 중 하나로, 성 남서쪽에 위치한다. 경시청이 사쿠라다몬 정면에 있
어서 사쿠라다몬이 경시청의 별명이 되었다.

노릇을 하고 있는데도, 아직도 없는 것이다.

권선징악이 성립하지 않는다.

생각해 보면 에도 시대도 아니고, 이유도 없이 길 가는 사람을 베는 무사나 강도 같은 단순명쾌한 사건은 자주 일어나지 않는 것이다. 일어난다 해도 그 뒤에는 복잡한 배경이라는 게 확실하게 자리 잡고 있다.

그 배경 때문에 결국 범죄자에게 동정을 기울이고 싶어지거나, 사회의 왜곡에 오히려 의분을 느끼거나, 때로는 한심한 국민성을 재확인하고 마는 것이다. 그래서야 본래의 권선징악과는 대폭으로 달라져 버리니 아무래도 기분이 상쾌하지 못하다.

전쟁 중에는 그래도 적과 아군이 확실했기 때문에, 설령 싸우지 않더라도 군의 밀명으로 적국에 침입해 첩보활동으로 활약하거나, 아니, 그저 멀리, 예를 들어 러시아나 스웨덴쯤에 밀사로 혼자서 가는 것만으로도 충분히 기바의 욕구 —— 정의감이나 사명감이나 긴장감 —— 는 채워졌으리라 생각한다. 물론 기바는 그런 군무를 맡은 적이 없으니 사실은 어땠을지 알 수 없지만, 상상만 해도 피가 끓고 심장이 뛰는 기분은 든다.

그러나 그것도 전쟁이 끝난 지금에 와서는 바랄 수 없는 일이다. 아니, 이제 와서 하라고 해도 기바는 하고 싶지 않다고 대답할 것이다. 조국은 그렇게까지 해야 할 나라는 아니었고, 적국도 반드시 나쁜 것만은 아니라는 사실을 기바는 이미 알아 버린 것이다. 적이니까 나쁜 놈이라고 단순하게 생각할 수 없게 되면, 섣불리 목숨을 걸 수는 없는 법이다.

그것이 슬프다.

게다가 지난 반년 동안 기바가 다룬 범죄는 비상식적이라고 할까, 어리석다고 할까, 그러면서도 이해하기 어렵고 서글픈—— 기바가 싫어하는 요소를 모두 갖춘 사건뿐이었던 것이다.

결국 폭주한 끝에 길을 벗어났고, 기바는 징계면직을 당하기 직전까지 갔다.

자택근신처분이었다.

그리고 일단 복귀한 지 두 달. 전에 한 조를 이루고 있던 젊은 형사는 기바의 곁을 떠나고, 대신 서내에서 가장 나이가 많은 노형사가 기바의 파트너 겸 감시역으로 정해졌다. 나가토 이소지라는 이름의 부처님 냄새가 풍기는 형사다.

이 사람이 또 기바와 맞지 않는다.

물론 기바는, 한 조가 되기 전부터 나가토에 대해서 잘 알고 있었다. 몇 번 함께 일을 했고, 현장에서도 마주치곤 했다. 그러나 설마 수사 1과에서 가장 수수한 노인네가 수사 1과에서 제일 콧김이 거친 자신의 짝이 될 거라고는 꿈에도 생각한 적이 없었다.

살인 현장에 나타나면 나가토는 반드시 유체 앞에 무릎을 꿇고 엄청나게 오랫동안—— 감식반이 도착한 후에도 꼼짝도 않고 앉아 있는 것이었다. 처음 그 모습을 보았을 때, 기바는 엄청나게 유체만 조사하는 남자라고 생각했다. 그러나 기바가 그 얼굴을 들여다보니, 놀랍게도 나가토는 눈을 감고 입속으로 뭔가 중얼중얼 경문을 외고 있었다. 수사는 내버려두고 죽은 사람의 명복을 빌고 있었던 셈이다.

나쁜 일은 아니다. 그러나 형사가 할 일은 아니라고 기바는 생각한다. 동작도 느릿느릿해서 민첩성이 부족하고, 수사회의 때 하는 발언도 신중함이 지나쳐서 해결할 생각이 없는 듯한 말밖에 하지 않는다.

근본적으로 맞지 않는 것이다.

그러나 이것도 자업자득이니 어쩔 수 없다.

게다가 나가토와 한 조가 되고 나서는 사건의 발생 건수 자체가 적어졌다.

이번에는 보안대[88] 발족이니, 전직 운수성 장관의 선거위반이니 하면서 공안 쪽은 바쁜 것 같았지만, 기바 쪽은 한가했다. 게다가 지난달에는 황태자의 성년식과 태자 책봉 의례가 있어서, 아직도 항간은 그 화제로 시끌시끌하다. 기바에게는 새삼스러운 얘기였다——듣긴 했어도 아무래도 실감이 나지 않았지만, 온 나라가 기뻐하고 있어 나쁜 기분은 들지 않았다. 기바가 한가한 것은 오히려 세상을 위해서나 사람들을 위해서 좋은 일이다.

그런 가운데 단 한 가지 기바가 관심을 보인 사건이라면, 중국인 마약 밀수단의 횡행(橫行) 정도다. 여기에 대해서는 도쿄·오사카 양 경찰청과 후생성 마약과가 합동으로 수사를 벌이고 있고, 기바도 흥미가 있어 꼭 참가하고 싶었지만, 과가 다르므로 어차피 불가능한 일이었다.

멍하니 있는 동안 체포했다는 소식이 들려왔다.

그 외에 기바가 다룬 사건이라면 도저히 호걸 형사의 구미가 당길 만한 종류의 사건이 못 되었고, 그것도 대개는 나가토가 꾸물꾸물 해결해 버려서 기바는 정말로 할 일이 없었다. 코털을 뽑으면서 차를 홀짝이는 사이에 섣달이 찾아오고 말았다.

그런 나날을 보내다 보니 최근 기바는 신문을 구석구석까지 읽는 습관이 생겼다.

---

88) 1952년(쇼와 27), 경찰예비대를 개편해서 발족한 육상부대. 54년 자위대로 발전.

그렇게 읽어 보니 신문도 꽤 재미있다. 기바는 건방지게도 그렇게 생각하고 있다.

전시하의 언론통제가 풀리고 군에 의한 검열이 없어진 후에도 신문 보도는 GHQ[89]에 의한 검열을 받을 수밖에 없어서, 강화를 맞아 어느 정도 자유롭게 기사가 실리게 된 것은 겨우 반년쯤 전부터다. 그런 탓도 있어서 기바는 신문도 조금은 재미있어졌다고 생각하는 것이지만, 사실 이전엔 기바는 신문을 꼼꼼하게 읽지 않았으니 그것은 결코 전쟁 전의 보도와 비교해서 나온 논리적 귀결은 아니다.

그러나 아무리 재미있다고 해도, 지면에서 신경 쓰이는 사건을 발견한들 관할이 다르니 손을 댈 수는 없다. 그러면 더욱 불만이 쌓이고 한층 더 초조해진다. 그래서 기바는 한 가지 생각을 해냈는데, 그것은 자료실에 있는 오래된 신문을 읽는 것이었다. 2, 3일 전의 일이다.

그렇게 옛날 신문을 다시 읽어 보니, 이것도 유쾌했다. 워싱턴에 '하늘을 나는 원반'인가 하는 것이 9개 나타났다느니, 쿰푸 빙하의 근거지에 '못생긴 설인(雪人)'의 발자국이 있었다느니, 하나도 신용할 수 없는 외신도 많이 실려 있다.

전부 올해 기사다.

시시한 사건이라면 세상에는 많이 있다.

바보 같은 사건이 일어나는 것은 비단 해외만은 아니다.

그리고 기바는——그런 이야기도 결코 싫어하지는 않는다.

예를 들어 '금색 해골 사건'이라는 것이 가나가와에서 일어났다.

두 달 반쯤 전의 일이다.

---

89) 연합국 최고사령관 총사령부(General Headquarters). 1945년 미국 정부가 설치한 대일점령정책의 실시기관. 52년 강화조약 발효와 함께 폐지.

기바는 지난번 사건 때 크게 날뛰는 바람에 주위의 모든 사람들로부터 빈축을 산 데다, 엉뚱하게 가나가와 현 본부의 경부 한 명을 강등시켰다. 그래서 기바는 가나가와 현 본부 관할 사건에는 민감하고, 가나가와라는 말을 들으면 그 경부가 생각난다. 그저께 그 멍청한 사건의 기사를 발견했을 때도 그 멍청한 경부——이시이 간지——같은 사람이 담당했을까 하고 순간적으로 생각했던 것이다. 이시이가 사건에서 배제되고 강등된 것은 마침 그 무렵이었기 때문이다.

그렇게 생각하니 불성실하게도 흥미가 불끈불끈 솟아올랐다.

그래서 기바는 특히 열심히 읽었다. 처음에는 원반이니 설인이니 하는 것과 같은 종류의 바보 같은 사건이라고 생각했다. 아니, 첫 번째 보도는 같은 레벨이었던 것이다.

첫 번째 보도는 9월 23일 조간에 실려 있었다. 작은 땜질용 기사다.

즈시 만에 금색으로 빛나는 해골이 둥실둥실 떠 있었다——는 것이다.

그런 것이 이 세상에 있을 리가, 이것은 틀림없이 착각이다. 우선 낚시꾼이 제일 먼저 발견했고, 놀라고 있는 사이에 곧 사라졌는데, 다시 몇 사람이 그 비슷한 부유물을 발견하고 경찰에 신고했다. 목격자는 도합 6명 정도 확인되었으나, 실제로는 더 많은 사람이 보았을 거라는 것이었다. 소문이 실체를 갖게 된 것이리라. 어쨌거나 별것도 아니면서 사람을 놀라게 하는 이야기다.

강등된 이시이가 이 바보 같은 사건을 맡게 되었을 가능성은 있었다. 아니, 아무리 뭐라 해도 이 정도의 실없는 이야기라면 관할 순경으로 그쳤을까——기바가 그 기사에서 얻은 감상은 그 정도의 것이었다.

하지만 그 바보 같은 사건에는 속보가 있었다. 마찬가지로 작은 기사다.

첫 번째 보도가 있고 나서 이틀 후, 이번에는 바닷가에 떠밀려 올라온 금색 해골을 근처에 살던 주민이 발견했다. 그러나 당황해서 신고하고 있는 사이에 파도에 쓸려갔는지 없어져 버렸다는 것이다.

두 번째도 역시 이시이가 출동했을까——.

기바는 왠지 우스워졌다. 이시이 전직 경부는 겁쟁이이기 때문이다. 해골 같은 걸 봤다간 졸도하지 않을까. 없어져 버려서 다행이지 않은가——.

그러나 어제, 또 속보가 실려 있는 것을 발견하고 기바의 기분은 미묘하게 변화했다. 11월 중순, 같은 장소에서 세 번째로 해골이 목격된 것이다. 첫 번째 목격으로부터 한 달 반 이상 지났다. 이번 해골은 금색이 아니라 평범한 해골이었다고 한다. 칠이 벗겨진 건지도 모른다. 이번에도 해골 자체는 놓쳤다. 배 위에서 목격한 것으로, 사내끼로 떠내려고 했더니 가라앉아 버렸다고 한다. 따라서 당연히 기사는 작았고, 주의해서 보지 않으면 놓치기 십상이었다.

왠지 이상했다.

그리고 네 번째 기사를 목격하기에 이르자, 기바는 약간 혼란스러워졌다. 신문도 용케 이런 바보 같은 사건의 후속 기사를 계속 싣는구나——하고 생각했기 때문은 아니다. 왠지 모르게, 심상치 않은 냄새를 맡은 것이다. 이럴 때 기바의 감은 믿을 수 있다.

해골은 역시 여러 사람들에게 목격되었고, 결국 바닷속에 가라앉았다. 그러나 이번 해골은 지금까지의 해골과 달리 놀랍게도 살 조각이나 머리카락이 달린 채 바닷속에 떠 있었다고 한다.

―― 뭐야, 이건?

해골은 처음에는 금색이었다가 그것이 탈색되고, 다음에는 살점과 머리카락이 돋아난 셈이 된다. 이다음에는 가죽도 붙어서 사람의 머리가 되기라도 한다는 걸까? 게다가 이 기사가 실려 있던 신문은 겨우 5일쯤 전의 날짜다.

그것을 읽고 기바는 명백하게 이시이에게 질투심을 느꼈다. 이것은 살인사건이나 적어도 시체훼손, 유기사건이 아닌가 ―― 어째서 범죄의 신은 이시이 따위에게 이런 사건을 주고, 자신에게는 아무것도 주지 않는 것인가 ――그렇게 생각했던 것이다. 다만 이것은 기바의 망상이고, 사실 이시이가 담당인지 아닌지 확인한 것도 아니었다. 만일 담당이 아니었을 경우 이시이 전 경부는 억울하기 짝이 없겠지만.

그런 연유로 기바는, 오래된 신문에서 '금색 해골 사건' 속보를 찾아 읽고는 비생산적인 상상을 부풀려 가는 것이 이제 완전히 일과가 되어 가고 있었다. 그것은 정말로 사건일까, 그렇다면 이시이 전 경부가 얼마나 활약을 할 것인가 ―― 기바는 그것만이 기대되었다.

그리고 오늘, 기바는 상당히 충격을 받았다.

즈시 만의 해골이 드디어 포획된 것이다.

그 사실은 낡은 신문에서 발견한 것이 아니다. 오늘 날짜 신문에 실려 있었던 것이다. 게다가 그 기사를 게재한 신문은 바로 나가토가 가져다준 것이었다.

오늘 아침, 기바가 형사부실에 들어가자마자 노형사가 평소와 달리 경쾌하게 다가왔다. 노형사는 아침잠이 없는지, 매일 누구보다도 일찍 출근하고 누구보다도 일찍 귀가한다.

나가토는 신문을 기바에게 건네며,

——슈 씨, 금색 해골이 올라왔어요.

하고 말했다.

나가토는 기바를 슈 씨라고 무른다. 다른 형사는 그렇게 부르지 않는다. 통칭은 '호랑이 기바슈'지만, 물론 그렇게 부르는 사람도 없다. 슈 씨라는 것은 어린 시절의 별명인데, 기바는 그렇게 불리는 것을 조금 싫어한다.

노형사는 눈가의 주름을 더욱 깊이 접으며 웃고 있다.

기바는 자신이 그 사건을 특별히 신경 쓰고 있다는 말을 나가토에게 한 적이 없었는데, 내심 깜짝 놀랐다. 그러나 호걸은 그런 것을 얼굴에 나타내는 법이 아니다. 되도록 의연하게 그러냐고 말하고, 동요를 감추며 자기 자리에 앉아 유유히 아무 일도 없는 것처럼 신문을 넘겼다. 그리고 저도 모르게 '오오' 하는 소리를 내고 말았다. 나가토는 귀가 밝게도 그것을 알아듣고 싱글싱글 웃으며 옆으로 오더니,

——이거 봐요. 나왔죠.

하고 말했다.

〈해골 소동 즈시 해안에서 사람의 머리 발견〉

역시 해골은 사람의 머리가 되어 있었다. 나가토가 옆에서 뭐라고 말하고 있었지만 기바는 못 들은 척했다.

기사의 내용은 다음과 같았다.

12월 1일, 즈시 만에 유체의 일부, 다시 말해 머리가 떠밀려 올라왔다. 다만 해골이 아니라 사람의 머리였다고 한다. 머리의 신원은 불명, 수사는 난항을 겪을 것으로 예상된다고 쓰여 있다. 게다가 마지막

에 담당 이시이 경부의 말이라는 것이 실려 있었다. 기바의 상상은 적중했던 것이다. 이시이는 여전히 무사안일주의였고 그의 말은 무의미한 변명뿐이었지만, 직함이 오보가 아니라면 아무래도 이시이는 한 번 강등되었다가 다시 원래의 계급으로 승격된 모양이다.

——그 자식, 일이 잘 풀리잖아.

기바는 그렇게 생각했다. 물론 그것은 출세한 것에 대한 질투가 아니라, 사건을 만난 것에 대한 선망이 강하게 끓어오른 결과다.

——재미없어.

정말 재미없다. 기바는 일어설 기력조차 없었다. 정말 바보 같은 일이다. 그래서 기바는 완전히 의욕을 잃어버렸다.

나가토가 말했다. 아직도 기바 옆에 있다.

"가나가와 쪽도 이래서야 힘들겠는데. 이런 사건이 계속되면 견딜 수 없을 거예요."

기바는 순순히 맞장구를 칠 수가 없다.

"평화로워지면 이런 종류의 사건이 늘어나는 걸까, 아니면 세상이 평화로워서 더 눈에 띄는 걸까? 나는 벌써 30년 넘게 형사 노릇을 하고 있지만, 요즘은 심하단 말이야."

나가토는 불경이라도 외듯이 중얼중얼 말하면서 자기 자리로 돌아갔다. 확실히 나가토의 말대로 올해에는 엽기적인 범죄가 몇 개 이어졌다. 그것을 많다고 느끼느냐 적다고 느끼느냐는 사람에 따라 다를 테고, 통계를 내 봐야 소용없다.

전란의 시대에는 사람의 머리 정도는 신기한 것이 아니었다. 기바는 전국 시대의 무장을 좋아해서 옛날 전투 책을 즐겨 읽는데, 전투가 있을 때마다 곳곳에 머리니 다리니 하는 것이 산더미처럼 쌓였다고 쓰여 있다. 아니, 전국 시대로 거슬러 올라갈 것도 없다. 에도 시대도 큰 차이는 없는 것이다. 무사는 모두 큰 칼을 허리에 매달고 거리를 활보했다. 머리 정도는 쉽게 벨 수 있다. 그리고 그런 어수선한 세상은, 사실은 그렇게 먼 옛날도 아니다. 손이 닿는 옛날이다.

기바의 조부는 메이지유신을 경험했다.

도바 후시미의 싸움[90]에서 막부가 대패하고 아욱 문장[91]의 위신이 땅에 떨어졌을 무렵, 질서가 회복되기까지 에도——도쿄는 무법 지대가 되었다고 한다. 억지로 금품을 빌려주고 협박하는 사람이나 살인강도가 횡행하고, 단속하는 쪽도 무뢰한이라 창의대[92] 같은 경우는 즐겨 사람을 베어 온 도시 곳곳에 머리나 몸통이 굴러다녔다고 한다. 조부의 이야기로는 어느 날 아침에 일어나 보니 현관에 팔, 뒷문에 다리, 그리고 앞마당에 머리가 떨어져 있었던 적이 있었다고 한다. 다른 지방의 이야기가 아니다. 기바가 태어나고 자랐으며, 바로 얼마 전까지 살았던 본가에서 있었던 일이다.

——다리도 머리도 놔두고 몸통은 어디로 도망쳤는지, 귀찮은 일이었어. 얼간이 같으니.

조부는 자주 그렇게 말하곤 했다.

---

90) 1868년 1월 27일에 일어난 구 막부군 및 아이즈(후쿠시마 현)·구와나 번(藩)(미에 현 북부)과 사츠마 번(가고시마 현 서부)·초슈 번(야마구치 현 중동부)과의 내전. 새 정부가 왕정복고의 명령에 이어 도쿠가와 요시노부의 퇴진을 결정한 것에 대해 구 막부가 거병, 도바·후시미에서 사츠마·초슈 연합군과 교전. 구 막부군의 대패로 끝나, 토막파(討幕派)의 우세가 확립되었다.

91) 아욱의 잎을 도안화한 가문의 문장. 가모 신사의 신문(神紋)에서 유래하며, 아욱 잎 세 장을 둥글게 휘감은 것은 도쿠가와 씨의 문장이다.

92) 1868년, 도쿠가와 요시노부 측근의 구 막신(幕臣)을 중심으로 결성된 유지대(有志隊). 요시노부의 호위·에도 경비의 명목으로 만들어졌으나 오무라 마스지로[大村益次郎]가 지휘하는 관군에 의해 괴멸되었다.

관동 대지진이 일어났을 때도 많은 사람들이 죽었다. 기바는 그때 네 살인가 다섯 살이었지만, 그래도 시체를 본 기억이 있다. 엄청난 양이었다고 생각한다. 전부 지진이나 화재 때문에 죽은 것은 아닐 것이다. 불온한 공기는 어린아이도 알 수 있었다.

그리고 태평양전쟁이다. 기바는 남방에서 거의 모든 전우를 잃었다. 돌아와 보니 일본도 엉망진창으로 당해서, 사람이 산처럼 죽어 있었다.

나가토는 그것을 계산에 넣지 않고 있다. 지진은 어쩔 수 없다 해도, 그 이외에는 좋든 싫든 상관없이 모두 인간이 저지른 일이 아닌가.

──하지만 말이야.

나가토의 견해도 옳을 것이다. 사람이 쉽게 죽는 세상은 잘못된 것이다. 건전하게 생활할 수 있는 조용하고 편안한 사회야말로 본래의 당연한 모습일 거라고, 기바도 그렇게 생각한다. 그렇다면 확실히 지금은 평화롭다. 머리 하나 나왔다고 큰 소란이 일어나고 있으니.

──어려운 건 잘 모르겠어.

그게 좋은 일이든 그렇지 않든, 기바가 한가하다는 사실에 변함은 없다.

──내가 심심함을 참는 게 세상이 평화롭다는 증거라면 참는 보람도 있는 거지.

기바는 잘 알 수 없는 논리를 갖다 붙여 납득했다.

도대체가 '금색 해골 사건'이라니 ── 가령 지난번 사건처럼 ── 뭐라 딱 잘라 말할 수 없는 불길한 전말이 기다리고 있을지도 모르지 않은가.

그렇지 않다는 보장은 어디에도 없다.

잠시 후 나가토가 다시 다가왔다.

"저기, 슈 씨. 과장한테는 이미 얘기해 뒀지만, 그 가나가와라면."

"아아, 그——."

"어젯밤에 자료가 가나가와 현 본부에서 도착해서, 다녀올까 하는데. 동행을 부탁해도 되겠어요?"

어제 나가토가 말한 사건이다.

처음부터 거부할 이유도 없고, 코털이나 뽑고 앉아 있는 것보다는 낫다.

다만 아무래도 확실하지 않은 사건이었다. 근신 중에 일어난 사건이라 기바는 거의 아는 게 없었다.

원래는 하야마의 후타고야마 산중에서 일어난 집단자살사건이라고 한다. 그렇다면 관할도 다르고, 자살로 판명되었는데 일부러 천하의 도쿄 경시청 수사 1과가 그런 산속까지 갈 필요도 없지만, 그 중 신원불명인 여성 한 명이 아무래도 도쿄에서 살다가 행방불명된 사람인 듯하다——는 것을 나가토는 설명해 주었다.

"가는 건 좋지만 아저씨, 좀 더 자세히 얘기해 봐요. 나는 아무것도 모른단 말이야."

기바는 건성으로 듣고 있었기 때문에 정말로 그 이상은 몰랐다. 이대로는 정말 코털을 뽑는 것보다 조금 나을 뿐이다. 기바가 묻자 나가토는 싱글벙글 웃었다. 이래서야 평범한 호호할아버지다.

"네, 네. 가면서 이야기해 드리지요."

"벌써 가는 거요? 아직 이르지 않나?"

기바는 옛날 신문을 읽으려고 일찍 나온 것이라, 아직 사람들도 별로 없다. 과장도 없다.

"이르지 않아요. 다른 사람들이 늦는 거지요. 오시마 씨에게도 이 야기는 해 두었으니 괜찮을 겁니다."

나가토는 기바와 다른 의미로 제멋대로인 것이다.

한가한데 차를 마실 시간도 없다.

장소는 오모리[大森]라고 한다.

나가토는 기바 앞에서 가볍게 걸어간다.

이제 외투가 없으면 춥다. 나가토는 도쿄 역에서 전철을 탈 생각인 가 보다. 아무래도 기바에게는 나른한 움직임이다. 그러나 기바는 나가토의 방식에 일체 불평은 하지 말라고, 미리 상사 오시마 경부로 부터 다짐을 받은 상태다. 오시마에게는 진 빚이 많아서 말을 듣지 않을 수도 없다.

"슈 씨는 '죽자단[團]'이라는 걸 아십니까?"

나가토가 느긋한 말투로 물었다.

"진짜 이름은 '일련회(日蓮會)'라고 하던가?"

"신흥종교요? 나는 그쪽 얘기는 질색인데."

기바는 종교를 싫어한다. 정확하게 말하면 최근에 싫어하게 되었 다. 큰 이유는 없다.

"아아, 다이쇼부터 쇼와 초까지는 신흥종교가 많이 생겼으니까요. 그때는 힘들었습니다. 뭐, 지금 생각하면 그렇게 철저하게 탄압할 필요는 없었겠지만, 불경이니 풍기를 어지럽히느니 하면서 내무성이 시끄러웠고, '오모토[大本]'[93]나 '사람의 길'[94]은 상당했으니까요. 뭐니 해도 '사람의 길' 본전(本殿)에는 오사카 검사국과 특고에서 출동했으니 철저했지요."

그런 건 묻지 않았다. 그 무렵 기바는 어린애였으니, 그런 이야기는 모른다.

그렇게 말했다.

"그런가——?"

나가토는 맥빠진 목소리를 냈다.

"——하지만 '사람의 길'의 교조인 미키가 체포되고 경찰이 본전으로 쳐들어간 시기는 15, 6년 전입니다. 슈 씨도 어린애는 아니었잖아요."

15년 전이라면 기바는 20세다. 어린애는 아니다.

그러나 기바가 말하고 싶은 것은 그런 문제가 아니다.

"그보다 그 죽은단인지 죽는단인지 하는 건 뭐요? 아저씨 얘기는 아무래도 빙빙 둘러가서 못 쓰겠군."

"아아, 슈 씨는 성질이 급하군요."

만담에서 말하는 '기(氣)의 장단'처럼 절묘한 배치다. 게다가 전혀 두서가 없다.

아까부터 전혀 이야기가 진행되지 않는다. 기바는 상당히 초조해하고 있다.

---

93) 신도계(神道系) 신종교의 하나. 1892년 교조 데구치 나오가 교토에서 개교했으며 사위인 데구치 오니사부로가 교리를 체계화했다. 세상을 바꿀 것을 주창하며 이상세계 '미륵의 세상' 실현을 설법. 탄압을 받아 1935년에 해산.

94) 1931년, 오사카에서 발상한 신흥종교. 현재는 퍼펙트 리버티(완전한 자유) 교단으로 이름을 바꾸었다. 종교 활동 외에 갖가지 문화 활동을 활발히 펼치고 있는 것이 특징.

나가토의 이야기를 요약하면 이렇다.

흔히 '죽자단 사건'으로 불리는 기묘한 사건은 쇼와 8년(1933) 7월 2일, 가나가와의 하야마 경찰서에 들어온 기묘한 신고로 시작된다.

신고 내용은,

―― 덴구[95]가 장작불 앞에서 회합을 열고 있다, 산적일지도 모르니 조사해 달라――.

라는 기묘한 것으로, 신고한 사람은 즈시의 주민, 장소는 즈시의 야마노네였다고 한다.

신고를 받은 하야마서의 서장은 덴구라고도 산적이라고도 생각하지 않았던 모양이다. 테러리스트의 비밀결사라고 생각한 것 같다. 기바라도 똑같이 생각했을 것이다. 하야마서는 즉시 현 특고과에 연락을 취하고, 서원 십여 명을 파견했다고 한다. 그러자 검은 주반[96]에 검은 바지, 검은 띠 등 온통 검은 옷에 하얀 진바오리[97]라는 ―― 기바는 친구 추젠지를 떠올렸다 ―― 이상한 차림새의 남녀가 집단으로 장작불을 둘러싸고 있었다.

사정을 물어보니 가마타 구에 사는 일련회 회주(會主) 에가와가 이끄는 '앵초단(櫻草団)'이라는 신도들의 모임이었다. 맹주의 지령에 따라 다음 날 하치만구[98]의 뒷산에 집합하기 위해, 즈시에서 노숙을 하는 중이었다고 한다.

---

95) 일본 고유의 산신(山神) 중 하나.

96) 기모노용 속옷.

97) 진중(陣中)에서 갑옷 위에 착용하던 상의.

98) 하치만신을 모신 신사의 총칭. 하치만신은 가장 이른 신불합습신(神仏習合神)으로, 본래는 오이타 현 지방에서 믿어지던 농업신이라고 한다. 781년에 불교보호·호국의 신으로 대보살의 칭호를 받았다. 헤이안 말기 이후, 미나모토 씨의 씨신(氏神)으로 여기는 신앙이 생겨나 무신(武神)·군신(軍神)으로서의 성격이 강해졌다.

그때는 해프닝으로 끝났지만, 의아하게 여긴 특고과는 수사를 계속해 거의 2주일 후, 앵초단이 바로 항간에 소문이 자자한 '죽자단'이라고 신문에 발표했다. 게다가 '죽자단'은 시바 증상사[99]의 방화나 미노부 산[100] 승려의 암살, 사이온지 옹[101]이나 다나카 치가쿠[102]의 암살까지 기획했었다는 사실이 판명되었다고 보도했다고 한다.

"죽자단의 '죽자'라는 말의 뜻은 니치렌[日蓮] 상인[103]의 가르침에 있는 불석신명(不惜身命)[104]을 말하는 거라고, 그 맹주는 말했지요. 죽을 각오로 하면 뭐든지 할 수 있다는 뜻이라나요. '부패할 대로 부패한 종교계를 개혁하는' 것이 목표라고 하는데, 그건 그것대로 좋았지만 전단에는 '사상을 위해서는 목숨을 바쳐 맹주의 지령을 단행한다'고 쓰여 있어 특고에서 의아하게 여긴 거지요. 사실이 어떤지는 알 수 없지만."

노형사의 술회는 뭔가를 그리워하는 듯한 말투여서, 기바는 아무

---

99) 도쿄 미나토 구 시바 공원에 있는 사원. 정토종 진서파(鎮西派).

100) 야마나시 현 남서부의 미노부에 있는 산. 중턱에 일련종 총본산인 구원사(久遠寺)가 있다.

101) 사이온지 긴모치(1849~1940). 정치가.

102) (1861~1939). 메이지부터 쇼와 초기에 걸쳐 활동한 종교가. 에도에서 태어나 10살 때 일련종에 들어가 치가쿠라는 이름을 얻었다. 후에 종학(宗學)에 의문을 갖고 환속해, 종문 개혁을 목표로 1880년 요코하마에서 연화회를 설립.

103) (1222~1282). 가마쿠라 시대의 승려로, 일련종(日蓮宗)의 개조(開祖). 12세에 불문에 들어가 각지에서 여러 종파를 배웠다. '법화경(法華経)'에 의해서만 말세의 국가의 평안도 있을 수 있다는 사실을 깨닫고 1253년에 일련종을 열어, 다른 종파를 격렬하게 공격하고 논파했다. '상인'은 승려의 존칭으로, 주로 천태종, 정토진종, 시종, 정토종, 일련종에서 사용.

104) 법화경 비유품(譬喩品)에 나오는 말. 불도를 닦기 위해서는 스스로의 목숨을 돌아보지 않는 것. 또는 그러한 태도.

래도 밀어닥치는 긴박감을 느낄 수가 없었다.

그 후 결국 '죽자단'은 증거불충분으로 전원 석방되었으나, 불가해한 사건은 그 후에 일어났다.

우선 여자 단원이 자살미수를 꾀했다. 이것은 특고의 치욕적인 고문으로 정신에 이상이 일어났기 때문이라고, '죽자단' 측이 발표했다. 그리고 그들은 다음으로 '경찰의 부패를 바로잡기' 위한 무저항 투쟁이라는 것을 시작해, 최종적으로는 차례차례 자살하고 말았던 것이다.

자살하는 데 무슨 의미가 있는 건지, 기바는 잘 알 수가 없었다.

쇼와 12년(1937) 2월 17일, 궁성, 의사당, 외무차관저 앞, 그리고 경시청 앞에서 단원들이 정오 정각에 '죽자!'고 외치며 할복을 했다고 한다. 경시청 앞에서 할복한 청년은 적절한 처치를 받아 목숨을 건졌지만, 큰 소동이 일어난 것은 말할 것까지도 없다. 당황한 특고 2과 직원이 남은 단원들을 보호했지만, 맹주는 추적을 피해 잠복했다. 그 후에도 맹주는 저항 활동을 계속했으나 이듬해에 병으로 죽었다고 한다.

또, 맹주의 죽음을 전후해서 살아남은 여자 단원의 대부분이 차례차례 자해해 죽었다.

"결국 모두 죽고 말았지요. 세상은 달라지지 않았지만. 종교계는 어떤지 모르겠지만, 경찰은 아무것도 달라지지 않았어요. 나도 신앙은 갖고 있지만 그때는 왠지 슬펐지."

"슬퍼요? 왜 아저씨가 슬퍼합니까?"

"아아. 경시청 앞에서 배를 그은 남자, 이제 갓 스무 살이 된 정도의 오카인가 하는 청년이었는데, 그는 내 앞에서 배를 그었거든. 놀랐지요. 경관과 함께 양호실로 옮긴 것도 나였어요."

"호오. 그래서."

"아아. 꽤 설교를 했지만 효과는 없었지요. 맹주가 죽은 다음 날, 따라서 목숨을 끊었어요. 역시 할복이었지요. 그래서 아무래도 마음이 안됐어서."

나가토는 주름투성이의 얼굴을 찡그렸다.

"그런데."

석연치 않다.

"그 뚱딴지같은 사건은 대체 뭐요? 어째서 그렇게 다 죽어야 하지?"

기바는 전혀 알 수가 없었다.

"글쎄요. 광신이란 무서운 법이라고나 할까요. 그래서 나는 이번 사건을 들었을 때, 바로 그 사건을 떠올린 겁니다."

"뭐야, 서론이었어요? 서론치고는 너무 길잖아, 이제 도착하겠소."

"아직 도착하려면 멀었습니다."

기바는 페이스가 흐트러져서 혼란스러울 따름이다.

나가토는 드디어 이번 사건 이야기를 시작했다.

올해 9월에 일어난 사건은 이렇다.

9월 20일 오전 9시경, 역시 하야마서에 알 수 없는 신고가 들어왔다. 신고한 사람은 산을 걷고 있던 그 지방 사람으로, 장소도 똑같이 하야마의 후타고야마 산 산중이다.

신고는,

——산속에 많은 사람들이 죽어 있다, 아무리 생각해도 이상하니 당장 조사해 달라——.

　는 것이었다고 한다. 19년 전의 '죽자단 사건' 때와는 조금 다르다. 시대 탓인지, 덴구니 산적이니 하는 말은 나오지 않는다.

　하야마서가 즉시 수사원을 파견해 보니, 놀랍게도 둥근 원을 그리며 남자 다섯 명, 여자 다섯 명, 총 열 명의 남녀가 죽어 있었다고 한다. 전원이 순백의 수의를 입고 있어, 미리 각오한 자살로 여겨졌다. 죽은 지 며칠 지난 것 같았다.

　다만, 남자는 아무래도 자살인 것 같았지만 여자는 남자에게 살해 당한 듯한 흔적이 있어, 강제로 동반 자살을 하게 했을 가능성도 남았다. 게다가 해부 결과 여성은 전원 아편을 복용한 상태였다는 사실을 알게 되어, 집단자살 강요일 가능성은 더욱 높아졌다——.

　　——그 기사는 읽었지.

　기바의 기억에는 남아 있었다.

　아마 국기관[105]의 시혼바시라[四本柱][106]가 없어졌다는 기사 부근에 나 있을 것이다. 역시 작은 기사였지만, 가나가와 관할 사건이어서 날카롭게 발견하고 읽었다. 다만 제목은 '남녀 다섯 쌍이 산중에서 자결, 종교상의 이유인가'라는 식으로 되어 있었을 것이다. 자결에 종교라니, 처음부터 기바의 구미가 당겼을 리 없다.

　신원은 아무도 알 수 없었다고 한다.

---

105) 일본스모협회의 상설관. 1909년, 도쿄 혼조 료고쿠에 개설.

106) 스모에서 경기장의 네 모퉁이에 세워 지붕을 떠받치는 네 개의 기둥. 청(동)·적(남)·백(서)·흑(북)의 비단을 감아 각각을 청룡·주작·백호·현무의 사신으로 비유되며 계절의 방위를 나타냈다. 1952년에 폐지되고, 현재는 지붕 구석에 네 개의 술을 달아 시부사[四房]라고 칭한다.

기바가 기억하는 한, 당시 국가경찰 가나가와 본부는 바빴을 것이다. 기바가 일으킨 사건이 해결되지 않았던 것이다. 가나가와 현 본부는 그 사건에 상당한 인원을 할애했으리라 생각된다. 게다가 아무리 얼간이 같은 사건이었다지만 '금색 해골 사건'도 첫 번째 보도가 실린 것이 23일 신문이니, 그렇게 차이가 나지도 않는다.

인원이 부족했을 것은 분명하다.

나가토의 이야기로는, 결국 지금도 신원이 밝혀진 것은 한 명뿐이라고 한다.

"그 신원이 판명된 한 명이 그 왜 있잖아요, 얼마 전에 무사시노의 음침한 사건 때 조사한 행방불명소녀명단, 그게 단서가 된 겁니다. 그중 한 사람이었거든요. 그래서 이건 어쩌면 뿌리가 깊은 게 아닐까 하는 생각이."

"어떻게 깊은데요?"

"아니, 예를 들면 유괴해 와서."

"함께 죽는 거요?"

왠지 바보 같다. 소녀를 유괴, 납치 감금해서 그 후 강제 동반 자살한다는 것은 아무리 생각해도 이상하다.

"그건 아니겠지. 동반 자살할 상대를 납치한다는 건 이상하다고요. 게다가 한 명이 아니잖소? 그런 웃기는 취미의 바보들이 몇 명이나 한자리에 모여, 하나 둘 셋, 하고 죽었다는 거요?"

나가토는 고개를 끄덕였다.

"한 명이 아니기 때문에 더욱 그렇게 생각하는 겁니다. 취미라는 건 아무래도 이상하지만, 광신적인 신앙을 가진 사람들의 경우에는."

"아아, 그래서 아저씨는 '죽자단' 이야기를 한 거로군. 하기야 죽자, 죽자 하고 정말로 죽어 버리는 놈도 있으니까. 있을지도 모르지. 하지만 무엇 때문에? 그런 종교가 있단 말이오?"

"없지요."

"뭐라고요?"

"아니, 내가 모른다고요. 다만 마음에 걸리는 것은, 자해에 사용한 단도의 손잡이 부분에 전부 열여섯 장의 국화꽃 문장이 새겨져 있었다는 겁니다."[107]

"이봐요, 이봐요, 그게 뭐요? 우익인가? 아니, 하지만 그렇지 않다면 그건 아저씨."

"흐음, 대단한 불경이지요."

나가토는 담담하다. 괘씸하게도 그런 문장이 새겨진 단도로 자살을 하다니, 다른 시대에 태어났다면 불경죄로 사형——아니, 이미 죽었나——어쨌든 무사할 수는 없다. 막부의 신하가 아욱 문장을 물들인 손수건으로 코를 푸는 거나 마찬가지다. 민주주의 시대가 도래하고 고귀한 집안의 위치가 예전과 달라졌기 때문에 이 정도 소동으로 끝난 것이다.

"하지만 재미없는 일은 아니지요? 슈 씨도 조금은 의욕이 생겼습니까? 아아, 이제 오모리네요."

나가토의 이야기는 마치 자로 잰 것처럼 오모리에서 끝났다.

기바는 뭐라 말할 수 없는 묘한 심경이 되었다.

"으음, 그러니까 오모리 구(區) 이리아라이——지금은 그렇게 말하지 않나? 자주 바뀌니 모르겠단 말이야. 해안 쪽입니다."

---

107) 국화꽃을 본뜬 문장은 주로 일본 황실·황족의 문장이다.

노형사는 느릿느릿한 것에 비해 걸음이 빠르다.

해안에서는 여자들이 바쁘게 김을 말리고 있었다. 네모난 발에 김을 한 장 한 장 붙여 햇볕에 말리는 것이다. 몇백 장이나 되는지 알 수가 없다. 장관이라고 할 수밖에 없다.

"저건 정월용이군요. 벌써 그런 계절인가. 하지만 도쿄만의 김통발 같은 데서 대체 언제까지 김이 나올지. 이렇게 개발이 진행되면 왠지 걱정이 됩니다."

나가토는 그런 말을 하고 있다. 기바와는 별로 친숙하지 않은 광경이었지만, 나가토에게는 겨울의 상징으로 비치는 건지도 모른다.

쏴아쏴아 하고 파도 소리가 난다.

바다 근처의 목조 이층집이다.

안에서 몹시 지친 얼굴의 여성이 나타났다. 45, 6세 정도일까. 화장은 하지 않았지만, 옷차림은 깔끔해서 주위 풍경과 어울리지 않는다. 김을 말리고 있는 여자들과는 다른 부류인 듯하다. 그런 가운데 나가토가 여자에게 사정을 이야기하고, 기바 일행은 안으로 안내되었다.

어두컴컴한 응접실에는 큼직한 좌탁과 술이 엄청나게 긴 방석이 놓여 있었다. 찬장 위에는 천황의 사진이 장식되어 있다. 기바는 아까 들은 이야기를 떠올렸다.

―― 국화 문장의 ―― 단도란 말이지.

주인은 곧 나왔다. 나가토가 매우 정중하게 인사를 해서 기바도 따라서 머리를 숙였다.

"수고가 많으십니다. 제가 다카노 야에의 아버지인 다카노 다다츠구라고 합니다. 이쪽은 아내 나카코고요."

아까 그 부인이 목례를 하고 차를 권했다.

"아, 이거 차까지 대접해 주시다니 송구스럽습니다. 경시청의 나가토입니다. 이쪽은 기바 형사. 가능하면 수고는 끼치지 않도록 할 테니, 조금만 협조해 주시기 바랍니다."

나가토는 명함을 내밀었다. 기바도 당황해서 안주머니를 뒤져, 모퉁이가 약간 닳은 명함을 한 장 발견하고 내밀었다. 기바는 명함을 사용한 적이 없다.

주인은 공손하게 그것을 받아들었다.

나가토보다 나이는 위일 것이다. 일반적인 야윈 노인의 인상과 별로 다른 데가 없다. 정수리에는 거의 머리카락이 없고, 주름과 근육으로만 구성된 얼굴에서 이만 눈에 띈다. 이는 튼튼한 모양이다.

"그, 이런 용건으로 시간을 빼앗게 되어서 정말이지 마음이 괴롭습니다만."

나가토가 변명 같은 말을 되풀이하는 것을 듣고, 다카노는 희미하게 쓴웃음을 짓듯이 눈을 가늘게 떴다. 나가토의 태도가 너무나도 조심스러운 탓일 것이다. 노인은 겉모습에 비해 시원시원한 말투로 말했다.

"저는 무직이라 시간은 많습니다. 한심하고 방탕한 딸을 위해 일부러 먼 길을 와 주셨는데, 이 정도쯤이야."

다카노는 중학교 교사를 하다가 작년에 퇴직하고, 현재는 취미로 수질조사 등을 하고 있다고 한다. 수질조사가 취미가 된다니 기바는 생각도 할 수 없었지만, 재미있을지도 모른다. 대체 어디에서 어떻게 그 취미의 욕구를 채우고 있는 건지 자세히 물어보고 싶었지만 나가토 앞이라 참았다.

다카노의 외동딸 야에는 전쟁이 끝난 이듬해에 행방을 알 수 없게 된 모양이다. 그 당시 18세였다고 하니, 현재——살아 있다면——24, 5세다.

나가토는 간략하게 집단자살사건의 개요를 이야기했다. 기바는 잠자코 듣고 있었다.

"——대단히 말씀드리기 어려운 일입니다만, 그 집단자살자 중에 으음, 그러니까 여성은 5명 있었는데, 나이는 17, 8세에서 27, 8세 사이로 추정됩니다."

나가토는 에헤헤 하고 웃으며 머리를 긁적였다.

"뭐, 부녀자의 나이는 알기 어렵다 보니 꽤 범위가 넓습니다. 물론 그, 돌아가신 분들이라 확인할 방법도 없고요. 면목이 없습니다."

나가토가 사과할 일은 아니다.

"그런데 그중 한 사람이 우연히 올해 7월에 실종된, 혼고에 있는 주점 주인의 딸이라는 게 판명되었습니다. 그래서 혹시 이건 행방불명된 사람들 중에 해당자가 있지 않을까 하고, 전체적으로 훑어보았습니다. 그랬더니 이 댁 여식의, 그, 특징과 그, 뭐라고 말씀드려야 할지."

"아아, 마음 쓰지 마십시오. 딸은 죽었을 거라고 생각하고 있었으니, 이제 와서 무슨 말을 들어도 놀라지 않습니다. 그렇지?"

다카노는 아내에게 동의를 구했다. 부인은 네, 하고 성의 없는 대답을 했다.

"예, 아마 수색원에는 둥근 얼굴에 피부가 하얗고 오른쪽 뺨에 사마귀, 왼쪽 위팔에 흉터가 있었다고 되어 있었던 것 같은데, 이 위팔의 흉터라는 게 아무래도——."

"그건 어릴 때 부지깽이를 갖고 놀다가 생긴 흉터였는데 —— 있었습니까?"

"이게 그, 사진인데요, 괜찮으시다면 확인을 —— 이쪽이 얼굴 사진입니다."

나가토는 몹시 꺼내기 어려운 듯, 비굴할 정도로 머리를 숙이며 사진을 내밀었다.

노부부는 당혹스러워하고 있다. 기바는 당연한 일이라고 생각했다. 사람은 죽으면 얼굴이 변하는 법이다. 변사체의 경우는 생전의 그림자를 찾아볼 수 없을 정도로 면상이 바뀐다. 게다가 사진으로 판단하기는 어렵지 않을까. 머리 모양도 다를 것이다. 게다가 살아 있어 주기를 바라는, 즉 다른 사람이기를 바라는 마음이 더욱 색안경이 된다.

"글쎄요. 비슷한 점은 있지만 —— 어쨌든 6, 7년은 지났으니까요. 당신은 어때?"

"네. 얼굴은 —— 하지만 이 흉터는 야에의 것이 아닐까요? 아니, 맞아요."

부인의 눈에 눈물이 고였다.

"형사님, 그 외에는 뭔가 ——."

"에에, 어쨌든 유류품은 단도뿐이고 복장은 모두 하얀 옷이었으니까요. 결정적인 단서가 될 만한 것은 아무것도 없습니다. 그렇습니까 —— 그렇지. 그, 보여 드리기 어려운 것은 마찬가지지만, 같이 죽은 다른 사람, 이분들은 보신 적이 없습니까? 아아, 뻔뻔스러운 부탁입니다만."

나가토는 한층 더 굽실거리는 태도로 탁자 위에 사진을 추가했다.

노부부의 당혹은 더욱 깊어진 것 같다. 명백하게 불쾌한 태도를 보인 것은 아니지만, 표정에는 분명히 그늘이 엿보였다. 시체의 사진은 아무도 보고 싶어 하지 않는다. 딸일지도 모른다고 생각해서 억지로 보고 있는 것이다. 부인은 눈물로 흐려져서 아무것도 보이지 않을 것이다.

"어머――이 사람."

그러나 먼저 반응한 것은 부인 쪽이었다.

"이 분, 슌신 씨 아닌가요?"

"슌신? 아아, 야마다 하루오 군 말이야? 그런가? 좀 다른 것 같은데――."

"그 슌신 씨라는 분은?"

나가토는 수첩을 꺼내 연필 끝을 한 번 핥았다. 노인네의 버릇이다. 붓도 아닌데――기바는 늘 그렇게 생각한다.

"네. 그, 본명은 야마다 하루오라고 하는데, 제 제자 중 한 명입니다. 출가를 해서 슌신이라고 이름이 바뀌었습니다. 졸업한 후에도 1년에 몇 번은 놀러 오곤 했는데――그렇군요. 전쟁 후에도 왔던가――?"

"왔어요. 매우 화를 냈었잖아요. 그, 무슨 천황."

"오오, 구마자와 천황! 그랬지. 그랬어."

"구마자와――? 그 남조(南朝)의 후예를 사칭한?"

기바는 이 집에서 거의 처음으로 목소리를 냈다.

"사칭이라니 기바 군, 진위 여부는 아직 확실하지 않으니 우리가 그렇게 단정적으로 말해서는 안 돼요."

나가토가 타일렀다. 한없이 신중한 남자다.

기바는 찬장 위 천황의 사진을 바라보았다.

덴이치보[108]보다 진실미가 있고 아시와라 쇼군[109]보다 지위가 높다. '구마자와 천황 사건'은 '죽자단 사건' 따위보다 훨씬 유명한 사건이다. 기바도 자세히 알고 있다.

구마자와 천황, 즉 구마자와 히로미치는 나고야 부근의 상점 주인이었다. 그런 구마자와가 하필이면 패전하던 해 말에, '나야말로 진짜 천황이다'라고 선언하며 맥아더에게 직접 호소한 것이다. 여기에 아무런 근거가 없었다면 그냥 헛소리나 하는 사람이지만, 구마자와가 GHQ에 제출한 청원서에는 증거자료가 첨부되어 있었다.

그것은 제99대 고카메야마 천황[110]으로부터 이어지는 계보였다고 한다.

구마자와 천황은 후남조(後南朝)의 혈통이라는 것이다.

일본 역사 속에서 유일하게 두 명의 천황이 동시에 황위에 앉아 있던 이상한 시대 —— 고다이고 천황이 신기(神器)를 들고 요시노에 들어가고, 아시카가 요시미츠[111]의 지략 —— 또는 간계 —— 에 의해

---

108) 연극·가부키 등의 등장인물. 도쿠가와 요시무네의 사생아를 사칭했다가 붙잡혀 사형에 처한다.

109) 아시와라 긴지로[葦原金次郎](1852~1937). 아시와라 쇼군, 아시와라 천황이라고도 불린다. 과대망상으로 스스로를 쇼군이라 칭하며, 칙어를 남발해 팔아넘기곤 했다. 러일전쟁 때 '스모 선수 부대를 내보내 러시아군의 토치카를 파괴하라'고 발언하는 등, 전쟁 전의 저널리즘을 매우 떠들썩하게 만든 인기인이었다.

110) (?~1424). 제 99대(남조4대) 천황(재위 1383~1392). 고무라카미 천황의 황자. 1392년 쇼군 아시카가 요시미츠 대에 황위를 양조가 번갈아 가며 계승할 것 등을 조건으로 신기(神器)를 고코마츠 천황에게 양도하여, 남북조 합일을 실현시켰다.

111) (1358~1408). 무로마치 막부 3대 쇼군(재직 1368~1394). 1392년 남북조 합일을 이루어 수호 다이묘들을 누르고 막부 권력을 확립했다.

막부를 열 때까지 57년간──이 남북조시대이다.

그리고 요시미츠의 약정──지명원(持明院)[112]·대각사(大覚寺)[113] 양통질립(両統迭立)[114] 회복 불이행에 화가 난 남조 최후의 천황 고카메야마가 수립한, 거의 자영(自営)에 가까웠던 조정을 후남조라고 부른다.

구마자와는 그 정당한 후계자라는 것이다.

그의 주장은 이렇다.

──현 황실은 북조의 후예이며 자신은 남조의 후예이다. 북조의 고코마츠 천황의 즉위는 정당하지 못하며, 따라서 북조에서 이어진 현 황실은 정당한 천황가라고는 인정하기 어렵다. 남조 말, 고카메야마 천황의 혈통을 물려받은 자신이야말로 정당한 천황이다──.

황당무계하다고 치부해 버리면 그뿐이다. 보통은 헛소리라고 생각할 것이다.

하지만 소문에 의하면──어디까지나 소문이기는 하지만──구마자와는 삼종의 신기 중 하나를 소지하고 있다고도 했다. 시대 탓도 있었을지도 모르지만, 헛소리는 헛소리라도 묘하게 현실미를 띤 헛소리이긴 했던 것이다.

어느 시기에는, 남북조는 일본사의 금기였다.

천황의 이름을 입에 담을 때마다 자세를 바로 해야 하는 세상에서,

---

112) 교토 시 가미교 구 가미다치우리 부근에 있던 절. 후지와라노 미치나가의 증손 모토요리가 저택 안에 건립.

113) 교토 시 우쿄 구 사가오사와초[嵯峨大沢町]에 있는 진언종 대각사파의 대본산. 본래 사가 천황의 별궁이었으나 876년에 준나 천황의 황후가 절로 삼았다. 한때 쇠퇴했으나 1308년에 고우다 천황이 재흥하여, 황족과 귀족들이 사는 절로서 번영했다. 고사가가메야마고카메야마 천황이 출가하여 이 절에 들어갔다.

114) 양통질립은 가마쿠라 시대, 고사가 천황의 황자인 고후카쿠사 천황의 자손(지명원통)과 가메야마 천황의 자손(대각사통) 양 혈통의 천황이 교대로 즉위한다는, 천황 옹립을 둘러싼 순위이다.

만세일계(萬世一係)[115]인 천황가가 둘로 나뉘어 서로 싸웠다는 말을 가볍게 할 수 있을 리도 없었던 것이다. 그러나 그 금기도 패전 때문에 아주 간단히 부서지고 말았다. 상징 천황에서는 권력도 신비성도 떨어져 나가고, 인간이라면 서로 싸우든 서로 죽이든 당연하다는 시대가 찾아온 것이다. 그 결과 일어난 것이 '구마자와 천황 사건'이다.

허를 찔렸다는 느낌이었다. 기바는 당시 불손하게도 가슴이 두근거렸다.

기바는 굳이 말하자면, 물론 입 밖에도 낸 적은 없었지만 대각사통의 편이었던 것이다. 그러나 그것도 별로 큰 뜻이 있었던 것은 아니고, 고다이고 천황의 고다이고라는 이름의 발음이 약간 마음에 들었을 뿐이다. 그래서는 아니지만, 주의 깊게 진행을 지켜본 기억이 있다.

그 후 '구마자와 천황 사건'은 신문에 보도되고, 이듬해 여름에는 중의원 예산 총회에서도 다루어질 정도로 큰 사건이 되었다. 구마자와가 불경죄를 저지른 게 아니냐는 물음에 당시의 법무성 장관은 즉시 판단을 내리지 않고, 조사 중이라고 대답했다. 시국이 시국이다 보니 즉각 판단할 수 없는 것은 당연했을 것이다.

거기에 대해서 구마자와는, 자신은 즉위를 요청하고 있는 것이 아니라 헌병에 의한 압제가 없어져서 진실을 말했을 뿐이라고 했다. 그래도 결국 구마자와는 전(前) 황도일보 주필에 의해 불경죄로 고소되었다. 그러나 도쿄 지방검사국은 꼼꼼히 조사한 후 비방하는 내용은 아니라고 판단했고, 10월에는 구마자와를 불기소 처분했다.

그 후, 구마자와는 국화 16장을 본뜬 천황가의 문장을 새긴 이츠츠몬[116]의 검은 비단 기모노에 비단 바지를 입고 전국 수백 곳을 돌면서

---

115) 영원히 하나의 계통이 이어지는 것. 주로 황통(皇統)에 대해서 쓴다.

남조 정통론을 주장하고, 미국 잡지의 표지를 장식하기도 했다. 또 도쿄 지방재판소에 현 천황 부적격 확인 소송까지 냈다. 그 소송은 작년에 기각되었다.

이후 구마자와의 소식은 알 수 없다. 용두사미, 유야무야의 전형이다.

야마다 하루오라는 남자는 그 구마자와에게 분노를 느끼고 있었다는 것이다. 말하자면 북조 정통, 현재의 황실을 지지하는 입장에 있었던 걸까. 그것도 화를 낼 만큼 열광적으로.

―― 땡중이?

있을 수 없는 일은 아니겠지만, 왠지 이상하다.

기바도 재미있어하긴 했지만 화를 내지는 않았다. 아니, 아무도 그렇게 진지하게 생각하지 않았던 것이다.

기바는 물어보았다.

"어째서 스님이 화를 낸 겁니까?"

"아니, 구마자와는 괘씸하다, 그런 건 지어낸 얘기일 게 뻔하다, 후남조는 끊어졌다면서 ―― 으음, 장록의 변이 어쨌다느니, 요시노 무슨무슨 마을의 혈통이 어떻다느니 ―― 저는 역사 쪽은 전문이 아니라서 그런 얘기가 나오면 잘 모릅니다. 저도 여러 과목을 가르쳤지만, 사실은 화학이 전문이거든요."

은퇴한 노교사는 쓸데없는 변명을 했다.

"그 야마다 ―― 순신 씨라고 하셨나요, 그 사람이 거기 찍혀 있는

---

116) 등, 양 소매, 양 가슴에 하나씩 총 다섯 개의 문장을 넣은 하오리나 기모노. 예장(礼装)에 사용하는 가장 격식 있는 옷이다.

사진의 남자와 닮았습니까?"

나가토가 물었다.

"——그런 것 같은데요. 저기, 보세요, 눈썹 부분 같은 데가 닮지
않았나요?"

"음. 닮았다고 하면 닮았지만, 한동안 못 만났으니까. 게다가 스님
머리는 다 똑같은 얼굴로 보인단 말이야. 나는 학생들은 대개 목소리
와 키로 구별하곤 했으니까."

그의 사진은 없느냐고 묻자 노교사는 전부 불타버렸다며, '남은
것은 저것뿐입니다' 하고 천황 사진을 가리켰다.

"그럼 야마다 씨가—— 현재 어디 있는지, 연락처 같은 것은 아십
니까?"

나가토가 집념을 갖고 물었다.

"모릅니다. 가나가와 쪽이었나, 절의 이름은 들었던 것 같은데.
연하장도 오지 않고요. 그런데 어느새 출가했던 걸까. 야마다 군은?"

"그 사람이 출가한 시기는 적어도 전쟁 전이에요. 이유나 시기는
모르지만, 선생님께서 불경한 말을 비교적 태연하게 하시니까 재미
있어하면서 오곤 했어요. 저는 그렇게 생각하고 있었어요."

부인은 남편을 선생님이라고 부르는 모양이다. 나가토가 허둥거렸
다.

"다카노 씨, 당신은, 그, 실례지만."

"아뇨, 저는 결코 극좌 같은 게 아닙니다. 오해입니다. 아니, 오랫
동안 교사 노릇을 하다 보면 그 사이에 국체(国体)라는 것도 변하지
않습니까. 예를 들어 미노베 씨[117]의 '천황기관설'[118]도, 그 옛날에는

---

117) 미노베 다츠키치[美濃部達吉](1873~1948). 헌법 · 행정법학자.

대학 같은 데서 가르쳤지만 중일전쟁 전쯤에는 국체에 반하는 사설(邪說)이라며 입에 담지도 못하게 되었지요. 지금은 학문의 자유라는 것이 보장되고 있지만, 쇼와 10년대에는 그렇지 않았으니까요. 그래서 그 이후에 교육을 받은 사람은 모르는 겁니다. 알 수도 없지요. 알고 있는 사람도 이야기하지 않아요. 아내가 불경한 말이라고 한 것은, 저는 그런 이야기를, 그냥 문제가 되지 않는 정도로 이야기했다, 그런 뜻입니다. 듣고 보니 야마다 군은 그런 이야기를 들으러 오곤 했지요. 음, 분명히 얘기한 기억이 있어요."

"그 야마다 씨는 몇 살입니까?"

"으음, 올해로 서른대여섯 정도 되려나요."

기바와 동년배다.

"그, 있는 곳은 모르더라도 출신이라든가, 뭔가 아시는 건 없습니까? 만일 그 사진의 인물이 그 야마다 군이라면, 이것은 매우 큰 단서가 될 텐데요."

나가토는 포기하지 않았다. 노부부는 나란히 생각에 잠기고 말았다. 대화가 끊어지자 희미하게 파도 소리가 들려온다. 그리고 다시 나가토의 쉰 목소리가 파도 소리를 가로막는다.

"승적(僧籍)에 계신다면, 그 종파 같은 것은?"

"으음, 천태종이었나?"

"아니에요, 선생님, 그 사람은 진언종이에요."

"그랬나? 당신이 그렇게 말한다면 그렇겠지."

"사모님은 어떻게 그것을?"

---

118) 천황은 법인인 국가의 최고기관이며, 통치권은 국가에 있다는 헌법학설. 옐리네크의 국가법인설에 기초한 것으로, 천황주권설과 대립했다. 미노베 다츠키치가 주창. 이 학설 때문에 미노베는 1935년 귀족원 의원을 사임해야 했다.

"그게, 여쭤본 적이 있거든요. 뭐라고 말씀드려야 할까요, 이런 모양의, 그 법구(法具)를."

"아아, 독고저(独鈷杵)[119] 말입니까?"

나가토는 잘 알고 있는 모양이지만 기바는 모른다. 독고저라는 게 뭘까 하고 생각했을 정도이니, 완전한 밀교 음치다. 천태도 진언도 기바 앞에서는 단순한 불교일 뿐이다. 이래서야 사이초[120]도 구카이[121]도 성불하지 못할 판이다.

"맞아요, 그게 짐 속에 있어서——."

"그게 언제 일이지?"

남편은 좀처럼 생각이 나지 않는 모양이다.

"그러니까 마지막으로 오셨을 때예요. 그 구마자와 어쩌고 할 때."

"구마자와 천황 이야기가 나왔을 때가 마지막 방문입니까?"

"그랬던가?"

다카노 전 교사는 가느다란 목을 45도나 기울이고 생각에 잠겨 있다. 부인은 그 목덜미를 바라보며 '그래요' 하고 말했다.

"저는 똑똑히 기억하고 있어요. 슌신 씨는 갑자기 찾아왔고, 왠지 잔뜩 흥분해 있었는데——."

"그렇다면 쇼와 21년(1946) 1월 하순 이후로군."

---

[119] 밀교에서 사용하는 불구(仏具)의 하나. 여러 종류의 금속·상아 등을 주재료이며, 중앙에 쥐는 부분이 있고 양쪽 끝이 뾰족한 절구 모양의 불구.

[120] (767~822). 일본 천태종의 개조. 히에이잔[比叡山]에 들어가 법화일승사상(法華一乗思想)에 경도되어, 근본중당(根本中堂)을 창건. 804년에 당나라로 건너갔다가 이듬해에 귀국해 천태종을 개창했다.

[121] (774~835). 헤이안 초기의 승려. 일본 진언종의 개조. 804년에 사이초와 함께 당나라로 건너가, 장안 청룡사의 혜과(恵果)에게 배웠다. 806년에 일본으로 돌아와 고야 산[高野山] 금강봉사(金剛峰寺)를 연다.

기바는 기억하고 있다. 분명히 '구마자와 천황 사건'이 최초로 신문에 보도된 시기는 그 무렵이다.

"맞아요. 왜냐하면 야에가 없어진 것은 슌신 씨가 온 다음 날이었거든요."

"뭐라고요? 그게 사실입니까?"

"오오, 맞다, 맞아. 생각났어. 야에 소동 때문에 그 사람이 왔던 걸 완전히 잊고 있었어. 그렇다면 21년 2월이야."

그제야 목을 똑바로 편 다카노가 말했다.

"그건 —— 경찰에는?"

"말 —— 안 했나? 무엇보다 관련지어서 생각한 적이 없었습니다. 가출이라고 생각했으니까요. 딸은 밤에 놀러 다니기를 좋아해서, 뭐, 전쟁이 끝난 해방감도 있었는지 너무 자주 집을 비우곤 해서, 조금 엄하게 꾸짖었습니다. 그렇지, 한창 말다툼을 하는 중에 야마다 군이 찾아왔고, 그래서 야에는 나가 버렸어요."

"그런데 그 야마다도 화를 냈다는 겁니까?"

기바는 왠지 부자연스러운 인상을 받았다.

"설마 따님이 그대로 없어져 버린 건 아니겠지요."

"아뇨. 야마다 군이 돌아가고, 잠시 후에 돌아왔어요. 그리고 말도 하지 않고 토라져 있기에 다시 한 번 꾸짖었지요. 그랬더니 다음날 가출했어요."

아무래도 무관하다고는 생각할 수 없다. 어쩌면 야마다는 집을 나간 후 밖에서 야에를 만나, 뭔가 구실을 붙여 다음 날 만날 약속을 하고 유괴한 건지도 모른다. 아니, 상상을 부풀려 보자면 스님과 불량 소녀는 사귀고 있었다고 생각할 수도 있다. 손에 손을 잡고 사랑의 도피를 해서, 7년 가까운 도피행 끝에 동반 자살.

　이상하다. 역시 스님이 사건과 관련되어 있다면 유괴 정도일 것이다. 그러나 무엇 때문에?

　—— 스님이 유괴? 어째서 스님이지?

　기바는 아무래도 그게 마음에 걸렸다.

　나가토는 '이야기를 되풀이하게 되어 죄송하지만' 하고 양해를 구하고, '해묵은 이야기를 끄집어내는 것은 내키지 않습니다만' 하고 사과한 후에, 야에의 특징이나 가출 당시의 자세한 사정 등을 묻고, 꼼꼼하게 수첩에 기록했다. 상당히 시간이 지났기 때문에 노부부의 기억은 애매했고 서로 맞지 않는 부분도 많이 있었지만, 나가토는 일일이 '지당하신 말씀입니다', '그거면 됐습니다' 하며 참과 거짓을 전부 기록했다. 대충 이야기를 다 듣고 나서 노형사는 기바 쪽을 향해,

　"당신은 물어볼 게 없습니까?"

　하고 말했다.

　기바는 잠시 망설였지만 결국 물어보았다.

　"그 야마다 하루오에 대해서인데, 사상적으로 기울어져 있지는 않았습니까? 황국사관을 갖고 있었다거나, 또는 공산주의자였다거나."

　"그건 —— 어느 쪽이라고도 할 수 없지요. 아니, 이상한 이야기지만 제 처지상 사상이 편향되는 것을 좋아하지 않아서, 그렇다면 건드리지 않으면 될 테지만, 아까도 아내가 말했다시피 아무래도 말해 버리는 성격이라서요. 그래서 가능한 한쪽으로 기울지 않도록 신경을 쓰고 있었는데, 좌우 어느 쪽 이야기도 그는 즐겁게 들었던 것 같습니다 —— 그러니 그가 화를 낸 것은, 그렇지, 구마자와 천황에

대한 것 정도입니다."

아무래도 알 수가 없다. 왜 구마자와 따위에게 화를 내는 걸까. 그가 진짜 천황이 될 거라고 생각하고 있던 사람이, 과연 일본 전국에 몇 명이나 있었다고. 표면상으로는 여러 가지 이야기가 나왔지만, 사실 모두 즐기고 있었을 뿐이다. 화를 낸 것은 구마자와의 행위를 천황이나 황실에 대한 불경이라고 받아들인 일부 사람들뿐이다.

기바는 아무래도 석연치 않았지만, 별수 없이 다카노가 일하던 학교——즉 야마다가 다니던 학교——의 이름과 주소를 물어보았다.

다카노도 그것은 곧 대답했다.

나가토는 장황할 정도로 인사를 늘어놓은 후, 다시 오겠다고 말하며,

"아직 따님이라고 확실히 밝혀진 것은 아니니, 너무 슬퍼하지 마시기 바랍니다."

하고 말했다.

——그런 문제가 아니지 않나?

기바는 그렇게 생각했다.

오히려 딸의 생사가 확실해지는 쪽을, 이 노부부는 바라고 있지 않을까. 아니면 그것은 기바의 생각이 부족한 탓이고, 역시 어디에선가 살아 있어 주기를 바라는 것이 부모의 마음이라는 걸까?

다카노가를 뒤로하고, 장관을 이루는 김의 숲을 빠져나가면서 기바는 그 생각만 했다.

"슈 씨, 점심은?"

갑자기 나가토가 돌아보며 물었다.

"먹어야죠."

"그러니까 어디에서 드실 겁니까?"

"나야 오모리는 처음이니까 당연히 모르지요."

"아아, 저는 도시락인데요."

"아아, 그랬죠. 그럼 아무 데서나 사 먹을까?"

나가토는 어디에 가든 도시락을 지참한다. 기바는 그 신경이 이해가 안 간다. 살인 현장에 도시락을 가져가는 남자는 별로 없을 거라고 생각한다.

운 좋게 군고구마 가게를 발견하고, 기바는 고구마로 때우기로 했다. 추우니 마침 잘됐다.

나가토는 공터와 거기에 방치된 폐자재를 발견하고는, 마침 잘됐다며 저기에서 먹자고 말했다.

기바는 뭐라 말할 수 없는 쓸쓸한 기분이 들었다.

기바 혼자라면 어느 모로 보나 무뢰한이라는 분위기지만, 나가토와 함께라면 꼴사납기 짝이 없다. 게다가 기바는 따끈따끈하게 김이 나는 고구마를 들고 있는 것이다. 멍청하다고밖에 표현할 수 없는 그림이다.

"아저씨, 그거 사모님이 만들어준 도시락이오?"

달리 물어볼 것도 없었다.

"아내는 벌써 죽었습니다. 이건 제가 만든 거지요."

"그래요? 공습이었소?"

"아뇨. 폐병입니다."

나가토는 무뚝뚝하게 대답했다.

"제 일에 지장이 생긴다며 계속 참고 있었던 거지요. 알았을 때는 상당히 악화된 상태라, 곧 죽고 말았습니다. 마침 '죽자단 사건' 무렵이었지요."

"그거 안됐군. 하지만 아저씨는 그것도 알아채지 못했단 말이오? 자기 마누라면서."

"뭐, 저도 집에 잘 들어가지 않았으니까요. 지난 몇 년을 생각해 보면, 당시에는 대단한 사건도 없었는데 왠지 바쁘게 지내고 있었습니다. 젊었으니까요. 게다가 세간 분위기도 좋지 않고."

나가토가 평안을 기뻐하는 것도 아내의 일 때문일지도 모른다. 기바는 그렇게 생각한다.

전쟁이 있은 후로 사람의 목숨이 머리카락보다 가볍게 여겨지고 있다──는 것은 누구의 말이었을까. 제국은행 사건[122], 시모야마 사건[123], 미타카 사건[124], 마츠카와 사건[125], 다이라 사건[126]. 분명히

---

[122] 1948년 1월 26일 오후, 도쿄 도시마 구의 제국은행 시이나마치 지점에 나타난 남자가 행원들에게 청산가리를 먹여 12명을 사망, 4명을 중상에 빠뜨리고 현금 등을 빼앗은 사건. 범인으로 지목된 히라사와 사다미치는 범행을 부인했으나 사형 판결이 확정, 판결이 미집행된 채 87년에 95세의 나이로 옥사했다.

[123] 1949년 7월 5일, 당시 일본국유철도(국철) 초대 총재였던 시모야마 사다노리가 출근 도중에 공용차를 대기시켜 둔 채 미츠코시 백화점 니혼바시 본점에 들어가 그대로 실종, 15시간 후인 7월 6일 오전 0시 이후에 도키와신[常磐線] 기타센주역─아야세역 사이에서 열차에 치여 시체로 발견된 사건. 사건의 진상이 밝혀지지 않은 채 많은 억측을 불러, '전후사(戰後史) 최대의 수수께끼'라고 불린다. 이 사건에 이어 일어난 마츠카와 사건 및 미타카 사건을 합쳐서 국철의 전후 3대 미스터리라고도 불렸다.

[124] 1949년 7월 15일 오후 9시 23분에 일본국유철도(국철) 미타카역 구내에서 일어난 무인열차폭주사건. 폭주한 열차에 의해 역 이용객 6명이 전철에 깔려 즉사. 또, 전철이 선로 옆 상점가로 탈선하면서 부상자도 20명이나 나오는 대참사가 되었다. 수사당국은 국철 노동조합원의 일본공산당원 9명과 비공산당원 1명의 공동모의에 의한 범행으로 기소, 그 외 2명이 위증죄로 기소되었으나 1950년, 도쿄지방재판소는 비공산당원인 다케우치 게이스케에게 무기징역 판결을 내리고, 그 외 9명을 무죄로 하여 다케우치의 단독범행으로 인정했다. 다케우치는 목격증언 등의 뒷받침이 있는 알리바이가 있었고, 판결에 불복하여 도쿄고등재판소에 항소했다. 그러나 도쿄고등재판소는 1951년, 일심판결을 파기하고 보다 무

전쟁이 끝난 후로는 대사건이 속출했다. 차분해진 것은 지난 2, 3년이고, 올해 들어서 다시 도졌다는 느낌이다. 형사가 바쁘면 제대로 돌아가는 세상이 아니다. 그것은 사실일 것이다.

그렇다고 해서 노인의 회고록을 듣고 감회에 젖는 것은 기바의 취미가 아니다.

"아내는 원망하고 있을 겁니다. 저를. 아내가 죽은 것은 죽자단과 마찬가지로, 마지막 항의 행동이었을지도 모르지요. 하지만 결국 그런 것은 전해지지 않는 겁니다. 저 자신은 아내를 불쌍하다고 생각하긴 했지만 무엇 하나 달라지지 않았어요. 음——하나 드시겠습니까?"

나가토는 기바에게 삶은 달걀을 권했다.

고구마가 엄청나게 달아, 기바는 하나 먹기로 했다. 다만 껍질을 벗기자 흰자가 부들부들 떨려서 조금 싫어졌다. 아마 반숙인 것 같다.

거운 사형판결을 선고했다. 최고재판소에 상고했지만 구두변론도 열리지 않은 채, 1955년에 사형이 확정되었다. 다케우치는 사형판결 후에도 문예춘추지에 음모설을 호소하는 투고를 게재하는 등 무죄를 주장했으나, 1967년 뇌진탕으로 옥사. 진상은 규명되지 않은 채 막을 내렸다.

125) 1949년 8월 17일 오후 3시 9분경, 후쿠시마 현 마츠카와초[松川町](현재의 후쿠시마 시)를 통과하던 도호쿠혼선[東北本線] 상행 열차가 갑자기 탈선 전복된 사건. 희생자는 증기기관차의 승무원 3명. 검증 결과, 전복지점 부근에 있는 선로계목부의 볼트와 너트가 느슨해져 있고 판자가 빠져 있는 것이 확인되었다. 게다가 레일을 침목 위에 고정하는 굵은 못도 여러 개 뽑혀 있고, 길이 25미터의 레일 자체가 거의 13미터나 이동한 상태였다. 수사당국은 이 사건을 당시 국철의 대량 인원정리에 반대하던 국철노동조합과 일본공산당의 모의에 의한 범죄라고 단정. 범인으로 지목한 노동조합 관계자들을 차례차례 체포·기소했으나, 전형적인 누명 씌우기 사건이었다. 작가인 히로츠 가즈오가 필사적인 구명운동을 펼치고, 우노 고지·요시카와 에이지·시가 나오야·무샤노코지 사네아츠 등 작가들이 앞장서고 국민적인 지원운동이 일어나, 전원 무죄 석방되었다.

126) 1949년 6월 30일. 후쿠시마 현 이와키 시에서 노동자, 시민들이 게시판 철거에 반대하며 다이라 경찰서를 점거. 공산당원 등 159명이 기소되었다.

기바는 단단하게 삶은 것을 더 좋아한다.

끝까지 나가토와는 맞지 않는 것 같다.

그 후 기바는 나가토의 인솔을 받는 형태로 오모리서(署)에 들렀다. 아까 들은 증언과 당시의 수색원 신고서 기록을 대조하거나, 이후의 수사 협력을 요청하는 등, 나가토는 실로 자질구레한 작업을 아기자기하게 해치웠다.

기바는 조금도 열중할 수가 없었다. 그렇다고 해서 뭔가 생각하고 있는 것도 아니고, 생각해야 할 사항이 정리된 것도 아니다. 기바의 뇌리에는 여자를 유괴하는 스님이라든가, 국화 문장이 새겨진 단도라든가, 금색 해골이라든가, 구마자와 천황이라든가, 할복하는 청년 같은 것이 흐릿하게, 그것도 동시다발적으로 떠오르고 있었을 뿐이다.

국화 문장과 이중으로 겹친 금색 해골은 복안술(復顏術)처럼 살을 얻고 피부를 얻어 사람의 머리가 되었다.

그러는 동안에도 바깥은 어두워지기 시작했다. 겨울이다 보니 해가 두레박이 우물 속으로 떨어지듯 빨리 진다. 창밖을 바라보고 있는데 쉰 목소리가 갑자기 기바를 불렀다. 돌아보니 나가토가 전화 수화기를 내려놓은 참이었다.

노형사는 완만한 움직임으로 몸을 돌리더니,

"특별한 건 아무것도 없는 것 같습니다, 슈 씨. 국가경찰 본부에서 무슨 회의가 있었던 모양인데, 우리들과는 상관이 없겠지요."

라고 말했다. 본청에 연락을 하고 있었던 모양이다.

"그래서요?"

"아니, 각 관구의 수사과장이 모였다는데, 강화가 발효된 날로부터

9월까지 일어난 외국 병사의 범죄가 만 건을 넘었다나 뭐라나."

"그게 아니오. 그러니까, 뭔가 지시가 있었느냐고 묻고 있는 건데."

하는 이야기마다 하나같이 굼뜨다.

"아아, 없습니다. 일손은 충분하니까 그 쪽을 진행해 달라고 하던데요."

어지간히 한가한 걸까, 아니면 탈선 불량형사와 도움이 안 되는 늙어빠진 형사를 한데 묶어 본선에서 떼어놓으려는 상부의 계획일까.

"그 쪽이라니, 이 사건 말이오?"

"그렇습니다."

"하지만 아저씨. 이건 어차피 가나가와 관할의 사건이잖소."

"관할 따윈 상관없어요. 수사 협력은 할 수 있잖아요. 그렇게 해서 해결이 된다면 좋은 거 아니겠습니까."

"해결이라니, 범죄가 아닐지도 모르는데. 자살이라면 체포할 상대도 없소."

"검거율만 높인다고 다가 아니잖아요. 게다가 슈 씨도 이 사건이 조금 신경 쓰이기 시작했을 텐데요."

쓸데없는 참견이다. 기바는 종교가 얽힌 집단자살 따위에 흥미는 없다. 기바의 마음에 걸리는 것은 어디까지나 국화 문장과 불가해한 스님이다.

——마찬가진가?

기바는 대답을 하려다가 멈추었다.

"뭐, 좋아요. 슈 씨, 오늘은 이제 그만합시다. 퇴근이 늦어지겠어요. 저는 좀 더 조사를 하고 나서 갈 건데, 슈 씨는 어떻게 하시겠습니까?"

"바로 퇴근한다는 거요? 그럼 나는 집에 갈래요. 도울 일이 있다면 또 모르겠지만. 뭔가 없소?"

나가토는 싱글벙글 웃으며 됐다고 말했다.

"내일, 아침에 방침을 결정하지요. 오시마 씨에게도 보고해야 하고. 그럼 내일 봅시다."

기바는 나가토에게까지 선뜻 버려진 것 같아서, 조금 한심한 기분이 들었다.

뜸을 들이다 보니 더욱 집에 가기 어려운 분위기가 된다. 다만 딱히 나가토가 집에 가지 말라는 의사표시를 하는 것은 아니니, 그 분위기도 스스로 만들어낸 환상에 지나지 않는다. 잠시 머뭇거리다가 결국은 그럼 내일 보자는, 기바답지 않은 인사를 하고 물러났다.

—— 이게 뭐야.

기바는 맥이 빠진 것 같기도 하고 마음이 불편한 것 같기도 한, 실로 거북한 기분이 들었다. 무엇을 해야 할지 전혀 모르겠고, 딱히 뭘 하고 싶은 것도 아니다. 누군가가 뭘 하라고 말한 것도 아니다.

—— 어쩔 수 없지. 시시껄렁한 잡담이라도 할까.

기바의 발길은 자연스럽게 간다로 향했다. 간다에는 에노키즈가 있다. 술이라도 마시자고 할 요량이다.

에노키즈와 기바는 알고 지낸 지 오래되었다. 연호가 쇼와로 바뀐 세월과 거의 같다. 콧물을 흘리던 어린 시절부터 사이가 좋지도, 나쁘지도 않은 상태로 계속 교제는 이어지고 있다. 남들은 죽마고우라고 하지만 기바는 악연이라고 생각하고 있다.

생각해 보면 이 관계가 아직도 지속되고 있는 것은 이상한 일이라고도 할 수 있다. 기바는 석재상집 애송이고, 에노키즈는 옛 화족이라는 대단한 가문의 도련님이다. 어른이 되고 나서도 기바는 직업군인이었고 에노키즈는 제국대학 학생이었다. 아무런 접점도 없다. 현재도 에노키즈는 사립탐정이고, 기바는 보다시피 시원찮은 경찰관이다. 탐정과 경관은 일견 가까워 보이지만, 실제로는 물과 기름이다. 소설이나 영화처럼 명탐정의 협력으로 해결되는 사건 따윈 없다. 무엇보다 에노키즈는 탐정으로서는 무능하다. 협력을 청한 순간 사건은 미궁의 문을 열게 될 것이다.

다만, 그렇다 보니 에노키즈와 있을 때 기바는 석재상집 애송이도, 무서운 중사도, 무서운 형사도 아니다. 그냥 기바 슈타로다. 아무것도 생각할 필요가 없어 마음은 편하다. 에노키즈의 주위는 1년 내내, 지위 고하를 막론하고 누구나 어울려 즐기는 술자리다.

탐정의 사무소는 진보초에 있다. 무능한 탐정에게 사건을 들고 오는 인간은 사물의 도리를 모르는 얼간이거나 사정을 모르는 불쌍한 사람뿐이라, 에노키즈는 대개 한가하다. 세상 사람들은 그렇게 바보가 아닌 것이다. 따라서 에노키즈는 놀러 다닐 때 외에는 고용인 겸 조수인 야스카즈 도라키치와 둘이서 멍하니 있거나, 쿨쿨 자는 생활을 보내고 있다. 부럽다고 생각하지는 않지만 팔자 좋은 신분이긴 하다.

돌로 만들어진 빌딩의 3층, 사무소 문의 간유리에는 '장미십자탐정사무소'라고 쓰여 있다. 간판을 내건 지 1년 가까이 될 테지만, 뭐가 장미고 어디가 십자인지 기바는 아직도 이해할 수가 없다.

문을 열자 딸랑 하고 종이 울린다. 종소리와 동시에 에노키즈의 커다란 목소리가 들렸다.

"그러니까 그건 교고쿠가 할 일이잖나!"

"하지만 ——."

—— 설마 손님인가?

기바는 순간 의뢰인인가 싶어서 놀랐다.

탐정사무소에서 의뢰인을 보고 놀란다는 것은 동물원에서 호랑이를 보고 놀라는 것과 같은 일이지만, 기바가 보기에는 사막에서 은어를 낚은 거나 다름없는 신기한 일이다.

"오오! 기바슈 바보가 왔다!"

에노키즈는 '탐정'이라고 쓰인 삼각뿔이 놓여 있는 커다란 책상 너머로 그렇게 외치고, 큰 소리로 웃었다.

목소리에 맞춰 응접실에 있던 손님이 돌아보았다.

자세히 보니 그것은 의뢰인이 아니라 친구인 세키구치 다츠미와 추젠지 아츠코였다.

"보게, 세키 군, 지옥에서 부처를 만난다는 건 이런 걸 두고 하는 말이지. 대불(大佛) 같은 얼굴을 한, 범죄를 아주 좋아하는 남자가 부르지도 않았는데 일부러 와 주었네! 이 무슨 우연이란 말인가! 이것도 내 인덕 덕분이지."

"하지만 에노 씨, 그건."

세키구치는 여전히 응얼거리는 말투로 그렇게 말하고 나서 기바에게 목례를 했다.

세키구치와는 전우다. 정확하게 말하면 기바가 부하였다. 전장에서 알게 된 후로 쭉, 기바는 이 한심하고 칠칠치 못한 상관을 왠지 내버려둘 수가 없어서 아무래도 돌봐주고 마는 것이다. 지금도 그렇다.

기바는 세키구치처럼 속으로 고민하고 틀어박히는 인종은 적극적으로 싫어한다. 그 성격을 생각해 보면 기바 같은 인종과 교제하는 데에는 소극적일 텐데, 어쩐 셈인지 이상하게도 교제가 이어지고 있다.

같은 부대에서 생사를 함께 했을 뿐만 아니라 살아남은 것도 서로뿐, 복귀도 함께 ——그런 특수한 관계이기도 하지만, 교제가 이어지고 있는 것은 그 이유 때문만은 아니다. 이것도 악연이다.

추젠지 아츠코는 공통의 친구인 추젠지 아키히코의 어린 누이로, 고지식한 기바가 이성으로 의식하지 않고 사귈 수 있는 몇 안 되는 여성 중 한 명이다.

"무슨 일이야? 자네들. 무슨 일 있었나? 설마 이 무능한 탐정에게 상담할 일이 있다는 건 아니겠지."

기바는 바보라고 불린 복수를 확실하게 해 주고 나서 세키구치 맞은편에 걸터앉았다.

"있습니다."

세키구치가 여전히 한심한 목소리를 냈다.

"믿고 싶지 않은 현실이지만 ——그, 저는 에노 씨에게 일을 의뢰하러 온 겁니다."

"켁!"

기바는 큰 소리로 악담을 했다. 동시에 도라키치가 차를 가져왔다.

"기바슈 나리, 부탁이니 우리 선생님께 의뢰를 받아들이라고 말해 주십쇼. 모처럼 이렇게 세키구치 선생님이나 아츠코 씨가 와 주셨는데, 저렇게 의욕이 없으시다니까요."

도라키치는 에노키즈를 곁눈질로 보며, 평소처럼 보호자 같은 말투로 말했다.

"그야 세키구치 이 친구가 곤란을 자청하고 싶은 거라면 저 엉터리 탐정의 인형 같은 얼굴에 정의의 철권을 두세 대 먹여 주는 건 상관없지만, 이봐, 세키구치, 자네 정말 그러길 바라나?"

"안 바랍니다!"

세키구치는 그답지 않게 똑똑히 발음했다.

"선생님도 참, 또 그런 말씀을 하시다니. 우다가와 선생님과 약속한 건 저잖아요."

추젠지 아츠코는 팔꿈치로 세키구치를 가볍게 찌르고 나서 그렇게 말하더니, 토라진 것 같기도 하고 곤란한 것 같기도 한 얼굴을 했다. 그리고 커다란 눈으로 기바를 보았다.

"진짜 의뢰인은 따로 있어요. 기바 씨."

기바는 약간 흠칫했다. 어린애라고만 생각하고 있었는데 얼굴을 마주하고 보니 꽤 여자다.

에노키즈가 바보 취급하는 듯한 목소리를 냈다.

"귀여운 아츠코의 부탁이니까 받아들이려고 했지만, 얘기를 듣고 나니 싫어졌으니까 어쩔 수 없잖나. 그런, 머리 없는 뼈가 점점 몸을 얻어, 거북처럼 목이 돋아나서 살아나는 꼴사나운 요괴는 보안대도 퇴치할 수 없어! 하기야 목이 주욱주욱 돋아나는 모습을 볼 수 있다면 돈을 내고라도 보고 싶지만."

"그건 뭐야!"

──뼈가 점점 몸을 얻는다고?

그건 마치 금색 해골 같다.

세키구치가 머뭇거린다.

"에노 씨, 그건 실제로 일어난 이야기가 아니에요."

"무슨 소리를 하는 건가, 세키 군! 아까 자네가 자네 입으로 그렇게 말했잖은가. 자네는 거짓말쟁이인가!"

"아니, 그."

"게다가 나는 겨울 바다는 추워서 싫어! 작열하는 즈시라면 기꺼이 가겠지만, 극한의 즈시 따윈 딱 질색일세."

"이봐, 에노, 그건 바다 이야기인가?"

"즈시일세. 즈시. 즈시."

"즈시라고?"

── 또 즈시인가?

뭘까, 대체.

그럼 에노키즈가 거부하고 있는 것은 '금색 해골 사건'의 해결 의뢰인가? 아니, 에노키즈는 목이 돋아난다느니, 머리 없는 뼈라는 말을 했다.

── 그렇다면 금색 해골의 몸통 쪽 이야기인가?

기바는 그렇게 상상했다가 곧 지웠다. 그런 우연은 없다. 있다 해도, 양쪽 다 너무 비상식적이어서 말이 안 된다. 그러나,

── 흘려들을 수는 없다는 건가.

이시이의 수사에 도움이 될지도 모른다. 수사의 ㅅ 자도 모르는, 정보수집능력도 정리능력도 전혀 없는 이시이 경부는, 아마 여기에서 나오는 정보는 알 수도 없을 테고 안다 해도 활용 따위는 못할 것이다.

나가토의 말이 묘하게 귀에 남아 있다.

── 수사 협력은 할 수 있잖아요.

──그렇게 해서 해결이 된다면 좋은 거 아니겠습니까.

기바는 세키구치를 지나쳐 추젠지 아츠코 쪽을 보았다.

"어떻게 된 거야? 얘기해 봐."

아츠코는 에노키즈와 세키구치를 번갈아 바라보고, 순간 낙담한 듯한 표정을 짓고 나서 어쩔 수 없다는 듯이 이야기하기 시작했다. 이 아가씨도 이 사람들을 상대하느라 고생 참 많겠지──기바는 아츠코에게는 자신도 별로 다를 것 없다는 사실도 잊고, 게다가 그것을 완전히 젖혀 놓고서 아츠코를 동정했다.

"대체 뭐야, 그 이야기는."

기바는 이야기가 끝난 순간 듣지 말 걸 그랬다고 후회했다.

"그럼 세키구치, 마치 자네 꿈같지 않은가."

세키구치는 군대 시절부터 자주 기분 나쁜 꿈을 꾸곤 했다. 기바는 그 이야기를 재미있게 들을 때도 있지만, 듣고 싶지 않을 때도 있다. 아무리 기이한 내용이라도 어차피 꿈은 꿈, 엉터리임에는 틀림이 없다.

그 꿈과 거의 같은 종류의 이야기다.

되살아나는 전생의 기억. 목이 잘려도 몇 번이고 되살아나는 사자. 정원에 뿌려진 피──.

추리는 고사하고 감상조차 말할 수가 없다.

"이 경우, 내가 끼어들 여지는 없는 셈이군. 이봐. 법률로 처벌할 수 있는 얘기를 해. 난 형사라고. 경찰관이야. 내가 다니는 사쿠라다 몬에 있는 건 경시청이고, 염마청이 있는 건 지옥이란 말이야. 나는 염라대왕의 심부름꾼이 아니라 시민을 지키는 공무원일세. 망자 단속까지는 하지 않아."

"이야기해 보라고 한 건 나리잖아요."

그답지 않게 세키구치가 항의했다. 기바는 일축한다.

"이야기도 이야기 나름이지! 하나도 물리적으로 해결할 수가 없잖나. 살해당하고 머리가 잘린 남자가 어떻게 찾아온단 말인가? 마누라가 잘못 본 것치고는 너무 공들인 내용이잖아. 그것만 봐도 허튼소리 아닌가."

"그렇지는 않네."

에노키즈가 명랑한 목소리로 말했다. 에노키즈를 제외한 네 사람은 모두 입을 벌리고 에노키즈를 보았다.

"나는 알았네."

"뭘 말입니까?"

"목이 잘린 남자가 또 온 것뿐이지?"

"뿐이라니, 에노 씨."

"그런 건 간단한 일이지."

"설명할 수 있다는 건가요?"

아츠코가 머뭇머뭇 물었다.

에노키즈는 물론이라며 으스댔다.

세키구치도 도라키치도 마른침을 삼키며 귀를 기울이고 있다. 다만, 기바는 기대하지 않는다.

"그 사자는 쌍둥이였던 거야."

에노키즈는 단호하게 그렇게 말했다.

기바는 대답할 마음도 들지 않았지만, 세키구치가 힘없는 목소리로 대답했다. 성실하기도 하다.

"잠깐만요, 에노 씨. 어째서 그런 결론이 나옵니까?"

"이보게, 똑같은 얼굴의 남자가 두 명 있는 거라고. 한 사람이 죽어도 아직 한 사람이 살아 있지."

도라키치가 크게 한숨을 쉬었다. 세키구치는 더욱 힘없이 말했다.

"에노 씨, 이런 이야기에 쌍둥이는 곤란해요."

"왜지! 쌍둥이도 범죄를 저지르고, 쌍둥이도 살해당할 때도 있단 말일세. 세키 군, 자네는 쌍둥이에게 인권을 주지 않는 건가?"

"무슨 알 수 없는 소리를 하는 겁니까. 아무리 쌍둥이라도 틀림없이 구별은 된다고요."

"나는 구별이 안 가. 내 친구의 부인은 쌍둥이인데, 나는 꼭 틀리거든."

"그건 당신이 경솔하니까 그렇죠. 게다가 죽은 지 8년이나 지났어요. 나이를 먹었을 텐데요."

"살아남은 쪽은 동안이었던 걸세."

보다 못한 듯이 아츠코가 끼어들었다.

"안 돼요. 에노키즈 씨. 그 남편은 벌써 네 번이나 살해되었어요. 그러니 세 번은 살아 돌아온 셈이라니까요."

"그럼 네쌍둥이."

아츠코는 에노키즈를 무시하고 기바 쪽을 보았다.

"어쨌든 기바 씨. 지금 한 얘기 말인데요. 우다가와 아케미 씨라는 여성이 본 신경증적인 환각과 그 원인이 된 진짜 사건을 나누어 생각해서는 안 된다고 생각해요. 환각은 세키구치 선생님께 맡기기로 하고, 문제는 실제로 일어난 사건 쪽이지요. 의뢰인이 실제로 해결하고 싶어 하는 것은 그쪽입니다."

"그, 8년 전의 겁쟁이 병사 살인사건 말인가? 하지만 그런 사건은 듣지 못했는데."

"그야, 저도 나리도 그때는 남방에 있었으니까요."

세키구치가 말했다.

"그래도 미해결 상태의 사건이잖아. 장소는 어디라던가?"

"나가노 현입니다."

"그래? 신문에 났다고 했지. 용케 그 시기에 그런 기사가 실렸군."

"시골의, 무책임한 작은 신문이었던 게 아닐깝쇼?"

도라키치가 끼어들었다.

"그건 있을 수 없는 일이야. 아무리 지방이라도 그 무렵에는 그런 무책임한 신문은 없었네."

세키구치가 대답한다. 신문 통합 얘기를 하는 것이리라.

당시 언론은 통제되고 있었다. 신문도 통합되어 각 현에 한 종류, 그것도 게재 기사는 당국의 엄격한 관리하에 놓여 있었을 것이다. 국체에 반하는 것은 물론이고 국민들이 전의를 상실할 듯한 기사는 전부 기각되었다고 들었다. 기바가 그렇게 말하자 도라키치는 입술을 삐죽거렸다.

"역시, 그럼 거짓 보도였습니까요? 이겼다, 이겼다고 기뻐하고 있었는데."

"아니, 거짓이 아닐세."

세키구치가 대답했다.

"그래도 패전 직전에는 어땠는지 알 수 없지만. 다만 처음에는 너무 이겼다고 보도하면 국민들의 긴장이 풀리니까 반대로 기사를 내지 않는다거나, 그런 배려는 있었던 모양이네. 하지만——."

세키구치는 일단 소설가라서——기바는 한 작품도 읽은 적이 없지만——그런 문화적인 일은 꽤 자세히 알고 있는 것 같았다.

"——확실히 나리가 말한 대로, 게재한다 해도 국민들에게 좋은 영향은 하나도 주지 않는 기사로군요. 병역기피 따위를 지면에 실었다간 경우에 따라서는 병역회피를 조장할 수도 있고, 국민들이 하나가 되어 전쟁을 하자고 호소해야 하는 시기에 머리 없는 시체는 불안 요소예요. 좋지 않은데——."

세키구치는 어미를 웅얼웅얼 흐리면서 침묵했다. 이 등이 구부정한 소설가는 금세 침묵하는 버릇이 있다. 그때마다 기바는 등뼈를 펴 주고 싶어진다.

"세키 군!"

에노키즈가 외쳤다. 어차피 쓸 만한 소리는 하지 않을 것이다.

"그건 말일세, 본보기라네. 병역을 회피하는 비겁한 놈은 목이 잘린다! 그런 걸세, 알겠나?"

예상한 대로 바보다. 그러나 세키구치는 '으음, 그럴 수도 있을까요?'——라고 말하고 있다. 세키구치라는 남자는 에노키즈의 수상쩍은 의견에도 혹하고 마는 것이다.

——이 녀석은 그래서 안 되는 거야.

기바는 초조해졌다.

"그런 건 아무래도 상관없네. 이봐, 세키구치. 어쨌거나 그건 실제로 있었던 일인 거지?"

"그건——아마도."

"아마도가 아니지. 뭐, 사실이라면 기록은 남아 있을 테니 나가노 본부에 조회해 보면 알 일이네만. 하지만 8년이나 지난, 경찰도 해결하지 못한 그런 어려운 사건을 이 쓸모없는 녀석에게 의뢰하다니 어리석기 짝이 없군."

기바의 고언(苦言)에 대해, 왠지 추젠지 아츠코가 어깨를 움츠리며 미안하다는 듯이 변명했다.

"하지만 그쪽에서 지명하셨는걸요. 저는 응낙해 버렸고, 달리 알고 지내는 탐정도 없고, 게다가 에노키즈 씨는 어떤 의미로 의지가 되니까요."

"어떤 의미라니 무슨 의미지, 아츠코?"

탐정이 눈을 반쯤 감고 아츠코에게 물었다.

기바는 곧 이해했다.

에노키즈는 보통 사람에게는 보이지 않는 무언가가 보이는, 특이한 체질인 모양이다. 기바는 아츠코의 오빠로부터 그 이야기를 들었는데, 듣고 보니 기바에게도 짐작 가는 구석이 있었다.

어릴 때 에노키즈가, 잊고 있던 일을 갑자기 지적하거나, 잃어버린 물건을 찾아주거나 한 적이 기바에게는 몇 번이나 있었던 것이다. 그 능력은 전쟁이 끝난 후에 더욱 강해진 모양이지만, 결국 아무 도움도 안 되는 것 같다. 다만 에노키즈가 탐정을 시작한 것도, 본래는 그 이상한 체질 탓이라는 것이다.

따라서 아츠코가 어떤 의미로라고 말한 것은 99% 그 능력을 염두에 두고 한 발언이 틀림없다. 다만, 그것은 말하자면 점쟁이의 점 같은 것이라, 기바로서는 특별히 탐정의 일에 도움이 된다고는 도저히 생각할 수 없었다.

"어떤 의미고 저떤 의미고. 이 이야기는 저 녀석의 이름이 나온

단계에서 거절해야 했어. 알고 있겠지만 바보라고, 저 녀석은——."

기바는 그렇게 말하며 에노키즈를 밑에서 올려다보았다. 왠지 으스대고 있다. 만들어낸 것처럼 아름다운 얼굴이다. 어릴 때부터 그랬다. 기바는 종규(鍾馗)[127]지만, 에노키즈는 왕자님이었다.

그건 그렇고——.

—— 뭘 으스대는 거야?

에노키즈는 기바를 내려다보는 듯한 얼굴을 하고 말했다.

"무슨 말을 하는 건가, 썩은 두부 같은 머리인 주제에. 내가 해결 못 하는 사건이 있을 것 같나? 요괴가 나온다고 해서 교고쿠 녀석에게 부탁하라고 했지만, 요괴가 나오지 않는다면 내가 받아들이지. 그럼 그렇다고, 자네들도 처음부터 그렇게 말했으면 좋았을 텐데."

세키구치가 우우 하는 앓는 소리를 냈다.

"에노 씨가 듣지 않았을 뿐이잖아요."

그것은—— 세키구치의 말이 옳다. 에노키즈는 남의 이야기를 전혀 듣지 않으니, 아마 기바가 오기 전에 한 첫 번째 이야기는 헛수고였을 것이다. 게다가 세키구치는 설명이 서툴러서, 가엾게도 추젠지 아츠코가 똑같은 이야기를 되풀이해서 두 번이나 했을 것이다. 왜냐하면 세키구치의 이야기는 말하자면 주관적이고 금방 끊기고 이해하기 어려워, 전혀 들을 수가 없기 때문이다.

기바는 거기에서 아츠코의 오빠를 떠올렸다.

아츠코의 오빠, 추젠지 아키히코—— 교고쿠도는 세키구치와 달

---

127) 중국의 역병을 막는 귀신. 당나라의 현종황제가 병상에 있을 때 꿈에 종규라는 이름으로 나타나 병마를 쫓았기에, 화공 오도사(吳道士)에게 그 모습을 그리게 한 데에서 비롯되었다고 한다. 짙은 수염을 기르고 검은 옷, 커다란 눈에 검을 차고 있다. 일본에서는 인형으로 만들거나, 붉은색으로 그려 부적으로 삼았다.

리 매우, 쓸데없을 정도로 말발이 선다. 게다가 에노키즈의 말처럼 요괴나 유령류에 엄청나게 강하다. 종교에 대해서도 박식하다. 기바의 약점은 그 남자가 커버할 수 있다.

―― 녀석에게는 그것도 물어볼 가치는 있겠지.

물론 기바는 후타고야마 산의 집단자살이나 야마다 하루오에 관한 일을 떠올리고 있다.

"그건 그렇고, 그 교고쿠 녀석은 대체 어떻게 된 건가? 요괴가 나오든 안 나오든, 이번만은 그 비뚤어진 녀석이 한몫 끼지 않은 건가?"

세키구치가 상담했다면 반드시 뭔가 참견을 할 것이다. 잠자코 있을 남자가 아니다.

"오빠는 없어요. 있었다면 어차피 이러쿵저러쿵했겠지요."

아츠코가 알 수 없는 표정으로 대답했다.

"없어? 교고쿠가? 신기한 일도 다 있군. 그놈도 외출을 하나?"

"오빠는 오늘 아침부터 교토에 가 있어서――."

교고쿠도는 좀처럼 다다미방에서 나오지 않는 사람이라고, 기바는 멋대로 생각하고 있었다. 대체 그 먼 교토까지 뭘 하러 간 걸까.

기바의 의문은 세키구치가 대신 질문해 주었다.

"맞다. 아츠코, 그러고 보니 나도 듣지 못했는데, 교고쿠도는 뭘 하러 교토 같은 데 간 거지? 치즈코 씨의 친정에 볼일이라도 생긴 건가?"

치즈코 씨라는 것은 교고쿠도의 아내 이름이다. 친정은 아마 교토라고, 전에 들은 기억이 있다. 그러나 아츠코는 고개를 저었다.

"아뇨. 그게, 교토에 '습학관(拾鶴館)'이라는 오래된 고서점이 있는데, 거기 주인에게 '도산인야화(桃山人夜話)'인가 하는 고서가 아주 상태가 좋은 게 들어왔다는 연락이 와서, 매우 기뻐하며 사러 갔어요."

"뭐야, 그 도산 파산이라는 건?"

에노키즈가 또 영문을 알 수 없는 소리를 했다. 그러나 기바도 교고 쿠도가 무엇을 사러 간 건지는 전혀 알 수 없었다. 세키구치가 해설해 주었다.

"요괴 책입니다. 자세한 건 모르지만, 진짜 제목은 '그림책 괴담'이라고 했던가? 그 왜, 교고쿠도가 늘 읽고 있는 '백귀야행'이라는 오래된 책이 있잖습니까. 그거랑 비슷한 겁니다. '백귀야행'에는 유명한 요괴가 많이 실려 있고 '도산인야화'에는 거기에서 누락된 무명의 요괴가 실려 있다고 들었지만요. 그런데 정말 취향 독특하네. 책 같은 건 우편으로 보내달라고 하면 될 텐데."

"우편사고가 무섭대요. 오빠는 우정성(郵政省)을 신용하지 않는 모양이에요."

가장 중요할 때에는 없다. 그러나 그 비뚤어진 친구는 만일 있었다해도 ── 참견은 할지도 모르지만 ── 다다미방에서는 한 발짝도 나오지 않았을 것이다. 교고쿠도란 그런 남자다. 기바와는 다르다.

기바는 생각한다.

뭔가, 뭔가 하나 빠져 있는 선이 있다. 아니, 두 개일지도, 세 개일지도 모르지만 어쨌든 몇 개만 더 선을 그으면 이 엉망진창의 형태는 그림이 될 듯한 기분이 든다.

그것은 뭘까.

실제로 8년 전의 '병역기피자 엽기살인'과 '부활하는 사자'나 '전생의 기억', 그리고 '정원의 핏자국' 같은 현재 일어나고 있는 일련의 기이한 현상은, 세키구치가 말하는 것과 같은 의미로 관련이 있을 거라고 생각한다.

그러나 지금 즈시 주변에서 일어나고 있는 사건은 그것만이 아니다. '황금 해골 사건'에 '후타고야마 산 집단자살사건'──그것도 관련된 사건이라고 생각해 보면 어떨까. 발생 장소가 너무 가깝다. 그러나 장소가 가까울 뿐이고, 그 외에는 무엇 하나 관련이 없는 것처럼 여겨진다.

열심히 생각하면 생각할수록, 그 생각 뒤에 오늘 들은 '죽자단 사건'이, 그리고 '구마자와 천황 사건'이 겹쳐진다. 이들은 물론 관련이 없을 것이다. 그러나 뭔가,

뭔가 키워드가 있다.

── 뼈인가?

아니다.

그것은 바다에 떠 있는 사람의 머리를 해골로 잘못 본 착각과 아케미인가 하는 여자의 환각에서 세키구치가 이끌어낸 뼈의 망상이 부합된 것에 지나지 않는다. 착각과 환각과 망상의, 실로 재미없는 부합이다.

── 어떤 감정. 원한인가?

원망하고 있을 겁니다──.

아니다! 무슨 생각을 하는 거냐. 그것은, 그것은 나가토의 말이다. 나가토가 죽은 아내를 떠올리며 한 회한의 말이다. 전혀 상관이 없다. 기바는 미간에 주름을 지었다.

조금 혼란스럽다. 역시 기바에게는 문헌이나 자료나 전설에서 얻은 정보로 추리의 골격을 짜 나가는, 이론적인 범죄 수사는 맞지 않는

다. 직접 부딪치지 않으면 이야기가 되지 않는다.

—— 나가노.

가 보고 싶어졌다.

병역기피자의 머리 없는 시체 ——.

적어도, 지금 직면하고 있는 다른 어떤 사건보다도 기바 취향이다. 살인임에는 틀림이 없고, 8년이 지났지만 아직 해결도 되지 않았다. 게다가 수수께끼 같은 전직 헌병까지 출연했다고 한다. 반응도 있을 것 같다.

그러나 현재의 기바에게 나가노까지 가는 게 허용될 리도 없다. 나가노 본부에서 수사협조 요청이라도 있었다면 모를까, 그런 것은 없었다.

기바는 결국, 패기 없는 노형사와 함께 수수하게 가출 소녀와 이상한 스님의 소식이라도 추적할 수밖에 없는 것이다.

—— 답답하구먼.

이번에 또 탈선하면 기바는 모가지다.

울분을 풀러 왔는데 더욱 울분이 쌓이고 말았다.

그러고 보니 세키구치의 얼굴은 정말 우울하다. 도라키치의 얼굴도 칙칙하다. 아츠코의 얼굴은 왠지 모르게 똑바로 바라볼 수 없는 분위기고, 에노키즈는 ——.

에노키즈는 갑자기 일어섰다.

"그럼 내가 나가노로 가지! 세키 군, 준비하게. 모시고 따라가는 것은 손오공으로 정해져 있지!"

"에노키즈 씨, 받아들여 주시는 건가요?"

아츠코가 기쁜 것 같기도 하고 슬픈 것 같기도 한, 복잡한 심정을 그대로 얼굴에 드러내며 탐정을 바라보고 있다.

──아아, 이게 뭐람!

기바는 낙담했다. 그리고 세키구치는 동요하고 있다.

"어째서 제가! 싫어요. 이번만은, 저는 에노 씨의 말은 절대로 안 들을 겁니다! 저, 저는, 저."

저항해 봐야 이 남자는 가게 될 게 뻔하다.

기바는 왠지 정말로 답답해졌다.

그리고 기바는 다시 의욕을 잃었다.

그 때, 사건이 일어나고,

사건은──.

6

해명이 침식해 온다. 하지만

지난 며칠 동안, 나는 아무래도 차분하다.

다만 이전의 (이전이란 언제일까) 건강하게 지내던 무렵의 (그거야 말로 가짜가 아닐까) 그 무렵의 나로 돌아간 것은 결코 아니다.

바다에서 자란 여자는 끊임없이 내 안에서 무언가를 주장하고 있다.

그러나 그 교회의 상담원이 말했던 것처럼, 내 안에 타인이 있어서 말을 걸어오거나 하는 것은 아닌 것 같다.

바다에서 자란 여자도 역시 나인 것이다.

내게는 과거가 두 개 있는 것이리라.

이제 그것은 융합되어 있다. 바다를 모르고, 해명을 싫어하는 나는 또한 바다에서 자라고, 해명을 좋아하는 나이기도 한 것 같다.

이제 아무래도 좋았다.

다시 한 번 교회에 가 보자는 생각도 들지만, 그것조차도 이제 아무래도 좋다는 기분이 든다.

내게는,

내게는 남편이 있어 줄 것이다.

남편은 매우 상냥하게 대해 주었다.

남편과 있는 동안, 나는 그 참혹한 기억을 한때나마 잊을 수 있다.

지금의 내가 있는 것도 전부 남편 덕분이고, 내 인생은 남편이 만들어준 거나 마찬가지다.

내게 신은 남편이다. 그 이외의 신을 찾아봐야 부질없는 일이다. 남편만 있으면 된다.

그렇게 생각했기 때문에, 나는 그 상담원과 한 약속을 깨고 교회에는 가지 않았던 것이다.

―― 목은 베어 버렸는데도.

바닥에 누워 있다가 상반신을 일으킨다. 얼어붙을 정도까지는 아니지만 약간 쌀쌀한 것은 틀림없다. 뭔가 걸치지 않으면 감기에 걸릴지도 모른다.

남편은 올해로 몇 살일까.

그런 생각을 한다.

그렇게 젊지 않은 것은 확실하다. 하지만 나는 그 나이라는 것을 잘 모르겠다. 분명히 남편의 목이나 손가락, 눈 밑에는 처음 만났을 때보다 많은 주름이 새겨진 것 같다. 피부의 탄력도 없어졌을지도 모른다. 흰 머리도 늘었다고 생각한다.

그러나 그것은 부분이고, 전체로서의 남편은 거의 변하지 않은 것 같다. 매일 함께 있어서 변화하는 것을 알아차리지 못하는 건지도 모른다. 아니, 세세한 부분의 변화에 대해서는 잘 알 수 있다. 구체적인 변화를 인식할 수 있는데 전체는 변하지 않은 것처럼 느껴진다는 것은, 생각해 보면 묘하다. 나는 계속 그랬기 때문에 이상하다고 생각한 적이 없었지만, 평범한 것은 아닐지도 모른다.

그래서——라고 할 것도 없겠지만, 다른 사람과 사귀는 것은 철저하게 서툴다. 남편 이외의 인간은 누구도 만나고 싶지 않다, 만날 수 없다고, 계속 그렇게 생각하고 있었다. 지금도 거기에 대해서는 별로 달라진 게 없다.

따라서 남편과 함께 산 8년간, 나는 남편 이외의 사람과 대화다운 대화를 한 적이 없다. 남편의 일과 관련해 손님이 왔을 때도, 인사를 하고 차를 내놓는 정도 외에 전혀 말을 하지 않았고, 물건을 사러 가도 필요한 말밖에 하지 않았다. 당연히 친구는 생기지 않았다.

인기작가라는 남편의 입장을 돌아보고, 다른 작가의 생활을 쓴 책 등을 돌이켜보건대, 내 태도는 이상하다. 나는 작가의 아내로서, 아니, 일반적인 사회인으로서 완전히 실격이었던 것 같기도 하다. 나는 남편에게 그다지 좋은 아내는 아니었던 것이다.

그러나 남편은 아무 말도 하지 않았다.

오히려 내 성격을 고려해서 손님의 수를 줄여준 것 같다.

사실은 교회에 가는 것도 매우 망설였다. 그 수염 난 목사님이나 신경질적인 상담원도 물론 여러 가지로 진지하게 생각해 주었지만, 솔직히 말해서 상대방의 얼굴은 제대로 보지 않아 그것이 어느 쪽이 한 말이었는지, 별로 똑똑히 기억나지는 않는다.

기억하는 것은 목사님이 입고 있던 스웨터의 코 모양이라든가, 안경테의 쇠 장식이라든가, 상담원이 입고 있던 노타이셔츠의 옷깃 모양이라든가 ——.

그런 것뿐이다.

기억해 봐야 별수 없다.

왜 교회 같은 곳에 간 걸까.

냉정한 상태로 생각해 보면 잘 모르겠다.

다만, 그때는 너무나 무서워서 견딜 수가 없었던 것이다.

다시 한 번 사령 ——노부요시가 오는 게 아닐까 생각하면, 너무나 무서워서 이가 딱딱 부딪힐 정도로 공포가 가득 차올라, 도저히 가만히 있을 수가 없었다.

노부요시 ——살을 얻은 원령.

복수할 생각이라면 나를 저주해서 죽이든, 재앙을 일으켜 죽이든 하면 된다. 육체를 얻었다면, 나를 안을 수 있다면 위해를 가할 수도 있지 않을까. 왜 귀찮게 그런 짓을 할까.

내 목을 조르면 되는 것이다.

그때 내가 했던 것처럼.

목을, 두 손으로,

※

——안 돼요! 그건 중요한 물건이에요. 빌리기만 하는 거라고 해서,

——부탁이야, 저것만으로는 부족해, 아버지는 조금도 나아지지

않으셨어. 이걸, 내게,

　── 안 돼요! 안 돼요! 이제 얼버무릴 수 없다고요!

　── 부탁이야. 나는 그것 때문에 쫓겨서.

　── 싫어요. 약속했잖아요!

　── 놔! 놔 줘!

※

그것은 어느 쪽의 기억일까.

이제 구별이 되지 않는다.

다만, 이 두 손이 기억하고 있다. 나는 전남편 노부요시의 목을
졸랐다. 그리고 죽인 것이다. 그것만은 틀림없다고 생각한다. 그렇다
면 나와 노부요시 사이에 대체 무슨 일이 있었던 것일까. 도망 중인
노부요시와 어떻게 접촉한 걸까, 노부요시는,

※

노부요시 씨는 그 여자가 아니라 나를 선택해 주었습니다.

그렇게 생각해서 그런 짓까지 했는데.

그게 아니었던 겁니다.

그러니, 그러니, 그런 사람에게는 ── 아뇨, 죽일 생각은 없었습
니다.

다만 ──.

※

그렇다. 처음에는 죽일 생각 따위 없었다. 분명히 어쩌다가 그렇게 된 거라고 생각한다. 정신을 차려 보니 목을 조르고 있었다. 다만, 그 후 왜 목을 베었는지는 모르겠다. 이유 따위 전혀 생각나지 않는다. 노부요시가 다시 부활하면 곤란하다고, 그것만 생각하고 있었던 건지도 모른다.

아니, 아니다. 그것은 되살아난 노부요시를 죽였을 때의 일이다. 상담원이 말한 것은 8년 전의 그때 왜 목을 베었는가 하는 것이리라.

목을 벤 이유——.

그걸 알 수 있으면 끝이라고, 그 교회의 상담원은 말했다. 죽여도 목은 베지 말고 생각해 보라고, 상담원은 말했다. 그래서 교회에서 돌아온 나는 열심히 생각하려고 했다.

하지만 나는 알 수 없었다.

아니, 그때는 그렇게 냉정할 수 있는 상황이 아니었다.

그때——.

나는 상담원이 말한 대로 목을 베지 않으려고, 손도끼와 톱을 바다에 던지려고 했던 것이다.

거기에, 그 자리에 갑자기 사령은 나타났다. 나는 전율했다. 그리고 공포에 질린 나머지 노부요시를 손도끼로 베어 죽이고 말았다. 무서웠다. 큰 소리를 지르고 울면서, 나는 또 목을 베고 말았던 것이다.

아아, 떠올리고 싶지도 않다!

미지근한 피와 기름 덩어리 때문에 도낏자루를 쥔 손이 미끄러지는 그 감촉. 그 냄새.

새빨간——아니, 혈액이라는 것은 의외로 검은 법이다——주위
가 온통 피바다가 되어, 머릿속까지 핏빛으로 완전히 물들고,
절단면에서는 끊임없이 피가 솟아나온다.
두근두근, 두근두근, 두근두근,
쏴아아아, 쏴아아아, 쏴아아아,

※

남자는 보고 있었던 것입니다.
그 사람은 신주겠지요. 신주 차림을 한 남자가, 내가 그 자리를
떠난 순간 모습을 나타냈습니다. 아마 그 남자는 계속 우리들의 뒤를
따라왔을 겁니다. 그리고 보고 있었던 것입니다.
그 사람을 쫓고 있었던 것은 헌병만이 아니었나 보지요. 저는 무서
워서, 당황스러워서, 슬퍼서, 그저 그늘에 숨어 떨고 있었습니다.

※

목은——.
목은 왜 벤 것일까.
아무래도 모르겠다. 생각나지 않는다.
그 악몽 같은 체험만은 두 번 다시 되풀이하고 싶지 않다.
아마,

※

——아아, 신주가 이쪽을 본다!

※

그렇다. 아무래도 신주가 나온다.

신주. 왜 신주일까.

생각하는 것은 그만두자.

그 사령——노부요시만 더 이상 찾아오지 않으면, 이대로도 살아
갈 수 있다.

바닥에서 일어났다. 등이 조금 아프다.

그래도 나는 교회에 가길 잘했다고 생각하고 있다. 그 사람들의
말이 맞는다면, 아무리 끔찍하고 아무리 무서워도 노부요시는 환각
이라는 뜻이리라.

환각이 아니더라도,

——원래 죽은 사람이니 몇 번을 죽여도 그건 살인이 아니에요.

상담원은 그렇게 말했다. 그렇다면.

그렇다면 악몽과 다를 게 없지 않은가——.

굳게 닫혀 있던 덧문을 열어 본다.

사흘만의 일이다.

정원은 벌써 어둑어둑하다. 남편이 꼼꼼하게 청소해 주었지만, 정
원석의 핏자국은 지워지지 않았다. 지금은 어두워서 그것도 잘 보이
지 않는다.

산길 때문에 저녁 햇빛이 들지 않는 것이다.

그래서 이 집은 해가 일찍 진다. 이 집에서 저녁 햇살이 비치는 방은 딱 한 군데, 남편의 서재뿐이다.

얼어붙은 차가운 공기가 소리도 없이 침입해 온다. 피부가 긴장된다. 몹시 기분 좋다.

파도 소리도 별로 신경 쓰이지 않는다.

회복되고 있다.

두 개의 과거를 잘 끌어안을 수만 있으면, 살아갈 수 있을지도 모른다. 내게는 남편이 있어 줄 것이다. 노부요시는 이제 오지 않을 것이다――그런 기분이 든다.

상태가 좋아지면 교회에 고맙다는 인사를 하러 가자.

그리고 경찰에 자수하려고 한다.

적어도 내가 8년 전의 노부요시 살해사건의 범인이라는 사실만은 거의 틀림이 없다.

그렇게 하면 노부요시도 용서해 줄지도 모른다.

어젯밤, 남편은 돌아오지 않았다. 아무리 늦어도 돌아올 테니까――그렇게 말하고 나갔는데, 뭔가 피치 못할 사정이 있었나 보다.

그러나 아무 일도 없었다.

남편이 조금 걱정되기는 했지만, 불안해지지는 않았다. 나는 남편에게 전폭적인 신뢰를 기울이고 있다. 남편을 의심한 적은, 지난 8년 동안 단 한 번도 없다.

게다가 어젯밤에는 늦게까지 이치야나기 부인이 있어 주었다. 왠지 그 사람이 있으면 차분해져서 푹 잘 수 있다.

오늘도 와 주고, 방금 전까지 같이 있어 주었다.

이치야나기 부인의 집은 옆집이다.

부인의 이야기로는 우리 집과 마찬가지로 남편과 둘이서 살고 있는 모양이다.

이치야나기 부인은 친절하고 예쁜 사람이다.

나갈 때 남편이 부탁했는지 어제는 남편이 나가자 곧 와 주었고, 늦은 밤까지 함께 있어 주었다. 이웃집 주인도 어제는 집에 없었던 모양이다.

처음에는 당혹스러웠지만 부인이 너무 친절하게 말을 걸어 주고 이야기를 들어 주어서, 나도 모르게 여러 가지 이야기를 하고 말았다. 이야기를 하면 조금이라도 편해진다는 것을 교회에서 학습했기 때문인지도 모른다. 참혹하고 이상한 나의 고백을, 이치야나기 부인은 그렇게 싫은 얼굴도 하지 않고 끝까지 들어 주었다. 이야기하다 보니 마음이 편해졌다.

사람 사귀기를 싫어하는 나도 그녀에게는 마음을 허락할 수 있을 것 같은 기분이 든다. 나이도 비슷한 것 같다.

그러니 내가 이 정도까지 회복할 수 있었던 것은 물론 남편 덕분이고, 이웃집 부인 덕분이기도 한 셈이다. 나는 그저 주위 사람들의 따뜻한 정에 감사할 뿐이다.

이치야나기 부인은 내 이변을 눈치채고 있었던 모양이다.

이웃집과의 경계인, 산을 깎아 만든 길은 거의 벽처럼 얇고, 가장 바다에 가까운 방——서재 부근에서 끝난다. 바다 쪽은 절벽이고,

물론 산을 넘어 이웃집에 갈 수는 없지만 정원에서 낸 목소리라면 당연히 들릴 것이다. 그 정도 거리다.

그건 그렇고 왜 이런 식으로 집을 지은 건지 이해하기가 어렵다. 이렇게까지 해서 이곳에 두 채의 집을 짓고 싶었다면, 한가운데 산 때문에 생기는 벽을 깎아 버리고 나서 두 채를 짓는 편이, 부지도 넓어지고 다니기도 좋다.

어쨌거나 나의 이변은 이웃집에 전해지고 있었던 것이다.

열흘쯤 전의 일이라고 하니, 내가 노부요시를 세 번째 죽였을 (거라고 생각했을) 때의 일일 것이다.

이미 한 번 죽인 (거라고 생각하고 있었던) 셈이니, 설마 또 올 거라고는 생각하지 않았다. 그래서 나는 그때까지보다 더 크게 소리를 질렀던 것이다. 그게 이웃집까지 들린 모양이다.

그때의 노부요시는 집요하게 내 몸을 요구했다. 나는 저항하며 객실까지 달아나, 거기에서 실랑이를 벌이다가 힘이 다했다. 노부요시는 말도 하지 않고 실실 웃으면서 덮쳐왔다.

그렇다.

나는 그때도 순간적으로 노부요시의 목에 손을 댔다. 툇마루의 장지문은 그때 노부요시가 발로 차서 쓰러뜨렸기 때문에, 실랑이를 벌이고 있는 이상한 기척도 이웃집에는 전해졌을지도 모른다.

아니면 나는 나도 모르는 사이에 소리를 지르고 있었는지도 모른다.

환각이라면 대단히 속 보이는 연극을 하고 있었던 셈이 된다. 나는 혼자서 소리를 지르며 날뛰고, 음란한 자세로 몸부림치고 있었던 걸까.

만일 그렇다면 웃기는 이야기다. 아니, 역시 정신병원행일까.

아마 이치야나기 부인은 그 다음 날에 찾아와 준 것 같다. 나는 자고 있었는지 잘 기억나지 않지만, 부인은 그때 남편에게 어느 정도의 사정을 듣고 그 후로 걱정하고 있었다고 했다.

교회에서 돌아온 날——즉 내가 노부요시를 네 번 살해했(다고 생각하고 있)던 날의 다음 날도 와 준 모양이다. 그때의 일은 기억하고 있다.

그날은 스스로도 착란을 일으키고 있었다고 생각한다. 외박을 한 남편을 비난하며 날뛰었다. 아무리 환각이라고는 해도 참혹하기 짝이 없는 체험이 세 번이나 계속되었던 것이다. 내 인내력도 한계를 맞고 있었을 것이다.

그때도 이치야나기 부인은 날뛰는 나를 열심히 달래 주었다. 나는 착란을 일으킨 상태여서 그게 누구였는지 전혀 몰랐다. 지금 생각하면 부끄러워서 얼굴을 가리고 싶어질 정도로 흐트러져 있었던 것 같지만, 경우가 경우이니 어쩔 수 없다. 다만, 이치야나기 부인이 있어 주었기 때문에 나는 그래도 조금은 빨리 평정을 되찾을 수 있었다.

그러나 얼굴은 전혀 기억나지 않았다.

어제 와 주었을 때도, 그때와 똑같은 무늬의 비단옷을 입고 있어서 안 거나 마찬가지다.

아무래도 그런 것만 기억난다.

이치야나기 부인은 식사 준비도 해 주었고, 세심하게 신경을 써 주었다. 나와 달리 다른 사람과 접하는 데 능숙한 사람이라고 생각한다. 그리고 나는 성당에서 이야기한 것 같은 신상 이야기를 그녀에게 했다. 상담원에게 한 번 이야기해서인지 요령 같은 게 생겨, 조금은 이야기하기 편했다. 우스운 일이다.

그렇게 이야기하다 보니 〈나의 과거〉는 〈나의 과거의 이야기〉가 되고, 〈나의 체험〉도 단순한 〈신기한 이야기〉가 되어 버린다. 이야기화 함으로써 현실은 급격하게 생생함을 잃어버린다. 적어도 이야기하는 사람에게는 그런 것 같다. 나는 점점 정신이 들었다.

그러나 반대로 나의 이야기는 그녀 안에서 생생한 현실을 만들어낸 것 같다. 이치야나기 부인은 동요한 모양이다.

그것도 당연한 일일 것이다. 만일 그녀가 일반적인 인생을 보내고 있는 아주 평범한 가정의 주부라면, 그 일상에는 머리 없는 시체는 고사하고 단순한 타살 시체조차 끼어들 여지가 없을 것이다. 부활하는 사자는 말할 것도 없다. 하물며 목을 베는 등의 잔학한 행위 묘사에 대해서는 얼굴을 돌리는 게 당연하다.

그에 비해 내 인생은 얼마나 비상식적인가.

사실 이치야나기 부인은 내가 엽기적인 행위를 이야기하거나 이상한 심정을 토로하면 몇 번이나 눈썹을 찌푸리며 손으로 입을 가렸다. 나는 그때마다 계속 이야기하기를 망설였고, 나의 기분 나쁜 체험을 저주했다. 그러나 말을 멈출 수는 없었다. 침묵하는 게 무서웠던 것이다.

미쳤다고 여겨지면 그뿐이다 ── 그렇게 생각하기도 했다.

그러나 부인은 함께 눈물지어 주기는 했지만, 결코 그런 냉정한 눈으로 나를 보지 않았다.

물론 나도 상대방의 심중을 꿰뚫어보는 심안(心眼)은 갖고 있지 않으니, 그것은 희망적인 관측임에 틀림은 없겠지만.

이치야나기 부인은 그저 동정하지도 않고, 무서워하지도 않고, 자신이 내 입장이라면 어떨까 하는 이야기를 해 주었다. 그리고 이렇게 물었다.

──당신은 노부요시 씨를 어떻게 생각하는 걸까요. 지금도 그 노부요시를 좋아하시나요?

생각해 본 적도 없다. 상대는 죽은 사람이고, 기분 나쁘다고는 생각해도 산 사람에 대한 감정은 가질 수 없다고 대답했다.

──그건 되살아났기 때문이겠지요. 되살아나지 않았다면 어땠을까요. 그렇게 싫어하다니 불쌍하잖아요.

그럴지도 모른다. 내가 노부요시를 무서워하는 이유는 죽은 노부요시가 찾아와서라기보다 내가 노부요시를 죽였기 때문일 것이다. 노부요시가 나를 원망하고 있다고 생각하기 때문에 공포를 느끼는 것이다.

하지만 잘 생각해 보면, 원래는 노부요시가 잘못한 것 아닌가──하는 생각도 든다. 잘 기억나지는 않지만, 나는 노부요시 덕분에 온갖 험한 꼴을 당했던──것 같다. 내 인생을 망친 것은 노부요시 쪽인 것이다. 그러니 피차 마찬가지라는 말까지는 하지 않겠지만, 그렇게 무서워할 것도 없다. 내가 먼저 죽었다면, 귀신이 되어 나올 것은 내 쪽이다. 아마도──.

아마도 기억을 잃기 전의 나는 노부요시를 원망하고 있었을 것이다 ──그렇게 생각한다.

그리고 나는 그보다 더 옛날, 어쨌거나 무조건적으로 노부요시를 사랑하고 있었던 ——것 같은 기분이 든다.

당시의 일을 생각할 때, 왠지 내 마음속에 격렬한 감정의 발로가 일어나기 때문이다. 격렬하게 연모하고, 격렬하게 질투하고, 격렬하게 원한 기억이 되살아난다.

그것이 어느 쪽의 기억인지는 여전히 모르겠다.

하지만 어느 쪽이든 상관없다.

격렬하게 좋아했기 때문에 격렬하게 실망하고, 살의까지 품었을 것이다.

——왜 목을 베었지?

언젠가 생각날 것이다. 이제 아무래도 좋다.

나는 이제 괜찮을 것 같은 기분이 든다.

길고 무서운 꿈을 꾸고 있었던 것이다. 8년 동안이나 봉인되어 있던 기억이 갑자기 되살아난 덕분에, 심한 부작용이 돌아왔을 뿐이다. 되살아난 것은 시체가 아니라 내 안에 있던 격렬한 감정의 움직임이었을 것이다.

역시 춥다. 나는 덧문과 장지문을 닫았다. 방이 캄캄해진다. 전등을 켜 보지만 켜지지 않는다. 요즘은 정전이 많다. 그리고 보니 전력 공급이 잘 안 된다는 이야기를 남편이 했었던 것 같기도 하다.

남편은 어떻게 된 걸까.

아는 사람의 장례식이라고 했는데, 그렇다 해도 귀가가 늦다. 집을 나간 것은 어제 오후였다.

눈에 힘을 주고 자세히 보니 시곗바늘은 벌써 7시가 되려고 한다.

촛불이라도 켜야겠다.

촛대는 헛간에 있을 것이다.

나는 어쩔 수 없이 다시 덧문을 열고 정원에 내려섰다.

바다에서 산길을 따라 바람이 불어온다. 깎아지른 산 위쪽에 우거져 있는 초목이 바스락바스락 차분하지 못하게 움직이며 소리를 내고 있다.

해명이 들린다.

여기에서,

——여기에서 목을 베었지.

그건 환각이다. 망상이다. 비현실이다!

나는 정원석에서 내려와 헛간의,

——이 정원석의 핏자국도 환각일까?

그렇다. 환각이다! 있을 수 없는 일이다. 무슨 착각이다. 빨리 불을 켜지 않으면,

쏴아아아, 쏴아아아, 쏴아아아, 쏴아아아, 쏴아.

아아, 정말 귀에 거슬리는 소리다!

헛간 문을 연다.

촛대는,

——이건 뭐지?

——이 피에 젖은 손도끼와 톱은 뭐지!

"아앗!"

나는 소리를 지르며 몸을 젖히다가, 다리의 힘이 빠져 엉덩방아를 찧었다. 그리고 그것에서 시선을 피하듯이 안채 쪽으로 상체를 비틀었다. 그 때,

──우물이,
나는 저 우물 속에 무엇을 던져 넣었던가!
눈앞이 새하얘졌다. 기다시피 안채로 향한다. 정원석에 끈적하게
핏자국이 남아 있다.
──가까이서 보면 어두워도 보인다!
쏴아아아, 쏴아아아, 쏴아아아, 쏴아아아,
싫어, 싫어싫어싫어.

※

──잘 들어라, 너는 거둬들여지는 것도, 팔려가는 것도 아니다.
너는 수행을 하러 가는 거야. 아버지가 크게 은혜를 입은 고마우신
분 밑에서 말이다. 여자라도 얼마든지 부처가 될 수 있단다.

※

──우리 집에는 말이지, 상자에 들어 있는 고귀한 백골이 있어.

※

──드디어 때가 왔다. 이 제물을 본존으로 삼아, 7년 후에는,

※

뭘까? 방금 그건, 방금 그 기억은 대체 뭐란 말인가!

엄청난 기세로 심장이 두근거렸다. 해명 소리에 맞추어 목의 혈관에서 혈액이 두근두근 올라온다. 두근, 두근, 두근, 쏴아아아, 쏴아아아, 쏴아아아.

7년 후에는, 뭐라고?

덧문을 활짝 열어둔 채 복도로 기어나간다.

옆집에, 이치야나기 부인에게 가자, 그 사람이라면,

※

──그 머리를 돌려줘!

※

기억이, 나의 과거가 찾아온다. 대체 어디에서 오는 것인지, 누구의 기억인지, 누구의 말인지, 떠올리기는 싫다, 싫다, 무섭다.

나는 복도에 웅크렸다. 검고 윤기 나는 나뭇결이 보인다.

현관이 덜컹덜컹 흔들리고 있다. 바람일까? 오니시가 강하지만, 오늘은 대어(大漁) 깃발이 저렇게 펄럭거리고 ──.

싫다, 이건 환각이 아니다.

문을 덜컹거리고 있는 것은 누구?

나는, 나는 대체 누구?

현관이 열렸다.

열쇠는 ──.

얼굴을 든다.

복원복이 보였다.

"오래 기다렸지, 아케미."

── 이것은, 이것은 현실이다!

"그건 그렇고 심한 꼴을 당했어 ──."

그렇게 말하며 사자는 붙어 있는 목을 아프다는 듯 문질렀다.

── 또 죽여야 한다.

7

후루하타 히로무는 우다가와 아케미가 돌아간 직후부터 극단적인 불안신경증 증상을 보이며, 거의 말도 하지 못하고 누워 있었다.

어지간한 시라오카도 일이 이렇게 되자 곤란해진 모양이다. 복음도, 의사의 처방도, 후루하타의 경우에는 아무 도움도 되지 않는 쓸데 없는 참견이라고 내다보았는지, 결국 목사로서는 잠시 내버려둘 수밖에 없다고 판단한 듯 아무런 손도 써 주지 않았다.

그 판단은 현명했던 것 같다.

그래서 후루하타는 사흘쯤 말도 하지 않고, 음식도 먹지 않은 채 창문 없는 방에 누워 있었다. 얕은 잠과 흐릿한 각성. 끊임없는 편두통. 가슴 속에 끓어오르는 정체를 알 수 없는 불안. 사령에게 능욕을 당하는 아케미. 그 사령의 머리를 베어내는 아케미. 그리고 산더미처럼 쌓인 해골의 꿈.

잘 때도 깨어 있을 때도 실실 웃고 있는 수염 난 얼굴의 유대인.

나흘째에 체력은 한계를 맞아, 의식이 멀어졌다.

오랜만의 깊은 잠이었다.

그래도 늘 꾸던 꿈을 꾸었다.

해골의 산 앞에서 남녀가 교접하고 있다.

그것을 후루하타가 엿보고 있다. 안기고 있는 것은 아케미다. 안고 있는 남자의 얼굴은 보이지 않는다. 그러나 어차피 저것은 후루하타 자신이다. 돌아보면 알 수 있다──후루하타는 그렇게 생각하고 있다.

불빛을 받은 그림자 모습의 남자가 천천히 돌아본다.

아니다. 자신이 아니다.

남자에게는 수염이 있다.

잠이 깨었다.

──그건 누굴까.

신경이 쓰였다. 수염이 있다고 해서 꼭 프로이트라는 법은 없다. 수염이 있는 남자는 많이 있다. 시라오카도 이상한 모양의 수염이 얼굴 전체에 나 있다.

──목사님이? 말도 안 돼.

가장 거리가 멀다. 우스웠다. 후루하타는 그 바보 같은 생각에서 아주 약간 일상의 향기를 맡고 조금이나마 회복되었다. 그러자 배가 고팠다. 그래서 멋대로 식당에 가서 적당한 것을 먹었다. 포만감이 좀처럼 느껴지지 않아서 꽤 많이 먹었고, 결국 속이 안 좋아졌다.

밖으로 나가 보았다. 머리가 어질어질하고 계단에서는 현기증이 났으며 옥외로 나가자 눈이 어지러웠다. 두더지가 구멍에서 나온 것 같다. 심호흡을 하자 냉기가 폐에 가득 차고 늑골 사이가 아팠다. 왠지 몸이 엉망진창이다.

──시라오카는 어디에 있을까.

후루하타는 밖에 나가자마자 갑자기 목사가 마음에 걸렸다. 누워 있을 때는 남의 일을 생각할 여유 따윈 없었던 것이다.

시라오카에게는 미안한 짓을 했다. 일전에는 꽤 심한 말을 했다고 생각한다. 사과하려 해도 뭐라고 말해야 할지 모르겠다. 그걸 생각하니 마음이 무거워졌다. 대충 둘러보니 어디에도 목사의 모습은 보이지 않는다. 앞뜰을 손질하고 있는 것 같지도 않다.

뒤에 있는 걸까.

후루하타는 뒤로 돌아갔다.

역시 목사는 뒤쪽에 서 있었다.

그 날과 똑같이 미장이용 흙손을 들고 있다.

그것은 나흘 전──닷새 전일까. 후루하타에게는 이미 날짜 감각이 없었다.

말을 걸기 어려운 분위기였고, 할 말도 얼른 떠오르지 않아서 찾고 있는 사이에 후루하타는 시라오카 바로 옆까지 다가가고 말았다. 목사는 왠지 넋을 잃고 있는 듯, 후루하타를 알아차린 기색은 전혀 없다.

뒤뜰은 정원이라기보다 그냥 공터로, 잡초가 우거져 있는 것 외에는 쓰레기를 태우는 드럼통이 놓여 있을 뿐이다. 일단 울타리로 둘러싸여 있기는 하지만 울타리 밖은 이웃집 부지고, 그저 나무가 우거져 있을 뿐이다. 시라오카는 그 나무쪽을 보고 있다. 무엇을 보고 있는 걸까.

"료 씨."

목사는 전기라도 통한 듯 흠칫하며 돌아보았다. 안경이 조금 비뚤어졌다.

"후, 후루하타 군, 자네."

"아아, 좋아진 건 아닙니다. 그냥, 사과드리려고요."

목사는 왠지 당황하고 있다.

"사과라니, 나는 아무것도 하지 않았네. 사과하려면."

"신에게 하라고요? 아뇨, 제가 사과드리고 싶다는 건 그런 게 아니에요."

"무슨 —— 소린가?"

"저는 당신께 꽤 심한 말을 했어요. 당신의 신앙심을 모욕하는 말을, 당신에게는 신성한 장소에서 하고 말았지요. 그것을 ——."

시라오카는 수염을 떨며 살짝 웃었다.

"그거라면 —— 자네는 틀린 말을 한 건 아니니까. 나는 자네가 말한 그대로의 인간일세. 아마도. 그러니 사과할 건 없네. 그보다 ——."

시라오카는 거기에서 말을 끊고 발밑을 보았다.

"그보다 묻고 싶은 게 있네. 아니 —— 상담일까. 계속 자네에게 고백하고 싶다고 —— 생각하고 있었네."

말 한 마디 한 마디가 약하다. 뭔가 분위기가 이상하다.

그러고 보니 시라오카는 아케미가 한창 이야기하고 있을 때도 상당히 이상한 반응을 보였다. 아니,

—— 역시 뭔가 숨기는 일이 있는 거다.

언제부터일까. 한 달, 아니, 두 달 전부터일까. 후루하타는 은근히 목사의 거동이 수상함을 느끼고 있었다. 그러나 분석하지 않겠다, 해석하지 않겠다고 다짐하고 있었기 때문에 일부러 그것을 무시하려

고 노력하고 있었던 것이다.

그러나 목사의 설교 어투에서, 또는 종교 토론의 말투에서 어느새 후루하타는 결국 그것을 해 버리고 말았다.

시라오카의 신앙이란 씻을 수 없는 신비주의적 경향——전생 사상일까——에 근거하고 있고, 그러면서도 그것을 버리려고 하는 착실한 싸움인 것이다. 그렇다면——숨기는 그 일도 그게 발단인 것은 아닐까——.

따라서 후루하타가 시라오카의 상담이나 고백에 대해서 적잖이 흥미를 갖고 있었던 것은 사실이다.

다만 지금 같은 상태로는 마음이 내키지 않았다.

"료 씨, 저는——."

"아아——자네는 아직 몸이 안 좋은가?"

목사는 힘없이 그렇게 말하며 얼굴을 들었다. 아무래도 표정을 읽어낼 수 없는 남자다. 희로애락이 겉으로 드러나지 않는다. 다만 후루하타와 크게 다른 점은, 이 목사는 아마 심지가 밝은 것 같다는 점이리라. 낙천가라고도 할 수 있다. 그런 그에게 이런 태도는 아무래도 어울리지 않는다.

시라오카는 다시 아래를 향하고 '그렇군' 하고 말하면서 발끝으로 땅바닥을 헤집고 있다.

——나도 뼈가 무섭다네.

그러고 보니 그런 말도 했던가?

분명히 아케미가 돌아간 후에 시라오카는 그렇게 말하지 않았던가? 그때 후루하타는 현실에서 멀어지기 직전, 예배당에서 분명히 그 말을 들었다.

"그, 할 얘기라는 건 뭡니까?"

결국, 묻고 만다.

"아니, 자네도 힘들어 보이니까."

"상관없습니다. 힘든 거야 늘 그렇지요."

시라오카는 뭔가를 견디듯이 교회당 지붕을 올려다보고, 10초 가까이 생각하는 듯한 모습을 보인 후, 그 생각을 뿌리치듯이 말했다.

"음. 그럼 내 말상대를 좀 해 주게."

"여기에서? 여긴 추운데요."

"아아. 밑으로 갈까?"

시라오카는 엄지손가락으로 땅바닥을 가리키며 후루하타에게 식당으로 가자고 권했다.

교회 식당은 반쯤 지하실처럼 되어 있다. 두더지는 결국 나온 구멍으로 돌아가게 되었다.

"자. 며칠 전부터 자네가 노리던 걸세."

시라오카는 럼주 병을 후루하타의 눈앞에 소리 내어 놓았다.

후루하타는 그 진의를 알 수가 없었다. 시라오카는 술을 마시기 전부터 이미 취해 있는 듯한 느낌이었고, 후루하타도 충분히 어지러웠기 때문이다.

식당의 커다란 테이블 위에는 낡은 램프가 켜져 있어, 이상한 분위기를 자아내고 있다. 불빛이라고는 그것뿐이다. 물론 전등도 있지만 목사는 그것을 좀처럼 켜지 않는다.

시라오카는 이미 손에 들고 있는 자신의 술잔에 입을 대고 한 모금 마신 후에 말했다.

"자네의 병도, 음. 힘들겠군. 애석하게도 틀리지 않았다는 점이 그, 괴로운 점이지."

순순히 대답할 수는 없었다. 그러나 후루하타가 불편한 시간을 주체하지 못하고 있는 잠깐 사이에, 목사는 생각지도 못한 방향으로 이야기의 방향을 돌렸다.

"종교심리학이라는 분야가 있다더군."

후루하타는 의외의 전개에 당혹스러워한다.

"—— 있는데요, 그게 왜요?"

"자네는 나도, 뭔가, 그 분석하고 있지?"

그야말로 대답은 할 수 없었다.

얼굴이 붉어졌다.

종교심리학의 실마리는 과연 어디에 있는 걸까 —— 후루하타는 대답하는 대신 그런 생각을 했다.

스타벅의 '종교심리학'이 미국에서 간행된 시기가 1899년이었던가. 제임스의 '종교경험의 양상'이 좀 더 나중이었을까. 어쨌거나 정신분석학의 짧은 역사와 그리 다르지 않겠지 —— 그런 생각을 했던 것이다.

시라오카가 말했다.

"나는 뮐러의 '종교과학'이었던가? 그건 읽었네만, 그건 종교학이지 심리학과는 상관이 없으려나. 아마 자네가 싫어하는 그분도 종교책을 내지 않았던가? 으음, 그러니까 모세와 어쩌고."

"그건 '인간 모세와 일신교'입니다. 그런 건 료 씨가 볼만한 책이 아니에요."

프로이트는 그 외에도 몇 권의 종교론을 출판했다. 그의 말에 따르면 종교란 '집단적인 강박신경증'일 뿐이고, 신도 '유아기의 부친상'

에 지나지 않게 되고 만다. 그런 해석은 매우 문제가 있다──그렇게 말하는 사람들은 많다.

물론 경건한 신앙자는 절대로 동의할 수 없는 의견일 것이다. 그러나 전혀 신을 믿지 않는 후루하타도 그런 사람들에게는 동감이다. 그것은 약간 지나치게 생물학적인 해석이다. 종교 체험은 확실히 개인적 체험이지만, 종교는 완전히 개인적인 체험으로만 말할 수 있는 것이 아니다. 사회학적인, 또는 문화론적인 배려가 부족한 프로이트의 주장은 불완전하다고 생각한다.

후루하타는 종교심리학에 공헌한 심리학자는 오히려 융일 거라고 생각하고 있다. 그가 제창한 집합적 무의식이나 원형 같은 개념, 종교적 상징에 내린 해석은 종교심리학에 있어서는 빼놓을 수 없는 성과라고 할 수 있을 것이다. 다만, 어느 쪽이든 심층심리학적인 고찰임에는 변함이 없고, 그렇다면 거기에 도달하지 않고서는 논할 수가 없다.

"어떤가, 후루하타 군."

갑자기 시라오카의 목소리가 후루하타의 사고의 평야로 뛰어 들어왔다. 속삭이는 듯한 목소리였다.

"어떤가? 바깥쪽을 더듬으면 조금은 편해지지. 나도 그렇다네. 그래서 나는 종교가라기보다 종교학자 같은 말을 자주 하는 걸세."

시라오카는 그렇게 말하며 웃었다.

역시 방심할 수 없는 데가 있다. 시라오카는 후루하타를 꿰뚫어보고 있었던 것이다. 그러나 정말로 기분 탓인지 조금 편해진 듯도 하다. 목사에게 감사해야 할 것이다.

시라오카는 말했다.

"학문이라는 것은 뼈 같은 걸세. 손이나 발이나, 그런 곳은 뼈가 심지로 되어 있지. 하지만 여기만은 다르네."

목사는 머리를 가리켰다.

"여기에 이르러서 뼈는 심지가 아니라 울타리가 되어 버리지. 심지에 있는 것은 뇌일세. 해골은 그것을 둘러싸고, 지키고 있을 뿐이야."

평범한 비유이겠지만, 왠지 모르게 이해가 갔다.

"나는 학자가 아니라 목사이니 사실은 내용물을 말해야 하겠지만, 그러지 못해서 바깥쪽만 말하고 있는 셈일세. 자네가 목표로 한 것은 바깥쪽에 의해 내용을 이야기하는 것이겠지. 그런데 자네는 내용만 보고 마네. 그래서 안 되는 걸세. 어려운 학문이로군."

시라오카는 웃으면서 그렇게 말하고 술잔을 비웠다.

그러고 나서 목사는 얼굴을 후루하타에게 향하고,

"그 종교심리학에 대해서 좀 가르쳐주지 않겠나? 그것은 무엇을 탐구하는 학문인가?"

하고 말했다. 후루하타는 목사를 마주 보았다. 목사의 시선을 붙잡을 수가 없다. 안경 유리에 램프의 불빛이 만들어내는 그림자가 비치기 때문이다. 깜박거리기만 할 뿐 눈의 표정을 읽을 수 없다. 그건 그렇고.

그런 것을 알아서 어쩌려는 걸까——.

후루하타의 당혹은 사라지지 않는다.

종교와 어떤 관련이 있는 건가——하고 시라오카는 재차 물었다.

"물론 종교심리학이란 신앙을 연구하는 학문입니다. 다만 똑같이 종교를 연구대상으로 삼는 학문이라도, 사회학이나 민속학 같은 것과는 달리 조사하거나 통계를 찾는 그런 작업으로 수량화할 수 없는 분야입니다. 따라서 객관적으로 논하기가 어렵지요. 신앙은 마음속에 있는 것이니까요. 현재는 행동주의적인 심리학이 주류라서, 의식을 빼놓고 생각할 수 없는 종교심리학은 시들해졌습니다."

"지금은 없는 건가?"

"있습니다. 없어지지는 않아요. 하지만 거기에서 논해지는 것은 우선 회심(回心) —— 이것은 종교에 입문하거나 개종할 때의 심리지요. 왜 신앙을 갖기에 이르렀는가. 다음으로 신비 체험을 중심으로 한 종교현상을 다루는 것 같더군요. 그리고 종교적 정조(情操) —— 이것은 종교적인 외경심이나 환희 등 감정의 문제입니다. 그 외에는 종교적인 인격의 달성감이라거나 —— 료 씨. 이런 것을 알아서 어쩌시려고요?"

"아아."

목사는 부끄러운 듯이 콧등을 긁었다.

"뭐, 상관없잖나. 그 신비 체험이라는 건 뭔가?"

"물론, 소위 말하는 신비적인 체험입니다. 이게 가장 어렵습니다. 이것은 어떤 경우에도 개인적 체험이어서 사실 여부를 잴 수가 없거든요. 하지만 회심 하나만 봐도 신비 체험을 빼고는 말할 수 없는 부분이 있어요. 예를 들면 회심에는 분열에서 극적 경험을 거쳐 통합된다는 심리학적 정식(定式)이 상정되지요. 종교심리학의 기초를 쌓은 제임스의 말을 빌릴 것까지도 없이, 극적인 회심이야말로 진정한 회심이라는 사고방식은 뿌리가 깊고, 이 경우 그 〈극적〉이라는 부분이 문제인 것이지요. 다만 극적이라고 하려면 매일 꾸준히 종교적 인격을 쌓아올리는, 노력에 의한 회심은 들어맞지 않는 게 되는데."

"내 얘기로군."

"아뇨, 그 사고방식은 조금 치우쳐 있어요. 한 사람이 회심에 이르기까지의 사회나 전통의 맥락을 좀 더 고려해야 합니다. 게다가 제임스라는 사람의 회심 이해 자체가, 프로테스탄티즘 회심 이해보다 선행 결정되는 감도 지울 수 없고요 —— 거기에 대해서는 당신에게서 신교에 대한 이야기를 여러 가지 들어 보고 깨달은 것입니다만 —— 다만, 생각해 볼 가치는 있는 셈입니다. 그리고 종교적 정조를 이야기할 때도 신비 체험은 빼놓을 수 없어요. 오토라는 사람이 정의한 '누미노제(Numinose)'라는 개념이 있는데, 이것은 〈성(聖)〉이라는 개념에서 합리적인 의미나 도덕적 윤리적인 의미를 빼낸 것으로 생각하시면 돼요. 다시 말해 〈비합리적인 성〉을 말하는 것입니다. 이것은 신비 그 자체라고 할 수도 있어요. 그에 따르면 이것이 사람의 마음에 어떤 종류의 감정을 일으킨다고 합니다. 말하자면 종교적 감정이란 누미노제와 어떻게 연관을 갖느냐가 문제가 된다는 것입니다. 그것을 빼 버리면 평범한 심리학과 다를 게 없어지고 말지요."

"누미노제라."

시라오카는 럼주를 단숨에 비웠다.

그 동작은 어느 모로 보나 거칠어서, 도저히 성직자로는 보이지 않았다.

"재미있을 것 같은 학문 아닌가."

"제게는 그렇게 여겨지지 않았어요."

후루하타는 자신의 술잔을 채웠다. 똑같이 거친 척하고 있지만, 폼이 잘 나지 않는다.

"제게 종교는 너무 무거운 짐이었습니다. 전 세계에는 하늘의 별만큼 수많은 종교가 있고 각자 많은 파로 나뉘어 있어서, 끝까지 파고들어 생각해 보면 종교는 모두 다릅니다. 그런 제각각의 것이 집단을 형성해 하나의 파를 만들고 있지요. 그 파가 모여서 커다란 종교가 만들어져요. 전혀 다른 것인데 집합이 된 순간 같은 것이 된단 말입니다."

"자네가 말한 그."

시라오카는 중지로 이마를 톡톡 두드렸다.

"융 말입니까? 그렇습니다. 거기가 제 한계였던 겁니다. 그다음부터는, 제게는 이론일 수는 있어도 진실은 아니었어요."

"그렇군. 전에 자네가 말했던, 아무래도 자네가 싫어하는 그 학자에게 돌아와 버린다는 것은 그런 뜻인가?"

"뭐 —— 그렇지요."

후루하타는 이야기를 함으로써 해체되어 가는 듯한, 실로 기묘한 기분이 들었다. 이래서야 평소와 반대가 아닌가. 혹시 시라오카의 진의는 거기에 있는 걸까 ——.

아니, 그것은 후루하타의 지나친 생각일 것이다.

목사는 무표정하게 말했다.

"자네에게 있어서의 진실과 합치하지 않는 한, 아무리 이론적으로 옳은 법칙성이 발견되더라도, 어떤 진리도 자네에게는 가치가 없었던 거로군."

"그렇습니다 —— ."

후루하타는 술을 마시는 것도 꺼려져서 그냥 잔을 만지작거리고 있다.

"—— 구조나 법칙이나 이론은 저를 전혀 치유해 주지 않았지요. 설령 구조적으로 불완전하더라도, 이론적으로 미진한 데가 있더라도, 프로이트가 제게 어떤 충격을 준 것은 틀림이 없어요. 저는 학구적인 연찬(硏鑽)에 의해 그 이상의 것을 얻을 수는 없었던 것입니다. 그 충격을 극복할 수가 없었어요. 처음부터 자신을 치료하기 위해 배우고 생각한다는 태도 자체가 애초에 불손한 것인지도 모르겠지만요."

"그렇지는 않겠지."

"아뇨. 그건 아닙니다. 역시 학문을 추구하는 사람으로서 제 태도는 잘못되어 있었어요. 학문은 개인을 구제하기 위해서만 있는 것은 아니지 않습니까. 설령 제게 괴로운 현실이라 하더라도 그것이 진리라면 어쩔 수 없고, 마찬가지로 제게 가치가 없는 것이라도 그것이 진리라면 끝까지 추구했어야 하지 않겠습니까?"

"진리는 개인과 상관없이 공중에 붕 떠 있는 게 아니잖나. 자네에게 가치가 없다면 그것은 역시 진리가 아닐세."

"위로는 그만두십시오. 어쨌거나 저는 프로이트의 속박에서 도망칠 수 없었어요. 이것은 저주입니다. 아니, 괜한 원망이지요. 제가 일방적으로 원망하고 있을 뿐이에요."

후루하타는 그제야 술을 목구멍으로 흘려 넣었다.

"현재는 말이지요, 료 씨. 프로이트를 부정하는 사람도, 새롭게 해석하는 사람도, 전혀 다른 방향에서 거기에 도달하려는 사람도 많이 있습니다. 그뿐만이 아니에요. 프로이트라는 자는 코카인 중독의 망상자라고 비방하는 사람까지 있어요. 그것은 옳습니다. 그의 이론은 확실히 그런 부분에 입각해 있지요. 하지만 그것을 통해 들여다본 그곳은——."

시라오카는 후루하타의 술잔에 술을 찰랑찰랑하게 따랐다.

"자네와 그 학자의 만남은 너무나도 극적이었던 셈이로군."

"좋은 말로 하자면, 그렇지요."

"그러면 학문적 회심에도 〈극적〉인 요소가 필요하다는 걸까?"

후루하타는 시라오카를 보았다.

"그럼 학문이나 종교나 마찬가지로군. 자네와 나는 동류인 걸까?"

시라오카는 자신의 잔에도 자작으로 술을 채우고, 역시나 거칠게 잔을 비웠다.

"나는 말일세, 자네의 꿈 이야기를 들었을 때 어떤 일이 떠올랐네. 그리고 일전에 그녀——아케미 씨의 이야기를 듣고는, 더욱더 명료하게 그것이 생각났단 말일세."

시라오카는 안경을 벗고 작은 눈을 비볐다.

"사람은 모두 어린 시절의 추억을 갖고 있네."

"예?"

급격한 내용 전환에 후루하타는 따라갈 수가 없었다.

뺨이 뜨겁다. 벌써 술기운이 돌고 있다.

"후루하타 군도 어린 시절의 기억이 있다고 했지. 그건 내게도 있네. 그래도 자네만큼 어릴 때의 기억이 있는 건 아니네만. 그게 언제의 일이었더라. 세 살인지 네 살인지, 그 정도였던가?"

시라오카는 안경을 고쳐 쓰고, 후루하타를 정면에서 보았다. 아무래도 진의를 읽어낼 수 없는 얼굴이다.

후루하타는 시라오카가 안경을 벗은 잠깐 동안에 그 마음의 움직임을 읽어내지 못한 것을 조금 유감스럽게 생각했다.

"나도 어릴 때, 역시 뼈가 무서웠어. 지금까지는 그 사실과 내 신앙을 연결지어서 생각하지 않았지만, 자네를 만나고 그녀의 이야기를 들으면서 아무래도 무관하지 않은 듯한 기분이 들어서 말일세. 신비

체험 —— 이라는 야단스러운 것은 아니네만, 극적이었다고 말하자
면 —— 그랬네."

　—— 뼈가 무섭다네.

　잘못 들은 것이 아니었다. 그때 시라오카는 분명히 뼈가 무섭다고
말했던 것이다.

　유리알 너머로 목사의 눈이 후루하타를 주시하고 있다.

　"후루하타 군. 자네, 들어 주겠나?"

　후루하타는 들어 보자고 대답했다.

　"당신은 반년 전, 내 꿈 이야기를 들어 주셨지 않습니까. 그 답례입
니다."

　"그럼 —— 이야기할까."

　시라오카는 또 잔을 비우며, 분명치 못하게 말했다.

　시라오카는 처음부터 가나가와에 살고 있었던 것이 아니라, 원래
는 이시카와 현의 하쿠이라는 곳 출신이라고 한다. 시라오카 자신은
구치노토[口能登]라고 표현했다. 노토[能登], 반도 입구라는 뜻일까.

　"집 근처에 절이 있었네. 그때는 몰랐지만, 풍재원(豊財院)이라는 조
동종(曹洞宗)의 오래된 절이라더군. 거기에 종이 있었지. 물론 절이니
까 있는 게 당연하지만, 그 종이 울릴 때마다 할머니께서 이야기해
주셨네. 할머니께서 돌아가신 후에도 종소리를 들으면 그 이야기가
생각났어. 그게, 꽤 무서웠거든."

　그 절에 있는 종의 유래라고 한다.

　연대까지 명확한 것을 보면 옛날이야기는 아닐 것이다. 전설이라
고 해야 할까. 후루하타는 잘 모른다.

메이와[明和][128] 초기 무렵이라고 하니 1760년대의 일인 모양이다. 목수 기치베에라는 남자가 아내를 남겨두고 에도로 일을 하러 갔다고 한다. 2년 후, 아내는 남편에게 현지처가 생겼다는 이야기를 듣게 된다. 아내는 기치베에를 몹시 원망했다.

그리고 아내는 꿈을 꾸었다.

메이와 2년(1765) 7월 11일 새벽의 일이라고 한다.

기치베에와 여자의 꿈이었다.

질투로 미친 아내는 기치베에의 목을 물어뜯는다.

잠에서 깨어 보니 입에 피가 묻어 있었다고 한다. 불길한 꿈이다. 기치베에가 걱정된 아내는 에도로 떠났다.

그리고 나가노의 선광사(善光寺)까지 갔을 때, 아내는 한 아름다운 여자를 만났다.

여자는 상자를 들고 있었는데, 그 상자에는 '메이와 이년 칠월 십일일 밤 속명 기치베에'라고 쓰여 있었다고 한다.

안에는 뼈가 들어 있었다.

여자가 들고 있던 것은 기치베에의 뼈 상자였던 것이다. 즉, 그 여자가 바로 기치베에의 현지처였던 셈이다. 기치베에는 아내가 꿈을 꾼 그 때에 목을 쥐어뜯고 피를 흘리며 급사했다는 것이다. 그 사실을 안 순간, 아내에게서 원망하는 마음은 사라졌다. 선광사에서 만난 두 여자는 이것도 무슨 인연이라며 나란히 출가해, 기치베에를 공양할 종을 주조하기 위해 탁발 여행을 떠났다고 한다. 에도의 레이간지마에서 공양의 종은 완성되었다.

그 종이 바로 현재도 남아 있는 풍재원의 종이라고 한다. 종에는

---

128) 1764~1772년까지 사용된 일본의 연호.

'메이와 삼년 자견(自見) 비구니, 진료(眞了) 비구니'라고 새겨져 있다고 한다. 종은 현재 '반야의 종'이라고 불리고 있고, 다음과 같은 노래까지 전해진다고 한다.

듣기만 해도 무서운 반야의 종은, 연적이 함께 공양하여 밤낮으로 그 흐느끼는 울음소리——.

시라오카는 거기에서 후루하타에게 감상을 요청했다.

솔직히 말해서 후루하타에게는 감상이 없었다. 자세히는 모르지만, 민화나 괴담류로 듣는다면 그렇게 드문 이야기는 아닌 것 같다는 생각이 들고, 사실로 받아들인다면 그런 일도 있겠지 싶은 정도다.

특히 후루하타는 그런 부류의 꿈의 신비성에 대해서는 회의적이다.

꿈의 해석에 대해서, 후루하타는 프로이트를 전면적으로 지지하는 것은 물론 아니다. 예를 들어 융이 제시한 꿈의 예견성이나 계시성 등에 대해서는 후루하타도 나름대로의 견해를 갖고 있고, 그것은 특별히 부정적인 견해는 아니다. 큰 가능성을 느끼고 있다. 인과관계가 성립하지 않는 두 가지 일 사이에서 어떤——예를 들면 심령적인——상이성이나 관련성을 찾아들려는 것이 그 사고방식이다.

후루하타는 그 사고방식에 찬성하지 않는다.

후루하타는 꿈에서 불가사의한 신비까지 찾아낼 수가 없다.

이 경우, 그 〈아내의 꿈〉과 〈남편의 급사〉의 시간적 일치와 덧붙여 〈목을 물어뜯는 꿈〉과 〈목을 쥐어뜯다가 죽는 남편〉이라는 현상적 일치가 바로 이 이야기를 괴담 이야기로 성립시키는 포인트다. 그 두 가지에서 물리적인 인과관계는 전혀 찾아볼 수 없다. 억지로 논리를 붙인다면, 집념이 공간을 넘어 초자연적인 작용을 했다, 는 것이 된다.

후루하타는 그런 초현상을 인정하지 않는다.

그 점을 빼면, 또는 이것을 단순한 우연의 일치로 생각한다면, 이 이야기는 하나도 무서운 이야기가 아니다.

시라오카는 말했다.

"당시의 나는 그 이야기를 정말로 잘 이해할 수가 없었네. 석연치 않았거든. 보통 같으면 남편이 꿈에서 본 그대로의 모습으로, 꿈을 꾼 것과 같은 시간에 죽었다는 점이 무섭다고 생각할 걸세. 괴담의 정석 아닌가. 그런데 나는 그 괴담의 요점을 알 수가 없었네. 그저 부조리하다고 느꼈을 뿐이지."

"하지만 료 씨 ——."

그렇다면 후루하타 쪽이 석연치 않다.

"—— 그 요점을 모른다면, 지금 하신 이야기는 평범한 이야기 아닙니까? 그래도 부조리하다는 것은 납득이 가지 않는군요. 료 씨는 남편의 죽음이 우연이었다고 생각하신 거지요? 그렇게 생각한다면 지금 하신 이야기 속에는 아무런 이상한 일도 일어나지 않은 게 되지 않습니까. 전혀 부조리하지 않아요."

시라오카는 손바닥을 가볍게 흔들며 부정했다.

"아니야, 아니야. 그 남편은 우연히 죽었다 ——는 부분이 이해가 안 간단 말일세."

"왜요?"

"그러니까, 남편은 아내가 죽인 거라고 아무런 의문도 없이 생각했던 걸세. 어린애였으니까, 이상한 일과 이상하지 않은 일을 구별하지 못했던 거겠지. 그 남편은 아마 나쁜 놈이었을 거다, 그래서 화가

난 부인에게 물어뜯겨 죽은 걸 거라고, 아무런 모순도 없이 생각한 걸세. 장소가 떨어져 있는 건 상관없이 말이야."

과연.

듣고 보니 분명히 그렇다. 그것을 부조리하게 생각하는 것은 어른의 감성인 것이다.

거리가 떨어져 있는 두 장소에서 시간적·현상적 일치가 나타난 경우, 보통은 우연이라고 생각할 것이다. 우연이라고 하지 않으면 이상해지기 때문이다. 그러나 우연이 아니라 당연하다고 생각한다면, 그것은 그것대로 이상해지게 된다. 그 두 가지에서 인과관계를 찾아낼 수는 없다는 견지에 서야만 비로소, 그것은 이상한 일이 되는 것이다. 가령 우연을 버리더라도, 공시성(共時性)만 당연하다고 생각하면 이상하지는 않아진다. 어린아이의 감각이란 그런 것일까.

"그래서 그 무렵의 나는, 어떻게 남편의 목을 물어뜯은 여자가 비구니가 될 수 있는 걸까——하고, 그 점을 더 이상하게 생각했던 걸세. 시간이 조금 지나고 논리를 알게 되니, 이번에는 어째서 아내는 남편이 아니라 그 여자의 목을 물어뜯지 않은 걸까 하고 생각했지. 정말로 미운 것은 여자 쪽이니 뭔가 이상하다——하고 말일세. 여자를 죽여버리면 남편은 돌아올 거라고 생각했네. 아직도 석연치가 않았지. 그러다 보니 에도의 여자와 나란히 출가해 버린 점이 이해가 가지 않았네. 무엇보다 남의 남편을 가로채놓고 출가를 할 수 있는 걸까——하고 말일세."

후루하타가 아무 대답도 하지 않아서 시라오카는 멋대로 말을 이었다.

"자네가 말하는 것처럼 우연의 소행이라고 생각한다면, 이것은 비극이지. 아내는 참 가엾지 않은가."

"그럴 ── 까요?"

후루하타는 의외라고 생각했다. 어쨌거나 목숨을 잃은 것은 남편
이니, 가엾다면 남편이 아닐까.

하지만 그렇잖나, 하고 시라오카는 말했다.

"아내는 나쁜 짓이라고는 전혀 하지 않았네. 혼자 시골에 남겨지
고, 남편은 밖에서 바람이나 피우고, 그것을 분하게 생각했을 뿐일세.
자연스러운 감정 아닌가. 그런데 우연히 꿈에서 본 대로, 똑같은 시각
에 남편이 죽어 버리는 바람에 깊이 반성하고 마는 걸세. 기특한 마음
가짐이지. 에도의 여자도 그래. 상대가 살아 있다면 몰라도, 죽고
말았으니 어쩔 수 없지. 이것은 간통한 자신을 부끄러워할 수밖에
없네. 굳이 말하자면 가장 잘못한 것은 남편이지만, 이 사람은 그
대가인지 목숨까지 잃었네."

분명히 비극이라면 비극이다.

"하지만 아무래도 어릴 때의 감성이라는 건 알 수가 없단 말이야.
처음부터 우연이라고 생각할 머리는 없으니, 불쌍하다고 생각하지도
않네. 꿈에 대해서도 당연하다고 생각하고 있으니 이상하게 여기지
도 않지. 어쨌거나 부조리하게 느껴져서 화를 냈다네."

"화를 냈다고요? 무엇에 말입니까?"

"어린 마음에도 이야기의 질서 회복을 바라고 있었나 보지. 하지만
생각해 보면 이해하지 못했을 뿐, 질서는 제대로 회복되어 있었던
걸세. 아내는 딱히 남편을 죽이지 않았으니, 죄라고 한다면 격렬한
질투심을 가진 것 정도겠지? 말하자면 투기죄지. 그것은 남편의 뼈를
본 단계에서 사라졌네. 한편 에도의 여자는 간통죄일세. 이것은 뼈를

아내에게 가져다주려고 한 시점에서 이미 후회하고 있었던 걸세. 물론 기독교도는 아닐 테고. 그 뒤에는 서로 자신의 부덕을 부끄러워하며 출가해서, 죽은 남편의 명복을 빌기 위해 종까지 만들고, 그 후 평생을 바쳐 정진했으니 말일세. 아무 문제도 없는 셈이지. 두 여자를 유혹해서 인생을 망친 남편에게는 일찌감치 천벌이 내렸네. 그것도 남은 여자들에게 공양을 받은 셈이니, 용서받은 거 아니겠나? 제대로 인과응보 이야기로 완결되지 않았나 ──."

후루하타는 가벼운 충격을 받았다.

공시성 따윈 상관이 없는 것이다. 여자의 집념이 남편을 죽였다고 단정 짓지 않고, 그것을 우연이라고 처리하지도 않는다. 그렇게 해야 이 전설은 올바르게 이해할 수 있는 것이다. 신비는 항상 후루하타의 생각과 반대되는 곳에 있다.

시라오카는 말을 잇는다.

"하지만 어린 나는 그것을 이해할 수가 없었네. 그저 부조리하게 생각되었지. 하지만 이제 와서 잘 생각해 보면 말이지. 이것은 역시 괴담인 걸세. 그런 것과 상관없이, 어린 나는 무서웠던 거야."

과연. 어린애라면 그럴지도 모른다. 이야기의 내용보다도 소도구나 말투의 영향이 더 클 것이다.

시라오카가 대체 몇 살 때 그 이야기를 들었는지 확실하지는 않지만, 확실히 몇 살 되지도 않은 어린애가 이해할 수 있는 내용은 아닐지도 모른다. 남녀 간의 감정이나 미묘한 분위기나 공시성, 그런 것은 아무래도 좋고, 예를 들자면 목을 물어뜯어 죽이는 장면이라거나, 일어나 보니 입에 피가 묻어 있었던 모습이라거나, 어린애라면 그런 부분에서 무서워할 것이다.

"그럼 료 씨는 목을 물어뜯었다거나 입 주위가 피투성이라는, 괴담의 필수 코스가 무서웠던 거로군요?"

후루하타는 그렇게 물었다.

시라오카는 웃었다.

"아닐세. 나는 안에 뼈가 들어 있었다는 부분이 무서웠지 ――."

과연. 시라오카는 뼈가 무서웠던 것이다.

"――그 후로, 뚜껑이 달린 것을 열기가 무서워졌네. 상자든 항아리든, 이렇게, 열면 안에 뼈가 들어 있을 듯한 기분이 들어서 말이야. 그건 지금도 조금 남아 있을 정도일세. 종이 울릴 때마다 머릿속에 뼈가 떠올라서 떨곤 했지. 그래서인지는 모르겠지만, 내게는 불교 사원이란 정말 무서운 장소였네. 종소리를 들을 때마다 뼈가 생각났거든. 절에는 뼈가 있는 거지. 무서워서 ―― 무서워서."

시라오카는 고개를 떨어뜨렸다.

취한 걸까.

―― 뼈와 절.

―― 해골을 안은 승려.

그렇군, 그런 연상인가.

다만 그것이 어느 정도의 공포인지는, 방금 그 이야기를 들은 것만으로는 전혀 알 수가 없다.

본래 뼈는 시체의 비참한 말로(末路)이다. 대부분의 인간이 혐오감을 갖고 있는 게 당연할 것이다. 인골을 싫어하는 것은 특수한 것이 아니라 일반적인 감정이다. 후루하타에게는 시라오카가 품고 있는 공포감이 그 일반적인 감정의 범주를 넘는 것으로 받아들여지지는 않았다. 무섭긴 무섭겠지만, 그것은 가령 후루하타가 꾸는 뼈의 꿈처럼 인생을 좌우할 정도로 깊은 상처가 되었다고는 도저히 여겨지지 않았던 것이다.

그렇게 극적이라고 여겨지지도 않는다. 아직,

아직 뭔가 더 있는 것이다. 그것은,

―― 피투성이 신주.

아케미가 한창 이야기할 때, 시라오카는 분명히 그 부분에서 반응했다.

시라오카의 이야기는 아직 끝나지 않았을 것이다.

후루하타는 시라오카를 보았다.

그 순간 후루하타의 심중은 시라오카에게 알려진 모양이다.

사색의 정도가 얼굴에 나타났나 보다.

목사는 웃었다.

"하하하, 곤란한가 보군. 지금 한 이야기는, 내가 불교나 불교 사원과 친숙해질 수 없었던 원인이라는 정도의 일화네만. 정말로 불가능했지. 아니, 물론 불교 각 종파의 교의 같은 것에는 오히려 배울 점이 있다고 느끼고, 절의 좋은 점도 알겠네만――."

이것만은 논리가 아니지, 하고 시라오카는 수염을 어루만졌다.

"――예를 들자면 종소리는 물론이고 향냄새라든가 어두컴컴한 본당이라든가, 비석이나 불탑이나, 모두 공포의 대상이 될 수 있었네. 뭐, 생리적인 거지만."

"알 것 같은 기분도 드는데요."

후루하타도 신경 쓰지 않는 것일 뿐 좋아하는 것도 아니다.

"하지만 그런 것은 말하자면 부조리한 혐오감일세. 사원이란 교회와 마찬가지로 엄숙한 곳, 경건한 신앙의 지주 아닌가. 그렇게, 그저 기분이 나쁘다고 생각한다면 실례이지 않겠나?"

"성실한 사람이네요, 료 씨도. 그렇게 생각하는 사람은 없습니다. 사원도 승려도 신자도, 당신에게 항의하지는 않겠지요."

시라오카는 냉소적인 웃음을 띠었다.

"그야 그렇지. 하지만 나이를 먹고 나서도 나는 불상이나 사원은 미술품으로밖에 볼 수 없었고, 불교 자체도 철학이나 이론으로밖에 이해할 수가 없었네. 신앙의 대상으로 삼는 것은 아무래도 불가능했지. 왜냐하면, 역시 뿌리에는 공포감이 있었으니까. 그리고 그 정체는 아무래도 방금 한 옛날이야기 같네. 다시 말해 내가 정말로 무서웠던 것은 생각해 보면 뼈인 셈일세. 뼈가."

"뼈가?"

"음. 뼈라는 게 말이지."

시라오카는 뺨이며 턱의 수염을 계속 문질렀다. 하기 어려운 이야기일까. 아니면 술기운이 돌기 시작한 걸까. 후루하타는 두 잔 정도밖에 마시지 않았지만 시라오카는 상당히 많이 마셨다. 눈앞의 병은 이제 곧 빌 것 같다.

"누미노제라――."

목사는 무표정한 얼굴로 그렇게 중얼거렸다.

결심이 선 모양이다.

"그게――나의 신비 체험이겠지."

그렇게 말하고 시라오카는 어두컴컴한 천장을 올려다보았다. 드디어 본론에 들어갈 모양이다.

목사 자신의――고백이다.

"똑똑히 기억하고 있네. 그건 열 살쯤 되었을 때였던가. 시키나미[129]라는 곳의 친척이 상을 당해서, 가족 전원이 도우러 갔네. 친척의 집은 좁아 통야는 절을 빌려서 했어. 절이라서 나는 죽도록 싫었지. 지금 말한 것처럼 절도 싫어했고 통야도 몹시 싫었네. 그야 통야를 좋아하는 사람은 별로 없겠지만. 하지만 나는 도움이 되지 않는 어린 애였고, 내가 너무 싫어하니까 결국 혼자서 먼저 친척 집에 돌아가 있게 되었네. 절에서 친척 집까지는 꽤 거리가 멀었으니 위험하다면 위험하지만, 곰이나 늑대가 나오는 것도 아니고 그럭저럭 익숙해지기도 해서 괜찮을 거라고 생각했지. 그 무렵 내가 살던 곳은 미츠차라는 아주 외진 곳이었는데, 그 시키나미라는 곳에서는 그리 멀지 않아서 그 친척 집에는 자주 놀러 가곤 했고, 그 근처에서 놀기도 했거든. 어쨌든 무서운 절에 있는 것보다는 낫다고 생각하고, 등불을 한 손에 들고 터벅터벅 밤길을 걸어갔네. 그 때의 일이야."

그 근처에는 무덤이나 저수지 등 유래 전설을 가진 곳이 많이 있었던 모양이다.

그 유래도 자살한 여자가 모셔져 있다거나, 커다란 요괴 거북이 살고 있다거나 하는 기분 나쁜 전설들뿐이라, 시라오카 소년은 전부 불길하게 생각하고 있었던 것 같다.

"그래도 아주 무서웠네. 친척 중에서 누군가가 죽은 것은 처음이었고, 시체를 본 것도 처음이었거든. 향냄새가 몸에 배어 빠지질 않고, 그게 왠지 죽은 사람의 냄새처럼 느껴졌네. 달리면 사령(死靈)이 뒤에서 쫓아올 것 같았고, 멈춰 서도 무섭다 보니 자연히 빠른 걸음으로 걷게 되었지."

등 뒤로 바싹 공포를 느끼면서, 시라오카 소년은 어두운 길을 그저

---

129) 이시카와 현 하쿠이 군에 있는 지명.

나아갔다.

　잘 아는 길이라 해도 야음(夜陰)은 양상을 일변시키는 법이다.

　검은 나무도, 길가의 원숭이 상도 모두 요물로 보였다.

　바람에 잡초가 살랑거리기만 해도 심장이 고동쳤다.

　그리고 —— 소년은 한 신사에 접어들었다고 한다.

　"그때까지 나는 절과 달리 신사에는 혐오감이나 공포감을 전혀 갖고 있지 않았네. 신사에서는 장례식을 안 하지 않나. 종도 치지 않네. 무덤도 없고. 그러니 신사에 뼈 같은 게 있을 리 없는 걸세. 어릴 때는 그렇지, 신사에서 하는 축제도 좋아해서 오히려 호감을 갖고 있었네."

　그래서 시라오카 소년은 그곳을 통과하는 것은 오히려 기쁘게 여겨졌던 모양이다. 죽은 사람의 냄새가 나는 불길한 장소에서 도망치기 위해서는 신성하고도 청정한 신사 앞을 지나는 것이 효과적이라고 생각했을 것이다.

　그 신사는 시라오카의 기억으로는 가기토리묘진[鍵取明神]이라는 이름의 유서 깊은 신사라고 한다. 노토 전체의 신들이 나갔을 때도, 그곳 신사의 신만은 남아서 열쇠를 맡아 빈자리를 지키기 때문에 그렇게 부르는 거라고 —— 시라오카는 그렇게 들었던 모양이다. 즉 그곳은 신이 상주하는 신사인 셈이고 그렇다면 언제 무슨 일이 일어나도 안심이라고, 시라오카 소년은 그렇게 생각하고 있었던 것이다.

　그러나 그곳에서 소년은 어떤 것을 보고 말았다.

　"사람 그림자가 —— 아니, 그림자가 아니지. 불빛도 없는데 흐릿하고 하얗게 떠올라 보였으니까. 그 당시에는 가로등 같은 것은 하나도 없었다네. 등불의 불빛은 미덥지 못한 법이지. 캄캄했네. 그게 처음에는 흐릿하다가, 점점 사람 같은 모양으로 보이는 걸세. 무서웠지. 머리카락이 쭈뼛 선다——고 할까. 아니, 온몸의 털이 곤두선다고 할까. 처음에는 유령이라고 생각했네. 하지만 이렇게, 등불을 비추고 자세히 보니."

도리이[鳥居][130]를 확인할 수 있었다고 한다. 즉, 그것은 신사의 경내에 있었던 것이다. 믿을 수 없게도, 유령들은 죽은 사람이 출입할 수 있을 리가 없는 신성한 결계 안에 있었던 것이다.

"그래서 나는 생각을 바꿨네. 어쩌면 저건 신인 게 아닐까, 신성한 신이 변덕을 일으켜 어린애의 눈앞에 나타난 것은 아닐까——하고."

강한 흥미를 느낀 시라오카 소년은 끌리듯이 돌계단을 올라갔다. 바로 무서운 것을 보고 싶어 하는 심경 그 자체였을 것이다.

생각한 대로, 사람들은 신관 차림을 하고 있었다.

신은 네 명——이었다고 한다.

시라오카 소년이 확인할 수 있었던 것이 네 명이었던 건지도 모른다.

호칭은 잘 모르겠네만, 하고 서론을 두고 나서 시라오카는 그 차림새를 이야기했다. 후루하타도 정확한 명칭은 모른다. 하얀 기모노에 화려한 바지를 입고, 관을 쓰고 있었다고 한다. 명확하게는 상기할 수 없지만 후루하타도 대충 상상이 갔다. 요컨대 신주인 것이다.

"틀림없이 신일 거라고 생각했지. 그 때. 뭐라고 해도, 지금 생각해봐도 환상적인 풍경이었거든. 밤이었네. 시간은 10시인가 그 정도였지만, 어쨌든 주위는 캄캄했으니까——."

---

130) 신사의 참배길 입구 등에 세우는 문. 두 개의 기둥 상부를 하나의 기둥으로 고정하고, 그 위에 가로대를 얹는다.

어둠의 결계 속에 떠올라 보이는 네 명의 신. 우뚝 솟아 있는 도리이. 신사의 장엄한 그림자. 확실히, 겁먹은 채 초상집에서 집으로 귀가를 서두르던 소년에게는 몹시 인상적인 광경이었을지도 모른다.

소년은 도리이 그늘에 숨어서 몰래 그 모습을 살폈다.

신관들은 뭔가 상의를 하고 있는 듯 보였다.

── 여기도 아니야.

── 여기도 아니었어.

── 그럼 역시 선광사인가?

── 그렇다면 없어졌을지도 모르겠군. 이제 그 땅은 한의(漢意)의 범궁(梵宮)에 지나지 않네.

── 하지만 그 땅은 우리들의 성지. 건립되었을 때는 신궁사도 겸하고 있었던 것 아닌가. 사승도 많았다고 하고. 그렇다면 전해지고 있을지도 모르지.

── 흥. 옛날이야기지. 그 절은 이제 천태와 정토의 비호를 받는 대사원. 신세(神世)의 일을 전하는 자라고는 아무도 없네. 장소도 옮겨졌을 거야.

── 하지만 그, 히코카미와케샤[彦神別社]는 있지 않습니까.

── 그곳은 미코가미[御子神]와 두 개의 기둥이다.

── 하지만 가능성은 높아.

── 선광사라.

"선광사라는 말을 듣고, 나는 반야의 종 전설이 생각났네. 선광사에서 뼈 상자의 뚜껑은 열리지. 잊을 리 없었네. 나는 불길한 예감을 느끼면서 귀를 기울였어."

—— 시모노고는 아닐까.

—— 이쿠시마타루시마에는 마루가 없지. 수상하지 않은가.

—— 어리석은 소리. 사전(社殿)[131]을 파헤치겠다는 건가. 그건 무리일세. 무엇보다 제신이 다르지 않은가.

—— 하지만 고사(古事)는 있어. 제신은 다르지만 이쿠시마타루시마는 태고의 모습을 간직하고 있는 성지 중 하나.

—— 오히려 도호쿠인 것은 아닐까요. 스와 신사를 자칭하는 신사는 하늘의 별만큼이나 많습니다.

—— 그건 후세에 모셔진 분사(分社) 아닌가. 우리들의 신은 찾아오시지 않았네.

—— 역시 발자취를 더듬어야 합니다. 우리들은 이즈모에 전해지는 청수(清手)에서부터 출발했습니다.

—— 그걸 따지자면 애초에 통과점에 지나지 않는 곳에 머리를 모셨을까요?

—— 하지만 에치고[132]의 치켄(知賢)사마에 두 팔과 다리의 뼈는 있었네! 그곳도 그냥 들른 것에 지나지 않았잖은가.

뼈가 있었다? 소년은 충격을 받았다.

뼈 —— 소년이 가장 두려워하는 불길한 것이다.

"거의 뜻을 알 수가 없었네. 선광사나 에치고라는 것은 알았지만,

---

131) 신사에서 신체(神体)를 모셔 두는 건물. 또는 신사의 각종 건물들.

132) 옛 지명의 하나. 사도가시마 섬을 제외한 니가타 전역에 해당.

다른 말은 알 수가 없었어. 나중에 기억나는 한 조사해 보아서, 지금은 대충 뜻은 알게 되었네만 그래도 치켄사마나 이쿠시마타루시마라는 것은 아직 모르네. 하지만 뼈가 있었다고 했던 것만은 왠지 똑똑히 알았어. 그래서 나도 모르게 소리를 지르고 말았지 ——."

—— 뼈!

신주들은 일제히 돌아보았다.

그 하얀 옷은 진흙으로 더러워져 있었다.

아아, 이건 신이 아니다. 모습이 깨끗하지 않다. 더러워져 있다 ——.

소년은 전율했다.

"지저분한 신관들이 점점 다가왔네. 물론 아는 얼굴은 아니었어. 흐릿하게 기억에 남아 있던 가기토리묘진의 신주도 아니었네. 나는 다리가 움츠러들었지."

—— 꼬마. 들었구나.

—— 꼬마. 봤구나.

—— 어떻게 할까?

—— 어떻게도 할 수 없네. 죽일 수는 없어.

—— 하지만 살려둘 수도 없지.

—— 그렇다. 이 꼬마가 떠들고 다니지 않으리라는 보장이 없어. 아니, 이야기하겠지. 우리들은 신체(神体)까지 마음대로 조사했다. 이 사실이 시오[志宇]의 인간에게 알려지면 곤란하지 않은가.

—— 아니, 알려진다 해도 우리들이 어디 소속인지는 알 수 없을

걸세. 걱정할 건 없어.

——하지만 큰일을 앞에 두고 있다. 신중해져서 나쁠 건 없겠지.
입을 막아야 해. 죽여 버리는 게 상책이다. 죽여.

그리고 시라오카 소년은 포위되었다.

공포는 한계에 달했다. 목소리도 나오지 않는다.

소년은 다리에 힘이 풀리고 실금했다고 한다.

——그만두게, 그만둬. 여기는 신성한 곳일세. 그런 말을 입에 담
는 것만으로도 불경이야. 미나카타 님을 모신 신사 경내에서 감히
그런 더러운 짓이 허락될 리 없지.

——그럼 어떻게 할까?

——이렇게 하지.

신관 중 한 명이 사전(社殿) 쪽에서 엄숙하게 뭔가를 받쳐 들고 다가
왔다.

그것은 오동나무 상자 같은 것이었다고 한다.

——꼬마야, 이걸 봐라.

신관은 뚜껑을 열고, 소년에게서 등불을 빼앗아 그 안을 비추었다.

상자 속에는,

"상자 속에는?"

"당연히."

415

"당연히?"

뼈가——.

뼈가.

"뼈가 들어 있었다네. 지나친 우연——이지."

지나친 우연이다.

　그 상자 속에는 아름다운 천으로 조심스럽게 싼 많은 뼈가 들어 있었다고 한다. 그것은 몹시 공손하게 다뤄시고 있었다고 한다. 뼈는 갈색이었고, 그 상태로 보아 상당히 오래된 것이었던 모양이다. 다만, 그것은 나중에 분별이 생긴 후의 판단이고 그때는 도저히 뼈의 연대에까지 생각이 미치지는 않았다. 시라오카 소년은 그저 충격을 받고, 눈은 그 갈색의 인체 부품에 못 박혔다.

　"혼이 반쯤 빨려나간 느낌——이라고나 할까. 잘 표현할 수 없지만, 그것은 평생 잊을 수 없을 걸세. 절대로 잊을 수 없어."

　——별로 무서워할 필요는 없다. 이것은 귀중한 뼈지. 영험한 뼈야. 볼 수 있는 것만으로도 너는 행운이라고 해야 할 거다. 그래, 똑똑히 봐 두어라.

　——잘 들어라. 오늘 밤에 본 것을 꿈에라도 입 밖에 내서는 안 된다. 한 마디라도 다른 사람에게 했다가는, 너뿐만 아니라 네 일가친척 모두에게 순식간에 천벌이 내릴 것이다!

　——알겠지.

　——알겠지.

　——알.

"결국 그건 무엇이었습니까?"

"모르겠네. 전혀 모르겠어. 나는 일어설 수가 없어서, 그 신관들이 떠난 후에도 전혀 움직일 수 없었네. 결국 내가 돌아오지 않은 것을 알고 찾으러 온 친척들에게 발견되었는데, 어머니의 얼굴을 보고도 말을 할 수가 없었지. 목소리나 눈물이 나와서 엉엉 운 것은 아침이 온 후의 일일세. 그때는 짐승에게라도 홀렸나 보다는 걸로 끝났지만, 다음 날, 가기토리묘진에 도둑이 들었다는 둥, 땅바닥을 파낸 흔적이 있었다는 둥 하면서 약간 소동이 일어났지. 나는 그 현장에 주저앉아 있었으니 뭔가 봤을 거라며 어른들이 여러 가지를 물었지만, 결국 아무 말도 하지 않았네. 어른이 되고 나서도 계속, 나는 아무에게도 그 이야기를 하지 않았어."

"아무에게도?"

"음. 아무에게도. 말하면 죽게 될 거라고 생각했거든. 정말로 아무에게도 말하지 않았네. 말하지는 않았지만, 잊을 수도 없었지. 그날 밤의 일은 그 후에도 선명한 기억으로 계속 남아 있네. 지금 한 이야기를 들었다면 알았겠지만, 신주들이 이야기한 한 글자 한 마디까지 기억하고 있어. 틈만 나면 되풀이해서 기억을 반추한 탓이겠지. 뭐라고 하나, 그."

"트라우마."

"그래. 그걸세. 그런 느낌이지."

시라오카는 자포자기한 듯이 그렇게 말을 맺었다.

보통 일이 아니다. 이상한 체험이긴 할 것이다.

어차피 후루하타의 꿈과 똑같이 비현실적인 정경이다.

다만 후루하타의 경우, 아무리 강렬하다고 해도 그것은 꿈에 지나지 않는다. 그러나 시라오카의 경우, 그것은 실제 체험이다. 이 사실은 대체 어떻게 받아들여야 하는 걸까. 실제로 그런 일은 있을 수 있는 것일까.

후루하타는 고민했다. 취기는 점점 깨어 갔다.

시라오카는 후회하는 듯한, 그러면서도 부끄러워하는 듯한 어조로 말했다.

"그래서, 그 후의 내 청춘이란 그닐 밤의 신비 체험을 부정하기 위해서만 존재한 거나 다름없었네——."

"부정?"

"뭔가 사연이 있었을 거라고, 그렇게 생각한 셈이지. 그것은 신비가 아니라, 이 세상에 일어날 수 있는 일이었——그렇게 생각하고 싶었거든. 그래서 조사했네. 그 남자들이 누구고, 대체 무엇을 하고 있었는지, 그것을 알 수 있다면 나는 속박에서 벗어날 수 있다. 그렇게 생각했지. 그래도 아무에게도 말할 수는 없었기 때문에 혼자서 말일세."

"뭔가 알아내셨습니까?"

"아무것도 모르네. 다만 상상은 되었지."

"어떤?"

"그 남자들은——뼈의, 부족한 부분을 찾고 있었던 게 아닐까 하고."

"부족한 부분?"

"그래. 그 상자 속의 뼈는 전부가 아니었던 거야."

"전부라니——그것은 인골 한 세트, 즉 인간 1인분이 채 못 된다는 뜻입니까?"

"내 기억으로는 상자 속의 뼈 중에 두개골은 보이지 않았네. 그러니 그들은 어딘가에 묻혀 있을 그 두개골을 찾고 있었던 게 아닐까."

"신관이 말입니까?"

"이상한가?"

"이상하지요. 가령 그 남자들이 고고학자처럼 흙에 파묻힌 뼈를 ——예를 들어 아카시 원인[133]보다 앞선 노토 원인이라도 파고 있었다는 겁니까? 아니, 역시 이상하지 않습니까. 발굴이라면 어째서 그렇게 고색창연한 차림새를 해야 하는 겁니까?"

"글쎄. 그건 그렇군. 자네의 말대로, 놈들이 그런 복장이 아니라 발굴조사대 같은 차림새를 하고 있었고, 신사 경내가 아니라 청토(靑土)가 섞인 응회질 점토층이라도 파고 있었다면 ——나도 아무리 상자 속의 뼈를 보여 주었더라도 이 정도의 상처는 받지 않았을 거라고 생각하네."

시라오카는 장난스러운 어조로 그렇게 대답했지만, 역시 이상하긴 이상하다.

"농담을 하고 있는 것이 아닙니다. 게다가 료 씨, 당신의 기억이 확실하다면 그 신관들은 노토가 아니면 니가타라느니, 그다음은 나가노나 도호쿠라느니 했지 않습니까. 그렇다면 더욱 생각하기 어렵지 않나요? 1인분의 인골이 왜 그렇게 일본 전국에 흩어져서 매장되어야 하는 겁니까?"

"뭐, 이상하다면 이상하지. 하지만 그들이 뭔가를 발굴하고 있었던 것만은 틀림없네. 그리고 그것은 99% 뼈의 일부야. 그렇게 생각하는

---

133) 1931년에 효고 현 아카시 시(市)의 니시야기 해안에서 나오라 노부오(1902-1985)가 채집한 허리뼈를 근거로 상정된 화석인류. 원골(原骨)은 전쟁으로 소실되었으나 하세베 고톤도가 명명.

것도 —— 비상식적일까?"

"비상식적이지요. 무엇보다 그렇게 여기저기에서 인골 한 세트를 찾아내서 어쩌겠다는 겁니까? 찾아낸다고 어떻게 되는 것도 아니잖아요. 발굴이라면 화석은 한 조각만 나오면 충분할 겁니다. 가령 멸종된 화석동물 같은 거라면 모든 부품이 갖추어지면 그보다 더 좋을 수는 없겠지만, 인간이지 않습니까? 한 군데에서라면 몰라도 몇 군데로 나뉘어 발굴해서 어쩌겠다는 겁니까? 서로 다른 사람의 뼈가 1인분 모인다 해도 아무 가치도 없어요."

"나도 그렇게 생각했네. 그래서 뭔가 그런 예는 없는지, 열심히 문헌을 뒤졌지. 어떤 형태로든 인골을 1인분 모으는 데 의미가 있다, 1인분 모아야만 가치가 있다, 그런 예는 없을까 ——."

시라오카의 성격으로 보아 그야말로 열심히 찾았을 것이다. 후루하타는 상상이 갔다.

"그래서 뭔가 나왔습니까?"

"나왔네."

램프 불빛이 가볍게 흔들리고, 천장과 벽에 비친 목사의 그림자가 순간 일그러졌다.

"사이교 법사[134]일세. 후루하타 군."

목사는 유명한 가승(歌僧)의 이름을 말했다. 그런 쪽의 이야기에 어두운 후루하타가 관련성을 찾아내는 것은 불가능했다.

"사이교? 꽃 아래에서 봄은 죽는다[135] —— 의 그 가인(歌人) 사이교

---

134) 헤이안 말기에서 가마쿠라 초기까지 활동한 가승(1118~1190). 본래 무사였으나 23세에 출가했다. 무츠(아오모리·이와테·미야기·후쿠시마의 전역과 아키타 현의 일부를 가리키는 옛 지명)에서 시코쿠·규슈까지 여러 지방을 여행하다가 가와치(오사카 남동부에 해당하는 옛 지명)의 홍천사에서 죽었다.

말입니까? 그 사이교가 어쨌다는 겁니까. 뼈에 관한 노래라도 읊었던 가요?"

"모르나? '찬집초'[136] 말일세."

"모릅니다. 저는 고전에는 흥미가 없거든요."

"아아, 그래?"

그랬지, 하고 시라오카는 되풀이했다.

"그 고전에는 사이교 법사가 고야 산 산중에서 뼈를 한 세트 모아 반혼의 술법을 써서 사람을 만든다는 이야기가 실려 있었다네. 나는 열여섯 살 때 그 책을 알게 되었지. 오싹오싹했네."

시라오카는 왠지 고삐가 풀린 듯한 어조로 말했다.

후루하타는 그저 멍하니 있었다.

"그 경우 뼈는 동일인의 것일 필요는 없는 모양이더군. 산야의 인골을 끌어모아, 라고 쓰여 있었거든. 즉 한 세트가 갖추어지기만 하면 되는 걸세. 그러니 놈들은 뼈를 한 세트 모아, 그 반혼의 술법을 실행하려고 하고 있었던 것은 아닐까——."

"그런, 료 씨, 당신."

반혼의 술법——.

그것은 다시 말해, 죽은 자를 부활시키는 술법을 말하는 것이리라.

역시.

이 목사는 재생하는 시체에 심상치 않은 관심을 갖고 있었던 것이다. 그건 그렇고 정말 모독적인 〈부활〉이 아닌가. 누구인지도 모르는

---

135) 사이교가 지은 유명한 노래.

136) 작자 미상의 설화집. 전 9권으로 되어 있으며 1250년경 성립되었다. 신불(神仏)의 영험담·출가담 등이 100여 편 수록되어 있다. 사이교가 지었다고 믿어져, 에도 시대의 작가에게 큰 영향을 미쳤다.

뼈를 1인분 모아다가 수상한 술법으로 생명을 불어넣다니, 기독교도가 아니라도 생각만으로도 무섭다.

"그래. 진정 모독일세──."

목사는 한층 더 자포자기한 듯 말을 이었다.

"──하지만 당시의 나는 그날 밤의 그 상황을 제대로 설명할 수 있는 사례는 그것 외에는 하나도 만날 수 없었네. 그래서."

"그래서 뭡니까?"

후루하타는 기묘한 초조감을 느끼고 있다.

"정말 바보 같지 않습니까. 료 씨, 당신은 그 일이 신비적인 것이 아니라는 사실을 증명하고 싶었던 것이 아닙니까? 그런데 그게 결론이라면, 그편이 훨씬 신비하고 부조리하지 않습니까!"

"그 말이 맞네. 그래서 내 탐구는 거기에서 멈췄지. 더 이상 깊이 들어가면, 나는 돌아올 수 없게 될 것만 같았네."

시라오카는 갑자기 힘없이 그렇게 말을 맺었다.

돌아올 수 없게 된다──그 기분만은 후루하타도 안다.

신비를 없애기 위한 노력이 신비를 뒷받침하고 말았다, 그런 것일까.

"그것이 계기가 된──것일까. 나는 결정적으로 불교와 결별하게 되었네. 물론 신도와도. 아니, 이것은 생트집에 가까운 걸세. 불교에도 신도에도 아무 책임도 없어. 다만 그 주변에 있는 것, 그 방향을 향하는 것 자체가 내게는 공포였던 걸세. 그런 일본적 토양──이 표현에는 어폐가 있겠지만──그것은 죽은 사람의 소생이라는 모독적인 행위를 전혀 부정해 주지 않았네. 오히려 그 속에서, 그것은 매우 자연스러웠어. 도리이나 고마이누[137], 불탑, 비석 등에 둘러싸인

환경 속에서는 아주 자연스럽게 반혼의 술법이 이루어진다, 그런 인상을 나는 명확하게 갖고 말았던 걸세. 그런 주제에——나는 신앙을 갖지 않고는 살아갈 수가 없었네. 무서웠거든. 그리고 나는 이 길을 선택했네."

그렇게 말하고 시라오카는 자신이 입고 있는 옷을 잡아당겼다.

오늘도 별로 목사 복장은 아니다.

"그러니 내가 기독교도——그것도 신교의 교도가 된 것은——물론 구원을 원하고 있었던 것이지만, 얼마 전에 아케미 씨가 이곳을 찾아온 이유와 그렇게 다를 게 없는 셈일세. 소거법이지. 불교는 안 돼, 신도도 안 돼. 회교도가 될 수도 없었고. 정말 한심한 목사지. 이런 건 자네가 아니면 고백할 수 없네. 파문되고 말 거야."

시라오카는 그렇게 말하고 고개를 숙였다. 후루하타는 고개를 숙이고 싶어지는 시라오카의 기분을 이해할 수 있을 듯한 기분이 들었다.

"하지만 당신은 열심히 신앙을 가지려고 하고 있어요. 그것은 훌륭한 일이지 않습니까."

"고맙네. 하지만 아까 자네가 한 이야기를 굳이 꺼내지 않더라도, 극적인 회심이란 것은 내게는 없었던 셈이야. 나는 내 나름대로 노력해서 이 길을 선택한 거네만."

시라오카는 자신의 잔에 술을 더 채우려고 했지만, 병은 이미 비어 있었다. 두세 번 흔들고 아쉬운 듯이 병 입구를 들여다본 후, 거친 목사는 결국 술을 포기했다.

---

137) 신사의 신전 앞뜰에 놓이는 한 쌍의 사자 비슷한 동물의 상(像). 사자를 형상화한 것으로, 처음에는 개와 비슷했으나 헤이안 말기에 사자에 가까운 형태가 되었다.

"뭐, 목사가 된 덕분에, 그 사실에 대해서는 아무에게도 이야기하지 않아도 되었네. 아니, 경솔하게 이야기할 수 없게 된 셈이지."

"하지만 료 씨는 방금 그 이야기를 제게 해 버리지 않았습니까. 30여 년이 지나, 마침내 천벌이 내리게 될 거예요."

"응. 하지만 이제 괜찮네."

"괜찮다고요?"

"그래. 후일담이 있거든."

시라오카는 그렇게 말하고 천천히 일어섰다. 비틀거리고 있다. 더 마실 생각인 걸까. 그러나 후루하타에게는 처음부터 말릴 생각 따윈 없다. 후루하타는 내일 일은 별로 생각하지 않았다.

"아직——그 이야기가 뒤에 더 있기라도 하다는 겁니까?"

"있네. 바보 같은 이야기지."

목사는 그렇게 말하면서 주위를 대충 뒤져보다가 결국 빈손으로 의자에 돌아왔다.

더 이상 이 건물에 알코올이 든 음료는 없었던 모양이다.

"나는 그 후, 보다시피 목사가 되었네."

시라오카는 언뜻 보아서는 목사로 보이지 않는다——후루하타는 그렇게 생각했지만, 입 밖에 내지는 않았다. 본인은 아무래도 그렇게 생각하지 않는 모양이다.

"목사로서의 내 역사는 굴욕과 패배의 역사였네. 어쨌거나 시기가 안 좋았어. 시대와 신앙, 국체와 교의, 사회와 개인, 어느 것도 명쾌한 형태로 양립시키지 못했고, 무엇 하나 끝까지 관철할 수는 없었네."

"전쟁——말씀이군요."

"그래. 전쟁일세. 세상에 종교가는 쓸어 담을 수 있을 만큼 많고,

모두 저마다 평화나 윤리를 가르치고 있는데 어째서 전쟁 같은 게 일어나는 건지 나는 전혀 알 수가 없었네. 그리고 그런 교의들이 어느새 국체에 아주 유리하게 해석되어 버리는 것에 대해서도, 나는 이해할 수가 없었지. 그러면서도, 어떻게 해도 납득할 수 없는 주제에 나는 혼자서 싸울 수도 없었던 걸세. 목사나 신자 중에는 신앙상의 이유로 강하게 병역을 기피하는 사람이나, 명확하게 국체에 이의를 제기하는 사람도 많이 있었네만. 나는 아무것도 할 수 없었어."

"료 씨. 당신은 전쟁에는 나갔습니까?"

"음. 나갈 뻔했지."

"그렇다면 나가지 않았던 겁니까?"

"입영은 틀림없이 했네. 하지만 나는 군인으로서도 실격이었어. 훈련 중에 총이 폭발해서 크게 다쳤거든. 일부러 그런 것은 아닐세. 사고지. 이 왼쪽 허벅지에서 무릎까지 다쳤네. 쓸모가 없어져서 제대한 거야. 지금은 거의 아무렇지도 않지만, 한동안은 다리를 절었다네. 허무했지. 확고한 의지를 갖고 병역을 거부한 것은 아니니까. 나 같은 것보다 훨씬 명확한 의사표시를 했음에도 불구하고 전선에 내몰려 죽어 간 동포가 있다고 생각하면 말이야. 아니, 기독교도뿐만이 아닐세. 자신의 의사와 상관없는, 뭔가 다른 힘에 좌우되어 죽어 가는 사람이 많이 있지 않았나? 나는 그것을 저지하지도 못하고, 그렇다고 해서 함께 죽지도 못하고 ──."

"당신 탓이 아니에요."

"아니. 내 탓일세. 자네 탓이기도 해. 전쟁의 책임은 군부나 나라나 천황에게만 있는 것이 아니라고 나는 생각하네. 국민 전부의 책임이야. 지금은 그렇게 생각하고 있네. 한 사람의 힘으로 무엇을 할 수 있느냐고, 그렇게 말하는 사람도 있지만, 결국은 국가를 구성하는 것은 개인일세. 아무리 나라라고 해도 인간 한 사람 한 사람으로 이루어지는 것 아닌가."

"하지만 한 사람 한 사람은 더없이 선한 사람이라도, 그것이 많이 모이면 다른 주장이 생겨나는 법 아닙니까. 그렇게 해서 만들어진 전체의 의사란 이미 개인의 의지가 아니에요. 그걸 개인이 바꿀 수는 없는 것입니다."

후루하타는 일부러 차갑게 내뱉었다.

"사회는 바다 같은 겁니다, 료 씨."

"바다?"

"우리들은——그렇지, 이 컵 속의 물이에요. 바다는 물로 구성되어 있습니다. 즉 바다는 물 그 자체인 겁니다. 하지만 그럼 물은 바다인가 하면, 그렇지 않아요. 이 컵으로 바닷물을 퍼내도 바다는 줄어들지 않지요. 왜냐하면 퍼낸 순간 컵 속의 바다는 단순한 물이 되어버리니까요. 마찬가지로 이 컵으로 맹물을 떠서 바다에 흘려 넣는다해도, 바다의 짠맛이 엷어지는 것은 아니지 않습니까. 개인과 사회의 관계도 그런 겁니다."

"자네는 달관하고 있군."

시라오카는 감탄한 것도 같고 어이없는 것도 같은 얼굴로 그렇게 말하고, 후루하타에게서 얼굴을 돌렸다.

"달관이 아니라 체념입니다. 포기했을 뿐이지요. 인간에게는 기대하지 않아요."

"그것도——쓸쓸한가?"

예, 하고 후루하타는 솔직하게 말했다.

"그렇겠지. 지금 생각하면 나는 겁쟁이였던 건지도 모르네. 자네처럼 포기할 수가 없었지. 전쟁으로 사람들이 픽픽 죽어 가는데도 아무것도 하지 못하는 자신이 부끄러웠네. 아무래도 납득할 수가 없었어. 그래서 고민했지. 매일이 고뇌의 나날이었네. 그러던 어느 날의 일이었어. 그러니까——쇼와 19년(1944) 말——아니, 새해가 되어 20년이었을까. 그 무렵의 이야기일세."

무슨 볼일이 있었는지는 잘 기억나지 않는다고 한다.

시라오카는 가마쿠라에 갔다.

"정말 지루한 나날이었네. 나는 멍하니, 나고에의 산길을 걷고 있었지. 그런데 만다라당(曼陀羅堂) 쪽에서 남자가 내려왔네."

만다라당이란 나고에의 산길에 있는 사적(史蹟)이다. 사적이라는 이름이 맞을지 어떨지 후루하타는 잘 모르지만, 산을 깎아 만든 길의 벽을 도려내서 오층탑 등을 안치한, 간단히 설명하자면 옛날 무덤이다. 현재는 어떤 종파인지 모르겠지만, 절에서 관리하고 있을 것이다. 후루하타도 방랑 중에 한 번 간 적이 있다. 수국이 흐드러지게 피어 있어, 일종의 피안의 풍경처럼도 보인다. 아름다운 곳이다.

"그 남자는 산길에 이르자마자 비틀거리며 주저앉았네. 길 가다 쓰러지는 거라면 내버려둘 수가 없잖나. 일으켜주려고 다가갔네. 남자는 노인이라고 할 정도의 나이는 아니었지만, 상당히 쇠약한 상태였네. 묘한 차림새였어. 마치 순례자 같다고나 할까. 그런 느낌의 복장이었네. 본래는 하얀 기모노였겠지만 지저분해져 회색으로 물들어 있어서, 먼발치에서는 알 수가 없었네. 그리고 정신 차리라며 안아 일으키고 얼굴을 들여다보았을 때, 나는 말을 잃었네."

시라오카는 사람을 안아 일으키는 시늉을 했다.

"본 적이 있었던 걸세. 그 얼굴은."

"아는 사람이었습니까?"

"아는 사람——이었지."

시라오카는 후루하타에게 얼굴을 향했다.

표정을 알기 힘든 목사의 얼굴이 램프의 불빛을 받아 일순 감정을 드러냈다——후루하타에게는 그렇게 느껴졌다. 그것은 마치 어린 아이가 무서운 꿈이라도 꾸었을 때와 같은, 공포감을 드러낸 표정처럼 보였다.

"남자는 빈사 상태였네. 아무래도 며칠이나 먹지도 마시지도 않고 걸어온 것 같았어. 나는 어쨌든 어디론가 옮기려고 했네. 이 경우 인명이 제일 아니겠나. 남자는 커다란 보따리를 지고 있어서, 우선 그것을 내려놓으려고 했네. 그러자 어디에 그런 힘이 남아 있었는가 싶을 정도로, 엄청나게 저항을 하더군. 그래서 나는 알아 버렸네. 알아 버렸단 말일세."

"무엇을——말입니까?"

"그 보따리 속에는 말이지."

"내용물이——뭔데요?"

시라오카는 이미 자포자기한 듯한 태도로 한층 큰 목소리를 냈다.

"보따리 속에 든 것은 그 때의 상자가 틀림없었네! 그 뼈가 든 상자 말일세!"

"그."

그런 일이 있을까.

"그럼, 그 남자는."

"그래. 그놈은 그때의 신관 중 한 명이었던 걸세! 잊을 수 있을 리가 없지. 망막에 똑똑히 새겨진 네 명 중 한 명이었네. 지칠 대로 지쳐 있긴 했지만 말일세. 어린 나를 죽이라고 말했던 남자일세."

"그런——우연이 있을 수 있을까요?"

"있었네! 우연인지 아닌지는 모르네. 내가 30년 전에 노토에 있었고, 그때 가마쿠라에 있었던 것이 내게는 나름대로 필연이었던 것처럼, 그 남자도 우연히 그곳을 찾아온 것은 아니겠지. 전혀 다른 의지를 갖고, 전혀 다른 역학을 받아 뻗은 두 줄기의 선이 어쩌다가 두 번이나 교차되었을 뿐일세."

시라오카는 역시 취했다. 평소의 목사다움이 전혀 없다.

"료 씨, 그래서 당신은?"

"그 남자는 끊임없이 말했네. 머리, 머리——라고. 머리는 어디 있나, 머리는 어느 것인가, 라고 하는 걸세. 헛소리처럼."

시라오카는 후루하타의 질문에 대답한 것이 아니었다. 이미 목사의 말 자체가 헛소리 같았다. 혀가 제대로 돌아가지 않는다.

"내 생각은 옳았어. 옳았던 걸세. 놈들은 머리를 찾고 있었던 거야. 머리만 있으면 전부 갖춰지는 걸세. 그놈은 20여 년이나 계속 찾다가 그곳에 이른 걸세. 그래! 그러니까, 그 머리는——."

머리는?

시라오카는 어깨를 축 늘어뜨렸다.

"료 씨!"

혹시 시라오카는 뻗은 것일까? 마지막 말은 알아듣기 어려웠다. 후루하타는 당혹해서 표정을 알기 힘든 그 얼굴을 들여다보았다.

"나는——언제까지 목사 노릇을——할 수 있을까."

시라오카는 엎드려서 움직이지 않게 되었다.

후루하타는 잠시 어쩔 줄 몰라 하며 멍하니 있었지만, 시라오카가 완전히 뻗어 버린 것 같아서 어쩔 수 없이 술에 취한 목사를 침소로 옮겼다. 시라오카는 몸집이 커 후루하타는 몇 번이나 비틀거리다가 같이 넘어졌다.

목사는 어린애 같은 얼굴을 하고 있었다.

시라오카를 눕히고 자기 방으로 돌아온 후, 후루하타는 무엇을 생각해야 할지를 떠올려 보았다.

지금 시라오카가 한 고백은 무엇이었을까. 시라오카는 자기 자신의 이야기를 할 때, 결코 신학 용어를 쓰지 않았다. 그것은, 이 이야기는 목사로서의 술회가 아니라 시라오카 개인의 말이라는 의지의 표현일 것이다. 시라오카의 고뇌는 후루하타가 예상하고 있던 것 이상으로 뿌리가 깊었던 모양이다.

시라오카라는 인간의 중추를 이루는 환생의 사상 —— 그것은 아무래도 후루하타가 생각하고 있던 애매한, 흔히 있는 신비 사상 같은건 아니었다. 선명한 체험에 근거한, 매우 구체적인 것이었던 셈이다.

뼈를 한 세트 모아 인간을 부활시킨다 —— 그런 모독적인 행위가 용서될 수 있는 것일까. 아니, 용서되든 용서되지 않든 상관없이, 그런 일이 현실적으로 가능한 것일까. 아니, 가능한지 불가능한지조차도 상관없다. 그것이 가능하다고 진지하게 믿는 사람이 있느냐 없느냐가 ——.

—— 있었던 건가.

있었던 것이다. 실제로 악마적인 광신자는 존재했던 것이다. 망상이 아니라, 그런 사람이 실제로 있었다는 점이 이 경우에는 문제인 것이다. 시라오카의 순진한 영혼은 드문 체험을 통해, 그 광신자들의 독기를 제대로 받아 버린 것이다.

거기에 닿았을 때의 그 충격을 상회하는 체험을, 시라오카는 그 후의 인생에서 무엇에서도 얻을 수 없었던 것이다. 그렇게 된 것이리라.

그것을 상회하는 신비 체험——즉 극적인 회심——누미노제.

시라오카가 본래 신앙에서 추구한 것은 그 한 가지였던 셈이다. 그리고 그것을 아직 얻지 못한 것 같다. 시라오카는 그 결과, 서서히 긴 시간을 들여 노력에 의한 소박한 회심을 계속하고 있는 셈이다. 그것은 매우 힘든 일일지도 모른다.

따라서——.

따라서 시라오카는 지금 목사 노릇을 하는 것이 매우 괴로울 것이다. 그것은 시라오카가 지나치게 진지하기 때문이다. 진지하게 신앙하려고 하면 할수록, 그는 자신의 목을 조르게 될 것이다.

——자네는 생각이 너무 많군.

"그것은 료 씨, 당신 얘기 아닙니까."

후루하타는 소리 내어 말했다.

그건 그렇고——.

그건 그렇고 그 길에서 쓰러진 남자는 그 후에 어떻게 되었을까.

시라오카는 이야기하지 않았다. 아니, 이야기하기 전에 취해서 뻗어 버렸지만, 뻗지 않았다 해도 이야기할 생각이 있었는지는 의심스럽다.

그 자신이 오늘 한 고백에 어떤 결말을 준비하고 있었을 것이다. 그것은 후루하타가 알 수 없는 것이었다. 흉중에 해결할 수 없는 신비 체험을 품고 있던 시라오카가, 후루하타와 만나고 아케미의 이야기를 들으면서 어떤 감개를 느낀 것은 틀림없을 테고, 지금까지 아무에게도 고백하지 않았던 그 흉중을 다름 아닌 후루하타에게 이야기하기에 이른 심경도 이해가 안 가는 것은 아니다.

그러나 아무래도 석연치 않다.

후루하타는 소화불량을 일으킨 듯한 답답함을 느끼고 있다.

시라오카의 이야기에는 〈결말〉이 없는 것이다.

시라오카는 분명히 처음에 '이야기하고 싶다'가 아니라 '상담하고 싶다'는 표현을 썼던 것 같다. 그렇다면 뭔가 후루하타의 개인적인 의견이나 심리학적인 견해 등을 듣고 싶었던 것이 아닐까. 그런 것치고는 아까 그 말투는 조금 이상하다.

아마 그 뒤가 더 있을 것이다. 그리고 그 부분이야말로 시라오카가 이야기하고 싶었던 ──또는 상담하고 싶었던 부분이 아닐까. 그렇다면 역시 가장 중요한 부분을 후루하타는 듣지 못한 것이다.

그 후에 대체 무슨 일이 있었던 것일까.

후루하타는 왠지 초조함을 느끼고 있었다.

아무래도 정리가 잘되지 않는다.

왠지 모르게 초조했다.

특별히 할 일도 없었고 몸 상태도 매우 좋지 않았지만, 기분이 몹시 고양되어 잠도 오지 않았다.

무엇보다 아직 잠들 시간이 아닌 것이다. 밖에서 시라오카에게 말을 걸었을 때는 아직 밝았으니, 지금도 고작해야 오후 8시가 넘은 정도일 것이다.

후루하타의 생활은 바깥에 나가지 않는 한 24시간 항상 똑같아서, 밤낮은 고사하고 시간 감각조차 없다. 따라서 언제 자도 상관없지만, 그렇다 해도 이대로 잠자리에 들었다간 그 악몽이 덮쳐올 것도 틀림없었다.

—— 기분이 나빠.

그러고 보니 —— 후루하타는 본래 몸이 안 좋지 않았던가. 게다가 빈속에 맛없는 것을 잔뜩 먹고, 후루하타는 꽤 괴로워하고 있었던 것이다. 거기다 익숙하지 않은 술까지 마셨으니, 몸 상태는 본래 최악일 터였다. 그것을 떠올린 순간 구토감이 밀려올라왔다. 그러자 방의 공기도 어딘지 모르게 시큼하게 느껴진다. 환기를 할 수 없는 방이니 그것도 당연하지만, 아무래도 견딜 수가 없다.

애초에 그 럼주는 시라오카가 애지중지하는 술이었다. 후루하타는 반년간 계속 노리고 있었지만, 결국 최악의 상황에서 비우고 만 셈이 된다. 버린 거나 마찬가지다.

후루하타는 참다못해 방을 나섰다. 나간다고 해서 어떻게 되는 것도 아니지만, 우선 예배당에 가 보기로 했다. 예배당이라면 아무리 후루하타라도 조금은 정숙한 기분이 될 수 있을지도 모른다. 그렇게 생각한 것이다.

위에는 시계도 있으니 시간도 확인할 수 있을 것이다.

맛대가리도 멋대가리도 없는 자그마한 예배당은, 그래도 조금은 맑은 공기로 가득 차 있었다. 단순히 추워서 그렇게 느껴지는 건지도

433

모르지만, 장이 썩는 듯한 기분이었던 후루하타에게는 적잖이 효과적이었다.

시간은 역시 8시 20분 정도였다.

후루하타는 가장 뒷줄의 의자, 즉 문에 가장 가까운 의자에 걸터앉아 십자가를 바라보았다.

저것은 현재의 후루하타에게는 단순히 교차된 막대에 지나지 않는다. 그것이 무엇의 상징이든, 지금의 후루하타와는 무관하다. 융도 프로이트도 관계없다. 다만──.

언젠가는 저 교차한 막대가 후루하타의 죄를 용서해주는 날이 올까. 그렇다면 그때는 저 앞에 머리를 조아리고 깊이 참회하며 감사해야 할까.

후루하타는 그런 생각을 하고 있다. 그를 둘러싸고 있는 많은 논리는 지금 이 자리에서만은 모든 효력을 잃었다. 바보 같을 정도로 평온한 기분이 들었다.

왠지 엄청나게 조용하다. 기분 탓인지 파도 소리가 들리는 듯한 기분까지 든다. 평소에 바깥에 나가도 바닷소리를 의식한 적은 없는데. 기분 탓일까.

──아케미는 이 소리를 싫어하는 것이다.

후루하타는 그렇게 생각했다.

문이 열렸다.

후루하타는 일단 놀랐지만, 외부의 자극에 현저하게 둔감해져 있어서 기민하게 반응할 수가 없었다. 어색하게 돌아보니 남자가 세 명 서 있었다.

"아아, 으음."

한 사람이 뚜벅뚜벅 발소리를 내며 들어왔다. 불빛이 없어서 누군지 잘 모르겠다.

"자네는 여기 사람인가?"

젊은 목소리다.

"예, 그렇습니다만."

"신부님으로는 보이지 않는데."

"여기는——."

가톨릭이 아니니 신부는 없다, 후루하타는 그렇게 말하려고 했지만 어차피 말해 봐야 소용없을 것 같은 기분이 들었다.

"목사님은 주무십니다. 저는 이곳 고용인입니다."

"고용인? 당신이? 신부라는 사람들은 이렇게 빨리 자나?"

아니나 다를까 신부나 목사나 한데 뭉뚱그린 취급이다. 그런 인종일 것이다.

"경찰이다. 그 신부에게 물어볼 게 있다."

남자는 외투 밑에서 뭔가를 보여준 것 같았지만 후루하타는 확인할 수 없었다.

"경찰? 무슨 일이십니까?"

"어쨌든 신부를 깨워 와."

"몹시 고압적이군요. 경관이 난폭하다는 말은 들었지만, 사실이네요."

제대로 상대해 줄 기분이 들지 않았다.

"뭐라고!"

"이봐, 이봐, 다부치 군."

남자가 후루하타를 향해 한 걸음 내딛자, 다른 한 남자가 즉각 다가와 그 움직임을 견제했다.

　"자네도 혈기가 왕성하군. 나는 그런 막돼먹은 태도는 좋아하지 않네."

　"예, 하지만 경부님."

　"실례. 저는 국가경찰 가나가와 현 본부의 이시이라고 합니다. 이쪽 두 사람은 하야마서의 형사로 다부치 군과 저쪽이 후나바시 군인가? 아아, 후나하시였지. 그렇습니다——."

　이시이라는 남자는 신분을 증명하는 수첩을 과장스럽게 펼쳐 후루하타에게 보여 주었다. 은테 안경을 쓴 신경질적인 남자다. 외투에 물방울이 보였다. 밖에는 비가 내리는 걸까.

　"——실은 현재, 어떤 사건을 수사하고 있습니다. 몇 사람으로부터 믿을 만한 증언을 얻어, 이곳 시라오카——료이치 씨인가요? 으음, 목사이신. 말씀 좀 여쭐 수 있을까 하고요. 아, 실례지만 성함을——."

　후루하타는 이름을 말하고, 교회당의 잡일을 하고 있다고 설명했다. 그건 그렇고 국가경찰의 경부가 직접 나서서 무엇을 조사하고 있는 걸까.

　"시라오카 씨는——."

　"아까도 말했지만 자고 있습니다."

　"깨워 주시면 안 될까요?"

　"깨우는 건 상관없지만 도움이 되지는 않을 겁니다. 대화가 성립할 상태가 아니거든요."

　"편찮으신가요?"

"취한 겁니다. 완전히 뻗었어요."

"하!"

혈기왕성한 다부치 형사가 소리를 질렀다.

"팔자 한 번 좋군. 들었나, 후나하시? 이런 시간에 취해서 자고 있다니! 신부라는 직업은 대낮부터 술을 마셔도 되는 건가!"

"포도주를 마시는 게 일인 거 아닐까?"

"럼주입니다."

후루하타는 그렇게 말하고 일어섰다.

멍청한 대화를 들어줄 필요는 없다.

"도대체 당신들은 무슨 수사를 하는 겁니까? 물론 저도 목사님도 경우에 따라서는 당신들에게 협력을 아끼지 않겠지만, 아까부터 듣자 하니 목사와 신부도 구별하지 못하고, 노골적으로 신직(神職)을 비방하는 말을 하다니, 무례함에도 정도가 있지 않습니까. 사람에게는 각자 사정이라는 것이 있어요. 몇 년이나 검소하게 살아온 목사님이 어쩔 수 없는 사정으로 술에 취해 쓰러진 날, 우연히 당신들이 찾아온 것뿐입니다. 성당에 함부로 들어와, 마치 그게 나쁜 일이기라도 한 것처럼 말씀하시는 것은 정말 어처구니가 없군요!"

"네놈! 그 말투는 뭐냐! 경찰을 뭐라고 생각하는 거냐!"

"그야 경찰관 같은 고매한 직업에 종사하시는 분은 인격이 고결하고 청렴결백하며 보통 사람과 달리 술도 마시지 않을지도 모르고, 하물며 취해 쓰러지는 일도 없겠지요! 공교롭게도 성직자라 해도 살아 있는 인간입니다! 괴로운 일도 슬픈 일도 있는 겁니다. 그게 그렇게 큰 잘못입니까!"

"잘못이지. 그렇게 취해 쓰러질 정도로 괴로운 일이라는 건 뭐냐!

범죄라도 저지른 건 아닌가!"

"다부치 군!"

후루하타의 기세에 혼자서 주춤거리는 듯하던 경부가 혈기왕성한 젊은 형사를 타일렀다.

"자네는 늘 그런 식으로 시민을 대하고 있는 건가? 그건 문제일세. 서장님께 주의를 해 두어야겠군."

"경부님. 말대꾸하는 것 같아 송구스럽습니다만, 그렇게 약한 태도로는 수사 현장에서는 일을 할 수 없습니다. 이 남자처럼 경찰기구를 우습게보고 덤비는 듯한 언동을 취하는 놈들에게는 말이지요, 단호하게."

"어쨌든. 나는 폭력적인 수사를 하는 인간은 싫네. 이 사람의 말도 일리가 있지 않은가. 무엇보다 내가 이야기하고 있으니, 자네는 얌전히 있어 줬으면 좋겠네."

"하지만 이 사건은──."

"더 이상 말대꾸하면 정말 문제로 삼겠네. 애초에 자네들이 제대로 하지 않았기 때문에 이상한 소문이 나고 민심이 불안해진 걸세. 그렇지 않나. 어째서 내가 나서야 했는지를 생각해 보게."

침입자들은 후루하타를 내버려두고 반쯤 감정적인 대화를 끝냈고, 그 결과 젊은 형사는 낯선 상사를 노려보고는 침묵했다. 이 이시이인가 하는 경부는 말이 통하는 사람은 아닌 것 같다. 그저 평지풍파가 일어나는 것을 싫어하는 타입일 것이다. 아마 혈기왕성한 젊은 형사는 주의, 주장이나 방법론이 다르다거나, 하물며 직속이 아니라는 이유로 이 경부에게 반항하고 있는 것이 아니라, 민감하게 그 관료적인 무사안일주의의 냄새를 맡고 그 부분에 여실히 반발하고 있는 것이리라. 그것은 후루하타도 알았다.

── 굴절된 엘리트와,

── 거기에 열등감을 품고 있는, 밑바닥에서부터 차근차근 올라온 형사인가.

후루하타는 침입자를 그렇게 정의하고, 앞으로는 그런 눈으로 보기로 했다.

그편이 편했기 때문이다.

이시이가 은근히 무례하게 변명을 했다.

"미안합니다. 기분이 상하셨다면 사과하겠습니다. 좀처럼 교육이 잘되어 있지 않아서요. 직업상 무뢰한들을 많이 상대하다 보니, 말투가 아무래도 거만해지지요. 실은 우리들이 수사하고 있는 것은, 즈시만에서 사람의 머리가 나온 그 사건입니다. 아시지요?"

"모릅니다. 죄송합니다."

"이봐, 거짓말 마. 모를 리가 없잖아!"

다부치가 고함쳤다. 그러나 무슨 말을 듣더라도 모르는 것은 모른다. 후루하타도 히스테릭하게 반발했다.

"이번에는 거짓말쟁이라고 부르는 겁니까? 미안하지만 그런 사건은 정말 모릅니다. 저는 신문도 읽지 않고, 이 교회에서 밖으로 나가지도 않아요. 알 수가 없지요. 혹시 그것을 아는 게 국민의 의무고, 모르면 벌을 받는다는 거라면──."

"자아, 자아, 후루하타 씨. 다부치 군, 부탁이니까 입 좀 다물고 있어 주게. 그렇습니까? 모르시는군요. 그럼 그 '금색 해골' 소문도 모르십니까?"

"금색 ── 해골이라고요?"

―― 해골! 해골이라고!

후루하타는 '해골'의 어감이 가져온 동요를 형사에게 눈치채이지 않으려고, 조심스럽게 부정했다. 금이든 은이든, 모르니까 어쩔 수 없다.

"그렇습니까. 뭐, 그건 이 근처 사람들은 모두 알고 있고, 신문에도 났으니 흥미가 있으시다면 물어보시고요. 그, 실은 요약해서 말씀드리자면 즈시 만에서 절단된 유체의 일부 ―― 그러니까 머리인데요, 그 머리가 발견되어서 살인시체훼손사건으로 수사하고 있는 겁니다."

―― 절단된 머리?

"이게 또 뜬구름을 잡는 이야기라서요. 우선 해안에서 수상한 인물을 보지 못했는지 샅샅이 조사해 보았더니, 아무래도 이곳 목사님 ―― 시라오카 씨인 듯한 인물, 아아, 이것은 어디까지나 그런 것 같다는 거니까 오해하지 마시기 바랍니다. 그, 목사님으로 보이는, 거동이 수상한 인물이 해안에서 목격되었어요. 그래서 이야기를 들어 봤으면 해서요."

―― 시라오카가?

"당신은 별로 외출을 하지 않으시는 모양인데, 시라오카 씨도 그런가요?"

"아뇨 ―― 목사님은 물론 남들만큼 외출을 합니다. 식료품이나 물자를 조달하려고 나가기도 ―― 하지만."

―― 해골, 사람의 머리, 그리고 목사?

뭘까, 이 부합은? 우연인가?

"그렇습니까? 그렇다면, 으음, 9월 22일의 시라오카 씨의 행동에 대해서는 아십니까?"

"예?"

시간 감각조차 없는 후루하타가 날짜를 알 리도 없다. 후루하타에게 9월이라면 고작해야 2, 3개월 전이라는 정도의 인식밖에 없다.

──2, 3개월 전.

그러고 보니 후루하타가 시라오카의 거동에 수상함을 느낀 것은 그 무렵의 일이다. 그러나 그렇다 해도 후루하타가 구체적으로 어떤 거동을 수상하다고 느꼈는지, 이제 와서는 알 수도 없다.

물론 날짜 따윈 알 리도 없다.

"그리고 같은 9월의 24일."

후루하타는 그저 고개를 갸웃거렸다.

"모르십니까?"

"감추고 있는 건 아닐까요? 이시이 경부님. 이 남자는 반항적입니다. 어쩌면."

사상적으로 기울어져 있다고 말하고 싶기라도 한 걸까. 후루하타의 마음속에 공복(公僕)에 대한 혐오감이 부글부글 끓어올랐다. 이놈들은 자신만이 옳다고 생각하고 있는 것이다. 아무리 정론을 내뱉더라도, 아무리 체제 쪽에 서 있다 하더라도, 자신의 마음속에 있는 추한 본성을 깨닫지도 못하는 경박한 놈이 웬 잘난 척이란 말인가!

후루하타가 물어뜯을 듯한 얼굴을 해서인지 이시이 경부는 당황한 모양이다.

"다부치 군. 그만 좀 하게. 자네도 참 일일이 화를 내는군. 이 사람을 화나게 해서 어쩌겠다는 건가? 정말로 이 사건에서 빼 버리겠네. 갑자기 날짜를 듣고 일일이 똑똑하게 기억하고 있다면, 그게 더 수상

하지 않은가. 아니, 후루하타 씨, 그렇다면 그건 어쩔 수 없군요. 그럼
―――."

젊은 형사는 노골적일 정도로 모멸이 담긴 시선으로 경부를 노려보
았다. 어쩌면 이 국가경찰의 경부는 과거에 젊은 부하에게 경멸을
당해도 어쩔 수 없는 일을 저질렀던 건지도 모른다. 후루하타가 보기
에도 지나치게 여겨지는 엉거주춤한 태도도 거기에 근거한 것일까.

자라 보고 놀란 가슴 솥뚜껑 보고 놀란다는 것일지도 모른다.

그렇게 보니 이시이의 행동은 정말 우습다. 아니, 우스운 것을 지나
쳐서 어딘지 모르게 가련하기까지 하다.

"아아, 이시이 씨. 사정은 잘 알았습니다. 목사님께는 내일 반드시
경찰서로 찾아가시라고 전해 두겠습니다. 으음, 어디로―――."

"수사본부는 하야마서에 설치되어 있으니 ―― 아니, 그, 임의출두
를 요청할 수 있을 정도로 근거 있는 이야기는 아니니까요. 그렇게
해 주시면 정말 감사하겠습니다 ―― 아아, 저를 찾아와 주시면 결코
무례한 대우는 하지 않을 테니―――."

경부라면 꽤 높은 위치일 것이다. 그런 경부가 이렇게 비굴한 태도
라니 역시 뭔가 있는 것이리라. 두 부하는 완전히 기가 차서 다른
쪽을 보고 있다. 후루하타는 아무래도 동정을 금할 수가 없었다.

―― 형사라.

그러고 보니 슈 씨도 형사가 되었다고 들었다.

후루하타는 그 호걸이 어떤 형사가 되었을지, 이것저것 상상을 해
보았지만 전혀 떠오르지 않았다.

결국 부루퉁해진 젊은 형사와 겁쟁이 경부는 꼴이 말이 아닌 채로
얼른 성당을 떠나 물러갔다.

—— 역시,

바깥에는 비가 내리는 모양이다.

금색 —— 해골이라.

해골, 해골, 해골이다.

후루하타 주위는 해골투성이다.

후루하타의 해골. 아케미의 해골. 시라오카의 해골.

불안정도 극에 달하면 안정으로 이어지는 모양이다. 아까 얻을 수 있었던 조용한 심경은, 사실은 그런 것일까. 후루하타는 교차되어 있는 성스러운 막대를 천천히 돌아보았다.

십자가 밑의 어둠 속에,

죽은 사람 같은 얼굴을 한 목사가 서 있었다.

표정은 물론 알 수 없었다.

〈하권에 계속〉

백귀야행 음

교고쿠 나쓰히코 지음
김소연 옮김

〈우부메의 여름〉, 〈망량의 상자〉,
〈광골의 꿈〉, 〈철서의 우리〉 등
교고쿠 나쓰히코의 대표작 '교고쿠도' 시리즈 (일명 '백귀야행' 시리즈)에
조연으로 등장한 캐릭터 10명을 주인공으로 시리즈 본편에서는 말해
지지 않은 에피소드를 환상적인 필치로 그린 '교고쿠도' 시리즈의 사이드
스토리 - 〈백귀야행 음〉

교고쿠 나쓰히코가 직접 그린 〈백귀도〉 10편 수록

교고쿠 나쓰히코 지음
김소연 옮김

京極 夏彦

〈우부메의 여름〉,〈항설백물어〉,〈죽지 그래〉
작가 '교고쿠 나쓰히코.' 일본 제일의 음울한 괴적.

싫은 소설——.
묘한 제목이었다.……
싫은가요? 하고 나는 바보 같은 질문을 했다. 어쨌거나 그때 쓴 장본인, 저자가 눈앞에 있었던 것이다.
네——. 아주 싫습니다——. 그 남자는 그렇게 말했다. 싫다고요. 정말 싫답니다——.
나는. 그 책을 샀다. 정가였다. 어째서 산 것인지는 나도 모르겠다.……
귀가해서 본 그 싫은 책은 아침보다 더 낡은 것처럼 여겨졌다.
그 책은 날이면 날마다, 아니, 볼 때마다 낡아 가는 것 같은 기분이 들었다.
먼지도 엄청났다. 방 안의 먼지를 몽땅 빨아들인 것처럼——책 위와 그 주위만 거무데데했다.
넣어두어야겠다고 생각했다. 하지만 책장에 꽂기는 싫었다. 꽂은 순간 책장의 모든 것이,
책장 자체가 낡아 버릴 것 같은 기분이 들었기 때문이다. 그렇게 되면은 집안이 몽땅 낡아 버릴지도 모른다.

- 본문 중에서.

'공포'와 '이질적인 존재'를 계속해서 그려내는 귀신 같은 작가, 교고쿠 나쓰히코.
그의 귀신 같은 재능이 차례로 판들어내는 '불쾌'의 대 퍼레이드.

인간이 느끼는 '싫은' 감정을 모티브로 삼아 만든 일곱가지 연작소설.
각각의 주인공들은 작가가 느끼는 싫은 상황에 처해 자살하거나,
발광을 일으키거나, 원인 불명의 죽음에 이르고 있다.
도대체 무엇 때문에?
"싫어. 싫어. 싫어."

[전2권]

모래의 왕국

오기와라 히로시 지음
장세연 옮김

나는 아직 나 자신의 운이라고 하는 녀석에게 빚이 있다.
자! 지금부터 역습이다. 지금부터 승부다.

전 재산은 3엔. 추락은 아주 사소한 계기로 일어났다.
대기업 증권회사 딜러에서 노숙자로.
추위와 굶주림과 사람들의 모멸적인 시선.

노숙생활을 위한 공원에서 만난 수상한 점술가와 젊은 꽃미남 노숙자.
세상의 구석에 버려진 세 명이 손을 잡아, 자신들을 버린 세상에 대한 궁극의 역습이 시작된다.
모든 것은, 지금부터다.

사회를 응시해 인간의 업을 그려내는
오기와라 히로시의 새로운 대표작 - 모래의 왕국

옮긴이 ┃ 김소연

한국외국어대학교에서 프랑스어를 전공하고, 일본어를 부전공하였다. 현재 출판기획자 겸 번역자로 활동하고 있으며 옮긴 책으로 다카무라 가오루의 〈리오우〉, 교고쿠 나츠히코의 〈백귀야행 음〉, 〈우부메의 여름〉, 〈망량의 상자〉, 〈광골의 꿈〉, 〈철서의 우리〉 교고쿠도 시리즈와 〈웃는 이에몬〉, 〈싫은 소설〉, 유메마쿠라 바쿠의 〈음양사〉 시리즈와 하타케나카 메구미의 〈샤바케〉 시리즈, 미야베 미유키의 〈마술은 속삭인다〉, 〈드림버스터〉, 〈외딴집〉, 〈혼조 후카가와의 기이한 이야기〉, 〈괴이〉, 〈흔들리는 바위〉, 덴도 아라타의 〈영원의 아이〉 등이 있으며, 독특한 색깔의 일본 문학을 꾸준히 소개, 번역할 계획이다

광골의 꿈 (上)

1판 1쇄 발행 2006년 9월 30일 | 1판 4쇄 발행 2010년 5월 28일
2판 1쇄 발행 2013년 9월 10일

지은이 교고쿠 나쓰히코
옮긴이 김소연

발행인 박광운
편집 박재은
용지 세종페이퍼
인쇄 정민P&P
제본 정민문화사

발행처 도서출판 손안의책
출판등록 2002년 10월 7일 (제25100-2011-000040호)
주소   서울 강북구 수유3동 167-86 현대쉐르빌 303호
전화번호 (02) 325-2375 | 팩스 (02) 6499-2375
홈페이지 http://www.bookinhand.co.kr, http://cafe.naver.com/bookinhand
이메일 book@bookinhand.co.kr

ISBN 978-89-90028-81-5 04830

* 이 도서의 국립중앙도서관 출판시도서목록(CIP)은 서지정보유통지원시스템 홈페이지
(http://seoji.nl.go.kr)와 국가자료공동목록시스템(http://www.nl.go.kr/kolisnet)에서 이용하실 수 있
습니다. (CIP제어번호: CIP2013015345)